마스터 마인드

MASTERMIND

마스터 마인드

악마의 머릿속을 읽어라

이성민 장편소설

스윙레일

차례

프롤로그

"일어나, 새끼야!"

난데없는 호통에 움찔 놀랐다. 나는 뭐지 싶어 소란을 향해 고개를 돌렸다. 빈자리 없이 꽉 찬 지하철. 군복 차림의 노인이 고개를 푹 숙이고 앉아 있는 남자 앞에서 고래고래 소리를 질렀다.

"너 벙어리냐? 대답 좀 해봐."

대체 왜 저러나 싶어 자세히 보다가 이유를 깨달았다. 남자는 노약자석에 앉아 있었다. 그렇다고 그게 저렇게까지 열 뻗칠 일일까.

"버르장머리 없는 새끼. 내 말 안 들려?"

그렇다. 그에겐 그저 샌드백이 필요했다. 인간 샌드백이.

"아빠…… 뭐야?"

옆에 앉은 아들 녀석은 잔뜩 겁에 질린 표정이었다. 마블 영화도 무섭다고 못 보는 녀석이다.

"아무것도 아니야. 계속 자, 자."

나는 애써 미소를 지으며 녀석의 머리를 쓰다듬었다. 속으로 이렇게 중얼거리면서. 젠장, 어쩐지 운이 이상하게 좋더라. 크리스마스라 지하철 안은 완벽한 만원이었는데 운 좋게도 눈앞에 자리가 생겼다. 덕분에 편하게 앉아서 가나 싶었는데, 아니나 다를까.

"야, 안 들려? 귓구멍에 똥이라도 가득 차 있나?"

노인이 육두문자를 퍼부어댔지만 남자는 미동조차 하지 않았다. 반응이 없자 그는 더 기세가 올랐는지 실실 웃었다.

"사람이 말할 땐 눈을 보는 거야, 이 새끼야."

노인은 남자의 머리를 손가락으로 툭 밀었다.

지켜보던 내 속에서 분노가 울컥 치밀었다. 뭐라고 한마디라도 해줄까 생각하던 그때 그 남자가 벌떡 몸을 일으켰다.

"뭐, 뭐야."

남자는 말을 더듬거리는 노인을 험악한 표정으로 내려다보았다. 앉아 있어서 몰랐는데 지금 보니 남자는 노인보다 몸집이 두 배는 컸다.

'이거 슬슬 재밌어지겠는데.'

나는 주변을 흘끔 둘러보았다. 승객들 전부 숨을 멈추고 상황을 지켜보고 있었다. 긴장과 기대가 섞인 표정을 보니 다들 한 순간을 기대하고 있다. 저 짜증나는 인간에게 남자가 시원하게 한 방 먹이는 짜릿한 카타르시스의 순간을.

하지만 남자는 모두의 기대를 무참히 배반했다. 고개를 푹 숙이더니 이렇게 소리친 것이다.

"죄송합니다!"

한숨을 토하며 고개를 돌렸다. 그래, 신경 끄자. 어차피 두 정거장이면 집에 도착한다. 그동안 눈이나 붙이는 거다.

자는 척 눈을 감은 그때, 앞에서 툭 소리가 들렸다. 눈을 게슴츠레 뜨고 앞을 보니 바닥에 검은 뭔가가 떨어져 있다. 코트다. 방금 남자가 입고 있던 옷 같다. 궁금증을 참지 못하고 고개를 들었다.

"어?"

남자의 옷차림이 아까와는 딴판이었다. 지금은 코트가 아닌 검은색 조끼 같은 것을 걸치고 있다. 구명조끼인지 방탄조끼인지 도무지 용도를 종잡을 수가 없다. 왜 저런 걸 입었을까.

"아빠, 왜 그래?"

아들이 내 왼쪽 옷소매를 쭉쭉 잡아당겼다.

"아, 아무것도 아냐.".

나는 남자의 조끼 틈 사이를 흘긋 보고는 순간 깨달았다. 남자가 입고 있는 조끼의 정체가 뭔지.

복잡하게 튀어나온 전선. 네모난 무언가. 삑삑거리는 소리. 줄어드는 타이머. 생각이 결론에 도달하기도 전에 아들의 손을 붙잡고 벌떡 일어났다.

도망쳐요, 모두 조심하세요 같은 말을 외쳐야 하는 것 정도는 당연히 안다. 그럴 생각으로 입을 뻐끔거렸지만 말을 내뱉을 수 없었다. 불가능했다. 소리를 지르는 즉시 폭탄을 터뜨릴지도 모른다는 공포가 온몸을 완전히 압도했다.

"아빠!"

칭얼거리는 아들의 팔을 붙잡고 벌떡 일어나서 열차의 반대 칸으로 뜀박질했다. 어떡하지. 문을 열고 뛰어내릴 수도 없고. 그래, 차라리 경찰에 신고라도 하자 생각했다. 침을 삼키며 휴대폰을 재빨리 꺼냈다. 전화 버튼을 막 누르려던 그때였다.

"아빠, 뭐냐고……"

아들이 칭얼거리며 내 팔을 붙잡고 늘어졌다.

앗, 소리가 절로 튀어나왔다. 흔들리며 터치가 미끄러진 탓인지 아내와의 일대일 대화 창이 떠버린 것이다. 당장 경찰에 전화해. 이성은 그렇게 소리쳤지만 몸이 따라주지 않았다. 대신 무슨 생각에서인지 나는 메시지를 남겼다. 세 글자 정도의 짧은 메시지를.

"아빠……"

아들의 울먹이는 목소리에 멍했던 정신이 다시 돌아왔다.

"가자, 어서."

나는 휴대폰을 떨어트리고 아들의 손을 꽉 붙잡았다. 앞 칸을 향해 한 발을 내딛는 순간 별안간 눈앞이 번쩍였다.

"어."

아들이 중얼거렸다. 순간 찢어질 듯한 굉음이 몸속의 뼈를 흔들었다. 몸이 붕 떠오르더니 뜨거운 열기가 모든 것을 집어삼켰다.

* * *

쿵. 쿵. 쿵.

취조실 한가운데엔 철제 테이블, 그리고 두 개의 의자가 놓여 있다. 한 의자엔 이미 누군가가 앉아 있다. 오늘의 주인공이다.

망설임 없이 빈 의자에 앉은 후, 나는 차분히 남자를 마주 보았다. 날카로운 인상을 가진 30대 중반의 남성. 툭 건드리면 쓰러질 것 같은 비실비실한 체형은 티끌만큼의 위협감도 주지 않는다. 이 남자가 375명의 사상자를 만든 '웅진 아울렛 테러 사건'의 주범이다.

쿵. 쿵. 쿵.

"저기요"라고 말을 걸었지만 아무 대답도 돌아오지 않았다. 놈은 그저 멍청한 딱따구리처럼 자신의 머리를 테이블에 찧고, 또 찧을 뿐이었다. 사전에 보고받은 정보에 따르면, 놈은 이곳에 들어오기 훨씬 전부터 자해를 계속했다고 한다. 정신병으로 감형이라도 받을 작정인가 본데, 미안하지만 어림도 없다.

"저기요!"

이번에는 힘차게 소리쳤다. 그제야 남자는 동작을 멈추더니 천천히 고개를 들었다.

놈의 얼굴을 본 순간, 등에 냉수를 끼얹은 듯 소름이 돋았다. 이마 한복판에 상처가 일자 형태로 찢어져 있다. 그 주변으로는 검붉은 핏자국이 덕지덕지 말라붙은 상태였다. 얼마나 자해를 해야 저 지경이 될까.

나는 재빨리 남자의 신체적 특징을 머릿속에 담았다. 범죄자의 행동이나 습관, 사소한 움직임 하나도 콜드리딩에 있어 중요한 요소다. 아무런 정보도 없는 상황에서 상대의 속마음을 꿰뚫어야 하는 것이다.

"왜 그랬을 거 같은데?"

"답변을 해요. 질문 말고. 그래야 생산적인 대화를 하죠."

"누구 좋으라고?"

"나도 좋고 당신도 좋으라고."

놈은 《이상한 나라의 앨리스》 속 체셔 고양이처럼 음흉하게 웃었다.

"뭐야, 거래라도 하자는 거야?"

"왜요, 그럴 의향이 있어요?"

"아니, 없어. 전혀."

낄낄거리는 놈을 보니 한숨이 절로 나왔다. 계속 이런 태도라면 더 이상의 질문은 무의미하다. 이 모든 상황을 일종의 장난처럼 여기고 있는 것이다.

"지금 상황의 심각성을 모르시는 것 같은데. 당신…… 사형당할 수도 있어요."

남자는 멍한 표정을 짓더니, 곧 박장대소했다.

"사형? 한국에서? 아무리 사형을 받아도 집행은 안 되는 걸로 알고 있는데?"

당당하게 말하고는 있지만 조금은 불안해하고 있다. 미세한 차이지만 분명 다리를 떨고 있다. 아까보다 훨씬 더 빠르게.

"근데 세상이 하도 흉흉해서. 사형 집행 청원에 하루 만 명씩 동의하고 있는 건 알아요?"

의기양양했던 태도가 놈의 얼굴에서 서서히 지워졌다.

"당신, 진짜 이러다 죽어요. 그러니까 협조해요. 아지트 위치만 알려주면…….'

"아니, 됐어. 사람은 다 죽잖아. 난 좀 빠른 거지."

남자는 어깨를 으쓱였다.

허무맹랑한 대답에 잠시 말문이 턱 막혔다. 죽음을 두려워하지 않는다면 그 어떤 카드를 내밀든 소용이 없다. 사실상 쥐고 흔들 만한 패란 게 없으니까. 아니면…… 결국 이것까지 해야 하는 건가.

"진짜 이러긴 싫었는데."

그렇게 중얼거리며 테이블 밑에서 서류 봉투를 집어 들었다. 속에서 사진을 한 장씩 꺼낸 다음 남자가 볼 수 있도록 방향을 돌려 내려놓았다.

사진 속에는 두 여자가 찍혀 있다. 한 명은 10대, 한 명은 40대. 둘 다 피범벅이 되어 처참한 몰골이다. 남자는 사진을 보자마자 충격을 받았는지 헉 하고 숨을 들이쉬었다. 당연하다. 두 여자의 정체는 그의 엄마와 여동생이니까. 물론 합성이다. 귀찮아지지 않으려면 취조가 끝나자마자 파쇄해야 한다. 나는 목소리를 낮게 깔았다.

"사람들이 당신은 못 죽이니까 당신 가족이라도 어떻게 해보려고 난리예요. 저희가 보호해주고 있긴 한데, 이렇게 비협조적으로 나오면…… 장담할 수 없죠. 맨날 거길 지킬 수도 없고."

"당, 당신…… 이거 지금 협박하는 거잖아. 경찰이 이래도 돼?"

"협박이 아니라 계획을 알려주는 거죠. 시민이 필요로 하는 곳에 인력을 재배치할 계획을."

남자는 넘어가기 직전이었다. 이제 마지막 훅을 목구멍 깊숙이 꽂아줄 시간이다.

"뭐, 아지트야, 우리가 결국 찾아낼 거예요. 단지 당장 찾느냐 나중에 찾느냐, 그 차이지. 저희로선 아쉬울 거 없거든요."

나는 싱긋 미소 지었다.

"조건 안 받을 거면, 가볼게요."

자리에서 일어난 나는 출구를 향해 걸었다. 그래, 안다. 드라마에서 수십 번은 본, 뻔하고 유치한 장면인 거. 하지만 클리셰가 계속 쓰이는 이유가 무엇이겠는가.

"알았다고, 야!"

그렇다. 지겨울 정도로 먹히기 때문이다. 나는 걸음을 멈추고 살짝 고개를 틀었다.

"방금 말한 조건…… 할게."

남자가 초조하게 손톱을 뜯었다.

나는 느긋한 걸음으로 돌아와 다시 의자에 앉았다. 내색하진 않았지만 속으로는 기쁨의 비명을 질렀다. 기본적인 양념은 다 쳤으니, 이제 굽는 일만 남았다.

"좋아요."

남자는 숨을 들이쉬며 자세를 반듯이 고쳐 앉았다.

"근데, 내가 형사님한테 물어보고 싶은 게 하나 있는데."

남자가 손으로 깍지를 꼈다.

"물어보고 싶은 거?"

"형사님은, 제가 왜 그랬다고 생각하세요?"

"몰라. 관심도 없고."

쾅. 시끄러운 소리가 방을 울렸다. 남자가 수갑 찬 손으로 철제 테이블 위를 내리친 것이다. 방심한 터라 나조차 움찔 놀랐다.

"그래도 추측은 해볼 수 있잖아. 성의 좀 다해봐요. 나도 이렇게까지 하는데."

놈의 눈에는 섬뜩할 정도의 광기가 어른거렸다. 완전히 흥분 상태다. 예상치 못한 반응이지만 그래서 더 반갑다. 이성적인 인간보다 이성을 잃은 인간이 다루기는 더 쉬우니까. 취조실에서는 말이다. 이 기회를 제대로 활용해볼까. 나는 고개를 앞으로 내밀었다.

"뭐 정치적인 메시지 때문인가?"

침묵.

"아니면, 사회에 뭐 불만이라도 있어요?"

또다시 침묵.

"그럼 당신이 한번 말해보지 그래요? 우리도 궁금한데. 당신이 왜 그랬는지."

"알고 싶어요?"

나는 천천히 고개를 끄덕였다. 다른 건 몰라도 이것만큼은 진심이었다. 남자는 장난스럽게 웃었다.

"그럼 종이랑 펜 좀 줘봐요. 이게 말로는 표현을 못 할 것 같고, 그림으로 좀 그려야겠어."

그 순간 내 인내심은 한계에 다다르고 말았다.

"지금 장난하는……."

순간 취조실 문이 벌컥 열렸다. 젊은 순경 하나가 남자에게 다가가더니 재빨리 뭔가를 건넸다. 펜과 종이다.

"위쪽 분들 지시라서……."

순경이 변명하듯 중얼거렸다. 나는 고개를 숙이고 머리를 마구 헝클어뜨렸다. 그렇다. 이 취조실에는 나와 남자, 둘만 있는 것이 아니다. 불투명한 취조실 거울 너머에는 사람들이 수두룩하게 서 있다. 소위 '높으신 분'들.

평소에는 여기서 무슨 일이 일어나든 쥐뿔도 관심 없던 양반들이 여기 있는 이유는 대통령 때문이다. '테러범, 반드시 잡아낼 것.' 안면을 있는 대로 찌푸린 대통령 사진과 함께 실린 어제 자 신문 헤드라인. 대통령이 대국민 퍼포먼스까지 한 상황이니 다들 똥줄이 타는 것은 당연하다.

물론 그들을 이해 못 하는 것은 아니다. 사건을 1초라도 빨리 해결하고 싶은 마음은 나도 경찰로서 당연히 같다. 그래도 그렇지, 이건 성급하다. 혀를 차며 남자를 노려보았지만 놈은 아랑곳하지 않고 뭔가를 끄적거리는 데에만 열중할 뿐이었다. 집중하는 모습에서 아이들 특유의 순수함마저 느껴져 불쾌하기 짝이 없었다.

5분 정도 지났을까. 남자는 종이를 절반으로 네 번 접은 뒤 앞으로 내밀었다.

"완성. 만족하죠?"

종이를 건네받은 나는 잠시 가만히 앉아 있었다. 이제 나가기만 하면 된다. 종이를 들고 나가면 할 일을 완벽하게 끝낸 셈이다.

하지만…… 대체 이 안에 무엇이 적혔을까. 궁금해서 참을 수 없었다. 나는 뭔가에 홀린 듯 멍한 표정을 지으며 종이를 조심스럽게 폈다. 안의 내용을 보자 입에서 반사적으로 한마디가 튀어나왔다.

"뭐야, 이건?"

기대와 달리 그 안에는 글자도, 숫자도 적혀 있지 않았다. 대신 웬 그림이 그려져 있었다. 비뚤비뚤한 선으로 도배된 그림. 서툰 동시에 기괴했다.

그림의 내용은 이렇다. 한 남자가 의자에 앉아 있다. 그는 수갑으로 손목과 발목이 묶여 있다. 남자의 얼굴은 고통에 가득 찼다. 눈 아래로는 피눈물이 흘러내리고 있으며 입술은 와인 따개처럼 고통으로 뒤틀렸다. 그림 속 남자의 목에는 뭔가가 박혀 있었다. 길쭉한 뭔가가.

"안 돼!"

물건의 정체를 깨닫자마자, 나는 곧장 자리에서 일어섰다. 하지만 이미 늦었다. 남자는 곧장 볼펜을 집어 들더니 자신의 목에 그것을 쑤셔 박았다.

취조실 문이 열렸다. 경찰들이 떼 지어 달려들기 직전, 남자는 이를 악물고 목에 박은 볼펜을 뽑았다. 그러자 목의 상처에서 빨간 선이 그어져 나왔다. 피가 상처 부위에서 찌익찍 뿜어져 나오기 시작했다. 회색 취조실 벽은 순식간에 빨갛게 물들었다.

"그러게 대체 왜 볼펜을 준 거야!"

나는 허겁지겁 남자를 향해 달려가 지혈을 시작했다. 동료에게 붕대를 건네받은 다음 남자의 목에 감았지만 소용없었다. 붕대 사이로 피가 쉴 새 없이 배어 나왔다. 볼펜이 경동맥을 제대로, 정확히 찔렀으니까.

누군가 소리쳤다.

"구급차 불러, 구급차!"

나는 절망을 누르며 다시 놈을 보았다. 피투성이가 된 남자는 바닥에 널브러진 채 꺽꺽거리는 소리를 냈다. 붉은 거품이 침을 타고 입 밖으로 질질 흘렀다. 붉게 충혈된 그의 눈알이 허공을 이리저리 방황하더니, 별안간 멈췄다.

그리고 눈이 마주쳤다. 나는 공포에 숨을 멈췄다. 놈이 하얀 이빨을 드러내며 씩 웃은 것이다. 모두가 패닉에 빠져 소리를 지르던 아비규환 속에서 그는 나를 똑바로 보며 입모양으로 한마디를 중얼거렸다. 앞으로 내가 꿈속에서 수백 번은 되새기게 될, 섬뜩한 그 말을.

"나중에 보자."

* * *

볼펜 사건이 벌어지고 20분 후. 절망적이지만 모두가 예측한 소식이 경찰서에 전해졌다. 남자는 인근 병원으로 옮겨졌지만 결국

이송 중 사망했다.

"뒈졌단다."

서장이 전화를 끊었다. 경찰서 안은 건너편 동료의 숨소리가 들릴 정도로 조용했다.

"볼펜 갖고 그럴 줄이야 누가 상상이나 했겠냐. 이것 때문에 분위기 너무 다운되진 말고……."

나는 욱하고 화가 치밀었다. 당신 때문이잖아. 당신이 허락했으니 당신이 막았어야지.

"어쨌든 단서들도 많으니까, 그거 가지고……."

서장이 계속 헛소리를 지껄이던 그때였다. 뒤쪽에 서 있던 순경 하나가 벌떡 일어났다. 영혼이 나간 표정으로 TV 앞까지 걸어가더니 전원 버튼을 딸깍 눌렀다.

"저 새끼 저거 뭐 하는 거야?"

서장이 손가락질하며 소리쳤다. 다들 동조하듯 웅성거리며 한마디씩 던졌지만, TV 화면을 본 순간 모두들 하나둘 입을 다물기 시작했다.

나도 마찬가지였다. 머리를 망치로 얻어맞은 듯한 충격에 절로 입을 틀어막았다. 대규모 테러가 벌어진 것이다. 웅진 아울렛 테러에 이은 두 번째 테러가.

2호선 지하철 테러 발생, 사망자 확인 중

뉴스 문구 뒤로 보이는 것은, 화염에 휩싸인 열차. 화마는 열차 위에서 배부른 식사를 마친 뱀처럼 탐욕스럽게 넘실거렸다. 기계적으로 사고 현장을 전하는 기자의 목소리를 흘려들으며, 나는 생각했다. 저 사고를 막을 수 있었을까……. 당연하다. 아까 목에 볼펜을 꽂고 죽은 놈이 테러를 준비한 배후니까.

갖은 고생 끝에 놈을 겨우 손아귀에 넣었는데. 황금 같은 기회를 날려버렸다. 테러를 막지 못했다. 사람들이 죽었다. 죄책감에 속이 울렁거리기 시작하다 문득 섬뜩한 생각 하나가 머리를 스쳤다.

오늘 아침에 남편이 말했다. 오늘 오후에 아들이랑 서울로 올라가서 쇼핑 좀 하고 오겠다고. 크리스마스니까, 오랜만에.

"설마…… 아니겠지. 아닐 거야."

그렇게 중얼거리면서도 나는 재빨리 남편에게 전화를 걸었다. 하지만 몇 번을 걸어도 전화는 연결되지 않았다. 시간이 지날수록 초조함은 절박함으로, 절박함은 두려움으로 바뀌었다. 안 돼, 안 돼, 안 돼. 공포에 비명이라도 지르고 싶어진 그때였다. 시야가 화면 한구석에 닿았다. 카카오톡에 알림 하나가 떠 있었다.

아아, 다행이다. 긴장이 풀림과 동시에 주저앉았다. 5분 전, 남편에게서 메시지 하나가 와 있었다. 5분 전이라면 지하철 폭발 사건이 벌어진 직후다. 다시 말해 멀쩡하다는 소리다.

메시지의 내용은 간단했다.

[사랑해]

마스터 마인드

1.

"이 여편네가 생사람을 잡아."

"방금 요구르트 한 팩 넣으셨잖아요, 옷 안에."

"뭔 개소리야. 봐, 여기 있잖아, 내 손에. 안 보여?"

아줌마는 손에 쥔 요구르트 팩을 흔들었다. 10초 전까지는 겉옷 안에 있던 물건이다.

"방금 제가 보니까 바로 빼셨잖아요. CCTV 돌려요?"

"그래, 보자. 다 까자 그래. 아주, 경찰, 경찰도 불러!"

"알겠어요."

나는 휴대폰을 꺼내 망설임 없이 112를 눌렀다. 논리와 팩트로 박살을 내주마, 그렇게 마음먹은 순간이었다.

"저기, 고객님!"

등 뒤에서 목소리가 들렸다. 목소리의 주인을 알아차린 나는 눈을 질끈 감았다.

"무슨 일이십니까?"

점장이 넉살 좋은 미소를 지으며 아줌마에게 다가갔다.

"아니, 글쎄 내가 도둑질을 했다잖아, 이년이."

"죄송합니다. 이분이 오신 지도 얼마 안 되셨고, 눈도 안 좋아서."

나는 반박하려고 입을 꿈틀거렸다가 점장의 따가운 눈빛을 보고 다시 다물었다.

"그래도 그렇지, 죄 없는 사람을 도둑으로 몰아? 그건 눈이 안 좋은 게 아니라 미친 거지, 어? 미친년."

억울했지만 참았다. 요즘 바늘구멍에 들어가는 것보다 어려운 게 최저 시급 알바 찾기니까.

10분 후 진상 아줌마는 만족한 표정으로 마트에서 나갔다. 옆구리에는 요구르트 팩 세 세트를 끼고.

"수진 씨, 잠깐 따라와요."

점장이 내 귀에 속삭였다.

"아, 네."

나는 착잡한 마음으로 점장을 따라 직원 휴게실에 도착했다. 말이 휴게실이지 이곳에서 휴식을 하는 인간을 한 번도 본 적이 없다. 점장은 근처의 플라스틱 의자를 끌어당긴 다음 대충 걸터앉았다. 긴 침묵 끝에 그가 입을 열었다.

"나도 수진 씨 마음 모르는 거 아니에요. 억울하겠죠, 맞아요."

"죄를 저질렀으면 벌을……."

"받아야죠. 받아야죠. 알아요."

그는 머리를 긁적이다 말고 손을 멈추었다.

"그런데 내가 전에 한 말, 혹시 기억해요?"

"어떤…… 말이요?"

"직원 교육 때, 손님 대하는 거."

아무리 생각해도 진상 손님에 대해 강의를 들은 적은 없다.

"손님을 왕처럼."

"근데 저 사람은 손님이 아니라 범죄……."

"알아요. 안다고요. 근데, 저런 진상이 어디 한둘입니까? 그럴 때마다 일일이 경찰을 부르면 마트가 영업을 못 하죠, 영업을. 보안요원을 내가 뭐, 폼으로 고용했습니까?"

점장은 한숨을 쉬며 다리를 꼬더니 안타깝다는 눈빛으로 나를 지긋이 보았다.

"예전에 경찰이라고 하셨죠? 면접 때. 거기는 상하 관계가 그래도 확실하잖아요?"

"네."

"여기라고 뭐 다른 줄 알아요? 알아서 잘 좀 합시다. 네?"

마지막 원투 펀치까지 마친 후, 점장은 휴게실을 나섰다.

그로부터 5초가 지난 후에야 나는 겨우 첫 숨을 내쉬었다. 갑자기 심장이 쿵쿵거리며 식은땀이 흘렀다. 공황이다. 왜 하필 지금. 눈을 질끈 감고 천천히 숨을 골랐지만 전혀 나아지지 않았다.

하아. 나는 긴 한숨을 내쉬며 천장을 보았다. 그래, 약을 먹고 조금만 참자. 오늘 밤, 해연이와 여행을 가기로 했잖아. 그것만 생각하며 버티자. 행복을 위해. 가족을 위해. 비틀거리며 개인 사물함 앞으로 걸어갔다. 문을 열고 약봉지를 꺼냈다.

"아."

텅 비어 있었다.

*   *   *

약이 바닥난 나머지 정신과에 들를 수밖에 없었다. 일이 늦게 끝나 약을 받지 못할까 걱정했지만 기우였다. 아슬아슬하게 마지막 번호표를 뽑았다.

5분 후. 내가 방에 들어서자 의사는 완벽한 영업용 미소를 지었다.

"수진 씨, 오랜만입니다."

허물없는 농담과 웃음. 대화는 언제나와 같이 흘러갔다. 그러니까, 의사가 약을 처방해줄 수 없다고 말하기 전까진 말이다.

"왜요?"

"3주치 처방 받으셨잖아요. 설마 다 드신 겁니까?"

"먹은 게 아니라, 잃어버렸다니까요. 안 먹었어요."

"정말입니까?"

말하자마자 곧장 후회했다. 청포도 사탕을 입에 물고 안 먹었다고 거짓말하는 애가 된 기분이다.

아니나 다를까, 의사는 팔짱을 끼며 나를 뚫어지게 보았다. 지금이라도 솔직하게 말할까 싶었지만 소용없을 듯했다. 이미 그와 나

사이에는 보이지 않는 벽이 생겨버렸으니까. 팔짱. 타인으로부터 자신을 보호하고 싶다는 심리적 방어 기제.

"네, 정말……이에요."

의사는 나를 잠시 보다가, 이내 포기했다는 듯이 고개를 저었다.

"이번이 마지막입니다."

"……감사합니다."

"아직도 그…… 기억 때문에 괴로우세요?"

의사가 물었다. 그 기억이란 분명 5년 전 사고를 말하는 것이리라. 서울 지하철 테러 사건.

크리스마스 쇼핑을 나갔던 남편과 아들은 끝내 돌아오지 못했다. 죽을 만큼 고통스러웠다. 가족장을 치를 때 나는 제대로 앉아 있지도 못했다. 가슴을 부여잡은 채 바닥에 웅크리고 울기만 했다. 믿을 수 없었다. 현실감이 느껴지지 않았다. 말 그대로 지옥이었다.

하지만 몇 주가 지난 어느 순간부터, 조금씩이나마 현실을 받아들였다. 해연이가 있으니까, 사랑스러운 내 딸이 아직 곁에 있으니까, 계속 살아야 한다고 생각했다. 그리고 어느 날, 녀석의 손을 잡고 오랜만에 공원에 산책을 나갔을 때, 나는 불현듯 희망을 보았다. 일상다운 일상으로 돌아갈 수 있을 거라는 약간의 희망을. 그 기사가 내 정신을 박살 내기 전까진 말이다.

기사의 내용은 이랬다. 서울 지하철 테러 사건에서 그나마 조금의 생존자가 나왔던 이유는, 열차의 마지막 두 칸이 폭발에 휘말리지 않았기 때문이라고. 기사 밑에는 영상이 첨부되어 있었다. 폭발

1분 전, 지하철 내부를 찍은 CCTV 영상. 폭발의 순간은 고인을 위해 편집했다는 짤막한 코멘트가 덧붙여져 있었다.

생존자가 있다는 사실을, 나는 그때 처음 알았다. 가족의 죽음을 애도하느라 사건을 조사할 여유 따위는 없었던 것이다. 떨리는 손으로 영상을 클릭했다.

영상 속의 인물을 보자마자 기겁하며 입을 틀어막았다. 남편과 아들이 폭탄 조끼를 발견한 다음 도망치는 모습이 CCTV에 고스란히 찍혀 있었던 것이다. 폭발에 휘말리지 않은, 마지막 두 칸을 향해. 하지만 이동하던 중간에 남편은 휴대폰을 떨어트리고 만다. 그는 그것을 줍는 대신 도망치기 시작했다. 그 1초가 그들의 운명을 결정지어버리리라곤 생각조차 못 한 채.

쾅. 섬광이 작렬한다.

영상이 끝난 순간, 내 이성도 같이 멈춰버렸다. 폭발이 딱 10초만 늦었다면……. 크리스마스니까 오늘은 같이 집에 있자고 했다면……. 아니, 나에게 문자를 하느라 휴대폰을 떨어트리지 않았더라면…….

나 때문이야. 나 때문이야. 나 때문이야. 정신을 차리니 아파트 난간에 기대어 아래를 멍하니 내려다보고 있었다.

*　　*　　*

약을 처방받은 뒤, 나는 곧장 학원으로 가 딸을 태우고 펜션으로 출발했다. 일찍 출발해 두 시간이면 도착할 줄 알았는데, 정신을 차리니 어느새 세 시간을 내리 운전 중이었다. 온몸이 쑤시던 그때 눈 앞에 표지판 하나가 스쳤다.

전방 1km에 안골 휴게소

멈추고 싶은 마음이 굴뚝같았지만 차량 내비게이션 구석에 뜬 시간을 보고 포기했다. 예상 시간에 도착해도 꼭두새벽이다. 더 늦으면 곤란하다.

차창에 탁 소리와 함께 뭔가가 떨어졌다. 그것이 빗방울임을 깨닫자마자 먹구름이 작정하고 물을 토해내기 시작했다. 빗줄기가 어찌나 굵은지 툭 소리 대신 텅 소리가 사방에서 들렸다.

텅, 텅, 카톡, 카톡, 텅, 카톡.

나는 인상을 있는 대로 찌푸리며 슬쩍 옆을 보았다. 사랑하는 나의 딸 해연이의 얼굴은 벌써 몇 시간째 노란 불빛에 파묻혀 있었다. 눈은 좀비마냥 죽어 있는데 손가락은 빛의 속도로 화면 위를 누볐다. 녀석의 휴대폰엔 보조 배터리가 연결되어 있다. 배터리의 잔량 표시등은 한 칸만이 살아남아 SOS를 요청하듯 깜빡였다. 원래는 내가 챙긴 배터리였지만 녀석이 조르는 바람에 빼앗기고 말았다. 덕분에 내 휴대폰은 이미 사망한 지 오래다.

카톡, 카톡, 텅, 카톡, 텅, 텅.

소음 때문에 머리가 깨질 듯이 욱신거렸다. 고속도로 특유의 웡

윙거리는 소리에 빗방울 소리, 거기다 카톡 소리까지.

"노래 좀 들까? 지루한데."

그렇게 물어봤지만 대꾸조차 돌아오지 않았다. 그래, 항상 이런 식이지.

"날씨가 왜 이러니?"

"태풍 온다고 했잖아. 출발 전에 날씨 확인도 안 했어?"

해연이가 쏘아붙였다. 여전히 시선을 휴대폰에 고정한 채.

"알았으면 아까 좀 알려주지."

내가 투덜거리자 해연이의 눈빛이 순간 무섭게 변했다. 먹잇감을 포착한 야생동물의 눈빛이다. 실수했다.

"애초에 강제로 끌고 온 사람이 미리 알아야 하는 거 아닌가?"

핸들을 쥔 손에 힘을 주었다. 참자.

"그러게."

"그러게? 지금이라도 알았으면 돌아가야 하는 거 아냐? 휴양림이라며. 산사태라도 나면 어떡해?"

"조금만 참아, 응? 거의 다 왔어."

헤어진 연인이라도 붙잡듯 나는 애원하다시피 말했다. 녀석은 혀를 차며 몸을 시트에 파묻었지만, 귀찮은지 더 이상 아무 말도 하지 않았다.

그로부터 5분 후. 나는 이상한 기분이 들었다. 끝없이 이어지던 카톡 소리가 멈춘 것이다. 문득 불안해졌다. 녀석은 숨을 쉬듯 카톡을 달고 산다. 지금 카톡 소리가 들리지 않는다는 것은 두 가지 중 하나를 의미한다. 불가능한 일이 벌어지고 있거나, 해연이가 숨을 쉬지 않거나.

"해연아?"

직선 도로가 계속되는 것을 확인한 다음 옆을 흘긋 보았다. 다행히도 녀석은 죽지 않고 멀쩡히 살아 있었다. "깜짝이야"라고 중얼거리며 피식 웃었지만, 이내 새로운 걱정이 들었다. 저 녀석, 뭐 하는 거지?

해연이는 몸을 완전히 반대로 돌린 채, 포식자를 감시하는 미어캣마냥 차의 뒤쪽을 뚫어져라 보고 있었다.

"따라오고 있어."

"뭐?"

해연이가 완전히 공포에 질려 말했다.

"뒤에 저 차, 아까부터 우릴 계속 따라오고 있다고."

장난일까. 하지만 반응이 지나칠 정도로 사실적이었다. 목소리에 담긴 공포의 감정이 듣는 사람의 마음마저 흔들 정도다.

"계속 따라온다고?"

"어, 한 시간째."

사실이라면 분명 이상하다. 그러니까, 사실이라면 말이다.

"목적지가 겹쳤나?"

"그러면 옆으로 지나가도 되잖아. 엄마 지금 장롱 면허 갖고 운전하느라 무서워서 거북이 속도로 가고 있잖아. 근데 왜 저 차가 우리 속도에 맞춰서 계속 따라오는 건데."

분하지만 사실이었다. 실은 사고가 날까 두려워 계속 최저 속도를 유지하고 있던 참이다. 그때, 해연이의 말을 증명하듯 노란 경차한 대가 빠른 속도로 내 차를 스쳐 지나갔다.

"진짜 뭐 하러 따라와? 이 똥차를."

멈춤 버튼을 누른 것처럼 해연이의 움직임이 우뚝 멈췄다. 녀석은 눈동자를 열심히 굴리며 생각하고, 또 생각했지만 결국 마땅한 답이 떠오르지 않은 건지 짜증을 내며 차 시트에 몸을 파묻었다.

"아, 몰라. 저 사람들한테 나 죽기만 해봐. 진짜 가만 안 둬."

녀석은 영문 모를 소리를 지껄이고는 다시 휴대폰으로 시선을 돌렸다.

말이 안 되는 상황이긴 했지만 해연이의 말을 실은 진지하게 듣고 있었다고 티를 내고 싶었다. 불현듯 아이디어 하나가 번쩍 떠올랐다.

나는 해연이를 툭툭 건드렸다. 곧장 신경질적인 반응이 날아왔다.

"아, 뭐어!"

"테스트 한번 해볼까? 속도 줄여서 갓길에 멈춰보는 거야."

"왜?"

"만약 저 차가 정말 따라오는 거면, 속도를 줄이겠지? 아니면 그냥 지나가고."

녀석은 잠시 머뭇거리더니 "오" 하며 중얼거렸다.

"말은 되는데?"

다행이다. 안도와 초조함을 동시에 느끼며, 나는 핸들을 만지작거렸다. 그래. 한번 해보자. 별것도 아니잖아.

내비게이션을 터치해 전방에 위험한 코너나 속도 측정 카메라가 없음을 다시 확인한 다음, 천천히 브레이크에 힘을 실었다. 빨간 눈금이 부드럽게 기울었다. 40, 30, 그리고 20.

속도계가 내려갈수록 불안해졌다. 슬슬 뒤차가 지나갈 때가 됐는데. 섬뜩한 예감이 몸속을 끈적하게 휘저었다. 초조한 마음으로 백미러를 보았다. 믿을 수 없었다. 뒤차 역시 천천히 속도를 줄이고 있었다.

"엄마!"

"잠깐만 기다려."

단호하게 말했지만 나도 떨리기는 마찬가지였다. 확인 사살을 위해 속도를 더 줄였다. 거북이 기어가는 속도로 근처의 갓길에 들어서며 귀에 온 신경을 집중했다.

지나가. 어서 지나가라고. 하지만 정적만이 흘렀다. 초조하게 운전대를 만지작거리며 백미러를 보았다. 뒤차도 멈춰 있다. 맙소사. 미행이 맞았다. 하지만…… 대체 왜?

"엄마, 이제 어떡해?"

해연이가 물었다.

*　*　*

몇 년 전. 사건의 마무리를 자축하는 평범한 회식 자리였다.

분위기에 섞이려고 소주를 몇 잔이나 비웠지만 언제나 그렇듯 실패했다. 태생적인 '아싸'라 그럴까, 대화에 끼어들려고 시도하면 물과 기름처럼 떠밀렸다. 언제나 그랬고, 오늘도 마찬가지였다. 중간에 짐을 챙겨 몰래 회식 자리를 빠져나온 것은 그래서다. 다음 날 서장에게 한 소리 들을 것이 뻔했지만, 거기 1초라도 더 있느니 욕먹을 각오를 하고 집에 가서 편하게 잠이나 자는 게 나았다.

어느 정도 거리가 벌어지자 뒤를 돌아보았다. 따라오는 이는 없었다. 탈출 성공, 이러면서 혼자 좋아했지만, 이내 내가 사라졌다는 사실을 회식이 끝날 때까지 아무도 눈치 못 채리란 생각에 씁쓸해하던 그때였다.

"야, 너 어디 가?"

누군가 어둠 속에서 불쑥 튀어나오더니 내 팔을 붙잡았다. 지은 선배였다.

"너 또 집에 가나?"

"뭘 상관이에요. 어차피 아무도 관심 없는데."

내 말을 들은 선배가 안 되겠다는 듯 고개를 휘휘 저었다.

"아무리 귀찮아도 이런 자리는 참석하는 거야. 너 말이야, 그렇게 살면 후회해. 장례식을 생각해, 장례식을. 많이 올수록 좋잖아."

알 수 없는 말을 주절거리던 선배가 갑자기 말을 멈추었다.

"너, 지금 나 꼰대라고 생각하지? 나이 차이 3년도 안 나는 년이 선배랍시고."

"네."

"미안해. 담배나 한 대 피우자."

잠시 후, 우리는 주차장 구석에서 담배를 피웠다. 침묵 속에서 어색하게 연기만을 뻐끔거리던 그때, 선배가 앗 소리를 냈다.

"깜빡할 뻔했네. 널 여기 끌고 온 이유가 있는데."

"뭐, 뭔데요?"

선배는 총이라도 꺼내려는 듯 외투에 불쑥 손을 집어넣었다.

"자, 추석 선물."

나는 선배가 건넨 선물을 받아 들었다. 어둠 속에 있기 때문일까. 받아 든 선물이 뭔지 곧장 판단할 수 없었다. 하지만 시야가 어둠에 적응하며 천천히 물건의 윤곽이 보였다. 낯익은 촉감과 무게. 이건.

"전기 충격기잖아요. 허가받은 거예요, 이거?"

"어떻게 꽉 막혔어, 애가."

"얼마짜리예요?"

"싸게 샀어. 묻지 마. 그냥 가져."

"아니, 얼마짜리냐고요!"

그제야 전압을 물었음을 알아챈 모양이다.

"글쎄. 잘 못 듣긴 했는데…… 한 30?"

10밀리암페어 후반의 전압으로도 일반적인 성인 남성을 충분히 기절시킬 수 있다. 그런데 30밀리암페어라니. 간단히 말해 사람을 산 채로 튀겨버리겠다는 뜻이다.

대체 이런 흉기를 어떻게 구한 걸까. 다시 보니 수상쩍은 곳이 한두 군데가 아니다. 상표가 있어야 할 곳에 긁힌 흔적만 남아 있다.

전문적인 증거 인멸의 흔적. 조폭 사무실을 수색할 기회가 있었는데 그때도 이런 건 못 봤다.

"선배, 괜찮아요. 호신 장비 어차피 다 가지고 있잖아요."

선배의 선물을 도로 내밀었지만 선배는 "거부한다"고 중얼거리며 손바닥으로 확 막았다. 그 반동으로 스위치를 누를 뻔해 가슴이 철렁했다.

"우리가 받은 고물 쓰레기? 그건 근무할 때 얘기고. 집에선 어떡할 건데?"

영문을 모르겠다는 표정을 짓자 선배가 한숨을 쉬었다.

"자, 생각해봐. 아파트에 도착했어. 막 엘리베이터에서 내리는데, 눈앞에 누가 있네. 알고 보니 너한테 잡혔던 깡패 새끼. 약을 했는지 뭘 했는지 아무튼 분명 맛이 갔어. 왼손엔 사시미. 출소하기 직전까지 복수의 칼을 간 거지. 어떡할래?"

"너무 극단적이잖아요."

"세상이 그래. 그러니까 좋은 말 할 때 가져가. 내가 뭐, 총을 줬니? 일할 때는 국민의 지팡인데 다치면 버려지는 게 우리 일이야. 항상 가까운 데다 놔둬."

결국 한숨을 쉬며 받아 들었다. 솔직히 약간은 납득했다.

"감사합니다."

그래도 선물이라니, 고마웠다. 후배라고 나름 챙겨준 것……이 아니라, 이것 또한 조직적인 증거 인멸의 일환이 아닐까. 거대한 음모의 일부 같은. 하여튼 받고 나서도 도저히 쓸 일이 없어 차량 조수석의 글로브 박스 구석에 처박아두고 있었다. 앞으로도 계속 쓸 일이 없을 거라고 생각했다. 그런데.

*　*　*

"응? 어떡할 거야?"

그 한마디에, 머릿속을 혼란스럽게 떠다니던 생각의 조각구름들이 일순간 착 연결됐다. 무엇을 해야 할지 뚜렷한 확신이 들었다.

"방금 경찰에 신고했어. 조금 걸린다는데……."

"됐고. 앞에 글로브 박스 열어봐."

백미러 속 차를 보며 내가 중얼거렸다. 해연이는 잠시 이해할 수 없다는 표정을 지었다가 곧장 시키는 대로 했다.

"구석에 있는 거 꺼내. 스위치 절대 누르지 말고, 손잡이만 잡아서 조심스럽게."

해연이는 글로브 박스를 열고 천천히 물건을 꺼냈다. 전기 충격기를 잡은 녀석의 손이 미친 듯이 떨렸다. 딸이 저렇게 무서워하는 것을 평생 본 적이 없다.

"걱정하지 마. 엄마만 믿어."

나는 물건을 건네받고 스위치를 켰다. 배터리를 간 지 몇 년이 되었는데도 물건은 방금 산 것처럼 정상 작동했다. 내가 차의 시동을 끄자 해연이의 눈이 휘둥그레졌다.

"엄마, 뭐 해? 진짜 미쳤어!"

"조용히 해."

차갑게 쏘아붙이자 녀석은 곧장 입을 다물었다. 숨을 멈추고 소리에 집중했다.

덜컥.

이윽고 뒤쪽에서 희미하게 문 열리는 소리가 들렸다. 백미러를 보자 검은색 벤츠의 양쪽 문이 활짝 열려 있었다. 그 앞으로 두 명의 남자가 이쪽을 향해 성큼성큼 걸어오고 있었다. 검은 정장 차림의 두 남자. 비를 맞아도 상관없다는 듯 우산조차 쓰지 않았다.

심장이 두근거렸다. 숨을 참아, 내달리는 심장에 강제로 브레이크를 걸었다. 밖에서 보이지 않도록 전기 충격기를 쥔 손의 각도를 조정했다. 조금이라도 공격할 태세를 보인다면, 한 치의 망설임도 없이 튀겨버리리라.

그런데 남자들이 다가올수록, 자꾸만 이상한 점이 눈에 띄었다. 일단 전체적인 느낌이 도저히 위협적이지가 않았다. 앞의 남자는 키가 작고 통통한 체형에, 머리는 관리한 듯 단정했다. 자세히 보니 뒤의 키 큰 남자는 태블릿까지 들었다. 그것도 방수 팩 안에 넣어서.

'대체 뭐 하는 놈들이지?'

마침내 검은 정장들이 차 앞에 도착했다. 둘 중 키 작은 양복이 차창을 똑똑 두드렸다.

"저기요?"

나는 버튼을 눌러 차량 실내등을 켰다. 오렌지색 빛이 남자의 얼굴을 물들였다. 푸근한 인상에 각진 턱이 인상적인 30대 중반의 남자.

"창문 좀 내려주세요. 살짝만."

그의 말에 나는 아무 반응도 하지 않았다.

"저기요?"

계속 두드려도 응답이 없자 그가 돌연 버럭 소리쳤다.

"박수진 씨?"

"……예?"

이름을 불리자 얼떨결에 대답하고 말았다. 초조하게 지켜보던 해연이도 그 순간 눈이 휘둥그레졌다.

"경감님! 경감님 맞으시죠?"

순간 두 가지 질문이 뇌를 휘저었다. 하나, 내 이름을 어떻게 알지? 둘, 내가 경감이었다는 걸 어떻게 알지?

그때였다. 운전석 쪽 차창 위에 뭔가가 철썩 붙여졌다. 자세히 보니 신분증이었다. 하얀 바탕에 파란 글씨. 영어 약자, NIS. 국정원이었다.

작은 양복은 연신 고개를 숙였다.

"일단 저, 사과의 말씀드립니다. 도저히 수진 씨랑 연락이 되지 않아 이렇게 불미스러운 방법으로 인사드리게 되었습니다. 근데 상황이 상황이다 보니."

"그런데"라고 중얼거리며 그가 슬쩍 고개를 들었다.

"혹시 그…… 손에 드신 물건은 좀 내려주실 수 없나요? 무섭습니다."

흠칫 놀랐다. 어떻게 알았지?

"스파크 튀는 거 봤어요. 불꽃이 장난 아니던데……. 저 심장 약하거든요. 그거 맞으면 죽어요, 저."

나는 한숨을 쉬며 차창을 내렸다. 더 이상 경계할 마음은 들지 않았다. 물론 국정원을 사칭하는 이들이 아예 없는 건 아니지만 대부분은 금품을 요구하거나 투자 사기를 시도하는 구질구질한 사기꾼이다. 길 가던 차를 붙잡고 신분증을 들이미는 요행을 벌이진 않는다. 블랙박스에 찍히고 싶어 환장한 것이 아니라면.

"혹시 시간 되십니까? 잠깐이면 되는데."

나는 미소를 머금고 말했다.

"지금 장난하세요? 연락이라도 하고 오시든가. 미행? 진짜 미쳤어요?"

"죄, 죄송합니다."

작은 양복이 꾸벅 고개를 숙이더니, 조용히 덧붙였다.

"근데…… 저희가 연락은 드렸거든요. 한 백번은."

무슨 소리냐며 따지려다 말문이 턱 막혔다. 고개 돌려 전원 꺼진 나의 휴대폰과 보조 배터리를 번갈아 보았다. 맞다. 그러고 보니, 배터리를 해연이에게 줬었지.

"됐고요. 나머진 카톡으로 하세요. 갈 길이 멀어서."

최대한 차가운 표정을 지으며 나는 창문을 올렸다.

"잠깐만요, 잠깐만요, 잠깐만요."

작은 양복이 허겁지겁 차창 위로 손가락을 걸쳤다.

"아…… 정말 급한 상황인데……."

"그러니까 뭐가 급한데요, 뭐가."

"자세한 정보는 말할 수 없는데."

"그냥 넙죽 따라오라고요? 납치범도 그렇게는 안 꼬셔요."

"납치 같은 거 아닙니다."

"뭔데요, 그럼? 내가, 지금은 경찰 프로파일러도 뭣도 아닌 내가, 시식 코너 알바나 하는 내가, 이 야밤에 갑자기 왜 필요한데요, 예?"

이를 악물었다.

"국가 안보랑 관련된 문제입니다. 정말 급한 일이라……."

다람쥐 쳇바퀴 돌리듯 반복되는 멍청한 대화에 시간을 1초도 더 낭비하고 싶지 않았다. 나는 시동을 걸고 창문 버튼을 눌렀다.

"흐악!"

그는 이상한 비명을 지르며 손가락을 뺐다. 혼이 빠진 듯 멀뚱하게 서 있는 남자 둘을 남겨두고, 차는 시원하게 질주했다.

"엄마 방금 존나 멋있었어."

출발한 지 몇 분 후, 옆에서 그런 소리가 들렸다. "존나가 뭐니 존나가"라고 말하려다 딸의 초롱초롱한 눈빛을 보고 그럴 타이밍이 아님을 깨달았다. 그러고 보니 녀석에게 이 정도의 존경심을 받아본 적이 있던가.

"엄마?"

나는 차가운 포커페이스를 유지하며, 운전석 위 보관함에서 선글라스를 슬쩍 꺼낸 다음 조용히 썼다. 내 쪽을 흘긋 본 해연이의 눈이 휘둥그레졌다.

"미친."

녀석은 빵 터졌다. 휴대폰을 꺼내더니 내 사진을 연달아 찍었다. 발작적으로 웃고 또 웃었다. 포커페이스를 유지하려 했지만, 웃음은 결국 나에게도 전염됐다. 그렇게 미친 듯이 한참을 웃던 그때였다. 난데없이 전화벨이 울렸다. 내 전화다. 충전기를 꽂고 얼마 지나지도 않았는데.

"이 시간에 누구지?"

해연이가 대신 화면에 뜬 이름을 봐주었다.

"지은 선배라는데?"

전혀 예상치 못했지만 언제 들어도 반가운 이름이다. 비록 일은 그만두었지만, 근무하는 동안 얼마나 많은 신세를 졌는지 셀 수가 없었다. 그런데 그 선배가 왜 지금 이 시간에 전화를 한 걸까? 그것도 내가 하필 수상한 양복남들을 만난 직후인 지금? 우연이라고 치부하기엔 타이밍이 지나칠 만큼 절묘하다.

'설마 셋이 한패?'

고개를 저으며 피식 웃었다. 괜한 걱정이다. 그 누구도 아니고 지은 선배다. 설사 정말 한패라 해도, 입이 근질거리다 못해 그 사실을 몰래 알려줄 그런 인물이다.

"대신 연결 좀 해줄래?"

내가 부탁하자 해연이는 응 하며 고개를 끄덕였다. 나는 이어폰을 귀에 꼈다. 전화 버튼을 누른 지 1초도 지나지 않아 통화가 곧장 연결되었다.

—너, 대체 무슨 사건에 엮인 거야?

선배가 다짜고짜 소리쳤다.

"사, 사건이요?"

—그러니까 왜 갑자기 모두가 너를 못 찾아서 안달인 거냐고.

이해가 가지 않았다. 모두라면 그 자칭 요원들을 말하는 건가?

—너도 모르는구나?

역시 눈치 하나는 더럽게 빠른 인간. "네"라고 내가 중얼거렸다. 잠시 침묵이 흐르더니 한숨 소리가 들렸다.

—나도 제정신이 아니네. 오랜만에 전화해서는. 잘 지내지?

"똑같죠, 뭐. 죽지 못해 살죠."

—괜찮아. 살맛 나서 사는 새끼가 어디 있어.

선배가 중얼거렸다.

—그나저나, 혹시 이상한 애들 만난 적 없어?

"이상한 애들이요?"

—응. 자신들이 맨 인 블랙인 줄 아는 미친 새끼들.

놀라울 정도로 정확한 묘사라 움찔 놀랐다.

"어떻게 알았어요?"

—들은 게 있거든.

"뭔데요?"

—그전에, 자기 일 먼저.

나는 방금 벌어진 일을 최대한 자세하게 설명했다. 마침내 이야기를 끝내자, 선배는 헬륨 가스를 들이마신 듯한 웃음소리를 냈다.

─잘했네. 그 새끼들 말이야, 사실 나도 아까 봤다?

"저, 정말요? 그놈들, 선배한텐 뭐 이상한 짓 안 했어요?"

─나? 새벽에 담배 사러 가는데 갑자기 뒤를 밟는 거야. 괘씸해서 모른 척 따돌린 다음 역으로 미행했어. 구시렁대면서 차에 타길래, 냉큼 같이 탔지.

속으로 감탄했다. 이 인간은 예나 지금이나 달라진 것이 없다. 인생이 지루해진다 싶으면 어떻게든 서스펜스를 추가한다.

"그래서…… 선배한테도 그랬어요? 같이 가달라고?"

─아니. 널 설득해달라고 하던데.

"네?"

─워딩까지 정확하게 말해줄까? 박, 수, 진, 씨를 설득해주세요. 부탁드립니다.

나는 충격을 받은 나머지 입이 굳어버렸다.

─무슨 일이야? 너 월북했냐? 아니면 뭐 혈액형이 RH마이너스 AB 플러스마이너스 형이고 그래?

"모, 모르겠어요, 저도."

─하여튼. 보통 일 아닌 거 같다, 이거.

"대체 무슨 일인데요?"

─몰라. 나도 지금 너한테 물어보려고 전화한 거잖아.

선배가 목소리를 낮게 깔았다.

—근데, 이건 확실해. 누구인지는 몰라도 저 멀리, 꼭대기에서 내려온 거야. 높아서, 살면서 얼굴 한 번 못 볼 그런 사람들.

그런 사람이 누굴까. 도저히 상상이 가지 않았다. 수화기 너머에서 담배에 불을 붙이는 칙 소리가 들렸다.

—그나저나 조건은 들었어?

"조건이요?"

—무슨 일인지 말이야. 제안은 들었냐고.

"어…… 아뇨."

그러고 보니 사실상 가장 중요한 부분을 듣지 못하고 있었다.

—결정은 네가 하는 거다. 하든 말든 나랑은 상관없으니까. 나중에 딴소리 말고.

하지만 선배의 목소리 톤은 내가 이미 어떤 선택을 할지 예상한 것 같았다.

—너, 복귀시켜준대. 그것도 그만둘 때 직위에서 두 단계 승급한 걸로.

뭐? 나는 눈을 크게 떴다.

"그게 마음대로 되는 게 아니잖아요."

—몰라. 그걸 마음대로 할 수 있는 사람이 내린 지시겠지.

믿을 수가 없다. 들은 말을 머릿속에서 곱씹고 또 곱씹었다. 그럴 리 없겠지만…… 만약, 이 모든 상황이 정말 진짜라면?

그날의 선택을 하루라도 후회하지 않은 날이 없다. 마트에서 아르바이트를 하는 동안에도 계속 상상했을 정도다. 충동적인 결정으로 경찰직을 관두지만 않았더라면. 그때 그 선택을 하지 않았더라면. 그런데…… 그 선택을 되돌릴 수 있다. 아니, 되돌리는 정도가 아니다.

─근데, 솔직히 느낌이 좀 안 좋아. 야밤에 부른 것도 그렇고, 그 양복 입은 놈들이 끝까지 무슨 일인지 안 밝히는 것도 그렇고.

"저기, 선배. 근데 제가 지금 어디 가는 중이라서요. 당장 결정하긴 좀 그렇고, 시간이 필요할 것 같은데. 언제까지 결정하면 돼요?"

잠시 정적이 흐르더니 이내 긴 한숨 소리가 들렸다.

─앞으로 한 시간 안으로.

"알았어요."

─야, 근데 너 무슨 일인지도 모르면서 막…….

나는 전화를 끊었다.

초조하게 핸들을 만지작거렸다. 고개를 돌려 해연이를 보았다. 침을 연신 삼킨 끝에 나는 입을 열었다.

"해연아."

"응?"

* * *

두 시간 후.

본드 섞인 새 차 냄새 때문인지 코와 머리가 욱신거렸다. 조수석에 탄 키 작은 양복남은 아까부터 쉴 새 없이 노트북을 두드리고 있다. 나는 뭘 하고 있나 싶어 어깨 너머로 흘끔 보았다. 창의 형태를 보아하니 텔레그램류의 보안 채팅 프로그램이다. 누구한테 어떤 메시지를 보내는 걸까.

나는 차창 쪽으로 고개를 돌렸다. 부정적인 생각을 해봤자 좋을 것 하나 없다. 물은 엎질러졌고 결정은 이미 내리지 않았나. 이제 돌이킬 수 없다. 하지만 마지막으로 본 해연이의 표정이 자꾸만 눈앞에 어른거렸다. 그 실망과 분노의 눈빛이란. 아마 지금쯤이면 키 큰 양복남이 해연이를 집으로 데려가고 있을 것이다.

이 상황을 나중에 어떻게 수습해야 할지 감조차 잡히지 않는다. "죽겠네" 하고 중얼거리며 두 손으로 얼굴을 비볐다. 고개를 들자 갑자기 무릎 위로 천 보자기가 날아왔다. 조수석의 양복남이 던진 것이었다.

"뭐예요, 이게?"

"쓰시는 겁니다, 머리에."

"쓰라고요? 이걸?"

"죄송합니다. 보안 문제 때문에 위치가 밝혀지면 곤란하거든요."

땅덩이도 좁은 나라에 숨겨봤자 얼마나 숨긴다고. 하지만 따라가겠다고 해놓고 이래라저래라 하는 것도 별로였다. 반쯤 체념한 상태로 보자기를 드는데 그가 또다시 끼어들었다.

"아, 그리고 휴대폰도 좀."

"보안상 문제요?"

"네, 잘 아시는군요."

남자가 활짝 미소 지었다.

"도착하면 돌려줄 건가요?"

내가 묻자 남자는 미소를 머금은 채 그대로 굳었다.

그래, 다 가져가라. 나는 남자의 무릎 위에 휴대폰을 던져 소심한 복수를 마친 뒤, 보자기를 뒤집어쓰고 좌석에 털썩 몸을 파묻었다.

갑자기 쿡 하고 웃음이 터졌다. 이래서야 납치를 당하는 것과 다를 바 없지 않은가. 지나가던 사람이 날 보면 경찰에 신고를 할지도 모른다. 그런 상상을 하는데 천이 약간 축축한 것이 문득 느껴졌다.

얼굴을 덮은 천을 부드럽게 쓰다듬었다. 그러고 보니 한 곳만 축축한 게 아니었다. 미세한 물방울이 전체적으로 퍼져 있었다. 숨을 쉬는 동안 생긴 물기일까.

문득 경찰 학교 시절 기억이 떠올랐다.

신입생 시절. 여느 때와 같은 교실이었다. 수업의 주제는 '현재 한국에서 유통되고 있는 마약에 대해서'. 지루한 강의에 모두의 눈이 슬슬 감길 때쯤, 교관이 샘플이라며 플라스틱 약병을 하나 꺼냈다. 클로로포름이라고 했다.

"체험해볼 사람?"

교관의 말에 모두들 벌떡 몸을 일으켰다. 다른 건 몰라도 이런 건 놓칠 수가 없다. 한 명도 빠지지 않고 손을 들자 교관이 혀를 찼다.

"미래의 경찰이란 새끼들이 진짜 잘한다, 잘해."

그는 쓴소리를 하며 모두를 무시하더니 손가락으로 누군가를 가리켰다.

"됐고. 거기, 계속 집중하던 우리 수진이. 나와."

느닷없이 행운의 주인공이 된 나는 멈칫거리며 샘플 앞으로 다가갔다. 이게 영화에서만 보던 바로 그 약인가. 가슴이 두근거렸다.

"딱 0.5초만 맡는다고 생각해. 0.5초만……."

교관이 재차 강조했지만, 무슨 생각이었는지 샘플을 기세 좋게 들이마셨다. 결과는 블랙아웃. 눈을 뜨니 병원이었다. 기절과 동시에 바닥에 머리를 부딪쳐 가벼운 뇌진탕에 빠졌다고 했다.

당시에는 그저 웃어넘긴 해프닝이었지만 지금은 그럴 수 없었다. 왜냐하면 지금 뒤집어쓴 천에서 그 냄새가 나고 있었으니까.

겁에 질려 황급히 천을 벗으려 했지만, 할 수 있는 건 거기까지였다. 약효가 이미 온몸에 퍼진 건지 손가락 하나도 까딱할 수 없다. 세상이 빙글 기울었다. 말을 하려고 해도 입에서 웅얼거리는 소리만이 흘러나왔다.

조수석에 앉은 양복남이 몸을 돌렸다. 그는 내 머리에서 보자기를 벗긴 다음 집게손가락을 뻗어 눈꺼풀을 하나씩 감겨주었다.

"주무세요."

안 돼. 잠깐만. 잠깐만요.

중얼거려봤지만 이내 모든 것이 암흑으로 뒤덮였다.

2.

또 그 지긋지긋한 악몽이다. 같은 악몽을 여러 번 꾸다 보면, 이젠 꾸기 전에도 알 수 있다. 한 사람과 끈덕지게 지내다 보면 발소리만 들어도 누구인지 아는 것처럼. 하지만 이건 그중에서도 내가 유독 두려워하는 악몽이다.

소름끼치도록 현실적이기 때문이다. 깰 때마다 온몸이 땀으로 흠뻑 젖을 만큼. 어쩌면 당연한 일인지도 모른다. 그 악몽은 실제로 벌어졌던 과거의 일을 바탕으로 하니까.

눈을 뜨면, 나는 유흥업소가 즐비한 거리에 서 있다. 평범하게 웃고 떠들며 거리를 지나는 사람들. 평범하지만 평범하지 않다. 달걀 귀신처럼 눈코입이 없다.

"경감님!"

고개를 돌린 나는 소리친 이를 본다. 남 경사다. 그의 하얗고 순둥한 인상은 경찰과 도통 어울리지 않는다. 범죄자를 체포하려다

도리어 체포를 당할 것 같은 느낌이라고, 동료들 사이에서 놀림을 받는다.

"안 들어가세요?"

"어, 가야지."

내가 고개를 끄덕인다.

남 경사와 고시원 계단을 오르며, 나는 머릿속으로 이곳에 대한 정보를 되새긴다. 그리 주목할 만한 특이점은 없다. 굳이 꼽자면, 방값이 터무니없는 바가지라는 것 정도. 하지만 역세권의 힘인지 빈 방은 없다. 이들 중 정말 고시 준비를 하는 사람이 얼마나 될까. 그런 잡생각을 하며 걷자 어느새 목적지 앞이다.

용의자가 이 건물에 있다는 사실은 이미 2주 전 범죄에 사용된 컴퓨터 이메일 IP주소를 통해 알아냈다. 문제는 정확히 어느 방에 사느냐는 것이다. 원래대로라면 고시원 방들을 일일이 검사해야겠지만, 이번에는 그럴 필요가 없었다. 고시원 주인장 덕분이다. 그가 말하길, 이 남자는 '다른 고시생들과는 달리 하루 종일 처박혀서 게임만 하는 것 같다'고 했고, '잠깐 문틈으로 본 적이 있는데 컴퓨터가 한두 대가 아니었다'고 했으니까. 고학력자에, 시간 많고, 컴퓨터에 능하며, 딱히 직업을 가지지 않은 인물. 누가 봐도 딱 우리가 찾는 인간이다.

우리는 곧 305호 앞에 도착한다. 철컥. 나는 미리 받아둔 마스터키를 열쇠 구멍에 꽂는다. 문을 완전히 열기 전에 남 경사를 흘긋 본다. 그는 고개를 끄덕인다.

손잡이를 돌리자마자 문을 쾅 걷어찬다. 나는 곧장 총을 빼 들지만, 얼마 지나지 않아 팔을 내린다. 안은 텅 비었다. 또 허탕인가 싶어 나는 한숨을 쉰다. 그때 등 뒤에서 난데없이 욕설이 들린다.

"아, 씨발!"

남 경사가 욱 소리를 내며 고개를 숙인다. 설마 그동안 코로 숨 쉬고 있었던 건가. 미리 말해줄걸 그랬나 싶어 나는 머쓱해진다. 실은 방에 들어서기 전부터 악취를 느끼고 줄곧 입으로만 숨을 쉬던 참이었다.

"토할 거면 나가."

나는 코맹맹이 소리로 그렇게 말하고는 주변을 둘러본다.

확실히 방 안의 상태는 심각하다. 창문 하나 없는 밀폐된 구조라 퀴퀴한 악취가 진동하고, 벽지는 오줌을 갈긴 것처럼 군데군데가 노랗다. 바닥에 널린 쓰레기들은 분리수거 날 모은 것을 한데 부어놓았는지 종류가 각양각색이다. 바닥 곳곳에서는 작고 검은 무언가가 이리저리 기어 다닌다. 인간이 이런 곳에서도 살 수 있다니. 눈썹을 있는 대로 찡그리면서도 나는 수색을 계속한다.

잡동사니 속에서 문득 한 물건이 내 눈길을 사로잡는다. 벽에 걸린 이케아 옷걸이. 옷걸이 위로는 옷이 정갈하게 걸려 있는데, 먼지도 티끌도 하나 없다. 마치 이 방과는 전혀 다른 평행 세계에서 툭 떨어진 듯하다. 문득 이상한 가능성이 머릿속을 스친다.

'아니야. 그럴 리 없어.'

나는 속으로 부정하지만, 몸으로는 어느새 휴대폰을 꺼내 영상을 틀고 있다. 백화점 테러 당일, 용의자를 촬영한 CCTV 영상 원본.

나는 빨리 감기를 눌러 용의자가 나타났을 때부터 재생한다. 픽셀이 큼직큼직하게 쪼개진 저화질의 영상 속에서 용의자가 등장한다. 남편과 아들을 불지옥 속으로 밀어 넣은 놈은 화면 속에서 있는 대로 고개를 숙이며 출구를 향해 걷는다. 선글라스와 마스크를 끼고 패딩을 입은 차림으로.

사건 이후 이 영상을 몇백 번 돌려 봤다. 재생을 할 때마다 나는 두려움을 느낀다. 어느 순간, 분노의 감정에 익숙해질까 봐. 매일 같은 길거리를 걸으면 어느 순간 의식하지 않게 되듯이. 기우였다. 영상을 볼 때마다 분노가 잦아들긴커녕 커지기만 했으니까.

나는 터질 듯한 가슴을 간신히 억누른다. 그리고 휴대폰을 들어 영상 속 남자의 옷과 눈앞의 옷을 대조한다. 백 퍼센트 일치.

"차, 찾았네요! 얘가 걔 아니에요?"

뒤에서 영상을 훔쳐 보던 남 경사가 말한다. 코를 엄지와 검지로 막고 있어 코맹맹이 소리다.

"아니. 그럴 리 없어."

"……왜요?"

"이 새끼 저번에 죽었잖아. 목에다 볼펜 박고."

*　　*　　*

그날, 5월 21일에 295명이 죽었다. 서울 지하철 테러 사건. 웅진

53

아울렛 테러가 벌어지고 1년도 채 지나지 않아 벌어진 이 참극은 국민들의 마음에 또 다른 트라우마를 남겼다.

이 사건은 과거 일본의 옴진리교 사린 가스 테러와 유사점이 많았다. 대량 살상을 위해 피크 타임을 노렸다는 점, 테러범들이 맹목적으로 누군가의 명령을 따랐다는 점에서 특히 그랬다.

하지만 차이점 또한 분명했고, 그 점이 바로 골칫거리였다. 사린 가스 테러 사건의 배후자는 사이비 교주 아사하라 쇼코였다. 그의 집단과 신도는 당시 일본 전 지역에 문어발처럼 뻗쳐 있었다. 넉넉한 인프라가 확보되어 있으니 폭탄 조달부터 테러까지 막힘이 없는 것은 당연했다.

서울 지하철 테러 사건은 달랐다. 인프라는커녕 동기조차 추측할 수 없었다. 폭탄을 어떻게 조달했는지, 폭탄을 어디서 만들었는지도 의문이었다. 미스터리는 거기서 끝나지 않는다. 테러 작전에 협조해 스스로 조끼를 입은 이들은 전부 일반인이었다. 전과도 정신과 기록도 없는, 무난한 삶을 살던 평범한 시민들. 그런 이들이 어느 날 갑자기 자발적으로 폭탄 조끼를 입었다. 대체 왜?

파면 팔수록 새로운 물음표만 늘어날 뿐이었다. 수사관들은 시간이 흐를수록 점차 체념했다. 현대의 기술력을 총동원해도 수사는 제자리걸음이었다. DNA 기술이 30년 만에 화성 연쇄살인 사건의 범인을 밝혀낸 것처럼, 나중에라면 몰라도 현재 기술로는 해결 불가능한 사건이 아닐까, 그런 헛소리까지 돌 정도였다.

그런데 우리 경찰은 기어코 용의자를 발견, 체포했다. 매스컴에서는 기적이라며 떠들어댔다. 하지만 그들은 몰랐다. 그 '기적'을 위해 수백 명의 경찰들이 피와 땀, 그리고 시력을 희생해야만 했다는 사실을. 그놈의 빌어먹을 후드 티 한 놈을 잡기 위해 대한민국에 현존하는 모든 CCTV를 거의 쥐 잡듯이 뒤져야 했다는 사실을.

용의자를 잡은 뒤, 다들 조금은 안도할 수 있었다. 가장 어려운 고비를 넘겼으니까. 이제 남은 일은 하나뿐이었다. 놈을 심리적으로 어떻게 쥐어짜야 정보라는 단물을 얻어낼 수 있을까. 하지만 '단물'은 끝내 얻지 못했다. 핏물이라면 모를까.

그렇다. 이른바 '볼펜 사건'이 벌어진 것이다. 용의자가 취조 도중 경찰이 보는 앞에서 자살한 사상 초유의 사건. 그래도 지옥 속에서 한 줌의 위로를 찾자면, 그 실수를 한 사람이 다름 아닌 높으신 분이라는 사실. 동료 중 누군가가 책임을 져야 하는 그런 상황은 없었다. 대신 매일 회의가 열렸다. 회의의 주제는 '사망 사실을 어떻게 공표해야 우리가 무능하지 않게 보일 수 있을까'.

평소라면 다른, 더 큰 사건이 터지길 기다리며 슬쩍 넘겼을 테지만 이번 사건은 그것이 불가능했다. 규모도 희생자 수도 말 그대로 사상 초유였으니까. 결국 긴 회의 끝에 나온 결론은 이것이었다. 국민 정서를 고려하여 어떻게든 범인을 공표하자. 동기를 적당히 추측해, 범인의 자살과 함께 원 플러스 원으로 매스컴에 뿌리자는 말이었다.

경찰 측에서 준비한 원 플러스 원 상품이 매스컴에 일제히 뿌려진 것은 그즈음이었다. 국민들은 당연히 항변했다. 이게 말이 되느냐, 부실 수사 아니냐며 온갖 의문을 제기했다. 경찰 측에서 빼도 박도 못 하는 물증들을 공개한 것은—시민들의 이해를 돕기 위해 최대한 어려운 수사 용어를 덧붙이는 것이 포인트다—그래서였다. 진범을 찾기 위해 우리가 감춰두었던 패들은 그렇게 전부 날아갔다. 국민 정서를 위해.

표면적으로 소란은 가라앉은 듯했다. 얼마 후, 딥웹에서 테러 예고 사이트 '마스터마인드'가 발견되기 전까지는.

"이거 좀 보시겠어요?"

어느 날, 조서를 작성하고 있는데 남 경사가 메일로 링크를 하나 보냈다. 주소에 'onion'이 들어간 것을 보니 딥웹 사이트였다.

귀찮아진 나는 끙 소리를 내며 모니터를 노려보았다. 딥웹에 접근하기는 까다롭기 때문이다. 일반적인 인터넷 브라우저로는 접속할 수 없다. 오로지 특정 브라우저를 이용해야만 간신히 접속이 가능한데, 그 과정에도 상당한 시간이 걸린다. 'IP 세탁' 때문이다.

딥웹용 브라우저를 실행하면 사용자의 IP는 같은 프로그램을 이용하는 전 세계 사람들의 IP를 거치고 또 거친다. 사람으로 따지면 CCTV를 피하려고 후드를 뒤집어쓴 다음 지하철을 계속 갈아타는 것과 같다. 아무리 찾으려고 눈을 크게 떠도 어느 순간 놓치게 되는 것이다. 이런 복잡다단한 과정을 통해 이용자들은 깔끔하게 세탁된 IP로 익명성을 보장받은 채 딥웹에 접속할 수 있다.

그렇다면 딥웹 이용자들이 이렇게까지 익명성을 중요시하는 이유가 뭘까. 불법적인 거래를 마음 놓고 할 수 있어서다. 가볍게 시작하면 질 나쁜 정보가 가득한 위키 백과, 리벤지 포르노, 각종 악취미적인 페티시 영상들. 조금 더 깊이 들어가면 아동 포르노나 마약 대리 배달 사이트.

아무 설명도 없이 링크만 툭 보낸 남 경사를 저주하며, 나는 간신히 사이트에 접속했다.

"어?"

로딩된 사이트를 보자마자 충격에 몸이 굳었다. 검은 바탕에 바둑판 타일처럼 붉은 뭔가가 도배되어 있었다.

백화점 테러 희생자들의 사진. 유출되어선 안 되는, 피해자들의 처참한 모습이 '전시'되어 있었다. 경악해서 입을 틀어막는데 갑작스레 창이 하나 떴다.

다음 테러까지 : 12일 21시간

제일 먼저 떠올린 가능성은 누군가의 지독한 악취미였다. 사회에 불만을 품은 히키코모리 같은 녀석이 불특정 다수에게 엿을 먹이려 가짜 사이트를 만든 것 아닐까. 사이트 바탕 화면도 그런 의심에 한몫했다. 보는 이를 불쾌하게 만들려고 의도한 티가 났다.

하지만 진실은 안타깝게도 단순하지 않았다. 사이트 속에는 이스터 에그가 잔뜩 숨겨져 있었다. 이를테면 여섯 번째 희생자의 사진 위에 마우스 커서를 대고 가만히 있으면 사진이 점차 확대되다 다른 사이트로 이동한다. 그렇게 이동한 사이트의 HTML 코드를 뜯어보면 짧은 링크가 숨겨져 있는데, 그것을 누르면 또 다른 사이트로 이동한다. 그렇게 기나긴 토끼 굴을 지난 끝에 마침내 드러난 것은 한 장의 사진이었다.

어느 좁은 방에서 폭탄을 조립하고 있는 30대 중반의 남자. 활짝 웃고 있으며, 옆에는 이미 완성된 폭탄이 수두룩하게 쌓여 있다. 조사 결과, 해당 폭탄은 서울 지하철 테러에서 실제 사용된 폭탄으로 밝혀졌다.

그 사실이 드러나자 수사진 사이에서는 공포가 스멀스멀 고개를 들었다. 아무도 말을 하진 않았지만 모두가 느끼고 있었다. '그날'의 그림자가 다시 모두를 집어삼키고 있다는 사실을.

사진이 발견된 지 얼마 지나지 않아 TF팀이 다시 부활했다. 메인 미션은 모방범 혹은 공범일지도 모르는 그 자식을 찾는 것. 간단히 말해 사진 속 '그 새끼'를 잡는 것. 어쩌면 사건의 이면을 파헤칠 마지막 기회일지도 모른다. 그리고 죽은 남편과 아들의 한을 풀 마지막 기회일지도. 이번에야말로 놈을 놓치지 않겠다고, 나는 진심으로 각오했다.

발로 뛰는 방법과 함께, 이번에는 온라인 또한 적극 활용했다. 딥 웹 사이트를 추적하는 일은 내가 프로 해커도 아니니 애초에 불가능하다. 따라서 그 일은 다른 부서에 맡기고, 대신 나는 내가 할 수 있는 일을 했다.

폭탄 테러범을 신봉하는 사이트나 놈을 때려잡자는 자경단 사이트 등 미끼를 여러 개 만든 다음 반복적으로 접속한 IP 주소를 모았다. 폭탄 제조법을 소개하는 사이트 몇천 개를 수집한 다음 그중 테러범이 쓴 폭탄과 가장 유사한 제조법을 소개하는 사이트만 솎아냈다. 사이트 주인장에게 일일이 메일을 날리거나 전화를 하며 접속 IP들을 따냈다. 모은 IP들을 거르고, 거르고, 또 걸렀다. 몇 주가 지나자 수상한 IP들은 A4 한 장에 들어갈 정도로 줄어들었다.

우리는 각자 IP를 배당받은 다음 본격적인 수색을 시작했다. 지금 우리가 서 있는 고시원도 그중 하나였다.

* * *

"하지만…… 우연이라고 친다고요? 저거를?"

남 경사가 말한다.

나는 흘러내린 머리를 귀 뒤로 넘긴다. 우연이 아니라면 뭐란 말인가. 용의자들이 단결심을 불태우며 다 같이 패딩을 공구라도 했단 말인가. 아니면 우연찮게도 용의자들의 취향이 절묘하게 같았다?

"지원 요청할까요? 지금이라도……."

"됐어."

남 경사의 말을 끊으며 나는 총을 뒤춤에 넣는다.

"뭐 중요한 증거를 찾은 것도 아니고, 심증이잖아."

"그럼…… 어떡하죠, 이제?"

"일단 만나야지, 방 주인을."

"잠복?"

남 경사의 얼굴이 창백해진다. 제발 잠복의 '잠' 자도 꺼내지 말아달라는 표정이다. 물론 잠복을 하며 남 경사의 반응을 지켜보는 것도 하나의 재미겠지만, 이렇게 좁은 장소에서 잠복은 상당히 비효율적이다. 들킬 가능성도 크고. 어쩌면 이미 들켰을 수도 있다.

내가 이 정도 테러를 저지른 장본인이라면, 초소형 CCTV 하나 정도는 달아놓고 수시로 체크할 것이다. 당연한 것 아닌가. 잡히면 최소 사형인데. 등 뒤에서 목소리가 들린 것은 그때였다.

"혹시 그 방 주인 찾나?"

문 앞에는 뼈만 앙상한 노인이 서 있었다. 수염과 머리가 하얗고 길어 사극에 나오는 대역 죄인 같은데, 옷차림은 젊은 사람처럼 힙한 분위기다. 뭐 하는 사람일까. 감조차 잡히지 않는다.

"예. 혹시 아시는 거 있으세요?"

남 경사가 묻는다.

"그놈? 담배 사러 갔어."

"어디로 사러 갔는지도 혹시 아세요?"

"손가락이 가렵네. 손가락이."

"네?"

노인은 검지와 엄지를 비빈다. 남 경사가 멍을 때리는 동안 나는 한숨을 쉬며 지갑에서 오만 원짜리를 꺼낸다.

"아이고, 뭐 이런 걸 또."

노인은 두 손으로 돈을 건네받는다. 그런 다음 복도 끝 창문을 열고 편의점 하나를 가리킨다.

"맨날 쩌그서 사 가지고."

노인의 손가락은 편의점 건물의 옥상을 향해 쭉 올라간다.

"쩌그서 펴. 정확히 두 개비. 쩌그가 경치 좋다고. 지랄이지, 지랄. 어디서 보건 그지 같은 건 마찬가진데."

나는 고개를 내밀어 노인이 말한 '쩌그'를 본다. 숨을 멈춘다. 있다. 어쩌면 모방범일지 모르는 남자가, 사진 속에서 폭탄을 자랑하며 징그러운 미소를 짓던 그 남자가, 세상 여유로운 태도로 담배 연기를 뿜어대고 있다.

"가자."

흥분한 나는 계단을 뛰어내리다시피 내려간다.

잡는다. 잡다가 죽는 한이 있어도 무조건 잡는다. 건물을 향해 전력 질주하며 머릿속으로는 시뮬레이션을 돌린다. 엘리베이터를 타고 내려온다면, 최상의 시나리오다. 덫에 걸린 채 '나 잡아주시오' 하는 꼴이다. 계단으로 내려온다면, 조금 까다로워진다. 그래도 제압할 몇 가지 방법이 있다.

일단 건물 앞에 도착한 나는 돌연 숨을 집어삼키며 걸음을 멈춘다. 눈앞에 놈이 있다. 가슴이 철렁 내려앉는다. 언제 여기까지 왔지? 아마 우리가 고시원을 나선 순간, 거의 같은 타이밍에 건물에서 내려온 것이 분명하다.

위기인가? 아니다. 기회다. 끝내주는 기회. 놈은 아직 자신이 들켰다는 사실조차 파악하지 못했다. 방심한 틈을 노릴 수 있다.

상대는 건장한 20대 성인 남성. 하지만 아무리 완력이 강하더라도 갑자기 둘이서 덮치면 누구나 꼼짝 못 한다. 게다가 남 경사가 다른 건 못해도 수갑 하난 기가 막히게 채우지 않는가. 그래, 기회다.

나는 무표정을 유지하며 놈의 뒤를 향해 다가간다. 점차 간격이 줄어든다. 세 발자국. 두 발자국. 이제 넘어지면 닿을 거리.

돌연 남자가 걸음을 멈춘다. 들켰나. 아니, 그럴 리 없다. 전혀 의심할 틈을 주지 않았는데. 하지만 남자는 고개를 왼쪽 오른쪽으로 돌린다. 나와 남 경사를 차례로 보더니 천천히 뒷걸음질 친다.

'들켰다'라고 생각하기도 전에 놈은 벌써 몸을 돌려 도망치기 시작한다. 눈앞에 결승선을 둔 마라톤 선수처럼 필사적으로.

"씨발!"

욕을 씹어 뱉은 뒤, 나는 놈의 뒤를 쫓기 시작한다. 속으로는 약간의 안도감을 느끼며. 도망을 친 시점에, 남자는 스스로 자백을 한 것이나 마찬가지니까.

나는 살면서 처음으로 심장이 터지기 직전까지 달린다. 계단을 오르고, 담을 넘고, 도로를 건너고, 다시 계단을 오르고, 횡단보도를 가로지른다. 이 모든 과정을 몇 번이고 반복한다.

얼마나 달렸을까. 육교 계단을 오르자 마침내 놈의 뒷모습이 보인다. 등을 돌린 채 육교 한가운데에 우뚝 서 있다. 땀에 젖은 등이 쉴 새 없이 들썩인다. 지친 걸까, 아니면 무슨 꿍꿍이라도 있는 걸까. 상관없다. 그 어떤 계획을 가지고 있든 간에 총알을 피할 순 없다. 저 새낀 여기서 잡힌다. 무조건.

"손 들어. 총 맞고 싶어? 손 들어, 어서!"

나는 총을 빼 들고 소리친다.

남자가 기행을 보인 것은 그때였다. 방금까지만 해도 죽을 듯이 헐떡거리던 남자가 갑자기 미동도 하지 않았다. 마치 지금까지의 모든 게 전부 연기라도 되는 것처럼.

남자는 녹슨 문을 열듯 천천히 고개를 돌린다. 나와 그의 눈이 순간 마주친다. 초점도 생기도 없는 남자의 눈을 보며 나는 생각한다. 인간이 아닌 뭔가가 인간 행세를 하는 것 같다. 보면 안 되는 것을 보고 있는 것 같다.

"손 들라고."

내 목소리는 어느새 점점 떨린다.

"귀 먹었어?"

마약에 취했나. 제정신이라면 총구를 앞에 두고 저렇게 기세등등할 수 없다.

"셋 하면 쏜다."

진심이다. 가능하면 다리 쪽을 쏠 작정이다. 총에 맞는 순간, 저 자식의 미소는 순식간에 일그러질 것이다. 다리를 붙잡은 채 고통에 울부짖는 모습이 눈에 선하다.

"하나…… 둘……."

셋을 말하기 직전, 남자가 엄청난 속도로 이쪽을 향해 달려온다. 나는 놀란 나머지 다리를 쏴야 한다는 것도 잊고 방아쇠를 당긴다.

탕 소리 대신 턱 소리가 들린다. 총알이 걸려 발사되지 않은 것이다. 슬로모션처럼 모든 것이 느리게 흘러간다. 화물차 하나가 철

컹거리며 육교 아래를 지나간다. 사방이 진동한다. 정신을 차리자
눈앞에 어느새 거대한 실루엣이 서 있다.

"잠깐만."

그림자 속에서 거대한 주먹이 뻗어 나와 내 배를 후려친다. 찰나
의 순간 허공에 몸이 떠오른다. 깃털처럼 가벼워진 듯한 착각도 잠
시. 중력이 내 멱살을 잡고는 바닥에 패대기친다.

얼얼한 충격이 온몸을 덮친다. 잇새에서 신음이 절로 새어 나온
다. 몸을 움직일 수 없다. 철제 바닥에 얼굴을 박고 쿨럭거리는데
텅텅 소리가 점차 가까워진다.

남자는 내 목을 움켜쥐고 번쩍 들어 올린다. 닭을 잡는 사육사처
럼 가볍고 자연스럽게. 다리가 허공에 뜨자 나는 몸을 허우적댄다.

"어디서 봤는데."

남자가 말한다. 나는 끅끅거리는 소리를 내며 놈의 손을 필사적
으로 긁는다. 피가 줄줄 흐르지만 놈은 꼼짝도 하지 않는다. 전략
을 바꿔 발로 걷어찬다. 소용없긴 마찬가지다.

"뭐, 그건 천천히 알면 되고. 일단……."

남자는 나와 눈을 마주치고, 모든 것이 검게 변한다. 그래, 이때
다. 악몽에서 가장 두려운 순간이.

＊　＊　＊

나는 무거운 잠수복을 입고 대서양 한복판에 천천히 가라앉는

다. 잠수복은 안전하고 튼튼하다. 모든 종류의 압력에 견디도록 설계되었다. 하지만 통신 장비는 전무하다. 지상과의 어떤 연락도 불가능하다. 완전한 정적 속에서 뭐가 있는지 모를 심연 속으로 나는 끝도 없이 가라앉는다.

순간 잠수복의 불이 꺼진다. 팔다리가 느껴지지 않는다. 남은 것은 의식뿐. 그 의식조차 조금씩 흐릿해진다. 절망에 비명을 질러본다. 하지만 소리조차 들리지 않는다.

살려줘. 살려줘. 살려줘…….

쉬이이. 귀에서 물이 빠지는 것 같은 소리가 들린다. 그것이 뭔지 파악하기도 전에 나는 현실로 무자비하게 내동댕이쳐진다.

의식이 돌아오며 몸뚱이가 느껴진다. 몸을 되찾았다는 안도감도 잠시, 나는 숨을 쉴 수 없음을 깨닫는다. 숨 쉬는 방법이 떠오르지 않는다. 잠시 헉헉거리고 나서야 간신히 첫 숨을 토해낸다.

죽다 살아난 나는 헐떡거리며 고개를 돌린다. 놈이 보인다. 몸을 비틀거리며 육교 계단을 내려가고 있다. 조급한 마음에 머리가 과열된 컴퓨터처럼 뜨거워졌다.

일어나, 멍청아. 일어나.

몸을 일으키자 예상치 못한 고통이 복부를 찌른다. 나는 배를 감싸 쥐며 비명을 지른다. 불에 지진 쇠꼬챙이가 후비는 듯하다. 배를 더듬자 손이 뭔가에 흠뻑 젖는다. 나는 팔을 들어 확인한다. 피다. 엄청난 양의 피. 총상이 분명하다. 하지만 언제 맞은 거지?

혼란스럽던 그때, 저 멀리 남 경사가 보인다. 육교 반대편에 서서 이쪽을 향해 총구를 겨누고 있다. 충격과 공포에 질린 그의 얼굴을 보며 나는 무슨 일이 벌어졌는지 깨닫는다. 남 경사의 형편 없는 사격 실력 덕에 총알이 남자와 나를 동시에 꿰뚫은 것이다.

그래서 저렇게 놀란 토끼 눈을 하고 있었구나. 괜찮다고 답해주고 싶었지만 그럴 시간은 없다. 놈은 벌써 계단을 두 칸씩 뛰어내리며 나와의 격차를 벌리고 있으니까.

이대로라면 놓친다. 나는 저 멀리 권총이 나동그라진 것을 본다. 아까 넘어지면서 떨어트린 것이 분명하다. 신음을 흘리면서 그것을 다시 집어 든다. 고통을 억누른다. 침착하게 남자를 조준한다. 눈 밑이 부들거리며 경련한다. 시야가 흔들리지만 이를 악물고 눈에 온 힘을 쏟는다. 빗맞힐 확률이 크다. 총알이 나가지도 않을 확률은 더 크다. 하지만…….

"제발."

나는 그렇게 중얼거리며 방아쇠를 힘껏 당긴다.

……탕!

3.

땀에 푹 젖은 채 잠에서 깼다. 나는 끙 소리를 내며 몸을 간신히 일으켰다.

탕, 탕, 탕, 탕, 탕.

나는 기겁했다. 꿈에서 깬 줄 알았는데 탕 소리가 계속되었으니까. 하지만 침착하게 주변을 둘러보자 상황이 파악되었다. 여긴 헬리콥터 안이었다. 연달은 탕 소리는 프로펠러 소리였던 것이다.

나는 창가 쪽 좌석에 앉아 있다. 동승한 인원은 총 두 명. 미군, 그리고 아까 차에서 보자기 테러를 저지른 그놈, 작은 양복남. 그는 내 쪽을 자꾸 흘끔거리다 얼떨결에 나와 눈이 마주치자 황급히 고개를 돌렸다. 모른 척하겠다는 건가. 나는 인상을 찌푸렸다.

"저기요. 저기요? ……야."

아무리 불러봐도 양복남은 먼 산만 볼 뿐이었다. 하긴, 이런 상황에선 뭘 말해도 소용없을 것이다. 프로펠러 소리에 내 목소리조차 들리지 않을 지경이니까. 한숨을 쉬며, 창문 너머를 보았다.

"뭐야, 이게."

말도 안 되는 광경에 입이 쩍 벌어졌다. 창문 너머로 끝없는 초록의 바다가 펼쳐져 있었다. 〈반지의 제왕〉 같은 판타지 영화에 나올 법한 고립무원. 탄성이 절로 나왔다. 한국에 이런 곳이 있었나.

난생처음 보는 광활한 초원에 정신이 홀려 있던 그 순간이었다. 헬기가 홱 방향을 꺾었다.

"으익!"

나는 꼴사나운 비명을 지르며 허둥댔다. 헬기가 추락하는 건가 가슴이 철렁했지만 안전벨트가 팽팽하게 내 몸을 붙잡고 있었다.

죽는 줄 알았네. 안도의 한숨을 내쉬는데 앞에서 쿡 하는 웃음소리가 들렸다. 누군가 싶어 앞을 슬쩍 보았다. 미군이었다.

"웃기냐?"

프로펠러 소리에 묻힐 것을 알고 그렇게 중얼거렸다. 별안간 군인의 얼굴이 창백해졌다.

"죄, 죄송합니다."

나는 당황했다. 들었을 리가 없는데. 부랴부랴 귀를 만져보았다. 그제야 머리에 어느새 헤드폰이 걸쳐져 있음을, 그리고 그 헤드폰 옆에 길쭉한 마이크가 달려 있음을 깨달았다.

'저 양복남, 그럼 들리면서 무시하고 있었던 거야?'

무안한 나머지 해명을 하려다가 그만두었다. 대신 미군에게 머뭇거리며 물었다.

"지금 몇 시예요?"

"……오후입니다."

미군이 경계 어린 눈초리로 나를 보았다. 아까 일 때문에 삐친 건가 싶었지만, 생각해보니 그의 반응이 이해가 갔다. 출발 시간과 현재의 시간을 계산하면 적어도 지구의 어디쯤인지 추산할 수 있다. 그 정도로 들키면 안 되는 곳이리라. 대체 뭘 하는 곳이길래.

"그럼, 얼마나 더 가면 도착하는지만 알려줘요."

"도착했습니다. 저기요. 창 너머에. 보이십니까?"

미군이 손가락으로 내 어깨 너머를 가리켰다.

나는 고개 돌려 창밖을 뚫어지게 보았다. 온통 나무뿐이었다.

"안 보이는데……."

"자세히 봐야 합니다."

나는 인상을 찌푸리며 창문 바깥을 다시 한번 보았다. 그때였다. 햇빛을 튕겨내는 유리 조각처럼 나무 사이에서 무언가가 반짝였다.

아, 보인다. 초원 속에서 은빛으로 빛나는 반구(半球) 형태의 건물. 도형학적으로 완벽한 고대의 건축물 같다. 건물이 뿜어내는 특유의 신비로운 오라는 존재하는 것만으로도 보는 모두를 압도한다.

정말이지, 아름다웠다.

* * *

헬기는 근처 착륙장에 내려앉았다. 말이 착륙장이지 나무가 없는 평지에 불과했다.

우리는 곧 미군과 양복남 콤비를 선두로 숲길을 걷기 시작했다. 나는 힘껏 숨을 들이쉬었다. 시원하고 상쾌하다. 도시의 매연에 찌든 뇌를 자연의 공기가 박박 닦아주는 느낌이다.

그렇게 얼마나 걸었을까. 마침내 건물이 모습을 드러냈다. 속으로 다시 한번 감탄했다. 멀리서 볼 때도 충분히 신비로웠지만, 이렇게 가까이서 보니 그 특유의 마력이 더 강렬해진 느낌이다.

다른 사람에게 이 건물을 어떻게 설명할 수 있을까. 그래, 외계인이 정체 모를 광물로 한 치의 오차도 없는 완벽한 정이십면체 구조물을 만들었다고 치자. 그것을 정확히 반으로 쪼갠 뒤 숲 한복판에 박아놓은 느낌.

왜 굳이 외계인이냐고 묻는다면 건물에 털끝만큼의 불균형도 결함도 없었기 때문이다. 인간의 실력이라고는 믿기지가 않을 정도로 정교하다. 건물 표면이 주는 분위기도 신비롭다. 건물의 동그란 표면을 따개비처럼 덮은 삼각형들은 보는 각도에 따라 색이 미묘하게 달라진다. 대체 어떤 재질을 썼기에 저리 아름다울까.

"어?"

순간, 맹물에 붓을 담그듯 건물이 초록색으로 물들었다. 이어 갈색, 푸른색, 검은색이 불쑥불쑥 튀어나왔다. 색깔들이 이리저리 겹쳐지고 합쳐졌다.

"보호색입니다. 앞에서 보면 이상해도 위에서 보면 감쪽같죠."

낯선 목소리에 고개를 돌렸다. 50대 중반가량의 남자가 뒷짐을

진 채 건물 앞에 서 있었다. 홀로 절을 지키는 스님처럼 온몸에서 여유와 차분함이 흘렀다. 그것은 푸근한 인상과 어우러져 보는 사람을 무장 해제시키는 힘이 있었다. 종교인 같다고 생각했지만, 후드와 청바지에 새겨진 브랜드 로고를 보니 속세의 유혹을 완전히 저버리진 못한 것 같다.

"반갑습니다. 앤트힐에 오신 것을 환영합니다. 저는 이 건물 소장인 전승태입니다."

"아, 네. 안녕하세요. 박수진입니다."

사람 좋은 미소를 짓던 승태의 눈빛이 돌연 날카로워졌다.

"요놈들이 오는 길에 괴롭히진 않았죠?"

"에이, 괴롭히다니요. 무슨."

양복남은 억지로 웃더니 재빨리 나를 보았다.

"친절하셔서. 덕분에 편하게 잘 왔어요."

"아, 그렇군요. 다행입니다."

승태가 껄껄 웃었다. 나는 건물의 표면을 손으로 가리켰다.

"뭐죠, 저건?"

표면에서는 여전히 기괴한 색채들이 올챙이처럼 꿈틀거리고 있었다. 좀 전과는 달리 움직임이 확연하게 굼떠졌다.

승태의 눈이 번쩍 빛났다. 괜히 물어봤다는 직감이 들었지만 이미 늦었다.

"하하, 신기하지 않습니까? 앤트힐 표면의 모든 삼각형은 햇빛에 반사되면 각자 다른 빛깔을 내도록 특수한 재질의 도료가 덮여 있습니다. 1초마다 새로운 형태의 예술품이 탄생하는 거죠. 다시는 돌아오지 않는 찰나의 예술품. 아름답지 않습니까?"

그는 숨을 크게 들이쉬었다.

"그렇게 아름답게 빛날 때는 물론 보는 맛이 있지만, 문제는 보안이죠. 위성에 찍히거나 누군가 보기라도 하면 보안 시설이란 의미가 없으니까요. 그래서 저희는 하늘에 존재하는 모든 위성의 위치를 컴퓨터로 실시간 확인해서 오로지 안전하다고 확신하는 시간에만 위장을 풉니다. 그 한 시간을 제외한 나머지 시간에는 정체를 들키지 않도록 이렇게 보호색을 띠죠. 수진 씨는 아주 기가 막힌 타이밍에 오신 겁니다. 그 한 시간에 맞추셨으니까요."

이제 끝났나 싶어 입을 떼려는데 승태가 틈을 주지 않겠다는 듯 말을 이었다.

"아, 제가 태양광 부분도 얘기했나요? 그 한 시간 동안 건물의 표면은 태양광을 빨아들이는 패널로 변합니다. 하루 동안 쓸 전기를 고작 한 시간 만에 끌어당기는 거죠. 다시 말해 모든 것은 자급자족, 무한 동력. 관리만 잘하면 지구가 멸망하기 직전까지 끝없이 돌아가는, 후대의 후대의 후대까지 쓸 수 있는 유산이 되는 거죠. 대단하지 않습니까!"

한바탕 설명을 쏟아낸 승태는 머쓱한 듯 주변을 휘휘 둘러보았다. 혼자 흥분해서 떠들었음을 이제야 깨달은 모양이다.

"죄송합니다. 이 건물을 자랑할 사람이 한정되어 있다 보니까 기회만 생기면 말이 많아지더라고요."

"평소에는 말을 적게 하는 것처럼 말하시네."

중얼거린 이는 미군이었다. 예상치 못한 시니컬함에 모두가 짧게 웃었다.

그때였다. 미군의 가슴팍에 붙어 있던 무전기가 시끄럽게 울렸다. 동시에 멀리서 육중한 쿵 소리가 들렸다. 찰나의 순간, 충격은 이쪽까지 전해졌다. 신발 옆에 떨어져 있던 돌이 미세하게 흔들린 것이다. 이건…… 명백한 폭발음이었다.

"무슨 일이야?"

이곳의 소장이라던 승태 역시 당황한 모습이었다. 우리는 잔뜩 군은 채 미군의 대답을 기다렸다.

미군은 귀에다 무전기를 댄 채 잠시 가만히 있었다. 이윽고 교신이 끝난 건지, 미군은 양복남에게 알아들을 수 없는 외국어로 뭐라 중얼거렸다. 계속 무시당하자 승태는 인상을 찌푸렸다.

"저기, 바쁜 건 알겠는데, 대체……."

양복남이 고개를 획 돌려 승태를 보았다.

"사이먼한테 전하세요. Two-Oh-Three 시추에이션이라고."

"Two-Oh-Three?"

"네. 가봐야 할 것 같습니다."

"잠깐만. 무슨 상황인지는 가르쳐줘야지."

승태가 소리쳤지만 양복남은 대충 인사하더니 미군과 함께 숲 쪽으로 달리기 시작했다. 그는 돌아보지도 않은 채 팔을 휘저었다.

"3일 후에 뵙겠습니다!"

"잠깐만……."

승태가 허둥대는 사이 그들은 흔적도 없이 사라졌다. 이어지는 정적. 건물 앞에는 이제 승태와 나뿐이었다. 그저 어안이 벙벙했다. 방금 무슨 일이 벌어진 건지 나는 전혀 짐작할 수 없었다.

"이게…… 무슨 일이죠?"

"저도 잘……."

내 질문에 승태가 말했다.

"그래도 안심하십시오. 바깥일은 바깥일, 저희 앤트힐은 어떤 상황에서도 안전하니까요."

애써 미소 지으며 그가 말했다.

"자, 그럼 이제 슬슬 들어갈까요."

*　　*　　*

나는 그를 따라 건물의 겉면을 죽 돌았다. 건물의 대칭되는 구조 때문에 한참을 걸어도 같은 곳을 빙빙 도는 듯한 착각이 들었다.

이윽고 승태가 걸음을 멈춘 곳은 삼각형 모양의 문 앞이었다. 여기가 입구일까. 하지만 겉으로 보기에 외벽에 도배된 다른 삼각형과 별 차이가 없다.

승태는 잠시 표면을 이리저리 보더니, 망설임 없이 한 삼각형 위에 손을 갖다 댔다. 그렇게 3초쯤 되었을까. 쉬익 하는 소리와 함께 삼각형이 옆으로 돌아가더니 평범한 직사각형 모양의 입구가 모습을 드러냈다.

"자, 앤트힐에 오신 것을 환영합니다."

승태는 VIP를 맞이하는 5성급 호텔 직원처럼 고개를 숙였다.

"아, 예."

괜히 머쓱해진 나는 가볍게 고개를 꾸벅인 후 입구로 들어섰다.

병원 응급실에서나 맡을 법한 날카로운 소독약 냄새가 코를 찔렀다. 뭐지, 이건. 냄새에 대해 물으려던 그때였다. 갑작스러운 기계음이 사방을 울렸다.

[침입자 감지. 침입자 감지.]

오케스트라 배경음 속에서 여성 기계음이 차갑게 말했다. 놀라서 굳어 있는 나에게 승태는 안심하라는 듯 미소 지으며 손바닥을 내밀었다.

[분석 중…… 잠시 기다리세요.]

잠시 후, 어려운 문제를 맞힌 것처럼 땡동 하는 소리가 들렸다.

[박수진 경감님, 앤트힐에 오신 것을 환영합니다.]

"뭐, 뭐예요, 방금?"

"이 시설을 관리하는 인공지능이에요. 뭐, 출입 관리 같은 간단한 거밖에 못 하지만, 뭔가 멋있지 않습니까?"

그러면 백화점 안내 방송이랑 다를 바가 없지 않나? 그렇게 생각하며 나는 승태의 뒤를 따라 복도를 걷기 시작했다.

"그나저나, 왜 앤트힐이죠? 뜻이 대체 뭐예요?"

"직역하면 개미집입니다."

나는 진지하게 고개를 끄덕였지만 속으로는 피식 웃었다.

"이름 센스도 참 이상하다, 이런 생각 하고 계시죠?"

나는 움찔했다.

"아, 아뇨. 그냥 특이하다고 생각했어요."

승태는 다 안다는 듯 씩 웃었다.

"왜 이름을 그렇게 지었는지는 구경하면 바로 아실 겁니다. 왜, 가끔은 그런 책 제목 있잖아요. 끝까지 읽어야 제목이 비로소 이해가 가는."

승태의 안내를 받으며, 나는 본격적으로 시설 곳곳을 구경했다. 단조로우면서도 현대적인 분위기의 건물이었다. 강박증에 시달리는 건축가가 설계한 듯 인테리어는 도형적 완벽함을 추구했다.

아름다운 동시에 이상했고, 매혹적인 동시에 기괴했다. '구경하면 알 거'라는 승태의 말이 점차 이해가 갔다. 앤트힐은 이 시설에 딱 맞는 이름이었다. 지상에 드러난 부분은 겉으로 보기에 사소하지만 엘리베이터를 타고 지하로 내려갈수록 수많은 복도와 방이 끝도 없이 나타난다. 그야말로 없는 게 없었다. 식당부터 시작해,

사무실, 연구실, 콘퍼런스 룸, 도서관까지. 방이 드러날 때마다 연달아 감탄했다. 인류 최후의 벙커가 있다면 이런 모습이 아닐까.

"그래서 전체적인 감상은 어떠십니까?"

"대단하네요. 진짜 대단해요."

최대한 진심을 담아 말하자, 승태는 얼굴을 붉히며 웃었다.

"놀라기엔 이릅니다. 아직 대단한 부분은 보지도 않으셨는데요."

우리는 엘리베이터에 올랐다. 그가 B3 버튼을 누르자 엘리베이터는 우웅 소리를 내며 천천히 내려갔다. 이 시설의 유일한 단점이라면, 엘리베이터가 끔찍하게 느리다는 것 정도가 아닐까. 경쾌한 땅 소리와 함께 엘리베이터는 B3층에 도착했다.

"방문객 숙소도 이 층에 있습니다. 따라오시죠."

나는 승태를 따라 복도를 지나 철문을 통과했다. 또 다른 문이 등장했지만, 이번에는 철문이 아닌 비닐 재질의 문이었다. 여긴 또 뭘까.

승태를 따라 문턱을 넘자마자 파릇파릇한 풀 냄새가 코를 찔렀다. 나는 홀린 듯 멍한 상태로 방 안을 천천히 둘러보았다.

"우와."

그 안에는 아마존이 있었다. 다양한 관목 식물들이 천장까지 뻗어 있었다. 형형색색의 꽃들이 완벽한 색감을 자랑하며 곳곳에서 회오리쳤다. 곳곳에서 자연의 소리가 울려 퍼졌다.

"이곳의 자랑거리죠. 이른바 앤트힐 보타닉 가든입니다."

승태가 미소 지었다.

"마음껏 놀라셔도 됩니다. 여기 와서 놀라지 않은 사람을 본 적이 없거든요."

감탄하면서 나는 문득 이런 생각을 했다. 해연이도 이걸 봤다면 좋았을 텐데.

'위선도 이런 위선이 없네. 유기견 내다 버리듯 도로 한복판에 딸을 내던지고 왔으면서. 그래봤자 넌 최악의 엄마야.'

눈을 질끈 감았지만 이미 진이 빠졌다. 피로감이 몰려들자 나는 근처에서 의자를 발견하고 털썩 앉았다. 지금 보니 의자도 나무 밑동이다.

"근데 이상하네요."

"뭐가 말입니까?"

"이 건물 주변에 도배된 게 나무잖아요. 근데 왜 굳이 이런 시설이 필요한가 싶어서요."

"장기간 고립되어 생활하니 직원들이 답답함을 호소하더라고요. 없던 폐소 공포증이 생길 것 같다고 진혁이가 구시렁대길래, 힐링 시설 하나는 필요할 것 같아서."

무의식적으로 고개를 끄덕이다가 중요한 정보 하나를 흘려버릴 뻔했다.

"장기간 고립이요?"

"네. 수진 씨도 앞으로 3일간……."

그제야 그는 내 표정을 보고 무슨 상황인지 알아챈 것 같았다.

"모르셨습니까?"

"설마 저 여기서 3일 동안 갇혀 있어야 한다, 그런 말은 아니죠?"

"죄송합니다."

승태가 허리를 90도로 숙였다.

"이런 건 다 미리 말씀을 드렸어야 하는 건데."

나는 어이가 없어 실소했다.

"그냥 끝날 문제가 아니잖아요. 사람을 감금한 거잖아요, 지금."

승태는 아무런 변명도 하지 않았다. 다만 휴우, 한숨을 내쉬더니 조용히 물었다.

"그럼…… 저희 프로그램에 참가할 의향이 없으신 건가요?"

나는 움찔했다. 정곡을 찔려 당황하고 말았다.

"그, 그건 아닌데."

그의 말이 맞다. 여기까지 왔는데, 누가 미쳤다고 돌아가겠는가. 다만 정보를 너무할 정도로 주지 않아 실망했을 뿐이다. 고개를 푹 숙인 다음 세수하듯 두 손으로 얼굴을 비볐다.

"저는 여기가 어딘지도 몰라요. 내가 대체 뭘 해야 하는지도."

천천히 고개를 들어 승태를 보았다.

"그러니까, 다시 한번 물어볼게요. 제가 왜 여기 온 거죠?"

승태는 잠시 생각했다.

"제 사무실로 가시죠. 차 한 잔 하면서 전부 말씀드릴 테니."

* * *

복도를 걸은 지 5분 후, 승태가 벽 앞에서 걸음을 멈췄다. 아니,

지금 보니 벽이 아니었다. 자세히 보니 문이 있었다. 벽지와 같은 색이라 벽일 거라고 착각한 것이다. 승태가 태깅 장치에 카드를 댔다. 삑 소리와 함께 문이 열렸다.

"여기가 바로 제 사무실입니다."

방에 들어서며 주변을 둘러보았다. 좋게 말하면 미니멀리즘, 나쁘게 말하면 공허하기 짝이 없다. 탁자, 벽걸이 액정TV, 책꽂이 따위의 필수적인 것만 제외하면 그야말로 텅 비어 있다. 사방이 하얀색이라 그 공허함이 더 부각되는 것 같다. 그나마 인테리어라고 칠 수 있는 건 구석에 붙은 1982년작 〈블레이드 러너〉 영화 포스터 정도. 그동안 여러 사무실을 전전했는지 여기저기 찢어지고 색이 바랜 상태다.

"앉으시죠."

승태는 어느새 자리를 잡고 앉아 있었다.

나도 마지못해 맞은편 의자에 앉았다. 그의 테이블 위에는 텅 빈 디퓨저 통, 어지러이 엉킨 케이블 선 등등이 나동그라져 있었다. 거의 다 잡동사니뿐이었다. 딱 하나 빼고.

내 쪽으로 서류 한 장이 돌려져 있었다. 승태가 손깍지를 끼며 미소 지었다.

"간단한 비밀 유지 서약서입니다. 뭐 이상한 조건은 없는데, 그래도 불안하시면, 확실하게 확인하시고 사인하시죠."

나는 서류를 집어 들고 최대한 꼼꼼히 읽었다. 다행히 이상한 부분은 없었다. 나는 휘리릭 사인했다.

"됐군요."

승태는 죽은 쥐를 다루듯 서류를 조심스레 집어 든 다음 클리어 파일에 넣었다. 계약이 끝나자마자, 그는 곧장 입을 열었다.

"일단 우리 건물부터. 수진 씨는 이 시설이 대체 뭐 같습니까?"

"연구소요?"

"절반은 그렇죠. 하지만 엄밀히 따지면 연구소는 아닙니다."

"그럼요?"

"맞혀보시죠."

나는 천장을 올려다보며 잠시 생각하는 척을 했다.

"……모르겠는데요."

퀴즈는 정말이지 질색이다. 당장 현실의 문제도 산더미인데, 가상의 골칫거리까지 걱정해야 한다는 말인가.

"그럼, 답을 알려드리죠."

승태는 극적 효과를 위해선지 몇 초간 뜸을 들였다. 그러고는 손깍지를 천천히 풀더니 두 손을 테이블 위에 얹었다.

"여긴 감옥입니다."

"네?"

나는 제대로 들은 것이 맞나 귀가 의심스러웠다. 일종의 비유적인 표현인가? 아니면 말 그대로의 감옥이라는 의미인가?

"감옥이요? 여기가?"

집게손가락으로 바닥을 가리켰다. 확실히 하기 위해.

"그렇죠."

"누굴 가둔 건데요? 죄수는 얼마나 되고…….."

"그 얼마나가 사람 수를 물으시는 거라면, 저를 포함한 연구원이 다섯 명, 죄수와 수진 씨를 합하면 총 일곱 명이군요."

자연스럽게 나까지 포함하다니 어이가 없다. 아니, 잠깐. 그보다 더 황당한 사실은…….

"이렇게 큰 시설에 죄수가 한 명이다?"

"그렇습니다."

"정확히 어떤 죄를 지었는데요?"

"살인, 강간, 폭력, 유괴…… 인간이 생각할 수 있는 미친 짓은 다 저질렀다고 보시면 됩니다. 그야말로 악마 같은 놈이죠."

승태가 얼마 남지 않은 머리숱을 벅벅 긁었다.

"몇 달이 다 되어가는데도 제자리걸음입니다. 대체 그가 누구고 어떻게 살아온 건지, 감도 못 잡고 있습니다. 그래서 수진 씨가 필요한 겁니다. 놈의 내면을 꿰뚫어 볼 유능한 프로파일러가."

나는 무표정을 유지했다. 뻔한 겉치레에 좋아할 정도로 내가 멍청해 보이나.

"하지만 왜 굳이 저죠? 다른 사람이 아니라?"

"프로파일러……시잖습니까."

"물론 콜드 리딩을 조금 하긴 하는데, 내면까지 꿰뚫어 보는 건 모르겠네요. 내 말은, 현역으로 팔팔하게 뛰는 분도 수두룩한데, 왜 하필 저냐고요."

승태가 머뭇거렸다.

"그게…… 알고 보니까, 이놈이 수진 씨와 완전히 관계가 없는 것도 아니라."

"관계요?"

내가 지금까지 잡아넣은 놈들 중 한 명이라는 건가?

"하여튼, 죄수는 죄수고. 연구는 뭘 하시는데요?"

"그 죄수를 연구합니다."

"왜요?"

"특별한 능력을 가진 죄수거든요. 어떻게 사용하느냐에 따라 엄청난 위협이 될 수도 있는 능력을요. 개인적으로 놈을 잡은 게 기적이라고 생각합니다."

"잠깐만요, 잠깐만요."

나는 손바닥을 내밀어 승태의 말을 멈추었다.

"능력이라니, 설마 뭐 염력 그런 건 아니죠?"

"비슷한데, 약간 다릅니다. 그러니까……."

승태가 진땀을 흘리며 이쪽을 흘끔 보았다.

"생각해보니까, 이건 설명해서 될 문제가 아니겠군요. 제가 설명하면 설명할수록 더욱 미친 소리 같을 겁니다."

드륵 소리와 함께 승태가 자리에서 일어났다.

"차라리 그냥 가서 직접 보시는 게 낫겠습니다."

죄수를 보기 위해 우리는 엘리베이터에 올랐다.

엘리베이터 문이 닫히기 직전, 안으로 뭔가가 데굴데굴 들어왔다. 처음에는 쥐인가 싶었지만 생각해보니 이런 곳에 쥐가 있을 리가 없다. 나는 눈을 크게 뜨고 아래를 보았다. 잠깐만, 이건…….

"로봇?"

머리 부분에는 카메라, 다리 부분에는 바퀴가 달린 소형 로봇. 엘리베이터가 완전히 닫히기 직전이었다. 문틈 너머로 갑자기 소리가 들렸다.

"우와, 실수, 실수, 실수!"

그러더니 틈 사이로 누군가의 손이 난데없이 불쑥 들어왔다.

쾅. 손을 무자비하게 찧은 뒤, 문은 다시 천천히 열렸다. 승태가 경악했다.

"미친놈이……."

문이 양옆으로 열리며 손의 주인이 드러났다. 하얀 연구복을 입은 30대 중반의 청년. 그는 엘리베이터 안으로 후다닥 들어오더니 로봇이 자신의 아기라도 되는 양 조심스럽게 감쌌다. 로봇의 이곳저곳을 살피며 그가 중얼거렸다.

"아유, 다행이다. 우리 아기."

"야, 너 손 괜찮아?"

승태가 걱정하자 남자는 해맑게 웃었다.

"괜찮아요."

하지만 나는 거짓말임을 곧장 알아챘다. 그의 발가락이 격렬하게 위아래로 꿈틀거리고 있었다. 고통을 발가락과 같이 분담하고 있는 것이다.

순간 그와 눈이 마주쳤다. 로봇을 끌어안은 그는 소스라치게 놀랐다. 이제야 내 존재를 깨달은 모양이다.

"아, 수, 수진 씨? 수진 씨 맞죠?"

더 이상 못 봐주겠다는 듯 승태가 끼어들었다.

"자, 여긴 김진혁 군입니다. 젊은 인턴. 빠릿빠릿하고, 일 처리도 뭐 못하는 게 없어요. 다 좋아요. 똑똑한 녀석이긴 한데. 애가 조금 나사가……."

"빠졌다?"

내가 문장을 끝냈다.

"그렇죠!"

중지와 검지로 딱 소리를 내며 승태가 으하하 웃었다.

"놀리지 좀 마요."

구시렁대는 진혁의 얼굴을, 나는 흘긋 보았다. 놀라웠다. 편견이지만, 연구소라고 했으니 괴짜 캐릭터 하나 정도는 기대했다. 그런데 진혁의 얼굴은 전혀 달랐다. 날렵한 미남상이다. 시선을 눈치챘는지 진혁이 흘긋 이쪽을 보자 나는 황급히 시선을 깔았다.

"그나저나, 진혁 군. 어떻게 생각하나? 시설의 보안에 대해 말이야."

승태가 물었다.

"음…… 한마디로 완벽하죠."

진혁이 곧장 말했다. 수백 번은 반복한 듯, 거의 반사적으로 튀어나오는 수준이다. 그는 나를 보더니 '좀 봐달라'는 표정을 지었다.

"소장님이 완전 보안 오타쿠시거든요. 보셨겠지만 여긴 온갖 첨단 보안 장치에 이중, 삼중 보안 장치로 도배가 되어 있어요. 조심하셔야 돼요. 출입카드가 없으면 어디든 갈 수 없어요. 숙소동에서도 카드를 잃어버리면 방 밖으로 나갈 수조차 없죠. 까딱 잘못하면 이상한 데 갇혀서 굶어 죽을 수도 있으니까."

"쓸데없는 소리를 하고 있어."

"쓸데없는 건 보안 장치들이죠. 몇 개만 떼어내도 오성급 호텔 화장실은 만들겠다. 층마다 화장실이 한 개가 뭐야, 한 개가."

"그래도 숙소동에는 있잖아, 두 개나!"

승태가 목소리를 높였다.

"그리고 내가 뭐 화장실을 떼고 싶어서 뗀 줄 알아? 위에서 떼라고 해서 뗀 거지. 그놈의 보안 때문에."

그것을 시작으로 둘은 투닥거리기 시작했다. 리모컨 갖고 투닥거리는 아빠와 아들 같다고, 나는 생각했다. 짜증나긴 하지만 그래도 그 속에서 서로에 대한 애정이 느껴진다. 어쩌면 이들은 요즘의 가족보다 더 끈끈하지 않을까. 생판 모르는 관계여도 몇 달을 마주보고 생활하다 보면 어느새 정이 드는 것처럼. 물론, 서로 죽이고 싶어지는 경우도 있지만.

"근데 한번 들어오시면 보통 얼마나 있어요?"

내가 물었다.

"이 건물 완공됐을 때부터 있었으니까 대충 2년 정도 됐죠?"

진혁이 승태를 돌아보았다. 나는 놀라서 입을 살짝 벌렸다.

"그…… 그럼 가족은요?"

승태의 얼굴이 눈에 띄게 차분해졌다.

"자기들 일도 바쁜데, 저한테 신경 쓸 시간 있겠습니까. 아들이 하나 있는데, 마누라랑 외국 유학 중이죠. 돈만 제때 보내주면 별말 안 합니다. 알아서 열심히 하는가 보다, 하고 사는 거죠."

그는 억지로 미소 지었지만 쓸쓸함까지 완전히 감출 순 없었다. 왜 승태가 진혁과 이렇게까지 친한지 약간은 이해가 되었다.

"괜찮아요. 소장님은 사모님보다 여길 더 사랑하시잖아요."

진혁이 하하 웃었다. 최악의 타이밍에 최악의 농담. 이 녀석도 정상은 아니구나. 아니나 다를까, 승태가 섬뜩한 눈빛으로 진혁을 쏘아보았다.

"죄, 죄송합니다."

"그나저나 수진 씨는 어떻게 생각하십니까? 이곳의 보안 시스템에 대해."

승태의 질문에 나는 눈살을 찌푸렸다. 똑같이 완벽하다고 하면 되려나. 기분을 맞춰주려면 그게 정답이겠지. 하지만…… 굳이 그럴 필요가 있을까. 남의 기분이나 맞춰주러 여기 온 것이 아니다. 전문가로서 도움을 주러 온 것이다. 그래, 어쩌면 솔직한 것이 도움이 될지도.

"부실한 것 같은데요."

말을 내뱉자마자 나는 후회했다. 엘리베이터 안 공기가 순식간에 얼어붙은 것이다.

"어떤 면에서…… 말씀이시죠?"

승태가 싸늘한 표정으로 물었다.

"아, 물론 훌륭한 시설이라고 생각해요. 외관상으로는 말이죠. 근데…… 안으로 들어올수록 조금씩 불안해지더라고요. 일단 경비원이 없잖아요. 사람도 없고요."

승태는 눈을 감고 조용히 듣기만 했다.

"그리고 대체 어떤 죄수를 가두신 건지는 모르지만, 진짜 만에하나 탈출을 하면요? 탈출까진 몰라도 카드를 손에 넣었다고 치면, 하이패스잖아요."

승태가 고개를 천천히 끄덕였다.

"날카로운 지적이군요. 맞습니다. 맞아요. 이 시설을 찾아온 분들도 대부분 똑같은 문제 제기를 했죠. 하지만!"

승태가 검지 손가락을 번쩍 쳐들었다. 그의 오버 액션에 나는 움찔 놀랐다.

"수진 씨가 간과한 것이 있습니다. 보이지 않는 벽. 일명 록다운 시스템이 이 시설 전반을 운용하고 있습니다. 자, 수진 씨가 지금 당장 여기서 저를 제압했다고 칩시다. 이제 1층으로 가서 탈출을 하신다고 가정해보죠. 해보시겠습니까?"

나는 승태가 내민 카드를 조심스럽게 집어 들었다. 함정임을 알면서도 걸어 들어가는 느낌이다. 하지만 그놈의 록다운 시스템이 뭔지 궁금한 것도 사실이다. 그래, 설마 어쩌기라도 하겠어?

나는 침을 꿀꺽 삼키고 태깅을 한 뒤, 조심스럽게 1층 버튼을 눌렀다. 고압 전기라도 찌릿 통하는 걸까 긴장했지만 아니었다. 아무 일도 벌어지지 않았다. 뭔가 일어나기만을 기다렸지만 엘리베이터는 정상적으로 올라가기 시작했다. 나는 멀뚱한 표정으로 승태를 보았다. 그는 희미한 미소를 지은 채 엘리베이터 숫자판을 보고 있었다.

위이이잉—.

순간 사방이 붉은색으로 도배됨과 동시에 사이렌이 울려 퍼졌다. 고막을 터뜨리기로 작정한 듯한 엄청난 소음. 귀만이 아니라 내장에까지 그 진동이 전해질 정도다.

나는 패닉에 빠져 허둥거렸지만 승태와 진혁은 아무렇지 않다는 듯 우뚝 서 있을 뿐이었다. 방심하도록 연기를 하다니, 비열하다. 나는 승태를 노려보았지만 그는 얄미운 미소만을 지을 뿐이었다.

"보셨죠?"

그는 내 손에서 카드를 잽싸게 뺏어갔다. 승태는 되찾은 카드로 태깅을 마친 다음, 층 버튼을 꾹꾹 눌렀다. 이어 열림 버튼과 닫힘 버튼을 동시에 누르자 빨간색이 순식간에 사라졌다. 엘리베이터는 언제 그랬냐는 듯 B4층을 향해 내려갔다.

"죄수는 이 시스템 자체를 전혀 모릅니다. 지상 1층으로 가려면 반드시 정해진 사람만 카드 태깅을 해야 하고, 그러지 않으면 연구원이라도 나갈 수 없습니다. 그것이 첫 번째 방지 턱. 그리고 연구원들의 위치와 수를 실시간으로 분석하고 이동 장소를 계산해내는 시스템이 두 번째 방지 턱."

"계산한다고요?"

"허가를 내줍니다. 누구는 몇 층부터 몇 층까지 다닐 수 있나, 그런 걸요."

"인터넷 카페 같은 거 생각하시면 돼요. 등업 시스템."

진혁이 끼어들었다.

"저는 새싹 회원이라 정해진 데밖에 못 다니고, 소장님은 카페지기니까 프리 패스고. 무작정 카드를 뺏는다고 해서 자유롭게 다닐 순 없단 말이죠."

진혁이 보충 설명을 덧붙였다.

앞으로 나에게 줄 '게스트 카드'로는 B1층에서 숙소가 위치한 B3층까지만 다닐 수 있다. 연구원들은 B1층에서 죄수가 갇힌 B4층까지 이동할 수 있지만, 1층 출입은 제한된다. 죄수의 탈출에 직접적 영향을 미치기 때문이다. 따라서 1층에 갈 수 있는 이는 오로지 두 명뿐이라고 했다. 전승태 소장, 그리고 사이먼. 사이먼이 대체 누구지 싶어 고개를 갸웃거리는데 승태가 입을 열었다.

"세 번째 방지 턱은 절대로 안에서 문을 열 수 없다는 것입니다. 절대로."

"절대로라면, 설마 소장님도요?"

승태가 고개를 끄덕였다.

"오로지 바깥에서만 열 수 있습니다. 그것밖엔 방법이 없어요."

그렇구나 하고 고개를 끄덕이면서도 동시에 황당한 기분이 들었다. 그 정도로 철저해야 하나. 불이라도 나면 그야말로 전멸 아닌가. 그때 진혁이 승태에게 속삭이는 것이 들렸다.

"근데 그거, 왜 얘기 안 해요?"

"뭐를?"

"네 번째……."

"그건 나중에."

승태가 선을 그었다.

"지금 말해봤자 좋을 거 없잖아. 공포심만 조장하고."

"다 들리거든요" 하고 받아치려던 그때였다. 경쾌한 땡 소리와 함께 엘리베이터 문이 열렸다. 나는 작은 해방감을 느끼며 고개를 돌렸다. 소독약 냄새가 섞인 시원한 공기. 엘리베이터 밖으로 발을 막 내미는데, 이마에 불쑥 차가운 뭔가가 닿았다.

총구였다. 몸이 완벽하게 얼어붙었다. 나는 천천히 고개를 들었다. 재차 확인해도 분명 총구였다. 완전 무장을 한 육중한 체격의 군인이 나에게 총구를 겨누고 있었다.

"손 들어!"

눈앞의 군인이 우렁찬 목소리로 소리쳤다. 놀란 나머지 생각조차 할 수 없었지만, 몸은 반사적으로 남자의 말을 따랐다. 여차하면 씩씩하게 "네" 하고 대답도 할 뻔했다. 총을 쏴보기만 했지, 맞을 뻔한 적도 겨누어진 적도 없다. 그 두 가지를 하루 만에 전부 경험하게 될 줄이야.

"무슨 짓이야, 손님한테!"

승태가 엘리베이터에서 뛰쳐나오더니 군인이 겨눈 총구를 옆으로 밀쳤다.

"소⋯⋯장님?"

사이먼은 커진 눈으로 잠시 승태와 나를 번갈아 보다가 "아" 하고 중얼거렸다.

"수진 씨?"

"그래, 짜식아. 그런데 왜 총으로 지랄이야, 지랄이."

사이먼은 그래도 험악한 인상을 풀지 않았다.

"경보음이 울렸잖습니까? 프로토콜대로 한 겁니다."

아, 이 인간이 사이먼이구나. 그제야 나는 안도하며 팔을 내렸다.

그나저나 이름이 영어다. 얼굴은 30대 후반의 한국인으로 보이는데, 혹시 재미 교포일까. 한국어 말투도 어딘가 어눌하다. 프로토콜 같은 단어만 빼고.

승태는 답답하다는 듯 머리를 박박 긁었다.

"자기도 알잖아. 새로운 사람 오면 한 번 정도 보여주는 거."

"몇 번은 봤죠. 그리고 그때마다 제가 뭐라고 했습니까? 비상 경보음이 울리면 과잉 대응하다가 실수로 다칠 수 있으니 하지 말라고 했죠. 그러니까 소장님이 뭐랬습니까? 이제 더 안 하겠다, 안 그랬습니까? 근데 이게 뭡니까?"

사이먼이 쏘아붙이자 승태는 할 말이 없는지 끙 소리를 냈다.

"사람이 유도리가 좀 있어야지."

기껏 한다는 말이 그거라니. 속으로 고개를 젓는데 사이먼이 나를 향해 저벅저벅 다가오는 것이 보였다. 그는 꾸벅 고개를 숙였다.

"죄송합니다. 제가 실수를……."

"아, 아니에요. 괜찮아요."

나는 황급히 손을 내저었다.

"감사합니다. 그럼."

사과를 마치자마자 그는 뒤로 돌더니 빠른 걸음으로 사라졌다. 군인이라 그런지 자세 하나하나에 각이 잡혔다는 느낌이 든다.

"사이먼은 한국과 미국의 이번 공동 연구에 미국 대표로 파견된 직원입니다. 제가 소장이지만, 한미 합의서에 비상 상황에서는 사이먼의 지시를 따르도록 되어 있습니다."

승태가 설명했다.

"하여간 인생 참 피곤하게 살아, 저 녀석은."

사이먼의 모습이 완전히 사라지자 진혁이 말했다.

"그래도 조심성 없는 것보단 과잉 대응이 낫죠, 그렇죠?"

진혁이 동의를 구하듯 이쪽으로 고개를 돌렸지만 나는 대답하지 않았다. 동의하지 않아서가 아니다. 사이먼의 얼굴에서 본 무언가가 머릿속에서 계속 맴돌았기 때문이다.

메스 마우스(Meth Mouth)였다. 메스암페타민, 다시 말해 필로폰 중독자들에게 나타나는 현상이다. 치아가 덜 마른 석고상처럼 산산이 부서진다. 부서지지 않은 치아는 검게 변색되거나 아니면 부서지기 직전이다. 주로 메스암페타민을 장기간 복용한 전문 약쟁이들에게 나타난다.

사이먼의 얼굴에서 발견한 것은 틀림없는 메스 마우스였다. 물론 지금은 약을 끊었을 수도 있다. 아니면 다른 약으로 바꿨거나. 하지만…… 이들은 그 사실을 알고 있을까. 모른다면 총을 든 마약 중독자라는, 엄청난 시한폭탄을 깔고 앉아 있는 셈이다. 최첨단 보안 시스템이고 뭐고 아무 소용이 없는 것이다.

그런 고민에 빠졌다가, 고개를 들자 어느새 사이먼이 다시 돌아와 있었다. 생각을 들킨 것 같아 나는 흠칫했다.

"경보음 때문에 소지품을 몇 가지 두고 와서요."

사이먼은 그렇게 중얼거리며 구석에 세워둔 물병을 챙겼다.

"아, 그리고 다음번에는 정말 매뉴얼대로 할 겁니다."

사이먼이 고개를 돌려 승태를 보았다.

"매뉴얼대로?"

"쏜다고요."

승태가 허허 웃었지만 나는 그럴 수 없었다. 도저히 농담이나 거짓말을 하는 것처럼 보이지 않았으니까.

4.

감옥 앞에 도착할 때까지 우리는 아무 말도 하지 않았다. 방금 전 벌어진 해프닝 때문에 더 이상 수다를 떨 분위기가 아니었다. 유일하게 활발했던 진혁도 더 이상 할 말이 없는지 목 언저리만 긁적일 뿐이었다.

"이 시설에 보안 요원은 사이먼 씨가 다예요?"

승태에게 물었다. 당연히 부정하는 대답이 돌아올 줄 알았는데 어째선지 정적이 흘렀다. 설마…… 사실이란 말인가.

"그게, 위에선 인력 낭비랍니다. 사실 시설 자체는 들킬 염려가 거의 없으니까요. 보안도 튼튼하고요. 유일한 위험 요소란 마스터의 탈출 정도인데, 장치들이 제 역할을 하고 있으니까 아무래도 괜찮을 거라고 생각하나 봅니다."

하긴, 마스턴지 뭔지 하는 놈이 모두를 때려눕힌 다음 카드를 전부 확보했다 해도 안쪽에서 '무슨 수를 써도' 문을 열 수 없다는 게 최대의 장애물이다.

이곳의 통신망이 어떻게 굴러가는지 나는 모른다. 그래도 마스터가 탈출했다면 그것을 외부에 알릴 정도의 장치는 구비되어 있지 않을까. 물론 그런 존재가 실재할 때의 가정이지만.

"감시실로 들어가는 문은 두 개입니다. 하나는 여닫이 문으로 방역실을 통해 감시실로 들어가고, 다른 하나는 자동 문으로 감시실로 바로 들어가는데 모두 보안카드로 태깅을 해야 열립니다. 처음 오셨으니, 방역도 할 겸 여닫이 문으로 가시죠."

승태가 두 출입구 중 왼쪽 문 주변을 태깅하자 잠금장치가 덜컥 풀리는 소리가 났다. 그가 손잡이를 돌리며 밀자 왼쪽으로 문이 열렸다. 방 안에서는 소독약 냄새가 아닌, 달콤한 방향제 냄새가 흘렀다. 블랙 체리 향인가. 승태와 진혁을 따라 방 안으로 들어서려던 그때 등 뒤에서 목소리가 들렸다.

"……세요."

"네?"

고개를 돌리자 사이먼이 있었다.

"믿지 말라고요."

사이먼은 빨리 들어가라는 듯 나를 안쪽으로 밀어 넣었다.

"그 자식이 하는 말, 절대 믿지도 새겨듣지도 마요."

"잠깐만요……."

문이 쾅 닫혔다. 굳게 닫힌 문을 멍한 표정으로 쳐다보았다. 시설에서 가장 의심스러운 인간이 그런 충고를 하다니, 어이가 없다. 그나저나 무엇을 믿지 말라는 걸까. 아니, 애초에 속을 거라 생각하는 이유가 뭘까. 괜스레 기분이 나빠졌다.

됐다. 구경이나 마저 하자. 나는 일행을 따라가며 방 가장자리로 들어섰다. 내부 시설이 한눈에 들어왔다. 감옥이라 했지만 감옥처럼 보이지 않았다. 그보다는 일종의 하이테크 연구실에 가까웠다.

방은 총 세 구역으로 나뉘어 있다. 첫 번째는 방역실. 두 번째는 감시실. 세 번째는 격리실. 격리실에는 죄수가 갇혀 있으니 내가 실질적으로 돌아다닐 수 있는 공간은 처음 두 곳인 방역실과 감시실뿐이다.

입구인 방역실은 답답한 화장실 사이즈인 데 비해, 감시실의 크기는 훨씬 컸다. 방의 뒤쪽에는 '약 창고'가 설치되어 있었다. 방역실의 최소 두 배 크기에 벽이 투명해 안에 어떤 약이 구비되어 있는지 훤히 보였다. 약병들이 라벨을 안쪽으로 향한 채 완벽한 간격으로 배치되어 있다.

"수진 씨, 격리실이 여깁니다."

승태가 나를 향해 손을 흔들었다. 그는 벽 전체가 유리 같은 구조물 앞에 서 있었다. '같은'이라고 표현한 이유는 유리인지 아닌지 확실하지 않아서였다. 분명 겉으로 보기에는 유리가 맞는데, 색이 이상하리만큼 불투명하고 어두웠다.

"취조실 유리 같네."

개미만 한 목소리로 나는 중얼거렸다. 어렴풋한 향수를 느끼며 유리 앞으로 다가갔다. 문득 이 너머에 무엇이 있을지 궁금해졌다.

침을 삼키고 눈을 가까이 대려던 그때였다.

"대지 마요!"

허스키한 여자 목소리가 끼어들었다. 화들짝 놀라 돌아보니 한 쌍의 남녀가 서 있었다. 둘 다 진혁처럼 하얀색 연구복 차림이었다. 젊어 보인다. 많아 봐야 20대 후반.

"보통 위험한 놈이 아니라서요, 언니."

통통한 체형을 가진 여자가 걱정 반, 애교 반이 섞인 듯한 목소리로 말했다. 방금 전의 호통은 잊어달라는 듯한 태도다.

"뭐, 조심만 하시면야 상관없긴 하지만……."

여자 옆에 있는 남자가 말했다. 깡마른 몸과 도수 높은 안경, 손에 들고 있는 서류들까지. 숨 쉬는 것 빼고는 공부에 모든 시간을 투자한 듯한 이미지다. 이상한 이유로 왠지 반가웠다. 연구소인 이곳에 한 명쯤 있지 않을까 기대했던 캐릭터.

남녀 사이로 승태가 불쑥 등장했다.

"이분이 이번에 우리를 도와주러 오신 박수진 경감님이야."

남자가 고개를 살짝 끄덕였다.

"박호철입니다."

"앗, 저는 그럼 김태리."

여자가 나의 손을 꽉 잡더니 해맑은 미소를 지으며 위아래로 흔들었다. 악력이 대단하다. 발에 힘을 주지 않았다면 휘청거렸을 것이다.

"어이, 둘. 점심은 먹었어?"

"소장님! 맞다, 큰일 났어요."

태리가 하얗게 질린 표정으로 말했다.

"뭔데?"

"육개장 다 떨어졌어요."

"아, 신라면도."

호철이 덧붙였다.

"짜식들아, 그러다 나처럼 돼. 라면만 처먹지 말고 밥을 먹으라니까, 밥을."

승태는 이마에 손바닥을 부딪히며 한숨을 푹 쉬었다.

"하여튼 알았으니까, 일단 수진 씨한테 보호용 헬멧부터 씌워드려."

"왜요?"

태리가 초롱초롱한 눈으로 물었다. 승태의 얼굴이 순식간에 진지하게 변했다.

"수진 씨, 이제부터 면담하실 거야. 마스터랑."

* * *

잠시 후, 태리가 보호용 헬멧이란 것을 내밀었다. 천같이 생겼는데, 각을 잡고 세우니 헬멧 모양으로 고정됐다.

"처음부터 혼자 쓰긴 힘들어요. 내가 도와드릴게."

태리가 그것을 들고 나의 등 뒤로 향했다. 그녀는 앞으로 흘러내린 내 머리카락을 가볍게 뒤로 넘겨준 다음, 헬멧으로 머리 위를 쑤욱 덮었다.

철컥. 공기 빠지는 소리와 함께 헬멧이 쪼그라들기 시작했다. 압박감이 점점 올라가자 머리가 뜨거워졌다. 슬슬 얼굴이 터지는 것 아닐까 걱정이 되던 그때, 압박감이 쉬익 소리와 동시에 푸근함으로 바뀌었다. 착용감조차 느껴지지 않았다. 혈압 재는 기구가 떠올랐다. 그래, 딱 그 느낌이다.

깜깜하던 시야가 점차 투명해지기 시작했다. 조금 더 기다리자 천을 썼는지도 모를 만큼 앞이 선명하게 보였다. 태리가 시야 앞에 불쑥 나타났다.

"어때요? 딱 맞죠?"

"네, 네에……."

신기했다. 마치 내 머리에 씌워지기 위해 태어난 헬멧 같았다. 약간 찌릿한 느낌만 빼면.

"혹시 이상한 느낌 안 들어요? 뭔가 흐르는 것 같은?"

태리가 묻자 나는 눈을 크게 뜨고 고개를 끄덕였다. 기분 탓이 아니었구나.

"그게, 특수한 전류 때문에 그래요. 좀 지나다 보면 익숙해지니까 걱정 마세요."

"아, 불편하셔도 절대 벗지 마세요. 정말로요."

호철이 강조했다.

"걱정 마세요. 저도 죽기 싫으니까."

그렇게 말하고 애써 웃으며 나는 긴장을 떨쳐냈다.

잠시 후, 호철을 제외한 모든 일행이 감시실에서 나갔다. 그들은 건너편 회의실에서 감시실과 연결된 CCTV로 관찰하며 면담이 끝날 때까지 대기하기로 했다.

나는 준비 완료 사인을 보냈다. 호철은 고개를 끄덕이더니 뒤로 걷는 동시에 주머니에서 리모컨을 꺼냈다. 불투명 유리를 향해 팔을 쭉 뻗더니 전원 버튼으로 보이는 것을 꽉 눌렀다.

"그럼, 시작합니다."

텅, 텅, 텅. 순식간에 사방의 불이 꺼지며 암흑이 되었다. 아무것도 보이지 않았다. 섬뜩할 정도로 조용했다. 항상 꾸는 악몽처럼.

어둠 속에서 강렬한 빛이 새어 나온 것은 그때였다. 나는 홀린 듯 빛을 향해 다가갔다. 검기만 했던 유리에 틈이 생기며 회색 빛이 새어 나왔다. 회색 빛은 점차 하얀 빛으로, 하얀 빛은 점차 투명해졌다. 틈은 점점 벌어지더니 창 너머의 공간을 완전하게 잠식했다.

나는 충격에 숨을 집어삼켰다. 방 안은 초라했다. 아니, 초라한 수준이 아니다. 사형수가 쓰는 독방도 이보다는 나을 것이다. 앤트힐에서 봤던 모든 방과 시설은 하이테크였지만 유일하게 이 공간만은 고약할 정도로 아날로그였다. 벽은 음침한 분위기로 바랬고, 바닥엔 먼지가, 천장 구석엔 거미줄이 가득하다.

철제 침대와 변기를 포함한 모든 사물이 벽에 고정되어 있다. 모든 물건은 모난 곳 없이 둥그렇다. 수감자의 자해를 완벽하게 차단하기 위해서일까.

하지만 내가 충격을 받은 건 공간 때문이 아니었다. 죄수의 상태

때문이었다. 천장에서 밝은 조명이 쏟아져 앙상하게 마른 반라의 여자를 비췄다. 그녀는 창을 등진 모습으로 침대 위에 웅크리고 있다. 채찍이라도 맞은 건지 등의 군데군데에 시뻘건 상처 자국이 선명했다. 산발이 된 머리카락은 철제 침대 아래까지 늘어져 있다.

섬뜩함을 느끼며 나는 무의식적으로 뒷걸음질을 쳤다. 이게 죄수라고? 누가 봐도 피해자잖아. 유리에서 떨어지자 벽에 설치된 모니터가 눈에 들어왔다. 화면들은 침대에 누운 여자를 다각도로 비추고 있다. 그때였다.

"일어나."

격리실의 스피커에서 승태의 목소리가 울렸다. 여자는 반응을 보이지 않았다. 살아 있긴 한 걸까. 나는 다시 한번 유리 앞으로 다가가 여자를 관찰했다. 그녀의 앙상한 발목은 쇠사슬에 묶여 벽과 연결된 상태다. 벗어나려고 몇 번이나 시도한 건지 사슬이 감긴 발목 주변으로 살가죽이 벗겨져 있다.

"일어나. 손님 왔다."

승태가 다시 한번 말했다. 이번에는 더 크게.

그제야 여자는 반응을 보였다. 벌레처럼 몸을 조금씩 꿈틀거리더니, 별안간 인형술사가 줄을 당기듯 휙 일어섰다. 그런 다음 유리 쪽으로 천천히 몸을 돌렸다.

앞면은 더 참혹했다. 등의 상처가 무색할 정도로 목부터 발끝까지 상처가 도배되어 있다. 대체 그녀에게 무슨 일이 벌어진 걸까. 경악하던 나는 문득 섬뜩한 사실 하나를 깨달았다. 아무리 방 안을 살펴봐도 도저히 자해를 할 만한 도구는 보이지 않았다. 수갑도 쇠사슬도 심지어 침대마저도 모난 구석이 없다.

그렇다는 말은, 다시 말해 그들이, 방금 전까지 나와 함께 웃고 떠들었던 그들이 이 여자를 해쳤다는 뜻이다. 아무리 흉악한 죄수라도 이만큼의 고문을 행하는 것은 범죄다. 그 어떤 말로도 정당화할 수 없는 명백한 범죄.

설마 나는 지금까지 양의 탈을 쓴 악마들에게 둘러싸여 있었던 걸까. 아니다. 아직 속단하기엔 이르다. 조금 더 관찰한 뒤 판단을 내려도 늦지 않다.

나는 유리에 다가갔다. 여자의 머리에 걸쳐진 기묘한 물건을 다시 한번 제대로 보기 위해서였다. 우리가 쓴 투명한 보호용 헬멧과는 달리, 어두운 색으로 뒤덮인 헬멧이 여자의 머리를 덮고 있었다. 앞부분은 길쭉하게 내려와 시야를 완전히 차단하고 있었다. 헬멧의 밑부분에는 벨트가 있는데, 그녀의 턱과 단단하게 연결된 상태다. 턱 아래로 소 방울처럼 자물쇠가 찰랑거렸다.

여자가 흐느꼈다. 일그러진 입술은 군데군데가 갈라져 있다. 수분 섭취도 제대로 못 한 걸까.

"정신 차려. 손님 왔다고."

승태가 말했다.

"손님……이요?"

여자가 겁에 질려 벌벌 떠는데도 승태는 쾌활한 태도로 말을 이었다.

"자유롭게 말하셔도 됩니다. 감옥 안이랑 소통할 수 있도록 설정해놨어요."

이건 나에게 하는 말이 분명하리라. 하지만 지금 같은 상황에서 대체 무슨 말을 해야 한단 말인가. 옛날이라면 아무 말이라도 꺼냈을 텐데. 마지막으로 취조를 한 것이 벌써 몇 년 전이다. 머릿속이 하얗게 질려 아무 말도 하지 못하던 그때였다.

"살려주세요. 제발 살려주세요."

훌쩍이기만 하던 여자가 별안간 목청껏 절규했다. 나는 팔에 닭살이 돋았지만 심호흡했다. 침착하자. 예전처럼만 하면 된다. 예전을 기억해. 눈을 감고 미간을 마사지하며 머릿속의 생각을 정리했다. 지금까지 본 단서들을 하나씩 순서대로 배열한다. 옛날처럼. 언제나 그랬듯이.

그러자 나름의 가설 하나가 떠올랐다.

'그래, 그거라면 말이 된다.'

허무맹랑하고 역겹긴 하지만…… 그래도 불가능하지는 않다. 다만 문제가 있었다. 이 가설을 확인하려면 미친 짓을 해야 했다. 그것도 제대로 된 미친 짓을. 나는 감았던 눈을 번쩍 떴다.

"혹시 저 안으로 들어갈 수 있을까요?"

* * *

"내가 살면서 들은 말 중에 가장 미친 소립니다. 논할 가치도 없어요."

사이먼이 침착하게 말했다.

감옥 바로 건너편에 위치한 회의실. 연구원들은 수진을 격리실에 들여보낼지 말지에 대해 심각하게 토론 중이었다. 승태가 사이먼을 보았다.

"아니, 왜 그래? 솔직히 문제될 거 없잖아. 경감은 보호복과 헬멧을 착용할 거고, 마스터는 손발이 묶인 데다 눈을 못 보게 특제 헬멧까지 쓰고 있어. 여기서 대체 뭔 일이 일어난다고."

"아뇨. 저 자식이 어떤 놈인지 소장님도 아시잖아요. 무슨 꿍꿍이인지도 모르고……. 이유가 뭐든 간에 너무 위험해요."

진혁이 고개를 저었다.

호철이 보다 못해 입을 열었다.

"위험성이야 우리 모두 알죠. 하지만 소장님 말이 맞아요. 이론적으로만 따졌을 때 위험할 건 없어요. 뭐, 형이 소장님을 믿지 못한다면 모를까."

'믿지 못한다'는 말에 진혁은 움찔했다.

"뭐, 뭘…… 믿지 못하는 게 아냐. 내 말은, 조심하자는 거지."

잠시 정적이 흘렀다.

호철은 모두를 스윽 둘러보았다. 눈치 게임이라도 하는 건지 다들 열심히 눈동자만 굴리고 있다.

"투표하죠. 찬성 반대로."

호철이 말했다. 그러자 사이먼이 바로 말을 이었다.

"그럼 정리하겠어. 나랑 진혁 씨는 반대야. 우리 승태 소장님 혼자만 찬성이고. 그럼 3 대 1이잖아. 아무리 소장님이라도 민주주의는 따르셔야지."

호철이 인상을 찌푸렸다.

"난 아직 말 안 했는데?"

"나도."

태리도 불만스럽다는 듯 중얼거렸다. 그러자 사이먼은 못마땅하다는 듯 고개를 저었다.

"그럼 빨리 하든가."

호철은 인상을 찌푸렸다. 솔직히 말해, 저 박수진이란 여자를 들여보내든 말든 그는 상관없었다. 이런 말은 좀 그렇지만, 자신과는 전혀 상관없는 여자니까. 지금 그가 거슬리는 것은 딱 하나였다. 바로 사이먼의 태도.

'왜 사람을 무시하고 난리야.'

사이먼의 반대쪽에 표를 던지기로 결심한 것은 그래서다. 복수 겸, 반발 겸.

"난 찬성이에요."

호철은 그렇게 말하며 사이먼을 보았다. 썩어 들어가는 표정이 그야말로 일품이다.

"나도 찬성."

순간 모두가 동시에 한곳을 돌아보았다. 태리였다. 그녀는 차가운 목소리로 말을 이었다.

"경고는 할 만큼 했다고 생각하는데. 그렇지 않아요?"

태리는 모두를 주욱 둘러보았다.

"뭐, 수진 씨 결정이잖아요. 저 안에서 무슨 일이 벌어지든 결국 저 사람 책임이죠, 뭐."

찬성에 표를 던진 입장이긴 해도 호철은 적잖이 놀랐다. 아까 수진 씨에게 헬멧을 씌워주던 친절한 태리는 온 데 간 데 없어졌으니까. 하긴, 저게 태리의 매력이지만.

다중이. 태리와 같이 대학에 다닐 때, 그녀에게 붙여준 별명이다. 교수님 앞에선 그런 모범생이 없지만, 수업이 끝나고 교문을 나서는 순간 언제나 교수의 욕으로 첫 운을 뗐기 때문이다.

"그럼…… 3 대 2?"

사이먼이 더듬거렸다.

"4 대 2지. 자원한 수진 씨도 포함하면."

승태의 말에 사이먼은 기가 죽은 모습이었다. 그런 사이먼을 보며 호철은 속으로 쾌재를 불렀다.

승태의 지시로 진혁은 노트북을 가져왔다. 그는 회의실 구석에 있는 내선 케이블을 노트북과 연결했다.

[관리자 권한이 필요합니다. 얼굴, 홍채, 지문 인증을 1분 안에 마치시오.]

시간이 60에서 줄어들기 시작했다. 승태가 엄지손가락을 모니터 위에 꾹 누르자 메시지와 함께 완료 버튼이 떴다.

"아무리 성과가 안 나온다 해도 그렇지, 이건 진짜 아니야."

사이먼이 매서운 눈빛으로 승태를 쏘아보았다.

"아무 일도 안 일어날 테니까, 제발 걱정 좀 하지 마."

승태는 노트북에서 눈도 떼지 않았다. 호철은 고개를 살짝 끄덕였다. 같은 마음이었다. 한국으로 여행 온 외국인이 북한의 미사일 도발을 보고 핵전쟁 나는 거 아니냐며 호들갑 떠는 걸 지켜보는 느낌이다. 찜찜하긴 하지만, 결국 모두들 속으로는 알고 있다. 아무 일도 일어나지 않을 것임을.

그때는 꿈에도 몰랐다. 이번에는 정말 핵이 터질 줄은.

* * *

5분 후, 감옥과 감시실 안에 안내 방송이 울려 퍼졌다.

"소장님 권한을 받았습니다. 들어가게 해드릴 테니 조금만 기다려주십시오."

진혁의 목소리였다.

방송이 끝나자마자 우웅 소리를 내며 격리실의 쇠사슬이 벽 쪽으로 밀려 들어가기 시작했다. 여자는 바닥에 힘없이 쓰러졌지만 사슬은 계속 줄어들었다. 결국 그녀는 질질 끌려가는 모습이 됐다. 보기 힘든 광경에 나는 이를 악물었다.

덜컹. 쇠사슬이 멈추었다. 이제 여자는 앉아 있는 포즈를 취하고 있었지만 자신의 의지가 아닌 강제된 자세라 부자연스럽기 짝이 없었다.

"문 열립니다."

풍선 바람 빠지는 소리와 함께 감시창 왼쪽의 격리실 문이 열렸다.

"이제 들어가셔도 됩니다."

들어가면서 나는 흘긋 문을 보았다. 겉으로 보기에는 백화점에 있는 흔한 자동 미닫이문 같은데, 여기서 보니 두께가 장난이 아니다. 확실히 이런 감옥이라면 누가 침입할 걱정은 없겠다는 생각이 들었다.

문턱을 넘자마자 처음 느낀 것은 악취. 감시실에서 안을 대충 봤을 때도 악취가 날 거라 예상했지만, 안으로 들어가자 그 진가가 드러났다. 구릿한 악취가 폐를 채우며 위장을 흔들었다. 당장 뛰어나가 구역질을 하고 싶은 마음이 굴뚝같았다. 하지만 이 여자는 이런 지옥에서 몇 개월, 혹은 그 이상을 지냈을 것이다. 거기에 비하면 지금 내가 겪는 고통은 엄살이나 다름없다.

나는 간신히 악취를 버티며 여자의 앞으로 다가갔다. 첫 만남인 만큼 첫 질문이 중요하리라. 무슨 질문을 하면 좋을까. 역시 가장 무난한 선택지가 낫겠지.

"괜찮아요?"

말해놓고 뒤늦게 후회했다. 몸이 온통 상처투성이인데 괜찮냐니. 하지만 여자는 불쾌한 기색을 드러내지 않았다. 다만 비틀거리며 고개를 저을 뿐이었다. 사소한 행동 하나하나에도 엄청난 힘이 드는 것이리라.

"많이 힘들었죠. 이제 조금만 참아요."

나는 한숨을 쉬었다.

"네?"

여자가 서서히 고개를 들었다. 나는 몸을 숙여 그녀의 귀에 한마디를 속삭였다.

"제가 빼내드릴 테니까."

여자는 믿기지 않는다는 듯 입을 쩍 벌렸다.

"그, 그게 무슨……."

나는 여자의 옆에 앉은 다음 깍지 낀 손을 무릎 위에 얹었다. 본격적인 '과정'에 들어가면 항상 이 자세를 하게 된다. 일종의 습관이다. 나를 싫어하는— 애초에 좋아하는 인간이 없지만—동료 형사 중 하나가 거만하다며 지적한 자세지만, 몸에 익은 습관을 버리느니 차라리 욕먹고 오래 사는 게 낫다.

"정말요? 꺼내주신다고요?"

믿을 수 없다는 듯 여자는 재차 물었다.

"네. 근데 저쪽에서 다 듣고 있으니까 조용히 해야 돼요."

내 말에 여자는 헙 소리를 내며 입을 다물었다.

"실, 실수한 거 아니죠, 제가."

여자가 떨리는 목소리로 물었다. 나는 고개를 끄덕이며 그녀의 손을 잡아주었다.

"네. 그런데…… 우리 한 가지는 확실히 해야 돼요."

"뭘요?"

"오로지 진실만을 말할 것."

나는 '진실'이란 단어에 힘을 주며 말했다.

"당연하죠. 당연하죠."

"지금부터 제가 하는 질문이 이상하게 들릴 수 있어요. 하지만 무시하지 마시고 최대한 성의껏 대답해주셔야 해요."

여자는 머리에 용수철이 달린 인형처럼 미친 듯이 고개를 끄덕였다. 그녀를 잠시 지켜보던 나는 첫 번째 질문을 던졌다.

"당신은 지금 어떤 상황에 처해 있죠?"

"감금……당했어요."

"누구한테요?"

"아까 당신한테 들어가도 된다고 한 사람한테요……."

나는 머릿속 수첩에 그녀가 한 말을 적었다.

"좋아요. 그럼 이제 여기에 오기까지 기억하는 걸 전부 말해줘요."

여자는 다시 울먹였다. 기억을 떠올리는 것 자체가 고통스러운지 온몸을 벌벌 떨었다.

"납치당했어요. 그러니까, 어, 퇴근길이었어요……. 이어폰을 꽂고 걷는데 갑자기 뒤에서 차 소리가 들리는 거예요. 뒤를 돌아봤는데 갑자기 눈앞이 확……. 정신을 차리니 이곳에 있더라고요."

여자가 심하게 헐떡거렸다.

"저 여기서 못 나가면 정말 죽을지도 몰라요."

"어떤 식으로 학대를 받았죠?"

"안 보여요?"

여자는 버럭 소리치며 몸을 일으켰지만 쇠사슬의 반동으로 침대 위에 난폭하게 쓰러졌다. 여자는 낮은 신음을 흘리며 울먹였다. 몸을 움직일수록 상처의 군데군데가 벌어지며 피가 흘렀다. 잠시 누워 숨을 가다듬은 끝에 여자가 말했다.

"죄송해요. 제가 흥분해서……."

"상처는 어떻게 났는지, 혹시 기억하세요?"

"무슨 상처요? 상처가 한두 개여야죠."

"등 뒤의 상처요. 뭐에 맞아서 난 상처 같아요. 채찍 같은 물건에…… 어떤 건 희미하고, 어떤 건 선명하고…… 심각해 보여요."

여자는 이불에 얼굴을 묻은 채 계속 울먹이기만 했다.

"혹시 학대를 당했을 때 들은 소리를 기억할 수 있나요?"

"그만해요. 제발."

"고통스러워도 말해주세요. 어떤 소리를 들으셨나요?"

"무슨 말인지 모르겠어요."

"휙 하고 뭔가를 휘둘렀다거나, 전기 충격기를 쓰느라 뭔가를 달그락거렸다거나, 그런 거요."

그때였다. 뭔가 생각난다는 듯 여자가 천천히 고개를 들었다.

"휘두르는 거…… 맞아요."

나는 차분히 고개를 끄덕였다.

"역시, 채찍을…… 맞으셨군요?"

"맞아요. 휘익 하고 짝 하고 그런 소리가 들렸어요. 등이 찢어지는 것 같은 고통이……."

후우, 나는 한숨을 쉬었다.

"그런 생활이 얼마나 반복되었죠?"

"모르겠어요. 갇힌 지 몇 달은 된 것 같아서."

"정말 고통스러우셨겠어요."

"네. 그러니 제발, 어떻게 뭐라도 좀……."

나는 고민 끝에 몸을 일으켰다. 그런 다음 열어놓은 문을 통해 그 대로 격리실을 나갔다. 밖에 선 다음 심호흡을 하고 창 너머의 여자를 노려보았다.

"이제 그만하세요."

여자가 몸을 우뚝 멈췄다.

"네?"

"연기하지 말라고요."

그녀는 난데없이 뺨이라도 맞은 것처럼 멍하니 나를 보았다.

"그게 무슨……."

"'ADX 플로렌스 교도소'라고 혹시 알아요?"

대답은 없었다. 애초에 알거라 기대도 하지 않았지만.

"주로 무기수나 흉악범들이 있는 미국의 교도소예요. 세상에서 가장 안전하고 깨끗한 교도소. 하지만 죄수들에겐 일체의 자유도 주어지지 않죠. 리모컨을 돌릴 권리도, 책을 볼 권리도 제공되지 않아요. 누릴 수 있는 유일한 자유란 하얀 벽을 보는 것뿐이죠. 그렇게 하루, 한 달, 일 년, 10년을 있다 보면……."

나는 내 머리를 집게손가락으로 툭툭 쳤다.

"돌아버리는 거죠. 이 시설은 마치 그곳을 모티브로 한 것 같아요. 침대를 비롯해 변기, 식수기까지 전부 바닥 혹은 벽에 고정되어 있으니까요. 무엇보다 자해를 할 도구가 일체 주어지지 않는다는 점, 그리고 설사 도구를 확보한다 해도 숨길 곳이 딱히 없다는 점에서 그렇죠. 그렇게 모든 가능성을 따지면 당신 몸에 상처를 낼 사람은 이 시설 직원밖에 없어요."

심호흡을 했다. 이제부터 진짜 본론이다.

"그런데 잘 알려지지 않은 사실. ADX 플로렌스 교도소에서 자살 사건이 있었어요. 그것도 한두 번이 아니에요. 인간은 진짜 어떻게든 죽을 방법을 찾아내더라고요. 첫 번째 자살 사건은 침대보를 이용한 것이었고, 식수대 모서리를 이용해 자살에 성공한 사례도 있었죠."

"지금…… 제가 자해를 했다는 거예요?"

"네. 솔직히 말하면 거의 속을 뻔했어요. 감옥 내부 모니터를 보기 전까진."

나는 그녀를 비추는 수많은 모니터 중 하나를 손가락으로 가리켰다.

"보통 건물에 통유리를 설치한다고 하면, 그 사이즈를 벽의 두께와 정확하게 맞추진 않잖아요? 외벽이면 뭐 그럴 수 있다 쳐도 내부의 콘크리트 벽에 통유리를 끼울 때엔 곤란하죠. 고정용 실리콘도 발라야 하니까."

나는 또 다른 모니터를 가리켰다.

"제 쪽에는 실리콘이 발라져 있어요. 그런데 감옥 안은…… 예상대로 없더라고요. 실리콘 발린 모서리 대신 까끌까끌하고 모난 모서리가 툭 튀어나와 있어요."

한숨을 쉬고 고개를 저었다.

"전 이것 때문에 들어가 본 거예요. 두 눈으로 확인하고 싶어서."

"그래서 지금 무슨 말을 하려는……."

"말했잖아요. 연기 그만하라고."

나는 그녀의 눈을, 정확히는 그녀의 눈이 있을 헬멧 부분을 똑바로 쳐다보았다.

"어떤 근거로…… 아니, 증거는 있어요? 대체 왜 저를 의심하는 건데요?"

나는 흐릿하게 웃었다. 증거 소리도 나올 줄 알았다.

"어떤 자국은 희미하고 어떤 자국은 선명하다고 했죠, 제가. 전부 거짓말이었어요. 당신 등에 난 상처는 하나같이 선명하고 깊죠."

긴 침묵 끝에 여자가 간신히 입을 열었다.

"전 몰랐어요……. 그렇게 거짓말을 하면 제가 어떻게 알아요."

"그 거짓말에 홀쩍 탑승한 사람은 당신이죠."

여자는 포기한 건지 더 이상 반응을 보이지 않았다. 배터리가 고갈된 자동인형처럼 미동도 없이 듣기만 했다.

"아, 그리고 채찍은 휘익, 짝 소리가 나지 않아요. 살이 파일 정도로 휘두르려면 적어도 탕 소리가 나죠. 상처가 직선인 것도 결정타였어요. 채찍으로 맞은 상처는 곡선이거든요. 직선이 아니라."

여전히 그녀는 가만히 있었다. 체념한 걸까.

"마지막으로, 사소하게 걸렸던 거 하나. 상처에 비해 감옥 안이 이상할 정도로 깨끗하더라고요. 그 정도의 상처가 생기려면 적어도 바닥에 피를 꽤나 흘렸을 거 같은데, 당신이 서 있는 감옥의 바닥은 깨끗해요. 눈앞이 안 보이는 당신이 피를 치웠을 리는 없고, 직원이 치웠다고 봐야죠. 다시 말해, 직원은 상처를 알면서도 묵인했을 가능성이 있어요. 하지만."

나는 천천히 일어섰다.

"생각해봤어요. 당신이 대체 왜 자꾸 말을 이상하게 더듬거릴까. 입가가 찢어진 이유도요."

혐오감을 간신히 누르며 말을 이었다.

"상처를 만든 후, 모서리를 일일이 핥았죠?"

가장 역겨웠던 것이 바로 그 부분이었다. 대체 그렇게 하면서까지 위장 공작을 하려는 인간이 있을까.

"섬뜩한 건, 상처가 주저흔의 성격이 아니라는 거예요. 당신은 주저하지 않았어요. 상처를 만드는 것에. 피를 흘리는 것에."

말하면서도 다시금 소름이 돋았다. 목소리의 떨림을 억누르며 나는 물었다.

"대체 그게…… 어떻게 가능하죠?"

"들켰네."

줄곧 무표정을 고수해온 여자는 드디어 천천히 미소 짓기 시작했다. 그녀는 내 쪽으로 혓바닥을 쭈욱 내밀었다. 역시 예상대로였다. 혀끝이 뱀처럼 두 갈래로 갈라져 있었다.

"어떻게 주저하지 않았죠? 고통을 못 느끼나요? 무통각증 환자?"

"아니면?"

"네?"

"……그게 아니면, 난 뭘까?"

나는 잠시 그녀를 노려보다 툭 내뱉었다.

"정신적으로 문제가 있으신 거죠."

별안간 시끄러운 짝짝짝 소리가 들렸다. 여자가 박수를 치기 시작한 것이다.

"역시 대단하다. 진짜 대단해."

그러더니 큰 소리로 웃기 시작했다. 그것은 웃음이 아닌 비명에 가까웠다. 행복과 절규가 반반씩 섞인 괴상한 비명. 한바탕 낄낄거린 후, 여자는 못 이기겠다는 듯 고개를 저었다.

"아직 안 죽었네, 우리 수진이."

심장이 철렁했다. 이 여자가 내 이름을 어떻게 아는 거야?

"놀랐지, 수진아."

여자가 낄낄거렸다.

"내가 방금 이름 불러서 깜짝 놀랐지?"

그저 놀란 수준이 아니었다. 공포에 질렸다. 설마 연구원들이 가르쳐준 걸까. 하지만 대체 무슨 이유로?

"맞잖아. 응이라고 해봐, 응?"

"당신 뭐야?"

내가 중얼거린 그때, 여자가 등 뒤의 철제 침대를 쾅 두드렸다.

"말 돌리지 말고, 씨발년아."

뜬금없는 욕설에 놀라 잠시 아무 반응도 하지 못했다. 여자는 자기가 한 말에 화들짝 놀란 표정을 짓더니, 이어 뻔한 연기 톤으로 울먹거렸다.

"죄송해요. 제가 흥분해서 또 실수를……."

나는 심호흡을 하며 쿵쾅거리는 심장을 최대한 가라앉혔다. 여자는 상대의 감정을 가지고 노는 것이 목적이다. 먹이를 주지 말자. 여자는 싱글싱글 웃으며 유리 앞으로 다가왔다.

"남편은 잘 지내?"

"남편?"

"네 남편."

창 앞에 얼굴을 철썩 붙이더니, 그녀가 속삭였다.

"잘 지내냐고. 아, 맞다."

여자는 깜빡했다는 듯 아 소리를 냈다.

"불타 죽었지. 미안, 미안."

나는 뒤돌아 어둠 속을 노려보았다. 좀 전까지만 해도 승태 일행이 서 있던 그곳을. 그들에게 당장이라도 소리쳐 묻고 싶었다. 어떻게 된 거냐고.

"뭐, 난 병욱 씨가 왜 그런 선택을 했는지 이해가 돼."

그러더니 실실 웃기 시작했다.

"너 같은 년 옆에서 하루라도 더 사느니, 차라리 죽겠다, 그런 거 아니겠어?"

"닥치라고."

생각만 하던 말이 어느새 입 밖으로 튀어나와 버렸다. 하지만 신경 쓰지 않았다. 그럴 정신 상태가 아니었다. 유리에 입을 댄 채, 여자가 말을 이었다.

"그때 사람들이 막 위로하고 그랬잖아. 당신 잘못 아니라고. 근데 그거 알아? 당신 잘못이 맞아. 남편은 당신이 죽인 거야. 그 용의자를 쏴서 코마에 빠트렸잖아. 그러지만 않았어도 테러는 막을 수 있었어. 아마 지금쯤 남편과 함께 즐겁게 트래킹을 가고 있었겠지. 해연이랑 함께. 근데, 네가 다 망친 거야. 수백 개의 가정, 딸의 인생까지 전부."

"그만하라고!"

목소리가 주체할 수 없을 만큼 떨리기 시작했다. 가슴속에서 핵폭탄이 쉴 새 없이 터지고 있었다.

"사람이 불타 죽을 때, 어떤 소리를 내는 줄 알아? 폐가 노릇노릇하게 익어서 소리는 못 질러. 하지만 소리를 모방하자면, 이것에 좀 가깝거든? 잘 들어봐. 네 남편이 직접 낸 소리니까."

여자는 머리를 쳐들더니 괴상한 소리를 내기 시작했다.

"끄-윽, 끄윽, 끄으으윽. 끄-윽, 끄그윽, 끄윽."

자신의 목을 손톱으로 박박 긁어대며 그런 끔찍한 소리를 내고 또 냈다. 나는 숨을 멈췄다. 심장이 쿵쿵대는 소리가 귓가에 울려 퍼졌다. 이 시설에 오고 나서도 항불안제를 다섯 번은 먹었지만 지금 이 순간 약효는 전혀 통하지 않았다. 온몸의 피가 끓으며 눈앞이 핑핑 돌았다.

미친년. 정신을 차리자 어느새 나는 격리실 안에 다시 들어가 있었다. 정신없이 여자의 몸 위로 달려들었다. 내가 올라타자 쇠사슬이 쩔그렁 소리를 내며 팽팽해졌고, 그녀의 몸은 공중에 이상하게 매달린 꼴이 됐다.

"그만해."

주먹을 휘둘렀다. 휘두르고 또 휘둘렀다. 기분 나쁜 감촉과 함께 피가 바닥에 철벅거리며 떨어졌다. 눈물이 뺨을 타고 줄줄 흘렀다.

"그만해, 그만하라고."

내 절규에도 피투성이가 된 여자는 광인처럼 계속 낄낄거렸다.

"딸의 미래는 걱정도 안 되잖아, 안 그래? 그랬으면 화요일마다 상담사 앞에서 질질 짤 게 아니라 보험 든 다음 나가 죽었어야지."

순간 불이 켜지며 시야가 확 밝아졌다. 달려오는 듯한 발소리도 어렴풋이 들리는 것 같았지만 아무래도 상관없었다. 나는 여자의 목을 부여잡았다.

"그걸 어떻게 알아. 네가 그걸 어떻게 알아."

그때 뒤에서 목소리가 들렸다.

"그만해요!"

동시에 헬멧과 보호복을 뒤집어쓴 연구원 두 명이 감옥에 뛰어들었다. 그들은 내 양팔을 거칠게 붙잡은 다음 격리실 바깥으로 끌어당기기 시작했다. 질질 끌려가면서도 나는 여자를 계속 노려보며 필사적으로 발버둥을 쳤다.

"네가 그걸 어떻게 아냐고!"

그녀는 아무렇지도 않다는 듯 천천히 몸을 일으켰다.

"우리 구면이잖아. 취조실에서, 기억 안 나? 볼펜. 목에다 푹. 나중에 보자고 했잖아."

그녀는 검지를 꼿꼿이 치켜들더니, 자신의 목 경동맥 부분을 꾸욱 눌렀다.

"여기. 목에다 푹."

나는 충격에 우뚝 몸을 멈추었다. 공포가 초고압 전류처럼 온몸을 꿰뚫었다.

'말도 안 돼. 넌 죽었잖아. 죽었어야 하잖아.'

5.

철썩!

난데없이 뺨을 얻어맞자 승태는 얼떨떨한 표정을 지었다. 그가 상황을 알아차리고 방어 자세를 취하기도 전에, 나는 곧장 두 번째 따귀를 날렸다. 다시 한번 경쾌한 철썩 소리가 방 안을 울렸다.

"내 과거를 다 알면서, 모른 척한 거야? 내 신상을 저 미친년한테 다 알려준 거냐고, 당신!"

"아니, 잠깐만. 좀 들어봐요."

그가 말리듯이 두 손을 내밀었지만 내 손바닥은 이미 허공을 가르고 있었다.

신상을 어디까지 캐낸 건지, 과거는 또 어떻게 알아낸 건지, 그런 건 이제 아무래도 상관없었다. 머릿속의 생각은 오로지 하나, 이 정신 나간 노인네에게 본때를 보여줘야 한다는 것뿐이었다. 하지만 승태의 뺨에 내 손이 닿기 직전, 누군가가 팔을 붙잡았다. 사이먼이었다.

"좀 들어봐요. 정신 좀 차리고."

그제야 코피를 뚝뚝 흘리는 승태가 눈에 들어왔다. 코를 부여잡은 손가락 사이로 핏줄기가 흘렀다. 하얀 타일 바닥 위로 뚝뚝 떨어지는 새빨간 핏방울.

이성이 조금씩 돌아왔다. 귓가를 울리던 심장 박동 소리도 서서히 잦아들었다.

"수진 씨."

승태가 코를 부여잡은 채 또박또박 말했다.

"저는 절대로, 저 여자한테 수진 씨의 개인 정보를 말한 적이 없어요. 절대로."

잠시 후, 천장에 달려 있던 프로젝터가 작동하며 노트북 화면이 회의실의 스크린에 떴다. 국적도 나이도 성별도 다른 수많은 사람들의 사진이다.

"제가 말했죠. 마스터, 그러니깐 그 죄수에겐 특별한 능력이 있다고."

승태가 말했다.

"저겁니다. 마스터의 능력이. 놈은 버스 갈아타듯 사람 몸을 갈아타요."

"갈아탄다……?"

내가 중얼거렸다. 이해가 가지 않았다.

"그래요. 상대의 몸으로 이동할 수 있어요. 눈만 마주치면, 완전히 마음대로."

나는 허공을 멍하니 보다가 허 하고 짧게 코웃음을 쳤다. 그런 헛소리를 지금 믿으라는 건가. 어이가 없는 나머지 웃음을 터뜨리고 싶었지만 도저히 그럴 수 없었다. 저 헛소리가 사실이라고 가정하는 순간, 이 시설에서 마주한 대부분의 미스터리가 풀리기 때문이다. 왜 여자에게 헬멧 같은 것을 씌운 건지. 왜 그동안 철저하게 보안을 유지한다며 호들갑을 떤 건지. 그리고 어떻게 여자가 내 과거를 알아낸 건지.

"마스터."

내가 중얼거리자 승태가 옳은 대답이라는 듯 고개를 끄덕였다.

"네, 마스터. 예전에 일어난 정체 모를 폭탄 테러 사건. 웅진 아울렛과 서울 지하철, 두 건 다 놈의 짓입니다. 테러를 저지른 후 능력을 사용해 멀쩡히 도망갔어요. 증거가 하나도 남지 않은 건 그래서죠."

어느새 돌아온 태리가 갑 티슈를 승태에게 내밀었다. 그는 휴지한 장을 뽑아 콧구멍에 대충 쑤셔 박고 말을 이었다.

"마스터는 근 10년간 세계에서 일어난 주요 테러 사건의 배후예요."

"마스터는 CIA에서 붙인 약칭입니다."

사이먼이 덧붙였다.

"배후, 마스터마인드(mastermind), 마스터. 구린 건 알지만, 닉네임이 있어야 뭐라 부르기라도 하죠……."

승태는 인상을 쓰며 스크린을 노려보았다.

"놈은 약삭빠르고 잔인해요. 제가 아는 한, 가장 악마에 가까운 존재예요."

나는 빠르게 고개를 저었다. 더 이상 들어줄 수가 없다. 정신 이상자들과 한 방에 갇힌 기분이다.

"말이…… 말이 되는 소리를 해요. 장난해요? 설마 날 속이려고 지금……?"

고개를 쳐들고 모두를 쳐다본 그때였다. 나는 말을 멈추었다. 모두가 나를 뚫어져라 쳐다보고 있었기 때문이다. 마치 과대망상증 환자를 보는 것처럼.

"미친년."

마트에서 들은 진상 아줌마의 말이 귓가에 맴돌았다. 머리가 텅 비어버리는 동시에 완전히 할 말을 잃었다. 굳어버린 나를 보며 호철이 말했다.

"증거 자료를 원하시는 거라면 저희에게 많습니다. 영상도 증거도 넘쳐요. 원하신다면 보여드릴 수 있는데……."

"됐어요."

나는 그의 말을 무시한 뒤 몸을 돌렸다. 그런 다음 승태에게서 받은 게스트 카드키를 태깅해 회의실을 나갔다.

복도를 가로지르며 숙소를 향해 빠르게 걸었다. 등 뒤에서 갑자기 소음이 들렸다. 승태가 나를 부르는 소리와 그런 그를 말리는 진혁의 소리. 눈을 질끈 감았다. 아무것도 듣기 싫었다.

조금 더 걷자 이윽고 정적이 찾아왔다. 아까부터 원하던 완전한 침묵. 한숨을 토해낸 다음 B3층 숙소에 돌아가기 위해 엘리베이터에 올랐다.

문이 닫히고 엘리베이터가 올라가는 동안 생각했다. 믿기 싫었다. 아직도 놈이 살아 있다니, 말도 안 되는 소리다. 하지만 무의식적으로 나는 이미 인지하고 있었다. 마스터의 존재는 부정할 수 없는 진실이라는 것을.

왜냐하면 그 말, '나중에 보자'라는 말은 아예 보고서에 적지도 않았기 때문이다. 당시에는 그저 미친놈의 헛소리 정도로 생각하며 가볍게 넘겨버렸다. 내가 놈의 입모양을 읽지 않았다면 영원히 미스터리로 묻힐 말이었으리라. 그런데 그 말을 몇 년이 지난 오늘 다시 듣게 되었다. 벌어지지 않아야 할 일이 벌어지고 만 것이다.

이런 불가해한 상황에 나름의 개연성을 부여할 방법은 단 한 가지뿐이었다. 승태의 말이 사실이라고 가정하는 것. 다시 말해, 저 존재는 내 남편과 아들을 죽인 자와 동일 인물이다.

* * *

스카치위스키 병을 기울였다. 퀴퀴한 냄새의 호박빛 액체가 글라스 속으로 꼴꼴 들어갔다.

이 정도면 좋을까? 승태는 생각했다. 떨리는 손으로 잔을 들었지만 입으로 갖다 대기가 망설여졌다. 도저히 마실 기분이 아니었다.

젠장, 원래 기분이 들지 않아도 마시는 게 술 아닌가. 승태는 잔을 내려놓으며 한숨을 쉬었다.

그녀를 데려오기로 결정했을 때부터 어느 정도 리스크는 감수했다. 그녀 자신도 마찬가지였으리라. 그래도 만일의 사태에 대비해 전날까지 철저하게 시설을 확인했다. 전체적인 점검을 끝낸 뒤 그가 내린 판단은, 역시 놈은 아무것도 할 수 없다는 것. 놈은 사지가 구속되어 있다. 생각할 수 있는 최악의 시나리오는 쌍욕 정도가 다였다. 그래서 안심하고 있었는데…… 이런 사달이 나버린 것이다. 놈이 그런 심리적인 패를 쥐고 있을 줄은 예상도 못 했다. 하지만 자신은 예상했어야 했다. 이곳의 소장으로서, 책임자로서.

승태는 다시 잔을 흘긋 보았다. 과학자의 기본 윤리도 지키지 않는 놈이 이런 걸 마실 자격이 있나? 아니…… 잊으려면 역시 마셔야 돼. 다시 한번 잔에 손을 뻗은 그때였다. 사무실 문이 요란하게 열렸다. 고개를 들지 않아도 소리로 미루어 누구인지 알 수 있었다.

"만족합니까?"

건너편 의자에 털썩 걸터앉은 건 사이먼이었다. 육중한 무게 때문인지 의자 쿠션에서 바람 빠지는 소리가 났다. 승태는 떨구었던 고개를 천천히 들었다.

"뭐가?"

"아까 그 실험."

사이먼이 비꼬는 투로 말했다.

승태는 무표정을 유지하며 글라스를 계속 흔들었다. 유리잔에 비치는 자신의 얼굴이 이쪽저쪽으로 일그러졌다. 사이먼이 팔짱을 꼈다.

"할 말 없어?"

승태는 잠시 고민하다 입을 뗐다.

"내 잘못이 맞아."

"뭐……?"

사이먼이 눈썹을 들어 올렸다. 기대한 대답이 아닌 걸까.

"성급했어. 연구 성과가 1년이 지나도록 안 나오니까, 내가 잠시 미쳤었다."

역시 자신에게 이런 걸 마실 자격은 없다. 잔을 툭 내려놓자 알코올 몇 방울이 손에 튀었다.

"나중에 수진 씨한테는 사과할 거야, 꼭."

승태는 힘없이 중얼거렸다.

비록 기러기 아빠 생활을 하고 있지만, 승태는 가족의 화목을 의심한 적이 한 번도 없었다. 캐나다에 있는 아내와 고등학생 아들은 지금도 매일 밤 하루도 빠짐없이 스카이프 영상통화를 걸어 온다. 고작 10분 정도 되는 이때가 그에게는 하루 중 가장 행복한 순간이다. 그 10분 덕분에 개미굴 같은 앤트힐에서 몇 년이나 버틸 수 있었다.

그 10분을, 어느 날 갑자기 잃어버린다면……. 상상하기도 싫어 눈을 질끈 감았다. 사랑하는 가족을, 두 명이나, 가장 처참한 방식으로 잃었다. 대체 얼마나 거대한 고통을 그녀는 감내해야 했을까. 당장 성과를 내야 한다는 생각에 눈이 멀어 몹쓸 짓을 해버렸다. 그렇게 생각하자 승태는 머리조차 제대로 가눌 수 없었다.

"더 이상 아무 일도 없게 할 테니까."

자신도 모르게 목멘 소리가 났다.

"사과할 때 취해서 하지 마, 기분 나쁠 테니까."

승태가 놀라 고개를 들었다. 사이먼의 표정이 완전히 풀어져 있
었다.

"어…… 어어. 알았어."

승태가 황급히 고개를 끄덕였다.

"그럼, 그 여자는 이제 어떡할 거야?"

"일단 마스터와 떼어놓을 거야."

"아니, 그건 당연한 거고. 내 말은, 그 정보 말이야."

사이먼은 끙 소리를 내며 자리에서 일어났다.

"진혁이 그러던데. 이곳 보안 장치를 세 개밖에 안 알려줬다고."

아, 그거. 승태는 속으로 한숨을 쉬었다. 사실 그 장치에 대해 의
도적으로 감출 생각은 없었다. 다만 군이 알려줄 필요가 있을까 싶
었을 뿐. 호텔 직원이 투숙객에게 건물 구경이랍시고 지하실의 똥
통까지 보여주지는 않는 것처럼.

그 여자는 어차피 투숙객이다. 이번 일이 어떻게 풀리든 3일 후
엔 떠나야 한다. 그러니 기본적인 것만 알아도 생활에 별 지장은 없
을 거라 생각했다. 하지만 사이먼의 잔소리를 계속 듣다 미쳐버리
느니 차라리 그냥 알려주는 편이 나을 것 같았다.

"그래, 알았어. 알았다고."

승태는 코를 팽 하고 풀었다.

"그럼 슬슬 가볼게. 졸려 죽겠다, 나도."

방을 나가는 사이먼의 뒷모습을 본 그때였다. 승태는 문득 잊고 있던 것을 떠올렸다. 그러고 보니 밖에서 들은 것이 있었지.

"저기, 사이먼. 밖에서 그러던데. Two-Oh-Three라고. 무슨 뜻이야?"

사이먼은 우뚝 걸음을 멈추고 이쪽을 돌아보았다.

"뭐?"

"Two-Oh-Three……."

침묵. 갑작스러운 긴장이 빈 공간을 채우자 승태는 불안해졌다.

"뭔데 그래?"

사이먼은 천장을 보며 뭔가 생각하는 듯하더니 이내 고개를 저으며 뒤돌아 밖으로 나갔다. 완전히 무시하는 태도에 승태는 당황했다.

"아니, 힌트라도 주면 안 되나? 적어도 무슨 일이 벌어지는지는……."

말이 끝나기도 전에 문이 쾅 닫혔다.

승태는 도로 자리에 앉은 뒤 테이블 위를 손가락으로 두드렸다. 하긴, 작전 코드도 결국 군사 기밀이니 얘기하기엔 민감하다는 걸까. 그렇다면 딱히 뭐라고 할 생각은 없다. 그래, 관심 끄자. 승태는 그렇게 생각하고 다른 일에 집중하려 했지만 도저히 그럴 수 없었다. 마음에 걸리는 것이 있었기 때문이다.

바로 표정. 아까 자신이 Two-Oh-Three라고 말한 순간 사이먼의 얼굴에 떠오른 표정. 그것은 분명 공포였다. 감정 표현의 절제라면 사이코패스도 혀를 내두를 정도의 인간이 바로 사이먼이다. 그런 그가 저렇게 감정을 대놓고 드러낼 정도면, 대체 무슨 일이어야 할까.

바닥에 뭔가 툭 하고 떨어지는 소리가 들렸다. 승태는 아래를 보았다. 위스키 잔을 잡은 자신의 손이 어느새부턴가 덜덜덜 떨리고 있었다.

* * *

그 여자가 왔다. 드디어, 들어왔다. 내 공간 안으로. 음식물 쓰레기 냄새를 맡은 쥐새끼처럼 아무 방심도 하지 않고 쫄래쫄래 걸어 들어온 것이다.

아아, 대체 이 순간을 얼마나 기다렸는지. 긴 시간 동안 대체 얼마나 고민했는지 모른다. 어떻게 복수를 해줄까. 어떻게 괴롭혀줄까. 그 어떤 결론을 내려도 도저히 만족스럽지가 않았다. 그 여자가 나에게 한 짓을 생각하면, 몇 번을 죽여도 모자라니까.

그래도 이것 하나만은 분명히 장담할 수 있다. 죽여달라고, 제발 죽여달라고 울고불고 사정하기 전까지는 멈추지 않을 것이다. 물론 그런다고 해도 멈추는 일은 없겠지만.

박수진, 그 여자의 깜짝 추리 쇼는 나름 재미있었다. 실제로 정답에 거의 근접했을 때에는 진심으로 당황했다. 하지만 괜한 걱정이었다. 근접만 했을 뿐, 결국 진실에는 도달하지 못했으니까.

사실 상처를 낸 것은 상대방을 교란시키기 위해서가 아니다. 그보다는 좀 더 실용적인 이유에서였지. 첩자 놈에게 '이 물건'을 건네받은 직후의 일이다. 드디어 언제라도 나갈 수 있다, 해방감을 느낀 것도 잠시였다. 심각한 문제가 생겼음을 뒤늦게 깨달았다. 이 물건을 숨길 공간이 감옥 내에 존재하지 않았던 것이다.

낡은 시설이니 작은 물건을 숨길 틈이 당연히 있을 줄 알았는데 착각이었다. 몇 분 후면 배식 시간이다. 신체검사는 랜덤이지만 운이 나쁘면 오늘 할지도 모른다. 그렇게 된다면 들키는 것은 시간문제다.

첩자 놈은 이런 것도 생각해두지 못한 건가. 젠장, 무능하기 짝이 없는 새끼. 초조함이 극에 달한 순간 머릿속에 기막힌 방법이 떠올랐다. 숨길 곳이 없으면, 직접 만들면 되잖아. 그래서 그렇게 했다. 살을 찢은 다음, 피부 밑에 그 '물건'을 집어넣었다. 상처가 하나라면 당연히 의심이 갈 것이다. 그러니 물건을 받은 직후 나는 몇 달간 착실하게 사후 처리를 했다. 매일매일 자해를 하며 상처를 만든 것이다.

방법은 아까 전, 그 여자가 말한 대로. 까끌까끌한 모서리를 찾아 살을 비비고 또 비볐다. 나무를 숨기고 싶다면 숲에 숨긴다. 상처를 숨기려면 상처의 밭에 숨긴다. 이 당연한 논리를 곧장 떠올리지 못했다니, 내 의식도 늙어가기는 하나 보다. 어쨌거나, 이 조그만 사이즈의 물건은 나를 자유 속으로 해방시켜줄 것이다.

바로 1층까지 태깅이 가능한 관리자 권한의 IC 카드. 이것만 있으면 이 빌어먹을 헬멧도 풀 수 있다. 그야말로 마스터키인 셈이다.

문제는 이 녀석을 바로 써먹을 수 없다는 것. 팔다리가 묶인 구속 상태이니 뭘 쓰려야 쓸 수가 없었다. 어쭙잖게 움직이다 걸리기라도 하면 다시 처음부터 시작이다. 그럴 생각은 추호도 없다. 얌전히 기다리고 있는 것은 그래서다.

첩자가 만들어줄, 탈출을 위한 완벽한 타이밍을 찾기 위해. 이제 얼마 남지 않았다.

* * *

[무전 속기록]

……지휘관 동지

……수색 결과를 보고한다.

안타깝게도 해당 장소는 우리가 찾는 방공호가 아니었다.

……하지만 다른 방공호 단서를 몇 가지 발견…….

그 자료를 해당 메일에 첨부한다.

단서는 통신 전파…….

확실치는 않으나 전파의 근원지는

인근에 있는 것으로 추정.

……수신호 추적기를 바탕으로 범위를 좁혀 나가고 있다.

수색에 큰 진전이 있다면 다시 보고하겠다.

……이상.

6.

호철은 의자에 몸을 기대고 입이 찢어져라 하품을 했다. 앤트힐에서의 하루는 지루하기 짝이 없다. 특히 지금, 여기서 교대를 설 때.

이번 달에 감시 교대를 서는 사람은 총 세 명. 사이먼, 태리, 그리고 자신이다. 할당량은 한 사람당 총 여덟 시간. 이번 달은 오후 4시부터 밤 12시까지 근무다. 할 일은 단순하다. 이곳 감시실에서 세상에서 가장 거지 같은 의자에 앉아 불투명 유리 너머로 쇠사슬에 묶인 여자를 멍하니 쳐다보는 것이다. 몇 시간이고, 몇 시간이고.

대체 이게 뭐 하는 짓인지. 무슨 일이 벌어진들 마스터는 절대 나갈 수 없을 것이다. 애초에 개미 새끼 한 마리 못 나가게 설계된 곳인데, 그 개미 후보마저 저렇게 팔다리를 묶어놓았으니까.

목을 빙글 꺾으며 방을 한 바퀴 둘러보았다. 전부 그대로다. 아홉 개의 모니터, 서른두 개의 얽혀 있는 전깃줄, 여든두 개의 천장 타일. 이런 것을 다 외우는 건 딱히 강박증이 있어서가 아니다. 전자기기를 가지고 들어올 수 없으니 할 수 있는 것이란 이런 잉여 짓밖에 없기 때문이다.

호철은 흘긋 타이머를 봤다. 앞으로 교대 시간까지 10분. 긴 시간은 아니지만 배고픈 지금 이 순간은 유독 견디기가 힘들었다. 화답하듯 꼬르륵 소리가 온몸을 울렸다.

혀를 차며 배를 문지르는데 문득 울컥한 기분이 들었다. 왜 자신 같은 고급 인력이 이렇게 단순 노동으로 시간이나 때우고 앉아 있을까. 젠장, 월급이고 뭐고 다 때려치우고 그냥 집에나 갈까. 진지하게 고민하는데 난데없이 덜컹 소리가 들렸다.

"어?"

호철은 소리를 향해 돌아보았다. 배식구가 이쪽으로 열려 있었다.

벽에 붙어 있는 저 배식구는 이 공간과 바깥 세상 — 세상이라고 해봤자 감시실 옆 복도지만 — 을 연결하는 유일한 통로다. 밖에서 닫아야 안에서 열 수 있는, 경비가 삼엄한 감옥에서 흔히 볼 수 있는 장치지만 이곳 앤트힐에서는 용도가 조금 다르다. 자신 같은 감시자들에게 식사나 간식을 줄 때 이용되는 것이다.

두근거리는 마음으로 배식구 앞에 다가갔다. 때가 왔다. 하루 중 가장 행복한 순간. 하지만 기쁨도 잠시, 냄새를 맡자마자 몸이 곧장 거부 반응을 보였다. 이건 설마.

"너무하는 거 아냐?"

호철이 말했다.

"싫으면 내놓든가."

배식구 너머에서 구시렁대는 사람은 바로 태리였다. 교대 근무 동지인 그들은 서로가 서로에게 몰래 간단한 야식을 챙겨주고 있다. 지루하기 짝이 없는 이곳에서 야식은 가뭄 속의 오아시스와도 같다. 하지만 야식이 3일 내리 사골 곰탕이라니.

"대체 왜 이래. 나한테 뭐 삐친 거 있어?"

"없거든요."

"설마 저번에 늦잠 자느라 야식 못 챙겨줘서 그래?"

"됐고, 먹기나 하세요."

태리가 능청스럽게 말했다.

호철은 한숨을 쉬고 젓가락을 들어 면을 휘저었다. 뭐, 그래도 없는 것보단 어디야. 국물에 충분히 면을 적신 뒤 후루룩 삼켰다. 나쁘진 않은데, 그렇게 생각하자마자 곧장 반응이 왔다. 고슴도치가 목 안에서 빳빳하게 가시를 세우는 듯한 느낌.

'뭐야, 이게.'

배를 숙이고 요란하게 국물을 토해냈다. 눈에서 눈물이 아니라 국물이 흐르는 느낌이다. 연신 눈물을 닦으며 호철이 소리쳤다.

"야, 미친. 여기다 뭐 넣었어?"

"불닭 소스."

태리가 웃었다.

화나기에 앞서 대단하다는 생각이 먼저 들었다. 이 오지에서 그딴 건 또 어떻게 구한 건가. 그나저나 자신이 매운 것에 질색하는 걸 알면서도 이러다니. 아무리 사귀는 사이라지만 이건 선을 넘었다. 살인 미수다.

태리는 계속 깔깔거렸지만 호철이 기침을 계속하자 조금씩 웃음을 멈췄다.

"괘, 괜찮아?"

호철은 음흉하게 미소 지었다.

'걸려들었다.'

사실 1분 전부터는 억지로 콜록 소리를 내고 있었다. 복수를 할 생각이었다. 교대 시간이 끝나고 문이 열리면, 널브러져 죽은 척을 할 것이다. 화들짝 놀랄 그녀의 모습을 생각하니 아아, 벌써부터 기쁨에 몸이 떨린다.

"괜찮⋯⋯."

태리가 말하던 그때였다. 갑자기 테이프가 멈추듯 대화가 뚝 끊겼다.

"뭐야⋯⋯?"

호철이 중얼거렸다. 배식구를 노려보며 기다렸지만 정적만이 계속되었다. 무슨 일이지. 복도 쪽 소리를 자세히 들으려고 숨을 멈춘 그때였다.

삐잉. 삐잉.

날카로운 경고음이 갑자기 귓가를 때렸다. 호철은 화들짝 놀랐지만 이내 소리의 정체를 깨닫고 진정했다. 교대 시간이 다 된 것이다. 몇백 번을 반복해서 들은 경고음 소리에 놀라다니. 호철은 자괴감을 느끼며 문 앞에 섰다.

잠시 후, 덜컹 소리와 함께 문이 옆으로 열렸다. 이 감시실의 잠금 시스템은 앤트힐의 모든 장치가 그렇듯 자동이다. 교대 시간이 끝나면 자동으로 문이 열리고, 교대 인원이 인수인계를 하며 자리를 바꿀 10분이 주어진다. 그렇게 10분이 지나면, 문은 자동으로 닫히며 바깥과 감시실을 다시금 격리한다.

"야, 시간 다 됐어."

호철은 하품을 했다. 피곤하니 복수고 뭐고 됐다는 생각이 들었다. 그는 다 식어버린 사골 곰탕을 흘긋 본 다음 밖으로 나갔다.

"태리야?"

눈앞에 펼쳐진 광경에 움찔했다.

텅 빈 복도. 또다시 태리의 장난일까. 아니다. 다른 건 몰라도 녀석이 이런 적은 한 번도 없었다. 시간 개념 하나는 철저한 녀석인데. 화장실에라도 간 걸까. 아니면 혹시 뭔가 심각한 일이라도? ……됐다. 과잉 반응이다.

그래, 뭐, 시간 되면 알아서 오겠지. 그렇게 생각하며 호철은 엘리베이터를 타고 B3층 숙소동으로 이동했다. 걸음을 옮기던 그는 어딘가를 보고 우뚝 몸을 멈추었다. 화장실 문이 활짝 열려 있었다.

태깅 장치의 불빛이 켜져 있다. 누군가 쓰고 있다는 의미다.

태리일까. 아무리 급해도 개 성격상 화장실 문을 열어 놓고 일을 보진 않을 텐데. 아니지. 성격이고 뭐고 간에 어떤 인간이 화장실 문을 열어놓는단 말인가. 결국 호기심을 이기지 못하고 문을 똑똑 두드렸다.

"태리야?"

정적이 흐르자 불길함이 두 배로 뛰었다. 열린 문을 발끝으로 조심스럽게 밀었다. 끼이익 소리와 함께 화장실의 어둠이 문틈 사이로 스며들었다. 호철은 심호흡을 한 뒤 안을 향해 한 걸음씩 들어갔다.

"태리야?"

등 뒤에서 인기척이 들렸다. 홱 고개를 돌린 그때, 구석에서 난데없이 그림자가 튀어나와 그를 덮쳤다.

* * *

숙소에 틀어박힌 지도 벌써 몇 시간째. 자정이 가까워졌지만 '놈'에게 그 이야기를 듣고 난 뒤로 가슴이 도무지 진정되지 않았다. 심장이 쿵쾅거리는 게 싫어 숨을 참고 또 참았다.

"그거 알아? 당신 잘못이 맞아. 남편은 당신이 죽인 거야."

놈의 말이 계속 귓가에 소용돌이처럼 빙글빙글 맴돌았다. 예전의 나라면 그 말을 듣자마자 몸을 떨며 눈물부터 쏟았을 테지만 지금은 아니다. 그럴 단계는 이미 한참 전에 지났다.

지금의 나는 다른 의미로 몸을 떨고 있었다. 설마 진짜일까, 정말 그놈일까, 정말 그놈이라면 어떡해야 할까. ……뭘 어떡해. 죽여버려야지. 복수를 할 절호의 기회잖아. 나를 포함한 수백 명의 인생을 박살 낸 자식이다. 머리 한구석에서 내면의 악마가 속삭였다.

침대에 누운 뒤 머리를 감싸고 몸을 웅크렸다. 이 시설에 오고 나서 계속 증세가 악화되는 기분이다.

니코틴. 진심으로, 니코틴이 급했다. 딱 한 대만 피우면 진정이될 텐데. 세 시간 전, 진혁이 와서 필요한 게 없냐고 물었을 때 연초가 있냐고 물은 것도 그래서다. 하긴, 여기 그런 게 있을 리가 없지.

침대에 큰대자로 누웠다. 흰 천장을 노려보며 정신과 선생님에게 들은 심호흡법을 따라했다. 후욱, 하아. 후욱, 하아. 확실히 몸이조금 진정되는 느낌이다. 그럼 조금만 더. 후욱, 하아. 꾸르륵, 하아.뭐야, 이 불쾌한 소리는. 에이, 설마.

만약 내 몸이 다른 누군가라면, 당장 멱살을 잡고 한 대 쳤을 것이다. 참을 수 있을 만큼 참자고 생각했지만 결국 10분도 채 지나지않아 항복했다. 그래, 옛말에 화장실은 참는 거 아니라고 했다.

텅 빈 복도를 소리 죽여 걸으며, 나는 하나만을 바랐다. 누군가와마주치지 않기를. 지금 당장 피하고 싶은 것은 '괜찮으세요?' 따위의 진부한 위로다.

화장실이 어디 있더라. 아까 보았던 시설 구조를 머릿속으로 되새기며 코너를 몇 번 돌았다. 세 번째 코너를 돌자, 화장실이 나왔다. 나는 승태가 주었던 카드를 주머니에서 꺼낸 다음 태깅했다.

삐빅.

문이 열리지 않았다.

"뭐야?"

몇 번 반복해봐도 마찬가지였다. 설마 문이 고장 났나? 아니면카드가? 문을 두드리려고 손을 뻗는데 꾸르륵 소리와 함께 배 속이 뒤틀렸다. 나는 배를 부여잡고 고개를 숙였다.

"미치겠네, 정말."

별안간 푸흣 하고 웃음이 터졌다. 내가 처한 상황이 스스로 생각해봐도 어이가 없어서였다. 오지에 위치한 연구소에 감금당하고, 초능력자 연쇄 살인마에게 조롱도 당하고, 이젠 길바닥에 앉아 똥까지 싸게 생겼다. 이건 정말이지······.

"씨······."

반사적으로 입을 다물었다. 내 입에 욕이 붙었음을 뼈저리게 느낀 것은 경찰직을 관둔 직후였다. 평범한 일상에서도 어느새 욕을 내뱉는 자신을 그제서야 자각할 수 있었다. 이후 해연이를 생각해 웬만해서는 쓰지 않으려고 의식적으로 노력했다. 하지만 지금만큼은 예외다. 써야 할 때는 써야 한다. 그리고 이런 상황에서 욕을 쓰지 않으면 대체 언제 쓴단 말인가.

"이런 씨-발!"

최대한 혼을 담아 소리친 다음 문을 발로 찼다.

쾅.

동시에 둔탁한 느낌이 발끝에 전달되었다. 마치 문 건너편에 누군가 기대고 있는 것 같은.

나는 눈을 크게 뜨고 조심스럽게 발을 내렸다. 잠시 가만히 있다가 조심스럽게 물었다.

"거기 누구······."

등 뒤에서 갑자기 목소리가 들렸다.

"수진 씨?"

진혁이었다. 커피 잔을 든 채 눈을 휘둥그레 뜨고 나를 보고 있다.

"여기서 뭐 하세요?"

"화장실 가려는데, 키가 작동이 안 돼요. 빨간불 때문에."

"빨간불이면 누가 이미 쓰고 있는 거예요. 연구실 옆에도 화장실 있는데. 위치 모르시면 같이 따라가 드릴까요?"

진혁이 미소 지었다.

"됐어요. 저 바보 아니거든요."

나는 어리둥절한 표정의 진혁을 지나쳐 빠르게 걸었다. 연구실 앞에 가자 그의 말대로 옆에 또 다른 화장실이 있었다.

나는 감동을 억누르며, 그리고 이딴 것에 감동을 느끼는 스스로에게 자괴감을 느끼며 그 안으로 뛰어 들어갔다.

*   *   *

일을 마치고 손을 씻던 중 문득 몸을 멈췄다. 바보 아니거든요라니. 역시 방금은 좀 심했다. 별일 아닌 것에 너무 신경질적으로 반응했다. 그래, 나중에 마주치면 꼭 사과하자.

찝찝한 마음으로 화장실을 나와서 방으로 향했다. 숙소로 돌아가면 뭘 할까, 복도를 걸으며 생각했다. 그래, 문을 열자마자 수면제를 삼키고 침대 위로 다이빙이나 하자. 정신없이 자다 보면, 이 빌어먹을 공황 증세도 좀 나아지겠지. 하지만 방문을 연 순간, 다이

142

빙 따위는 생각할 수 없었다.

"어?"

이미 누군가가 내 방에 있었다. 진혁. 의자 위에 올라간 그는 까치발까지 하며 내 방 천장에다 무언가를 붙이고 있었다.

"지금 뭐 하는……."

진혁과 시선이 마주친 나는 곧장 한 걸음 뒤로 물러섰다. 하얗게 질린 진혁이 소리쳤다.

"자, 자, 자, 잠깐만요!"

이럴 줄 알았다. 대가 없는 친절은 언제나 조심해야 한다고 했거늘. 저 순박한 얼굴 뒤에 음흉한 악마가 숨어 있었을 줄이야.

"오해예요, 오해!"

나는 복도로 뛰쳐나와 달리기 시작했다. 예전의 가벼운 몸이었다면 저 비실비실한 녀석을 제압하는 것은 일도 아니었을 텐데, 퇴직 후 몸 관리도 같이 퇴직해버린 지금은 몸 이곳저곳에 살이 붙었다. 결국 위험을 감수하는 대신 안전을 택하기로 했다.

누구한테 갈까. 승태에게? 사이먼에게? 누구든지 상관없다. 저 악마 자식의 실체를 폭로할 수만 있다면. 그런 생각을 하며 정신없이 달리는데 어느 순간 등 뒤에서 발소리가 들렸다.

"저기, 수진 씨! 저, 멈출 테니까, 한 번만 좀 봐줘요! 이거예요, 이거!"

진혁이 말했다. 그러더니 뒤쫓던 발소리가 정말로 우뚝 멈췄다.

어차피 들킨 이상 변명 따위는 불가능하겠지만, 대체 어떤 헛소리를 지껄일까 궁금하기도 했다. 그래도 안전을 위해 나는 몇 걸음 더 뛴 다음 몸을 멈추었다. 그리고 돌아서서 진혁을 보았다.

"어?"

그를 본 순간, 내 입에서 절로 얼빠진 소리가 튀어나왔다.

진혁은 이상한 포즈로 복도 한가운데에 서 있었다. 다리를 쩍 벌린 채, 팔을 쭉 뻗은 자세다. 뭔가 당장이라도 마법의 주문을 외울 듯한 모습이었지만 손에 들린 것은 마법 지팡이가 아니었다.

"필요하댔잖아요, 니코틴!"

전자담배였다.

숙소로 돌아와 팔짱을 낀 내 앞에서 진혁은 주저리주저리 해명을 했다. 화재 감지기에 스티커를 붙이려 했다는 것이다.

"저도 심심할 때 가끔 액상형 전자담배를 피우거든요. 근데 스티커 안 붙이고 피우면 연기 감지기 때문에 사방에서 그냥 스프링클러가 쫘아악……."

실제로 그런 적도 한 번 있어, 사이먼에게 크게 혼났다고 했다.

"그래서 몰래 피우던 건데, 수진 씨가 너무 간절하게 말해서."

"말을 하고 들어오지 그랬어요. 왜 누가 봐도 오해받을 짓을."

"죄, 죄송합니다."

의기소침해 우물거리고 있는 진혁을 보니 나도 모르게 피식 웃음이 나왔다.

"나도 미안해요."

"네?"

"아까 너무 틱틱거렸죠, 제가?"

"아뇨, 그 정도는 아무것도 아닙니다. 소장님은 더해요. 편하게 대하세요, 편하게."

"그래? 그럼 말 놓을까?"

분위기를 풀려고 한 농담이었지만 역효과였다. 진혁이 정색하며 눈을 크게 뜬 것이다. 내가 장난이라며 미소 짓자 그는 한 템포 늦게 웃음을 터뜨렸다.

"그나저나, 궁금한 거 몇 개 있는데. 질문 좀 해도 돼요?"

"다, 당연하죠."

나는 침대 모서리에 걸터앉아 진혁의 전자담배를 피우기 시작했다. 힘껏 빨아들여 후우 연기를 내뿜자 방 안이 하얀 연기로 뿌옇게 찼다. 뇌가 오랜만의 니코틴을 감당하지 못하고 해롱거리는 바람에 눈앞이 잠시 흐려졌다.

"고마워요. 이제 좀 살 것 같네."

그렇게 말하며 흘긋 진혁을 보았다. 그는 문에 기댄 채 초조한 듯 손톱을 뜯고 있다.

"제가 질문을 좀 직접적인 걸 좋아해서. 그렇게 가도 되죠?"

"아, 네. 뭐가 궁금하세요?"

진혁이 애써 미소 지었다.

"일단 사이먼."

사이먼이란 단어가 등장하자 진혁이 눈에 띄게 긴장했다.

"중독자…… 맞죠?"

그는 엇 하고 놀라더니 마지못해 고개를 끄덕였다.

"눈치채셨네요."

그는 이어서 덧붙였다. 사이먼이 과거 마약 중독자였다는 사실은 자신도 승태에게 들어서 알고 있다고. 다만 마약을 끊은 지 벌써 10년이 다 되어가기 때문에, 걱정할 필요 없다고 했다.

"애초에 왜 중독자를 요원으로 배치한 건지는 모르겠지만요."

말을 끝낸 뒤 진혁이 덧붙였다.

그제야 안도할 수 있었다. 역시 나 혼자만 이상하게 생각한 게 아니었구나.

이후 진혁과 나는 적잖은 시간 동안 잡담을 나눴다. 당신 외에 전임자는 있었냐, 마스터는 어떤 식으로 감시하냐 등등등.

고통스러웠다. 하지만 굳이 머리를 쥐어짜며 쓸데없는 질문을 계속 만들었다. 실은 별로 궁금하지도 않았지만 그래도 계속해야 했다. 가장 중요한 정보를 얻기 위해.

"그래서 태리랑 호철이는 그렇게 알콩달콩 지내는 거 같아요. 뭐, 다 아는 사실이지만."

정신을 차리니 진혁이 하던 말을 막 끝마치고 있었다. 손에 조그만 노트를 쥔 채.

"뭐예요, 그건?"

내가 노트를 가리키자 진혁은 흥분했는지 말이 빨라졌다.

"몰스킨 노트. 제가 손으로 적는 걸 좋아해서요. 이렇게 아무거나 메모해요. 이거저거. 작은 취미 생활 같은 거랄까."

"특이하네요."

진혁이 코를 긁으며 웃었다.

"뭐 특이한 거로 치면 태리가 짱이죠. 걘 암호학 이런 거 좋아해요. 아, 호철이가 대박이죠. 개는 지하철 성애자. 열차 번호 막 외우고 다니고 그래요."

역시 이곳에는 정상인이 없구나. 그나저나 이제 비장의 질문 두 개가 남았다. 일단 하나.

"아, 또 하나 궁금한 게 있는데. 혹시 여자 친구 사귀어본 적 있어요?"

"네?"

갑작스러운 질문에 진혁은 이전과는 비교도 안 될 정도로 놀랐다. TV 리모컨의 정지 버튼을 누른 것처럼 입을 동그랗게 벌린 채 잠시 얼어 있다가 겨우 말을 이었다.

"고등학교 때 몇 번? 그게 근데 여사친이라고 해야 하나, 애매한 관계였거든요."

거짓말. 거짓말을 할 때, 사람은 무의식적으로 특정 행동을 반복한다. 기초적인 예로 피노키오 효과가 있다. 신경 자극 물질 때문에 코를 만지작거리는 행동. 하지만 이런 잘 알려진 행동은 정확도가 떨어진다. 잘 알려져 있다는 말은 다시 말해 용의자도 알 수 있다는 의미니까. 의도적으로 감추거나 연출할 수도 있는 것이다. 따라서 거짓을 판별할 때 내가 더 유용하게 쓰는 도구가 있다.

습관이다. 사람은 거짓말을 할 때 각자 무의식적으로 하는 습관이 있다. 눈을 수시로 깜빡인다든지, 괜히 손톱 때를 긁는다든지, 발을 앞뒤로 까딱인다든지. 심지어 어떤 이는 눈썹을 뽑아 일렬로 가지런히 늘어놓기도 했다.

사람은 누구나 습관이 있다. 여기 있는 진혁 군도 마찬가지다. 지금까지 강제로 대화를 이어나간 것은 그래서다. 그의 거짓말 습관을 알아내기 위해. 그리고 방금, 마침내, 그의 한 가지 습관을 알아낼 수 있었다. 무의식적으로 팔꿈치를 문지르는 것. 방금 그는 여사친 얘기를 하면서 팔꿈치를 문질렀다. 다시 말해 여사친이란 존재하지 않는 상상 속 존재라는 말이다.

자, 이제 슬슬 게임을 끝낼 시간이 됐다.

"진혁 씨, 우리 게임 하나 할까요? 진실과 거짓."

"가, 갑자기요……?"

그는 잠시 망설였지만 이내 나쁠 건 없다고 판단했는지 고개를 끄덕였다.

"네, 그럼, 뭐."

"그럼 내가 먼저 질문할게요."

나는 진혁의 눈을 똑바로 바라보고 물었다. 가장 중요한, 단 한 가지 정보를 위해.

"나 프로파일링 때문에 온 거 아니죠?"

7.

"내가 미쳤지, 진짜."

B4층 휴게실 의자에 앉은 채 호철이 중얼거렸다.

아까 B3층 화장실에서 벌어진 일을 생각하면 아직도 가슴이 두근거린다. 숨을 강제로 참아봤지만 통하지 않았다. 당연하다. 그 10분이라는 찰나의 시간 동안, 엄청난 일이 일어나버렸으니까. 그를 덮친 그림자의 정체는 아니나 다를까, 태리였다.

"뭐 하는 거야? 놀라 죽는 줄 알았잖아!"

안도하는 호철을 보며 태리는 한심하다는 듯 혀를 찼다.

"뭘 죽어, 죽긴. 멀쩡하게 살아 있구면."

"갑자기 헉 소리 내고 사라진 건 뭔데, 그럼."

"그렇게라도 안 하면, 넌 내가 뭘 해도 안 올 거잖아."

태리가 씩 웃더니 헛 소리를 냈다.

"그리고 너도 저번에 하고 싶다고 하지 않았어?"

"……뭐?"

아래서 지익 지퍼 여는 소리가 나자 뒤늦게 깨달았다. 저번의 '그거' 얘기구나.

며칠 전 일이다. 연구소 감시 교대가 끝난 뒤 그들은 같이 밥을 먹으며 수다를 떨었다. 평범했던 대화의 주제는 어쩌다 보니 조금 수위 높은 얘기로 흘러갔다. 정신을 차리고 보니 서로의 첫 경험에 대해 묻고 있었다.

호철은 대체 어떤 반응을 보여야 할지 몰랐다. 동정이기도 하거니와 살면서 다른 인간과 이런 주제로 대화를 하는 것 자체도 처음이었다. 차라리 아무 관계도 없는 사람이라면 편하게 이야기할 수 있었을 것이다. 하지만 태리와의 관계는 조금 복잡하다. 10년을 같이 알고 지낸 '전 소꿉친구'이자 '현 여자 친구'인 것이다.

왜 자꾸 죄책감이 드는 걸까. 귀까지 빨개질 정도로 부끄러웠지만 애써 담담한 척 말을 이어나갔다. 동정이라는 사실만큼은 절대 들키고 싶지 않았다.

"그래서 혹시 뭐 어떤 식으로 하고 싶다, 이런 거 있어?"

'……아, 성적 판타지 얘긴가.'

솔직히 말해 평범한 것이 최고라고 생각하지만 태리가 듣도 보도 못한 키워드를 이것저것 던지기 시작해 호철은 경악했다. 녀석이 이렇게 전문가였나. 그래서 대체 무슨 생각인지 몰라도 야외 섹스에 관심이 있다고 말했다. 내뱉은 다음 곧장 후회했지만 태리의 반응은 예상 밖이었다.

"의외네. 뭐, 그렇단 말이지."

그러더니 의미심장한 미소만을 흘렸던 게 며칠 전 일이었다.

"미쳤어? 너 교대 시간도 됐잖아. 이러다 걸리면……."

"뭐, 내보낸대? 어차피 나갈 수도 없는데?"

태리가 웃었다.

"지금 그게 문제가 아니라……."

"걱정되면 빨리 끝내."

반박하려 했지만 더 이상 그럴 수 없었다. 뜨거운 살이 맞닿은 것이다. 따뜻한 숨결. 그리고 키스. 이성이 물 만난 설탕처럼 흐물흐물 녹아내렸다.

태리의 신음을 마지막으로 생각은 뚝 끊겼다. 템포는 점차 거세지고 가팔라졌다. 어둠 속이라 그럴까, 점차 서로의 몸이, 호흡이 완전한 하나로 뒤얽히는 듯했다. 흥분되었다. 감당할 수 없을 만큼.

쾅.

누군가가 문을 발로 찬 것은 바로 그때였다. 분위기가 순식간에 얼어붙었다. 호철과 태리는 그대로 숨을 멈췄다. 격정 멜로가 순식간에 저질 시트콤으로 바뀐 기분이었다.

문밖에서 들리는 소리를 통해, 호철은 그들의 정체가 수진과 진혁임을 파악했다. 그로부터 얼마 후, 목소리가 완전히 사라지고 나서야 겨우 화장실에서 빠져나올 수 있었다.

"우와, 저거 진짜 완전 미친년이네."

태리는 옷깃을 여미며 복도 끝을 노려보았다.

"가는 곳마다 발로 까고 다니는 거야, 저 아줌마?"

"미친년은 너고. 교대 시간 2분 남았거든."

태리가 시간을 확인하고 헉 소리를 냈다. 그러고는 우는 소리를 내며 엘리베이터로 뜀박질했다. 마지막 한마디를 남기며.

"나 이따 육개장."

여기까지가 고작 10분 전에 벌어진 일이다. 호철은 조용히 생각했다. 방금 그걸 첫 경험이라고 쳐도 될까. 비록 끝내진 않았지만 생물학적으로 따진다면 경험은 맞지 않을까.

"아니야, 그게 뭐가 중요해, 멍충아."

그렇게 중얼거리며 자신의 머리를 툭 때렸다. 중요한 건 그녀가 자신을 남자로 생각해주고 이렇게까지 다가와줬다는 사실이다.

이번 연구가 끝나면 태리한테 어디 같이 여행이라도 가자고 할까? 하지만 돈은 어떡하지? 유학비로 모은 거잖아? 아니지, 젠장. 돈이 문제냐고!

심각한 고민에 빠진 그때였다. 복도 끝에서 날카로운 비명이 들렸다. 호철은 눈을 크게 떴다. 공포에 몸이 굳었다. 이 소리는……
의심할 여지 없이 태리다.

그는 곧장 소리나는 곳을 향해 뛰었다. 비상등의 희미한 불빛에 의지하며 전력을 다해 질주했다. 그렇게 몇 번 코너를 돌자 감시실이 위치한 복도가 눈앞에 등장했다.

"태리야!"

힘껏 소리쳐봤지만 응답은 없었다.

태깅을 하려고 주머니에 손을 넣다가 멈칫했다. 교대 시간을 어기고 안으로 들어가는 것은 명백한 금기다. 규율대로라면 일단 승태와 사이먼에게 이 사실을 알린 뒤, '비상 프로토콜'대로 행동해야한다. 프로토콜을 위반하면 법적인 조치를 당하며 최악의 경우에는 무력 제재도 감수하겠다는 계약서에 서명을 했었다. 다시 말해총에 맞아도 합법이란 소리다.

하지만 미칠 듯이 걱정되었다. 태리가. 자신의 '여자 친구'가. 역시 당장 어떻게든 조치를 취해야만 했다. 뭔지 모를 최악의 상황이다가오기 전에.

"몰라, 씨발."

호철은 눈을 질끈 감고 카드를 꺼냈다. 그리고, 저질렀다.

* * *

"나 프로파일링 때문에 온 거 아니죠?"

진혁이 도망칠 수 없도록 숙소 문을 등지고 선 다음, 나는 또박또박 말했다.

"아, 그게……."

그의 오른손이 반사적으로 왼쪽 팔꿈치로 향하다 우뚝 멈추었다. 역시.

"솔직하게 말해요, 지금이라도."

"저, 저도 말씀드리고 싶은데. 소장님과 상의를 좀 해야……."

"나랑은요? 저 사이코랑 얼굴 맞대고 있어야 하는 나랑은 상의를 안 해요?"

내 대답에 그는 제대로 동공 지진을 일으켰다. 단순한 협박에도 잘 넘어가는 타입. 조금만 더 찌르면 술술 불 것이 분명하다.

"사실대로 말하기 전까지 여기서 나갈 생각 하지 마요."

"수진 씨, 이러시면 저 진짜……."

진혁이 부들거렸다.

"그럼 이렇게 할까요."

나는 근처에 놓여 있는 볼펜을 집어 들고 그를 향해 겨누었다.

"저, 정신과 약 먹거든요. 마음이 좀 불안정해요. 거기다 가뜩이나 그 범죄자 때문에 더더욱 심란한 상태고. 이렇게 당신을 협박한다고 해도 객관적으로 누구든지 그럴 만도 하다고 생각하겠죠."

"저…… 저 찌르시려고요?"

"무슨, 아니요."

나는 얼굴을 찡그렸다. 대체 날 뭘로 보는 건가.

"말 안 하면 제가 찌르겠다고 협박했다, 그렇게 승태 씨한테 말해요. 그럼 핑계가 생기잖아요. 책임도 덜 테고."

진혁은 동요하기 시작했다.

"당신 탓 아닌 거 알아요. 솔직히 당신, 애꿎은 사람한테 거짓말하고, 감금하고, 그런 일에 동조할 사람도 아닌 것 같은데. 그런 놈은 많이 다뤄봐서 잘 알거든요."

잠시 침묵을 지키던 진혁은 이내 결심한 듯 천천히 고개를 들었다.

"마스터가 당신을 불렀어요. 그것이 조건이었죠."

"정확히 어떻게요?"

"지금은 은퇴한 박수진 경감을 불러달라고."

역시 그랬다. 기분 탓이 아니었다. 나는 겹겹이 싸인 거미줄의 늪 속으로 끝없이 가라앉고 있었던 것이다. 형언할 수 없는 공포가 느껴졌다. 역시 탈출해야 한다. 더 늦기 전에.

나는 진혁의 앞주머니에 꽂혀 있던 카드 키를 잽싸게 뺀 다음 그가 반응을 보이기도 전에 복도로 뛰쳐나와 문을 바로 닫았다.

쾅. 철컥.

"수진 씨……? 수진 씨!"

뒤늦게 사태를 파악한 그가 문을 쿵쿵 두드렸다.

나는 한숨을 쉬며 문 위로 몸을 기댔다. 애초부터 이럴 생각이긴 했지만, 그래도 썩 기분이 좋진 않다. 그래도 마음을 열고 진실을 얘기해줬으니까. 그렇지만 거짓말을 한 것도 사실이다.

그러니까 거기서 가만히 벌 좀 받고 있어. 고개를 가볍게 흔들며 죄책감도 동시에 털어냈다. 저 녀석보다 더 걱정해야 할 사람은 따로 있잖아. 바로 나 자신. 만약 저 말이 사실이라면, 나는 일종의 미끼 혹은 사냥감 대용이란 소리니까. 역시 진실이 무엇인지 들으려면 그와 직접 마주 보고 담판을 지어야겠다.

전승태 소장. 정말이지 음흉한 노인네다. 아까는 정말 다 털어놓은 것마냥 뻔뻔하게 나오더니 실은 가장 중요하고 결정적인 걸 숨기고 있었다니. 그래, 내 프로파일링 스킬이 필요하다고 했지. 오늘

155

아주 끝장을 보자. 피 한 방울도 안 나올 때까지 쥐어짜줄 테니까.

씩씩거리며 엘리베이터 앞으로 향하던 그때였다. 텅 소리와 함께 갑작스러운 어둠이 찾아왔다. 시설의 불이 완전히 꺼진 것이다. 당황한 나는 걷던 자세 그대로 굳어버렸다.

"뭐야?"

여기는 태양광으로 돌아가기 때문에 전기가 끊길 염려가 없다고 입에 침이 마르게 자랑하지 않았나? 설마 그것도 거짓말이었나?

어쩌지. 다시 돌아갈까. 벽을 더듬거리며 고민에 빠진 그때였다. 복도 끝에서 소리가 들려왔다.

쿵. 쿵. 쿵.

육중한 발소리가 이쪽을 향해 점점 커졌다. ……누구지? 설마 진혁이 한 발 빠르게 연락해서 누군가 나를 제압하러 오는 건가? 식은땀이 흘렀다. 주머니를 뒤져봤지만 챙겨 온 게 없으니 당연히 비어 있다. 완전한 무방비 상태. 이럴 줄 알았다면 그 빌어먹을 볼펜이라도 가져올걸. 정신을 차리니 발소리는 어느새 코앞까지 다가왔다.

쿵.

나는 눈을 질끈 감았다. 그래, 이판사판이다. 덤비면 나도 가만있지만은 않아. 주먹에 힘을 준 순간, 강렬한 불빛이 내 얼굴을 비추었다.

"여기서 뭐 하는 겁니까."

사이먼이 황당하다는 표정으로 중얼거렸다. 그는 막 내 방에서 진혁을 꺼내 함께 걸어오던 중이었다.

"너는 왜 수진 씨 방에 있었던 거야?"

"시설 관리 차원에서, 그, 할 것이 좀 있어서."

진혁은 그렇게 얼버무리더니 나를 흘긋 보았다.

"이, 이상한 거 아냐. 수진 씨도 알아. 그냥 수리할 게 좀 있었어."

사이먼이 '진짜냐'는 표정으로 돌아보자 나는 눈썹을 찌푸리며 고개를 살짝 끄덕였다.

패닉에 빠진 나에게 사이먼은 차분하게 말했다.

"일단 따라오세요. 플래시가 저한테 있으니까."

나는 할 수 없이 그의 뒤를 따라갔다. 완전한 암흑 속에서 뭘 어쩔 수 있단 말인가. 아무리 화가 났어도 벽을 더듬으며 승태의 사무실까지 찾아갈 자신은 없다. 결국 쫄래쫄래 사이먼의 뒤를 따라갔다.

진혁의 설명에 의하면 한 달에 한두 번씩은 꼭 이런다고 한다. 전력이 갑자기 꺼졌다가 켜지는 것이다. 예전에 업데이트를 잘못 돌렸다가 태양광 관리 프로그램 어딘가가 꼬여버린 모양이라고 했다.

사실 시스템을 리셋하면 해결될 간단한 문제지만, 어째선지 다들 적응해서 이대로 계속 지내고 있단다. 이러면 태양광이고 뭐고 무슨 소용인가. 정작 중요할 때 전기를 못 쓰는데. 그러면서 하이테크니 뭐니 하는 걸 보면 웃기다는 생각밖에 안 든다.

사이먼은 플래시 라이트를 우리 쪽으로 향했다.

"저는 감시실에 갈 테니까, 둘은 불 들어오면 알아서 숙소에 가."

나는 사이먼에게 물었다.

"저기, 근데 불은 언제 들어와요? 1분 지난 거 같은데……."

그때였다. 말을 끝마치기도 전에 갑자기 텅 소리와 함께 불이 다시 켜졌다. "됐네" 하고 사이먼이 중얼거린 순간이었다.

위이이잉.

날카로운 사이렌 소리가 사방을 울렸다. 갑작스러운 소음에 우리의 몸이 동시에 굳었다. 아까 엘리베이터에서 들었던 그 소리보다 더 시끄럽고 더 위협적이다.

별안간 사이먼이 복도 끝으로 달리기 시작했다. 내가 멍하게 서있는 사이 진혁도 사이먼의 뒤를 쫓았다. 그는 몇 걸음 뛰다가 황급히 이쪽을 돌아보았다.

"뭐 해요? 따라와요, 당장!"

"왜요? 무슨 일인데……."

진혁이 창백한 표정으로 말했다.

"비상사태예요."

우리는 사이먼을 따라 비상계단을 내려간 다음 사이먼의 카드로 비상계단 문을 열고 감옥이 위치한 B4층에 도착했다. 감시실 앞에는 이미 승태가 서 있었다. 그는 배식구 쪽으로 고개를 숙인 채 안을 향해 외치고 있었다.

"어이, 안에 누구 있어? 누구 있으면 대답이라도 좀 해봐, 아!"

대답은 돌아오지 않았다. 초조하게 이마를 문지르는 승태의 등을 사이먼이 툭 건드렸다.

"감시실 CCTV 확인해봤어?"

"했는데, 몇 분 전부터 작동이 안 돼. 아무래도 정전 때문인 것 같은데."

그때 배식구 안에서 희미하게 목소리가 들려왔다.

"소장…… 님?"

태리였다. 하지만 예전의 활기찬 목소리와는 달리 힘이 없었다. 일주일은 몸져누운 듯한 목소리다. 소리가 들리자마자 승태는 배식구 앞으로 달려들더니 따지듯이 물었다.

"무슨 일이야? 아니, 그보다 왜 그동안 대답을 안 하고 있었어?"

태리는 잠시 앓는 소리를 냈다.

"어떻게인지는 모르겠지만…… 놈이 탈출했어요. 마스터요."

"뭐?"

승태는 잠시 목석처럼 가만히 있다가 이내 웃음을 터뜨렸다.

"장난이지?"

정적이 계속되자 승태의 미소 역시 천천히 지워졌다. 그는 눈을 크게 뜨더니 천천히 뒷걸음질을 치기 시작했다. 놀라기는 나도 마찬가지였다.

"그런데 가까스로 막았어요."

태리가 말을 덧붙였다.

"뭐? 막았다고?"

배식구 안에서 "네" 하는 소리가 들리자 진혁은 10년은 감수한 듯 휴우 한숨을 내쉬었다.

나는 천천히 고개를 돌려 사이먼과 승태를 보았다. 그들의 표정은 방금 전보다 더 어두워져 있었다. 당연하다. 나 또한 도저히 믿기지가 않았으니까.

탈출을 시도하는 마스터를, 태리 혼자서 막았다? 어떻게? 머릿속에 조금의 그림도 그려지지 않았다. 의심이 여기까지 진행되면 근본적인 질문이 떠오르기 마련이다. 우리가 지금 대화하고 있는 태리가 정말 태리가 맞을까?

"암구호 4번!"

승태가 소리쳤다.

"어나힐레이션."

1초도 걸리지 않아 태리가 곧장 대답했다. 승태는 상황을 곱씹듯 가만히 배식구를 노려보다 입을 열었다.

"일단 암구호는 맞는데."

"그게 안전한 거랑 무슨 상관이죠?"

내가 물었다.

"마스터는 타인의 머릿속에 들어갈 수 있다면서요. 암구호 같은 거야 쉽게 알아낼 수 있는 거 아니에요?"

"머릿속 정보를 빼낼 순 없어요. 놈은 뇌가 아닌 육체만 잠시 빌리는 거니까. 대답이 곧장 나왔다는 건 본인은 일단 멀쩡하단 소리예요."

나는 눈살을 찌푸렸다. 이건 처음 듣는 정보인데. 설령 그 말이 맞다고 해도 나는 찜찜했다. 암구호 하나만 가지고 안전을 판단한다고? 놈을 상대로?

"잠깐, 호철이는?"

사이먼이 주변을 둘러보았다.

"호철이가 안 보여."

당황한 우리는 배식구에서 눈을 떼고 주변을 둘러보았다.

그의 말이 맞았다. 호철이 없다. 사이렌이 울리고 적잖은 시간이 지났는데 아직도 모습을 드러내지 않았다. 그때였다.

"호철이는 이 안에 있어요."

태리가 말했다.

"그 안에 있다고?"

승태는 당장이라도 정신이 나갈 것 같은 표정이었다.

"네. 놈이 갑자기 나오려던 걸, 호철이가 달려와서…… 막았어요. 그래서 일단 큰일은 막았는데…… 대신, 다쳤어요. 심하게."

"얼마나 심한데?"

진혁이 떨리는 목소리로 물었다.

"목을 물어뜯겼어."

모두가 숨을 멈췄다. 태리가 말을 이었다.

"출혈이 장난 아냐. 빨리…… 빨리, 좀."

나는 마른 입술을 이빨로 깨물었다. 그녀의 말이 사실이라면 당장 응급 조치가 필요한 상황이다. 사고 직후인 바로 지금이 유일한 골든 타임이리라. 그러니까, 그 말이 사실이라면.

태리의 말이 사실임을 검증할 방법이 없을까. 한창 머리를 굴리던 그때였다. 내 눈에 경악스러운 장면이 보였다. 승태가 침을 꿀꺽 삼키더니 품에서 카드 키를 꺼낸 것이다. 나는 곧장 승태에게 달려들어 그의 팔을 붙잡았다.

"뭐, 뭐, 뭡니까?"

승태가 화들짝 놀랐다.

"당신이야말로 지금 뭐 하는 거예요?"

"열어야죠. 암구호도 맞잖아요."

나는 승태를 똑바로 보고 소리쳤다.

"지금 장난해요? 협박해서 알아냈으면요? 둘이 사귀는 사이잖아요. 그걸 이용해서⋯⋯."

"그렇다고 해도 불가능해요."

"왜요?"

승태는 후우, 숨을 내쉬었다.

"협박하려면, 적어도 한 명을 인질로 잡고 있어야죠. 눈도 보여야 하고 무기도 있어야 하고. 그런데 놈이 쓴 헬멧은 그 어떤 상황에서도 열리지 않아요. 특수한 키와 칩이 필요해요. 쇠사슬 정도는 청소나 배식 시간에 임시로 풀 수 있다고 쳐도 헬멧은 아니에요."

그렇게 중얼거리는 승태를 보며 나는 황당했다. 이 상황에서까지 시설 보안을 맹신하는 그의 모습은 대단하다고 해야 할까, 한심하다고 해야 할까.

"지금 놈은 격리실에서 튀어나왔잖아요. 당신이 안전하다고 보장한 그 장소에서. 그런데 헬멧을 안 벗었다고 장담할 수 있어요?"

"장담합니다."

고개를 끄덕이는 승태의 옆으로 진혁이 끼어들었다.

"확실히 키는 하나뿐이고, 그건 승태 소장님만 가지고 있긴 한데."

나는 끙 소리를 내며 둘을 보았다. 만약 이들의 말이 사실이라면, 마스터는 관대하게 봐줘도 목 칼라를 쓴 개 신세라는 뜻이다. 이빨이 있는데도 물지 못하고 혀가 있는데도 핥지 못한다. 정말 그런 상황이라면 제압이 불가능한 것도 아니리라. ……그래도 최소한의 대책 정도는 있어야지.

"좋아요, 그러면 이제 이렇게 해요. 승태 씨는 배식구에다 대고, 태리 씨와 계속 대화하고 있어요. 최대한 가까이. 가능하면 최대한 호철 씨의 목소리도 들려달라고 해요. 앓는 소리라도 좋으니까."

"대체…… 왜요?"

승태가 고개를 갸웃했다.

"당신의 카드를 빌려서 방역실과 연결된 문을 0.5초 동안 열 거예요. 저는 그 잠깐 사이 빠르게 문을 열었다가 닫아 방역 시설 벽면 강화 유리로 방 안의 상태를 볼게요. 태리의 말이 맞으면, 문을 열기로 하죠. 아니면, 마스터가 탈출한 비상사태로 단정 짓기로 하고요."

"그 0.5초 사이에 당신과 눈이 마주친다면?"

사이먼이 물었다.

"마스터든 태리든 배식구에다 대고 대화를 하고 있을 테니, 몸은 그쪽으로 쏠려 있겠죠. 문이 열리자마자 곧장 고개를 돌린다 하더라도 시간은 적잖이 들 거예요. 게다가."

나는 승태를 쏘아보았다.

"승태 씨 말대로 놈이 헬멧을 쓰고 있으면 눈이 안 보일 테니 위험 부담 따위 없겠죠?"

사이먼이 고개를 끄덕였다.

"과연. 바보처럼 무작정 문을 여는 것보단 훨씬 낫군."

나는 진혁과 승태를 보았다. 그들은 당장 호철이를 구하지 못해 꺼림칙한 표정이었지만 계획 자체에는 딱히 반대하지 않았다.

* * *

그렇게 애매한 동의하에, 이른바 '0.5초 작전'이 시작되었다. 0.5초. 그 찰나의 순간, 방의 전체적인 상황을 확인한다. 그런 다음, 곧장 문을 닫는다.

할 수 있을까. 스스로도 의구심이 들었지만 이내 소심해진 마음을 스스로 채찍질했다. 비록 동체 시력의 소유자까진 아니더라도 관찰력 하나만큼은 자신 있다. ……아니, 있었다.

승태는 내 말대로 행동을 시작했다. 태리에게 말을 걸며 그녀의 주의를 끌기 시작한 것이다. 그사이, 사이먼과 나는 감시실 문 앞에 섰다. 0.5초를 대비하기 위해. 태리가 말하는 순간, 승태는 바로 신호를 보낼 것이다.

"준비됐죠?"

사이먼이 물었다. 나는 침을 꿀꺽 삼킨 뒤 고개를 끄덕였다.

승태가 신호를 주었다. 동시에 사이먼이 곧바로 카드를 태깅했다. 지금이다.

삑!

잠금이 풀렸고,

덜컹!

나는 순간적으로 문을 열었으며,

쾅!

안을 본 다음 곧장 문을 닫았다.

성공이다. 나는 닫힌 문을 뚫어져라 처다보며 천천히 뒤로 걸었다. 머릿속으로는 방금 본 광경을 분석하고 소화시키면서.

그때 갑자기 누군가가 내 팔을 붙잡았다.

"봤어요?"

사이먼이었다.

"……네."

"어땠는데요?"

승태가 물었다.

생각을 정리한 나는 이윽고 말을 시작했다. 그 찰나의 순간, 내가 문 너머로 무엇을 보았는지. 그리고 그것이 대체 무엇을 의미하는지.

8.

'저질렀다.'

감시실로 뛰어 들어가며 호철은 생각했다. 지금이라도 돌아갈까 싶었지만 이미 엎질러진 물이라는 생각이 들었다. 그렇다면 그냥 돌아가기보다는 사태 파악이라도 하는 게 나을 것이다.

태깅을 하고 감시실에 들어가자마자 처음 눈에 들어온 것은 태리였다. 아아, 무사하구나. 따뜻한 안도감이 가슴을 채웠다. 그녀의 상태가 어딘가 이상하다는 사실을 깨닫기 전까지는 말이다.

태리는 엉덩방아를 찧은 자세로 덜덜 떨며 방의 어딘가를 보고 있었다. 뭐지. 호철은 그녀의 시선을 따라 천천히 고개를 돌렸다. 격리실에 갇혀 있어야 할 여자가 어째선지 감시실 바닥에 널브러져 있었다. 격리실 문도 대낮의 동네 구멍가게마냥 활짝 열려 있다.

비정상적으로 쿵쿵거리는 가슴을 억누르며 호철은 태리의 곁으로 달려갔다.

"괜찮아? 어떻게 된 거야?"

"모르겠어."

태리가 덜덜 떨었다.

"앉아서 책 보고 있었는데, 갑자기 삑 소리가 들렸어. 어떻게 풀고 나왔는진 모르겠는데…… 고개 돌리니까 갑자기 달려들길래."

"그래서?"

"바로 넘어뜨렸어. 머리를 확 밀어서."

이 와중에도 피식 웃을 뻔했다. 지극히 태리다운 방식이다.

"하여튼 다친 곳은 없는 거지?"

"난 없는데, 쟤 죽은 거 아냐?"

그녀는 머리를 헝클어트리며 중얼거렸다.

"그럼 안 되는데. 아아, 그럼 안 되는데."

완전히 패닉 상태에 빠진 태리를 보며 호철은 돌연 등골이 서늘해졌다. 그녀가 이렇게 떠는 모습은 한 번도 본 적이 없다. 아니다. 벌어진 상황을 생각해보면 오히려 패닉에 안 빠지는 게 이상하다. 마스터의 의식이 갇힌 여자가 탈출을 시도하다 실패했다. 비유하자면 핵폭탄을 발사했는데 지나가던 비행기가 간발의 차이로 빗나간 셈이다. 기절한 채 바닥에 엎드린 여자를 보며, 호철은 침을 꿀꺽 삼켰다.

"일단 들키기 전에 이 여자부터 옮기자. 빨리 움직여. 난 다리 잡을게."

"어, 어."

태리가 중얼거렸다.

호철은 여자의 다리 부분을, 태리는 겨드랑이 부분을 잡았다. 무거우면 어쩌나 싶었지만 기우였다. 비쩍 마른 그녀의 몸은 슬플 정도로 가벼웠다. 이 몸의 원래 주인은 진짜 재수가 없구나. 약간의 죄책감이 들었다. 하지만 승태에게 듣기로는 원래의 몸 주인이었던 이 여자도 정상이 아니었다. 보험금을 위해 남편과 딸을 죽였다나 뭐라나.

여자를 철제 침대에 조심스럽게 내려놓은 뒤, 태리는 길고 긴 한숨을 내쉬었다.

"근데 소장님한테 보고를 어떻게 해야⋯⋯."

쾅.

호철은 태리를 격리실 안으로 거칠게 밀친 다음 바로 문을 닫았다. 갑작스러운 공격에 중심을 잃은 그녀는 바닥에 나동그라지듯 주저앉았다. 이윽고 정신을 차린 태리는 고개를 들고 호철을 보았다.

"뭐야, 너, 왜 이래."

호철은 그녀의 말을 무시하고 불투명 필터를 켰다. 그는 유리 건너편의 태리를, 아니, 뭔지 모를 뭔가를 노려보았다.

"내가 멍청이로 보이냐, 마스터?"

순간 공기가 얼어붙었다. 숨소리도 약간의 소음도 들리지 않았다. 완벽한 정적.

호철은 재빨리 보호용 헬멧을 찾아 머리에 썼다. 태리의 당황한 표정이 움찔 변했다. 당황한 표정은 점차 무표정으로, 무표정은 점차 흐릿한 미소로, 흐릿한 미소는 점차 흉측한 미소로 변했다.

"똑똑하다, 너."

마스터가 웃었다.

"역시 공부 잘할 것같이 생겼더라. 어떻게 알았어?"

아아. 설마설마했는데. 호철은 무표정을 유지하며 속으로 머리를 쥐어뜯었다.

"당장 그 몸에서 나와. 좋은 말 할 때."

"어떻게 알았냐고, 응?"

마스터는 씨익 웃으며 자신의 턱을 만지작거렸다. 정확히는 태리의 턱을. 그 단순한 행동이 뜻하는 바는 빨간 신호등처럼 뚜렷했다. 이 여자의 주도권은 이제 나에게 있어. 요구를 들어주지 않으면 무슨 짓을 할지 나도 몰라.

"네 거짓말대로 태리가 마스터를 제압했다면, 덜덜 떠는 게 아니라 다시 감옥 안에 널 집어넣었겠지. 뻔한 비명이나 질러서 날 유인할 게 아니라. 그리고."

호철이 마스터를 노려보았다.

"너 연기 진짜 못 해."

"와. 그건 좀 상처인데."

마스터가 총에 맞은 시늉을 하며 가슴을 움켜쥐었다.

"근데, 그걸 알면서도 왜 굳이 모른 척을 한 거야, 멍청하게?"

"네 성격을 아니까. 나르시시스트 사이코패스. 남의 머리 꼭대기에서 노는 걸 즐기잖아. 그걸 이용해서 역으로 감옥에 넣을 수 있을 거라 생각했지."

마스터는 진심으로 놀란 눈치였다.

"멍청한 건 오히려 너야. 왜 내가 들어왔을 때 바로 나가지 않았지?"

뻔한 마술 트릭을 본 것처럼, 놈은 다 안다는 듯 실실 웃었다.

"나가려면 최대한 안전하게 나가는 게 좋잖아. 다짜고짜 나가봤자 엘리베이터도 못 타는 거 정돈 나도 알아."

이제는 호철이 패닉에 빠질 차례였다. 대체 놈은 어디까지 알고 있는 거지. 그때, 마스터가 격리실의 창 바로 앞으로 한 걸음 다가왔다. 그런 다음 오른손을 올리고는 손가락으로 유리를 두드리기 시작했다.

도도독. 도도독.

"자, 그럼, 이제 내가 질문할 시간."

도도독. 도도독.

"날 풀어줄래?"

"내가 미쳤냐?"

"응, 넌 미쳤잖아. 그 위험을 무릅쓰고 이 방에 들어올 정도면, 그만큼 태리한테 미쳐 있단 소리겠지, 아냐?"

뇌가 그대로 얼어버리는 듯했지만 간신히 무표정을 유지했다. 놈이 알 리가 없다. 이건 심리전이다.

"걔랑 나랑은 그냥 직원이야."

"뭔 소리야. 내가 다 들었는데, 너희 사귀는 거. 휴게 시간에 서로라면도 챙겨준다며. 정말 달달하더라."

호철은 숨을 집어삼켰다. 더 이상 이성적으로 생각할 수 없었다. 혼이 나간 그의 얼굴 앞으로 마스터는 천천히 팔을 들어 올렸다.

"내가 더 미치게 해줄까?"

"뭐, 뭐 하는 거야?"

놈은 오른손으로 왼손 새끼손가락을 부드럽게 감쌌다. 그러더니, 세게 비틀었다. 뿌직. 손가락이 꺾이며 뼈가 살을 찢고 튀어나왔다. 찢어진 틈 사이로 피가 줄줄 흘렀다. 완전히 ㄱ자가 된 새끼손가락을, 마스터는 지그시 감상했다. 갓 완성한 작품을 바라보는 조각가라도 된 것마냥.

"아프겠다."

당장이라도 달려들고 싶은 것을 간신히 참았다. 조금만 더 버티면, 진짜로 아무 사이가 아니라는 걸 놈이 어느 순간 믿지 않을까 싶어서였다. 호철이 무표정으로 일관하자 놈은 남은 손가락도 하나씩 부러뜨렸다.

……툭, ……뿌직! ……툭, ……우둑!

나무젓가락을 부러뜨리는 것이 아닌가 착각이 들 정도로, 놈은 너무나도 쉽게 손가락을 부러뜨렸다. 몇 분도 지나지 않아 태리의 왼손은 완전히 만신창이가 되었다. 그런 끔찍한 광경을 호철은 그저 무력하게 바라만 볼 수밖에 없었다.

"이제 확실히 피아노는 못 치겠네."

마스터는 키득거렸다.

"이제 오른손도 가볼까. 아, 이번엔 씹어 먹어야겠다."

놈이 이빨로 태리의 오른손 엄지손가락을 씹으려던 그때였다. 호철은 결국 힘없이 바닥에 주저앉았다. 그녀의 의식이 나중에라도 돌아온다면, 비록 태리의 성격상 괜찮다고는 하겠지만 어느 순간부터는 자신을 원망할지도 몰랐다. 왜 그때 막지 못했냐고. 대체 왜. 마음이 뒤틀렸다. 아마 그런 말을 듣는다면, 자신은 버틸 수 없을 것이다.

"그만해."

"뭐?"

"제발 그만."

체념과 애원이 반씩 섞인 목소리로 호철이 중얼거렸다.

"그럼 거래할래?"

마스터는 호철을 지그시 보더니 무릎을 굽혔다. 눈높이를 맞추기 위해서였다.

"지금부터 내가 시키는 대로 하는 거야."

"웃기지 마"라고 시원하게 받아치고 싶었다. 실제로 작년의 자신이라면 그러고도 남았을 것이다. 하지만 지금의 자신은 예전과 달랐다. 지금 자신이 하려는 선택이 바보 같은, 아니 두고두고 욕을 먹을 선택이라는 것 정도는 알고 있다. 하지만 태리를 지금보다 더 끔찍한 지경으로 만들 순 없었다.

설령 학위나 커리어가 박살 나더라도 좋다. 인생이 박살 나도 좋다. 그녀만큼은 잃을 수 없다. 호철은 서서히 고개를 들었다. 그래,

어차피 여긴 격리 시설이다. 똑똑한 인간들도 많다. 그러니 누군가가, 어떻게든, 방법을 찾을 것이다. 그것이 사이먼이 됐건, 소장님이 됐건, 진혁이가 됐건. 혹시 모르지. 그 여자 경감도…….

"대체 뭘 하면 되는데?"

마스터는 해맑게 미소 지었다.

"넌 아무것도 할 거 없어. 내가 전부 알아서 할 테니까."

*　*　*

"문 너머로 뭘 봤죠?"

사이먼이 묻자 나는 감았던 눈을 서서히 떴다.

"태리는 배식구에 대고 대화를 하고 있었어요. 호철이는 엎드린 채 쓰러져 있었고, 목에서 피가 흘러나오고 있었어요. 여자는 보이지 않았고요. 아마 제압했다고 했으니, 그 격리실 안에 다시 넣어 놨겠죠."

승태가 인상을 썼다.

"그럼 역시 태리 말이 맞잖……."

"하지만…… 어딘가가 이상했어요."

나는 방금 본 광경을 머릿속으로 다시 떠올렸다. 그래, 방 안의 모든 것은 태리가 말한 것 그대로였다. 딱 하나를 제외하고.

"피의 흔적."

"……흔적?"

사이먼이 말했다.

"흔적이 웅덩이가 아니었어요. 흩뿌린 흔적에 가까웠지."

나는 이어서 설명했다. 경동맥을 물렸다면 아마 호철은 한참 전에 죽었을 것이다. 하지만 승태는 분명 호철의 목소리를 들었다. 다시 말해 그는 아직 살아 있다는 뜻이고, 다시 말하면 목의 상처가 치명상까지는 아니라는 의미다.

승태에게 대답한 직후, 호철은 계속 바닥에 누워 있었다고 태리가 말했다. 그 상태에서 피가 천천히 흘러내린다면, 과연 어떤 모양일까. 감시실 바닥은 평평하다. 그런 바닥에 누워 있었으니 보통의 경우라면 타원형의 웅덩이가 생겨야 한다. 하지만 내가 문 너머에서 본 것은…….

"살면서 보지도 듣지도 못한 형태였어요."

웅덩이라기보다는 핏줄기였다. 구불구불하게 흩어져 있는, 직선 형태의 핏줄기. 전혀 자연스럽지 않았다. 다시 말해.

"연출이에요. 지난번 격리실에서 직접 봤던 상처랑 마찬가지로."

"확신할 수 있습니까? 여기서 실수하면 정말 사람 하나 죽는 건데."

승태가 걱정스러운 표정으로 배식구를 쳐다보았다.

"장담할 수 있어요. 제 모든 경력을 다 걸고."

확신에 찬 내 표정을 보며 모두의 얼굴이 굳었다.

"그 말이 맞다면…… 설마."

사이먼이 중얼거렸다.

나는 폭탄 선언을 하기 전 마지막으로 생각했다. 대체 놈은 왜 연출을 시도한 걸까. 역시 저번처럼, 나를 교란시키기 위해서일까. 아니다. 놈의 목적은 이제 나 혼자만이 아니다. 우리다. 우리를 속여, 문을 열도록 하기 위해. 모두를 죽음의 덫에 빠트리기 위해.

"그 설마예요."

나는 몸을 돌려 일행을 보았다.

"마스터는 지금 탈출했어요."

펑. 폭탄이 터졌다.

* * *

"망했다."

이마를 벽에 쿵 찧으며 진혁이 울먹였다.

지금 우리는 휴게실에 막 도착한 참이다. 마스터가 대화를 듣지 못하도록 장소를 옮길 필요가 있었던 것이다. 우리가 이곳에 도착하자마자 첫 운을 띄운 것은 다름 아닌 진혁이었다.

"외부와 연락 가능한 통신기기도 먹통이 됐어요. 아까 정전 때문인 것 같아요."

"바깥에 연락할 방법은 아예 없는 거예요?"

내가 사이먼에게 물었다.

"3일 간격으로 헬리콥터가 오긴 하죠. 수진 씨가 타고 온 그 헬기의 남자들이, 이 시설과 교류하고 있던 유일한 통신 수단 중 하나였습니다. 오늘 갔으니 이틀 뒤에나 오겠죠."

"그래도 현실적으로 병력을 요청할 다른 방법이라도……."

"설사 기적적으로 연락이 닿아서 병력을 요청할 수 있게 된다고 해도 그쪽에서 마스터의 탈출을 깨닫는 순간 거절할 겁니다."

사이먼은 꺼져가는 듯한 목소리로 중얼거렸다.

"숨긴다고 해도 마찬가지일 거예요. 우리가 연구 중인 존재를 저들도 알고 있으니 더 철저한 검증을 거치겠죠. 그 과정에서 놈이 탈출했다는 사실을 알게 되면…… 과연 병력을 보낼까요?"

"보내긴 하겠지."

진혁이 말했다.

"타깃이 마스터뿐만은 아니겠지만."

피가 차갑게 식었다. 그 말이 맞다. 정부에서는 몇 명 살리자고 필요 이상의 위험을 감수하지는 않을 것이다.

나는 승태를 보았다. 그래도 명색이 연구소장이니 뭔가 대책이 있지 않을까 싶었다. 하지만 멍한 눈빛으로 허공만을 쳐다보는 그의 상태를 보아하니 아무래도 무리일 듯싶었다. 마스터가 탈출했다는 말을 들은 후 줄곧 저런 상태였다. 하긴, 믿었던 시스템에 되레 발등을 찍혔으니 저런 반응을 보이는 것도 무리는 아니었다.

"그럼 마냥 헬기가 올 때까지 기다릴 수밖에 없나."

내가 중얼거렸다.

"일단은."

사이먼이 말했다.

긴 정적이 흘렀다. 우울한 기운이 휴게실을 완벽하게 채우기 직전, 진혁이 앗 하고 소리를 냈다.

"기다린다니까 말인데, 저놈도 기다리고 있을 거예요. 몇 시간 후면 교대 시간이거든요."

"······뭔데, 그게?"

사이먼이 교대 시스템에 대해 조금 더 자세히 설명했다. 감시자가 서로 교대 시간을 놓치거나, 보안카드 손상 시 안에 갇히는 것을 막기 위해 시스템 설정으로 정해진 시간마다 감시실 문이 자동으로 열린다고 한다.

설명을 들은 나는 등골이 오싹해졌다. 하루에 세 번, 여덟 시간마다 10분씩 감시실 문이 열리는 바로 그 순간을, 마스터는 놓치지 않을 것이다. 아마 무슨 짓을 해서든 밖으로 나오려 하겠지. 무슨 이따위 보안 시스템이 있는지.

"감시실 문이 안 열리게 할 수 없나요?"

나는 승태에게 따지듯이 물었다.

"교대 시스템 수동 조작 버튼도 감시실 안에 있습니다."

맙소사. 나는 잔뜩 찌푸린 미간을 조용히 문질렀다. 어떡할까. 어떤 작전을 써야 그나마 저 방 안의 둘을 구할 수 있을까. 그리고 10분이라는 제한 시간 안에 저 마스터란 존재를 쉽사리 제압할 수 있을까.

방법이 떠오르지 않았다. 당연했다. 아는 게 없으니까. 이 시설에 대해서도, 마스터에 대해서도. 지금까지 뭉뚱그려 듣기만 했지, 디테일하게 설명을 들은 적은 단 한 번도 없다.

나는 승태를 보았다.

"지금 당장 마스터에 대해, 그리고 앤트힐에 대해 빠짐없이 전부 털어놔요."

사이먼이 움찔하더니 승태를 쏘아보았다.

"뭐야, 아직도 말을 안 했어?"

"타이밍이 없었잖아."

승태는 억울하다는 듯 말하고는 체념한 듯 한숨을 쉬었다.

"그러면 어디서부터 설명을 드릴까요?"

"아까, 엘리베이터에서 말하려다 만 것부터."

승태는 천천히 고개를 끄덕였다.

"그럼 말씀드렸던 세 번째에 이어서 설명하겠습니다. 네 번째, 24시간 동안 교대 근무자 중 최소 두 명 이상의 감옥 출입구 태깅이 부재할 경우, 시설은 자동으로 디스인펙션 모드에 들어간다."

"디스인펙션?"

"이곳은 원래 생화학 무기를 실험하던 곳이에요. 구조를 비롯해서 전체적인 리모델링은 했는데, 딱 하나의 장치는 위에서 쓸 만하다고 판단해 남겨두었습니다. 그게 바로 디스인펙션 모드입니다. 물론 마스터가 생화학 무기까진 아니지만, 그래도 혹여나 탈출한다면 그에 버금가는 전 지구적 위기를 초래할 수 있으니까요. 그러니 그 정도 시스템은 있는 게 좋지 않을까……."

"그러게 제가 예전부터 말했잖아요, 없애는 게 낫다고."

구시렁대는 진혁은 여전히 벽에 이마를 박은 채였다.

"그래서, 대체 그게 뭔데요?"

내가 물었다.

"소독하는 거죠. 인간도, 생화학 무기도 구별할 것 없이 싹 다. 고밀도 고농축의 소독 가스가 쉴 새 없이 시설에 도배될 겁니다. 24시간 동안."

나는 승태가 가리킨 곳을 향해 고개를 들었다. 천장의 LED 전등 옆에 스프링클러같이 생긴 조그만 물건이 붙어 있었다. 그리고 보니 저런 물건이 시설 곳곳에 설치되어 있었다. 기껏해야 물이나 뿜어댈 줄 알았는데, 가스가 나온다고?

나는 눈을 감고 차분히 생각했다. 사이먼을 제외하고 교대 근무자인 호철과 태리는 지금 카드를 찍을 수 없는 상황이다. 이런 상태가 24시간 동안 지속된다면 두 명 이상의 태깅이 부재, 다시 말해 디스인펙션 모드를 피할 수 없다.

"소장님의 카드 키로도 안 되나요? 여분의 카드 키는······ 당연히 없겠죠?"

승태의 표정을 보고 나는 입을 닫았다. 긴 침묵.

"그러면, 다시 말해······."

"마지막 교대 시간이 밤 12시. 지금 새벽 1시니까, 앞으로 23시간 남았습니다."

사이먼이 무미건조하게 말했다.

"23시간 안에 카드를 빼앗아 오지 못하면, 저흰 다 죽습니다."

잠시 멍하니 있던 나는 천천히 고개를 들어 하얀 천장을 보았다. 속으로 이런저런 가능성을 고려해봤지만 아무리 생각해도 진혁의 말이 맞았다.

여기서 내가 무너지면 안 된다. 이곳에서 유일하게 작전다운 작전을 짤 수 있는 인간은 나뿐이잖아. 나는 애써 미소 지었다.

"그래도 긍정적으로 생각하죠."

"어떻게…… 아니, 그게 가능합니까?"

승태가 중얼거렸다.

"지금이 딱 최악이잖아요. 여기서 더 떨어질 바닥이 있겠어요?"

분위기를 풀기 위해 던진 회심의 농담이었지만 돌아오는 것은 싸늘한 정적뿐.

"저희도 지금 패가 없는 것은 아니에요."

"그런 게 있어요, 우리한테?"

진혁이 이마를 떼고 돌아보았다. 나는 고개를 끄덕였다.

"아직 놈은 우리가 이미 눈치챘다는 사실을 모르잖아요."

승태가 앗 소리를 냈다. 그래, 우리는 전체적으로 최악의 상황이다. 하지만 그 사실을 먼저 알아챈 것은 우리에게 분명 이롭다. 물론 이렇게 시간을 끌다가 놈이 눈치를 채기라도 한다면 전부 끝이지만.

"우리도 난처한 상황이긴 하지만, 생각해봐요. 마스터는 더해요. 그야말로 독 안에 든 쥐잖아요? 거기다 제 추측이 맞다면, 놈은 아직 우리가 자기한테 속았다고 생각해 방심하고 있을 테고요."

나는 확신에 찬 눈빛으로 모두에게 말했다.

"다시 말해서, 우리가 먼저 선공을 하면, 성공할 가능성이 있어요."

"맞는 말이야. 저 여자 말에 오류는 없어."

사이먼이 고개를 끄덕였다.

휴. 무뚝뚝한 표정의 사이먼을 보며 속으로 안도했다. 인간적으로는 몰라도 위기상황에서는 이곳에서 가장 믿을 수 있는 사람이다. 그런 사이먼의 적극적인 협조가 앞으로의 작전에 매우 중요한 역할을 할 것이다.

"자, 그러면."

나는 다시 승태를 보았다.

"이제 나머지 설명도 마저 해주세요. 마스터, 저 자식은 대체 무슨 능력을 가지고 있죠? 어디까지가 가능하고, 어디까지가 불가능하죠?"

그때 사이먼이 내 어깨를 톡톡 건드렸다.

"설명이 길어질 것 같은데, 일단 저놈부터 어떻게 해야 하지 않을까?"

뭔 소린가 하다가 '아차' 했다. 그의 말이 맞다. 아무 말 없이 마스터를 남겨둔다면 놈은 들통난 것을 눈치챌 수 있다. 생각 외로 날카로운 면도 있구나, 이 사람.

* * *

잠시 후, 나는 배식구 앞으로 향했다. 사이먼이 말한 대로 아무

거짓말이라도 해서 약간의 시간이라도 끌 작정이었다.

"왜 안 들어오는 거예요?"

태리가 떨리는 목소리로 물었다.

"정말 이렇게 우리 버리고 갈 거예요?"

저건 연기일까 아닐까. 복잡한 마음을 억누르며 말을 이었다.

"버리는 게 아니에요. 오히려 위쪽에선 문을 열어도 괜찮다는 의견
이에요. 다만 승인이 떨어지기까지 시간이 조금 필요한 것뿐이지."

잠시 정적이 흐른 끝에 그녀가 체념한 듯 말했다.

"서둘러주세요, 제발."

3분 후, 간신히 시간을 번 나는 일행과 합류했다.

"여기가 회의하기 딱 좋습니다."

우리는 승태가 안내한 회의실에 들어섰다. 복도 바로 건너편에
위치한 회의실은 현대적인 분위기의 깔끔한 장소였다. 새로 칠을
했는지 다른 곳에 비해 유독 페인트 냄새가 진하다. 나는 빈 의자에
재빨리 자리를 잡았다.

"그러면 빨리 설명해주세요. 시간 없으니까."

승태는 테이블의 가장자리로 향하더니 큼큼 하고 목을 가다듬
었다.

"그러면, 마스터의 특성에 대해 다시 한번 말씀드리겠습니다. 하
나, 눈을 마주치는 것만으로도 상대방의 몸으로 갈아탈 수 있다."

"그리고 보호용 헬멧을 쓰면 놈은 마음대로 우리 몸으로 갈아탈
수 없다?"

"네. 그런데 다음부터가 조금 까다롭습니다. 둘, 몸을 지배하고 있던 마스터가 나가면 몸을 지배당하고 있던 피해자는 잠시 아무것도 하지 못한다."

"한동안 몸이 경직되어 무방비 상태가 되는 거죠."

진혁이 덧붙였다.

"세 번째는요?"

"마스터는 피해자의 정신을 누르고 육체를 조종한다. 그사이 놈은 피해자의 정신을 고문할 수도 있다."

고문이라고?

"어떤 식으로요?"

"공포스러운 환영이라든지, 목소리 같은 것을 쓴다고 합니다. 정신력이 강한 사람은 그래도 버티는 것 같던데, 그렇지 않은 사람은……."

중지와 검지를 부딪치며 승태가 딱 소리를 냈다.

"부러지는 경우도 있다고."

브레이크 다운(break down)인가. 눈을 감고 조용히 빌었다. 제발 그런 일이 아무에게도 벌어지지 않기를.

"마지막으로 넷, 마스터는 그 어떤 신체적 고통도 느끼지 못한다."

놈이 인간의 몸을 도구처럼 쓰는 이유도 그래서일 것이다. 이것 역시 막연하게 예상했기에 놀라지는 않았다.

"다시 말해, 다른 이들 몸에 들어가 자해하며 그걸 협박으로 이용할 수도 있겠네요."

"그렇죠. 사실 놈이 가장 자주 써먹었던 수법도 그거였고요."

승태가 고개를 끄덕였다.

눈앞에서 사랑하는 이가 다치고 죽어가는 것을 지켜본다. 무력함. 그것은 지옥이나 마찬가지다. 이미 그 감정이 어떤지는 뼈저리게 알고 있다. 끔찍한 경험을 통해.

"그럼 일단 헬멧을 찾아 쓰는 게 먼저겠네요."

"그런데 그게 말입니다."

승태가 머뭇거렸다.

"당장 헬멧을 구할 방법이 없습니다."

"농담이죠?"

"아뇨, 전부 감시실 안에 있습니다."

"어째서죠?"

승태가 뭔가 말하려다 고개를 푹 떨궜다. 자괴감이라도 느끼는 걸까. 다행히 진혁이 끼어들어 말을 이었다.

"곳곳에 비치해둘 헬멧 여러 개를 만들 예산이 없었대요. 그러니까, 보조금을 신청은 했는데, 저쪽에서 저희 시설을 구경하더니 이랬어요. 우와, 당신 말대로 시설의 보안이 정말 훌륭한 것 같다. 그러니 마스터가 탈출할 일은 없을 것 같다. 그런데 왜 헬멧이 많이 필요하냐고."

나는 감시실 방향을 노려보았다. 그러니까 마스터로부터 신체 강탈을 막을 유일한 헬멧들이 지금 저 안에 있다. 놈과 함께.

헬멧이 없다면 작전 자체가 불가능하다. 눈을 뜨고도 잡기 힘든데, 심지어 눈을 감고 마스터와 상대하라고? 그나마 1퍼센트였던 성공 확률이 곧장 0퍼센트로 떨어지는 셈이다. 가뜩이나 불가능한 일을 더 불가능하게 만들 순 없다.

"가져와야겠네요, 헬멧들을."

내 말에 사이먼은 당황했다.

"방금 못 들었어요? 다 감시실 안에 있다니까요. 마스터랑 함께."

"하지만 마스터는 모르죠? 헬멧이 어디 있는지."

나는 모두를 한 번씩 쳐다보았다.

"알아요, 말도 안 되는 소리인 거. 하지만 최선을 다해봐야죠. 일단 저는 뭐라도 하려면 헬멧부터 구해야 한다고 생각해요. 눈 감고 싸우다 칼 맞고 죽기는 싫거든요. 아, 혹시 더 좋은 아이디어 있으면, 지금 말해줄래요?"

대답은 없었다. 솔직히 있기를 바랐지만.

"알았어요. 그럼, 수진 씨의 작전은 뭡니까?"

사이먼이 말했다.

"감시실 안에는 총 두 명이 있어요. 태리 씨와 호철 씨. 그리고 둘 중 하나는 마스터인데, 정황상 놈은 호철 씨에게 있을 확률이 크고요."

"……왜죠?"

승태가 고개를 갸웃했다.

"지금까지 대화를 나눈 건 전부 태리 씨였는데."

"그렇다고 태리 씨가 마스터라는 보장은 없죠. 그리고 제가 0.5초간 방 안을 봤을 때 호철 씨의 자세를 유심히 생각해보세요."

"자세?"

진혁이 팔짱을 꼈다.

"문 쪽으로 쓰러져 있었다는 그거요?"

"네. 일단 태리가 마스터라고 해보죠. 그렇다면 목에 피를 흘리고 쓰러져 있는 '척'하는 호철은 진짜 호철이란 말이 되죠? 하지만 대체 왜 마스터가 그런 짓을 내버려둘까요? 오히려 호철이가 기절했기 때문에 자신이 더 의심받을 것을 뻔히 알 텐데."

"확실히 호철이를 연기하는 편이 놈에겐 더 유리하겠군."

사이먼이 말했다.

"하지만 굳이 시체 연기를 할 필요가 있나."

승태가 고개를 저었다.

"위치."

내가 말하자 진혁이 아 하고 중얼거렸다.

"아, 맞다. 문에 가까이?"

"그래요. 위치를 고려하면 놈은 문에 가장 가까이 있어요. 얼마 안 있으면 교대 시간 때문에 문이 열린다는 사실도 생각해봐요."

그제야 알아들은 건지 모두의 입에서 탄식이 조금씩 흘러나왔다.

"시간이 되는 순간 다짜고짜 들이받겠다, 이건가."

사이먼이 한숨을 쉬었다.

"그리고 우리 중 아무에게나 눈을 마주치면, 놈의 승리죠."

내가 말했다.

"물론 이 작전을 먼저 파악한 이상 놈보다는 우리가 앞선 상태예요. 하지만 이 사실을 놈이 알게 된다면, 이 작전을 폐기하고 또 다른 교묘한 작전을 세우겠죠. 그러니 모두들 입조심해요."

다들 고개를 끄덕이는 것을 확인한 다음 나는 말을 이었다.

"그래서 작전은 그거예요. 우리는 그걸 역이용할 거예요."

"예? 어떻게요?"

진혁이 멍하니 입을 벌렸다.

"마스터는 태리를 직접 보지 않고 있어요. 문을 향해 엎드린 채 죽은 척 연기하고 있죠. 태리는 잘만 하면 헬멧을 빼돌릴 수 있을지도 몰라요."

말을 마친 나는 모두를 돌아보았다. 예상한 대로 다들 기겁한 표정이었다.

"들키기라도 하면 태리는……."

진혁이 손톱을 씹었다.

"잠깐, 이거 너무 위험한데."

"우리가 가만있어도 위험한 건 마찬가지예요."

내가 반박했다.

"특히 이 상황이 장기적으로 간다면, 물론 빌어먹을 시스템 때문에 우리는 그전에 소독당해 죽을 테지만, 놈은 살아남기 위해 그 어떤 짓이든 할 확률이 커요."

"이를테면……?"

진혁이 말했다.

아까부터 줄곧 생각했다. 내가 마스터라면, 그리고 벽 너머의 상대방이 아예 문을 열 생각이 없음을 깨닫는다면, 이후로 어떤 행동을 할까. 놈의 모든 행동을 바탕으로 사고방식을 도출하고, 사고방식을 바탕으로 자연스러운 결과를 도출한다. 그 결과 떠오르는 답은 하나뿐이었다.

"식인."

모두의 얼굴이 충격에 일그러졌다. 감정 표현을 최대한 억누르던 사이먼마저 눈을 질끈 감았다.

"아마 일주일은 버틸 테죠. 아, 희생자를 바로 죽이지는 않을 거예요. 썩으면 안 되니까, 산 채로 조금씩 먹겠죠. 놈은 그러고도 남을 놈이에요. 당신도 말했다시피, 악마니까. 빌어먹을 악마."

잔인한 말이지만 급박한 상황일수록 돌려 말하는 건 오히려 해가 된다.

"자, 그럼 혹시 방법이 없을까요? 태리 씨에게만 건넬 수 있는 신호요."

내가 말했다.

"마스터가 들어도 눈치를 못 챌 만한……."

승태가 진혁을 흘긋 보았다.

"뭐 요즘 젊은이들만 아는 암호라든가, 그런 거 있나?"

"설사 메시지를 무사히 전달한다고 해도 분위기가 이상한 걸 알아차리면……."

걱정하는 사이먼의 옆으로 손 하나가 불쑥 올라왔다.

"어, 그게…… 암호라고 하니까 말인데, 방법이 있을지도 몰라요."

진혁이었다. 우리의 시선은 전부 그에게 쏟아졌다. 갑작스러운 관심이 익숙하지 않은지 그는 윽 하며 신음을 흘렸다.

"뭔데요?"

내가 물었다.

"고주파 음. 나이대별로 들을 수 있는 고주파 음이 달라요. 그걸 이용해서 모스 부호를 전달하는 거죠."

진혁이 설명을 계속했다.

일반적으로, 인간은 주파수 20에서 2만 헤르츠의 음까진 들을 수 있다. 나이가 들기 시작하면 들을 수 있는 주파수의 영역은 자연스레 좁아진다. 30대는 1만 5000헤르츠, 40대는 1만 4000헤르츠.

실제로 요즘 젊은 학생들의 경우 이것을 유용하게 쓰고 있다. 선생들은 들을 수 없는 1만 7000헤르츠의 고주파 음을 벨소리로 설정해놓고, 수업 중에 몰래 문자 등을 하는 것이다.

"잠깐만. 태리가 들을 수 있다면, 마스터도 들을 수 있잖아."

승태가 반론했다.

"의미를 파악하긴 힘들걸요. 집중하지 않으면 그냥 단순한 소음 정도로 넘길 만큼 소리가 작거든요. 의식하지 않으면 아예 들리지도 않아요."

"잠깐만. 그러면 태리는 어떻게 그걸 알아채지?"

나는 진혁이 했던 말이 떠올랐다. 태리와 호철의 괴상한 취미. 호철이는 분명 지하철 관련 정보를 좋아한다고 했다. 그리고 태리는…….

"걔, 암호학 덕후라고 했지?"

진혁이 신나게 고개를 끄덕였다.

"취미가 마인크래프트로 가상 에니그마 만들기, 이런 거거든요. 그런 애가 모스 부호를 모를 리 없죠."

잠시 후 진혁은 위층에서 노트북을 가져온 다음 사운드 파일을 켜고 고주파 음을 재생했다. 귀에 거슬리는 찌이이이이익 소리가 들렸다. 다른 차원에서 건너온 생쥐가 내는 소리 같았다.

진혁이 마우스 커서로 서서히 주파수를 올렸다. 찌이이 소리가 희미하게 사라지더니 어느 시점부터는 전혀 들리지 않았다.

"지금 이 소리를 들을 수 있는 연령대는 20대뿐이에요."

진혁이 의기양양한 표정으로 우리를 주욱 둘러보았다.

"안 들리죠?"

나는 고개를 끄덕였다. 티끌만큼도 들리지 않아 씁쓸했다. 아마 그 소리는 평생 들을 일이 없을 테지.

"하여튼 이제 수단은 찾았으니, 남은 건 메시지의 내용인데."

우리는 합의 끝에 '헬멧을 빼돌려달라' 정도면 족하지 않을까 판단했다.

"다음 교대 시간까지 정확히 얼마나 남았죠?"

내가 물었다.

"여섯 시간 30분."

사이먼이 손목시계를 보았다. 시간은 속절없이 짧아지고 있었다. 서둘러야 한다.

"좋아요. 더 이상 시간을 끌면 놈이 눈치챌 테니, 우리는 빨리 속아주러 가죠."

내가 움직이기 위해 일어선 그때였다. 진혁이 움찔하며 손을 들었다.

"저기 근데…… 태리가 메시지를 듣는다고 쳐도 과연 헬멧을 빼돌릴 정도의 타이밍을 만들어낼 수 있을까요?"

나는 미소 지으며 그를 보았다.

"걱정 마요. 타이밍은 제가 만들게요. 바람잡이 역할은 자신 있으니까."

9.

10분 뒤. 감시실 앞 복도에 도착한 나는 배식구에 얼굴을 가까이 댔다.

"상부 지침이 막 전달됐어요. 지금부터 문을 열 거예요."

"이야, 다행이다. 빨리 와주세요. 빨리요."

태리가 벽 너머에서 울먹였다.

나는 심호흡을 한 뒤 벽을 노려보았다. 솔직히 말하면, 놈이 태리의 몸에 있을지, 호철의 몸에 있을지 100퍼센트 확신할 방법은 없다. 그저 몇 가지 단서로 예측만 가능할 뿐이다. 아무리 완벽한 추리를 도출하더라도 놈은 그저 몸을 바꾸면 그만이다. 그렇게 된다면 주파수 작전이고 뭐고 수포로 돌아간다. 정말이지 우리에게 절대적으로 불리한 게임이다.

나는 한숨을 쉬며 말을 이었다.

"그런데 문을 여는 데는 몇 가지 조건이 있대요. 뭐 대단한 건 아니고, 그냥 개인적인 질문 몇 가지 정도. 괜찮죠?"

말을 마치고 뒤를 흘긋 돌아보았다. 진혁은 노트북을 두드리며 고주파 음을 조작 중이고, 옆에서는 승태가 진혁의 노트에 모스 부호를 적어가며 열심히 암호를 준비하고 있었다.

아까 사무실에서 나오기 전.

"준비가 다 된다면 제가 엄지손가락을 치켜들게요. 따봉으로."

진혁이 그렇게 제안했다. 나는 흔쾌히 고개를 끄덕였다.

"오케이. 그럼 그때부터 나는 놈의 관심을 최대한 끌게요."

"그럼 나는……?"

사이먼이 우물거렸다.

"당신은 백업. 지원을 해주세요. 놈은 어떻게인지 모르겠지만 격리실 문도 열었잖아요. 저 문을 열 수 없을 거란 보장도 없으니까."

사이먼이 고개를 끄덕였다. 동시에 그의 어깨에 걸린 총에서도 쩔걱 소리가 났다.

"애초에 왜 중독자를 요원으로 배치한 건지는 모르겠지만요."

순간 아까 진혁과 나눈 대화가 머리를 스쳤다. 나는 괜히 불길해졌지만 그 감정을 애써 떨쳐냈다. 설마 자신의 목숨이 달린 상황인데 헛짓거리를 하진 않겠지. 생각을 마치고 현실로 돌아온 나는 다시 배식구를 보았다.

"그럼, 대답할 준비됐어요?"

"네."

태리인지 마스터인지 아직도 정체가 헷갈리는 누군가가 말했다.

옆을 보자 진혁이 막 따봉을 치켜들고 있었다. 준비 완료.

"좋아요, 그럼 시작할게요."

* * *

지옥 같다. 정말이지 지옥 같다. 마치 끈적한 타르 액에 온몸이 잠겨버린 느낌이다. 몸도 움직일 수 없고 숨조차 쉴 수 없다. 대체 왜 어쩌다 이렇게 된 걸까.

어둠 속에서 태리는 마지막으로 기억하는 것을 떠올렸다. 평소와 다를 것 없는 감시 근무였다. 호철이 가져다줄 육개장 사발면을 기다리며 태리는 전자책을 읽고 있었다. 보안 때문에 허가된 전자기기가 아니면 반입 금지인 건 알지만, 들켜도 배 째라 식으로 나갈 작정이었다.

애초에 여덟 시간 동안 저 여자를 감시하라는 것 자체가 말이 안 된다. 평범한 아르바이트였다면 당장 때려치웠겠지만 그럴 수는 없었다. 이곳에 온 두 가지 이유가 있으니까. 하나는, 호철이랑 같이 있을 수 있다. 갇혀 있긴 하지만, 적어도 강제로라도 이렇게 같이 있으니 기분이 좋다.

두 번째 이유는, 승태 소장님. 호철이에게 말은 안 했지만, 실은 예전부터 과학 잡지를 탐독하며 그쪽으로 조금씩 공부를 하고 있었다. 그러다 보니 자연스레 그에 대해 알게 되었다. 한국 최고의 뉴럴 링크 권위자, 전승태. 사업적으로도 사회적으로도 막대한 성공을 거두었지만, 이후 '연구에 전념하고 싶다'며 자취를 감춘 미스터리한 남자. 궁금했다. 그런 사람을 만난다면 뭔가 배울 게 있지 않을까 싶었다.

실제로도 많은 것을 배웠다. 과학적으로가 아닌, 인간적으로. 연구원들을 가족처럼 대하고, 허물없이 챙겨주는 푸근한 성격. 좋은 것 좀 먹으라며 닦달하는 모습을 보면 평범한 아빠 같다가도 궁금한 것을 물어보면 날카로운 과학자 모드로 변신하는 이중적 매력. 그런 소장님을 볼 때마다 태리는 생각했다. 평생의 롤 모델을 발견했다. 나중에 꼭 소장님처럼 되어야지. 그런 생각을 하며 흐릿한 미소를 짓던 그때였다.

덜커덩. 창 너머에서 갑자기 그런 소리가 들렸다. 처음에는 단순한 건물 소음일 거라고 생각했다. 소장님이 그렇게 안전, 안전 염불을 외워댔지만 이 시설은 지어진 지 벌써 80년 가까이 되었다. 2차 대전 때 지었다고 했나.

그렇다는 말은 겉 포장지만 바뀌었지 속은 그대로란 뜻이다. 언제 폭삭 무너져도 이상하지 않다. 전자책을 터치해 다음 페이지를 넘기는데 이번에는 발소리가 이어졌다. 이건 소음이라기엔 좀 이상한데. 고개를 든 순간 다시 덜컹 하는 소리가 들렸다.

오싹 소름이 돋았다. 이전과는 다른 소리임을 곧장 알 수 있었다. 이건 몸 바로 앞에서 난 소리였으니까.

태리는 천천히 전자책에서 눈을 떼고 앞을 보았다. 여자가 서 있었다. 쇠사슬에 묶여 있어야 할 여자가 헬멧을 벗은 채, 소름끼치는 미소를 지으며 이쪽을 향해 가만히 서 있었다. 손이 부르르 떨렸다. 심장 박동이 혈관을 타고 두개골을 쿵쿵 울렸다.

태리는 소리 없이 천천히 일어났다. 여자는 움직이지 않았다. 눈을 마주치지 않으려 노력하면서 조금씩 문 쪽으로 뒷걸음질 쳤다. 여자는 여전히 움직이지 않았다. 왜 가만히 있는 걸까……? 그래, 이대로 나가자. 생각해보면 벌써 절반이나 왔다. 한 걸음씩 더 뒤로 움직이면, 성공할지도 모른다. 약간의 희망을 품은 그때였다.

"야."

앞에서 쉰 목소리가 들리자 태리는 몸을 우뚝 멈췄다.

"고개 들어. 너 그래 봤자 못 나가."

이어지는 끅끅거리는 웃음. 절망의 스위치가 켜지며 온몸의 힘이 툭 풀렸다. 맞다. 이 여자는 악마라는 사실을 깜빡하고 말았다. 남에게 희망을 줬다가 그것을 쥐어짜며 서서히 죽인다고 했다.

그런 생각을 하는 순간, 놈의 창백한 손이 서서히 눈앞으로 다가왔다.

안 돼. 안 돼. 싫어. 싫어. 싫어.

차가운 손이 태리의 턱을 붙잡더니 위로 확 치켜들었다. 소용없는 줄 알면서도 태리는 반사적으로 질끈 눈을 감았다. 곧 닥칠 일을 피할 수 없다는 무력함에 온몸이 공포로 덜덜 떨렸다.

"눈떠."

쉰 목소리가 속삭였다.

"눈뜨라고."

이후 태리의 의식은 어둠 속에서 휘적거리고 있었다. 대체 여기서 시간이 얼마나 흐른 걸까. 한 시간? 하루?

고통스럽다. 움직이고 싶은데 발가락도 움찔할 수 없다. 살아 있는 마네킹이라도 된 것 같다. 숨 쉬고 싶다. 고통스럽다. 너무 아프다. 여기서 나갈 수만 있다면 그 어떤 제안이든 받아들일 것이다.

"보내줄까?"

어둠 속에서 목소리가 말했다.

"그러면 앞으로 무엇이든 내 말대로 해. 그 어떤 일이 있어도. 알겠어?"

알겠어요. 알겠어요. 그러니까. 제발.

"좋아. 약속한 거다?"

즉시 고막을 제트기에 집어넣은 듯한 쩌렁쩌렁한 바람 소리와 함께 의식이 어딘가로 빨려 들어갔다.

시간이 얼마나 지났을까. 태리는 정신을 차렸다. 주변을 둘러보다가 자신의 몸이 자신의 의식대로 움직여지는 것을 알아차렸다. 그리고 즉시 그녀를 반긴 것은 선명하고 뚜렷한 고통.

손을 내려다본 태리는 기겁했다. 왼손이 고무장갑처럼 추욱 늘어져 있었다. 관절은 전부 꺾인 채고, 뼈들은 살을 찢고 흉측하게 튀어나와 있었다. 옷으로 대충 감아놓은 건지 피는 흐르지 않았지만 그럼에도 흠뻑 젖은 옷 뭉치에서 핏방울이 뚝뚝 떨어졌다.

토가 치밀어 오르는 것을 간신히 참는데 앞에서 낄낄대는 소리가 들렸다. 뭐야. 소리의 주인을 확인하기 위해 태리는 턱을 덜덜 떨며 고개를 들었다. 호철이 벽에 기댄 채, 이쪽을 보며 실실 웃어 대고 있었다.

안 돼. 그녀는 울부짖었다. 네가 왜 여기 있어. 대체 왜. 대체 왜.

답은 너무나 쉽게 떠올랐다. 마스터에게 당하기 직전, 자신이 쩌렁쩌렁 비명을 질러대지 않았는가. 결국 나 때문이야. 죄책감에 눈물이 쉴 새 없이 흘렀다.

"저기, 질질 짜는 건 다 끝났어?"

마스터가 중얼거렸다. 놈의 위압적인 목소리에 태리는 저도 모르게 고개를 끄덕였다.

"그럼 앞으로 작전을 설명할게. 딱 한 번만 설명해줄 테니까 잘 들어."

놈은 비상시 탈출 방법을 설명하는 스튜어디스처럼 또박또박 말을 이었다.

"난 다친 척을 할 거야. 마스터를 제압하다 부상을 입고 기절한 거지. 너는 겁에 질려 아무것도 하지 못한 피해자 역할. 앞으로 3분 정도 후에 놈들이 달려올 텐데, 넌 그때 이렇게 말해. 날 제압하는 데에 성공했다고. 하지만 호철이가 심각하게 부상을 당했다고."

"믿지 않을 거예요."

태리가 더듬거렸다.

"다시 생각해요. 그 사람들이……."

"닥치고. 이곳에 주사기 있지? 약 창고에."

심장이 덜컥 내려앉았다. 그런 걸 어떻게 알지. 혼란스러웠지만 한 가지는 확신할 수 있었다. 앞으로 이 자식 앞에서 거짓말은 해선 안 된다는 것.

"세팅은 다 내가 할 테니까, 넌 연기만 하면 돼."

마스터는 주저앉은 태리의 앞으로 다가오더니 무릎을 굽혀 눈높이를 맞췄다.

"가만있어. 아니면 호철이 죽는다?"

태리는 황급히 고개를 끄덕였다. 제발 그것만은.

호철의 몸을 한 마스터는 싱긋 웃으며 태리의 머리를 툭툭 두드리더니 격리실 앞으로 다가갔다. 태리는 머리를 털어버리고 싶은 마음이 굴뚝같았지만 겨우 참았다. 후우, 후우. 코로 숨 쉬는 것에만 집중하며 패닉에서 벗어났다.

태리의 마음이 진정되었을 즈음 그 일이 벌어졌다. 마스터가 감옥 안으로 향하더니, 별안간 여자의 목을 조르기 시작했다.

"껵, 꺼억, 껵."

여자는 왼쪽 무릎과 오른쪽 무릎을 굽혔다 폈다 하며 발가락을 꿈틀거렸지만, 1분도 지나지 않아 움직임을 완전히 멈추었다.

방 청소를 하듯 일상적인 느낌으로 살인을 마친 마스터는 벌떡 일어나더니 약 창고로 향했다. 거기서 주사기를 꺼낸 다음 방금 죽인 여자의 몸으로 다가가 피를 뽑았다. 그는 주사기를 눌러 자신의 목에 일정량을 뿌린 뒤, 바닥에 흩뿌린 핏줄기 위에 누웠다.

수진 일행이 온 것은 그다음. 바로 여기까지가, 바로 지금까지의 경위였다.

들키도록 의도된 어설픈 연기를 하면서, 태리는 기도했다. 제발 누군가가 모든 것을 간파해달라고. 호철이의 몸에 마스터가 있다고. 자신은 그저 연기 중일 뿐이라고. 간절하게 빌던 도중 문득 그 여자가 떠올랐다. 미친 아줌마. 분명 프로파일러라고 했었지. 어쩌면 눈치챌지도 모른다. 이 모든 상황이 어딘가 이상하다는 것을. 태리는 어렴풋이 희망을 품었다. 그 말을 듣기 전까진 말이다.

"상부 지침이 막 전달됐어요. 지금부터 문을 열 거예요."

태리는 이를 악물었다. 아아, 천재 프로파일러는 개뿔. 역시 그냥 관광 온 동네 아줌마였잖아.

"그런데 문을 여는 데는 몇 가지 조건이 있대요. 뭐 대단한 건 아니고, 그냥 개인적인 질문 몇 가지 정도. 괜찮죠?"

"네."

"좋아요, 그럼 시작할게요."

왜 모두들 이 허술한 연극에 속고 있는 건지 도저히 이해가 가지 않았다. 여러 가지로 절망스러운 그때였다.

찌이이이.

괴상한 소음에 태리는 눈살을 찌푸렸다. 뭐야, 이건? 흔한 기계음이라 생각하고 무심하게 넘길 뻔했지만 문득 소리에 리듬감이 있다는 사실을 알아차렸다. 이상했다. 기계음에 리듬감 따위 있을 리가 없다. 설마 하며 태리는 소리에 귀를 기울였다.

찌이. 찌. 찌이. 찌. 찌.

이건…… 쯔…… 돈…… 쯔……? 모스 부호? 잠깐만, 그렇다는 건…… 역시 전부 파악하고 있었던 거야. 아줌마 천재!

태리는 두근거리는 마음을 억눌렀다. 아니다. 아직 들뜨기엔 이르다. 분석하자. 집중하자. 침착하게 마음을 가다듬고 귀에 온 신경을 집중했다.

"좋아요. 다음 질문은……."

생각 외로 긴 메시지라 조금 당황했다. 시작 부분이 어디인지 몰라 몇 번이고 반복해서 들어야 했지만 돈과 쯔를 파악한 다음 천천히 퍼즐을 짜 맞추자 마침내 암호가 그 윤곽을 드러냈다.

유인할테니헬멧구멍에

태리는 고개를 돌려 마스터를 본 다음 다시 배식구를 보았다. '구멍'은 아무리 생각해도 저것밖에 없다. 다시 말해, 유인하는 동안 헬멧을 배식구에 빼돌리라는 의미일 것이다.

마스터는 지금 반대 방향으로, 문을 향해 엎드려 있다. 확실히 이쪽을 보지 못한다. 소리를 내지 않고 움직이면 분명 헬멧을 빼돌릴 수 있을지도 모른다. 헬멧은 어디 있더라. 기억으로는 지금 있는 곳으로부터 두 걸음 앞에 위치한 책상 안에 있다. 무게는? 충분히 가볍다. 한 세 개 정도 집어서 건네주면 될까. 그래, 완전히 불가능하진 않을 것 같다. 하지만 만약 걸리기라도 한다면? 쓸데없는 걱정이다. 어차피 가만히 있어도 죽을 테니까. 저 자식은 악마다.

며칠 전, 진혁이 건넨 사진, 기록 등을 보고 태리는 트라우마에 걸릴 뻔했다. 그 안에는 마스터가 저지른 범죄의 흔적이 가득했다. 시체들, 시체들, 시체들. 태리는 처참한 사진들을 보며 슬퍼하는 동시에 약간은 안도했다. 우리는 그래도 놈과 마주치고도 아직 안전하게 살아 있구나 하는 이기적인 안도.

지금 이대로는 호철도 나도 결국 그 사진들의 일부가 되어버린다. 그런 생각이 들자 머리털이 쭈뼛 섰다. 역시 뭐라도 해야 한다.

"태리 씨 본인 확인은 됐습니다. 일단 구급 상자를 마련하는 대로 들어갈 테니 잠시만 기다려주세요."

수진이 문 너머에서 말했다. 태리는 직감했다. 바로 지금이 그녀가 만들어준 기회라는 것을.

'자, 가자.'

소리 죽여 심호흡을 마친 뒤 천천히 일어났다. 마스터는 아직 문쪽을 향한 채 엎드려 있었다. 숨을 참고 최대한 조용히 움직이면 들키는 일은 없을 것이다. 한 발, 한 발, 발소리를 죽이며 움직였다.

책상에 도착하자 손잡이를 살짝 잡고 천천히 책상 밑의 문을 열었다. 안에는 헬멧들이…… 있다! 태리는 두근거리는 마음을 억누르며 헬멧 여러 개를 쥐고 천천히 배식구 쪽으로 다가갔다.

걸어가다가 흘긋 옆을 보았다. 마스터는 아직도 엎드린 자세다. 거의 다 왔다. 천천히 배식구를 열었다. 이제 헬멧을 넣고 버튼만 누르면 끝이다.

손으로 배식구를 여는데 소리가 나며 배식구가 미세하게 흔들렸다. 삐그덕.

기겁하며 뒤를 돌아보았다. 마스터는 어느새 우뚝 서 있었다.

"너, 뭐 하냐?"

마스터가 차가운 목소리로 말했다.

망했다, 망했다, 망했다. 결국 걸려버렸다. 차라리 지금이라도 말을 들을까. 아니다. 죽는다는 사실엔 변함이 없을 것이다. 놈은 아무 죄 없는 피해자들도 가볍게 죽이고 다닌 최악의 살인범이다. 그런 자식이 눈앞의 배신자를 가만 놔둘 리가 없다. 들키기 훨씬 이전부터 애초에 승산은 없었던 것이다. 그렇다면 차라리.

"안 돼."

마스터가 비명을 지르는 동시에 그녀는 쥐고 있던 걸 배식구에 전부 쑤셔 넣었다.

스위치를 누르려던 그때였다. 퍽, 엄청난 힘이 그녀를 옆으로 밀쳐 넘어뜨렸다. 머리가 바닥에 부딪히며 눈앞이 번쩍였다. 몇 초가 지나서야 태리는 무슨 일이 벌어졌는지 뒤늦게 깨달았다. 마스터가 황소마냥 자신을 온몸으로 받아 쓰러트린 것이다.

"태리 씨, 괜찮아요? 태리 씨!"

문 너머에서 수진이 소리쳤다.

"괜찮지 않아요" 하고 대꾸하고 싶었다. 가슴 군데군데가 욱신거려 움직일 수 없었다. 태리는 고개를 돌려 이제는 멀어진 배식구 스위치를 원망스럽게 노려보았다. 아, 거의 다 됐는데. 정말 다 왔는데.

"아, 씨. 깜짝 놀랐네."

마스터가 비틀거리며 일어섰다.

"근데 너 진짜 용감하다. 이런 짓까지 하고. 혹시 너, 내가 누군지 모르니?"

태리는 이를 악물고 마스터의 사타구니를 힘껏 걷어찼다. 엇 소리를 내며 놈이 몇 걸음 물러서다가 바닥에 주저앉았다.

태리는 허겁지겁 몸을 일으킨 다음 문이 위치한 감시실 뒤쪽으로 뛰어갔다. 그래. 이렇게 된 이상 도망치기라도 하자.

입구를 열까. 잠깐 생각했지만 포기했다. 카드는 아까 마스터에게 빼앗겼다. 태깅을 하지 않는 이상 문은 무슨 수를 써도 열리지 않는다. 등 뒤에서 끄응 하는 소리가 들렸다. 마스터가 다시 일어난 것이리라. 위험해, 위험해, 위험해. 극도의 공포에 질리자 머릿속이 하얗게 질렸다.

정신없이 뛰던 태리의 눈에 '그곳'이 눈에 들어왔다. 여기다. 그녀는 생각하지도 않고 안으로 들어가 문을 잠갔다.

철커덕. 문이 잠기는 소리와 함께 태리는 자신이 어디 있는지 문득 깨달았고, 이어 끝없는 절망에 빠져들었다. 숨기에는 그야말로 최악의 장소였다.

원형 약 창고. 투명해서 안이 다 보일뿐더러, 창고의 재질도 그리 튼튼하지 않다. 스스로 지옥 속으로 걸어 들어간 셈이었다. 진짜 바보 같은 년. 태리는 다리를 꼬집으면서 울먹였다.

공포에 온몸을 떨던 중, 왜 공포 영화 속 주인공들이 언제나 멍청한 선택을 하는지 문득 깨달았다. 급박한 상황이 닥치면 아무리 노력해도 생각이란 걸 할 수가 없다. 그저 눈앞에 보이는 것에 필사적으로 매달릴 뿐이다. 본능적으로. 마치 짐승처럼.

마스터는 비웃음을 흘리며 이쪽을 향해 성큼성큼 걸어왔다.

"그걸 숨는다고 숨은 거야?"

놈이 얼굴을 투명 약 창고 벽에 가까이 대자 유리 위로 하얗게 김이 서렸다.

"근데 대체 왜 그랬어? 이유나 들어보자."

태리는 억지로 미소 지었다.

"어차피 다 알아. 뭘 하든 간에 결국 날 죽일 생각이잖아."

마스터는 오호 하며 고개를 끄덕였다.

"잘 아네."

쾅. 놈은 주먹으로 유리 창고를 치기 시작했다. 엄청난 기세였다. 약한 재질 때문인지 충격은 그대로 이쪽을 향해 전해졌다.

태리는 머리를 감싼 채 주저앉아 울부짖었다. 제발 그만. 그만해.

마스터는 주먹으로 연이어 충격을 가했다. 유리 위에서 하얀 선이 자라나고 또 자라났다. 얼마 지나지 않아 와장창 소리가 사방에 퍼져나갔다. 유리 조각이 빗방울처럼 그녀의 몸 위로 떨어졌다.

"아아……."

정적 속에서 태리는 천천히 고개를 들었다. 마스터는 어째선지 바닥을 유심히 보고 있었다. 턱을 긁으며 곰곰이 생각하던 놈은 곧 마음을 정했는지 유리 조각 하나를 집어 들었다. 조각의 끝은 날카로웠다. 마치 살인을 위해 특별 제작이라도 된 것처럼.

"근데 태리야, 넌 한 가지 사실을 빼먹었어."

놈은 조각의 끝을 태리에게 겨누며 활짝 미소 지었다.

"난 나 엿 먹인 놈들, 절대 곱게 안 보내."

*　*　*

푹, 와장창 하는 소리에 복도에 선 모두가 전기 충격이라도 맞은 듯 일제히 움찔거렸다. 이어지는 태리의 비명. 이로써 공격한 이가 태리일지도 모른다는 일말의 가능성조차 사라지고 말았다.

비명은 꺼져버리는 성냥처럼 서서히 잦아들었다. 침묵도 잠시, 또 다른 섬뜩한 소리가 벽을 타고 들려왔다.

서억, 서억, 서억, 서억서억서억서억서억.

진혁이 입을 틀어막았다. 한 줄기 눈물이 그의 볼을 타고 흘렀다.

"아아……."

찰나의 순간, 그와 눈이 마주쳤다. 진혁의 눈빛은 마치 이렇게 말하는 듯했다. 당신 때문에 죽었어. 당신 때문에.

죄책감이 들불처럼 온몸을 타고 순식간에 번졌다. 이럴 줄 알았다면, 역시 그냥 가만히 있으라고 하는 게 나았을까. 아니다. 태리는 거의 성공했다. 소리로 미루어 헬멧을 들고 배식구 앞까지 온 것은 분명했다. 딱 한 가지 불운한 요소만 아니었다면 분명 성공했을 것이다. 삐그덕 소리.

"와, 역시 알고 있었네."

배식구 너머에서 마스터가 호철의 목소리로 말했다.

"거의 속을 뻔했어. 다들 연기가 참 대단하다니까."

"태리를 어떻게 했어?"

내가 물었다.

"뭔 소리야? 여기 멀쩡하게 계시는데."

"무슨 말인지 너도 알잖아. 죽였냐고."

"글쎄. 맞다."

놈이 짝 박수 소리를 냈다.

"그나저나, 당신에게 줄 게 하나 있어."

"……뭐?"

덜컹 소리가 들리더니 배식구가 이쪽으로 확 열렸다.

"자, 선물."

보면 안 된다. 머릿속에서 붉은 경고등이 번쩍였지만 마침 배식구 앞에 서 있었던 탓에 그 안을 반사적으로 봐버렸다. 내용물을 보자마자 나는 뒷걸음질 쳤다.

짙은 빨강. 대장과 소장.

"태리 씨가 보내는 선물이야."

"우…… 우욱……."

내용물을 본 진혁이 바닥에 요란하게 구역질을 했다. 나 역시 역겨움에 입을 틀어막았다. 주변을 보았다. 승태는 이제 감정을 잃어버린 듯 보였고, 사이먼은 고개를 푹 숙인 채 미동도 하지 않았다.

"멍청한 선택이었어."

나는 목구멍까지 차오른 쌍욕을 간신히 삼켰다.

"넌 방금, 네 손으로 탈출할 수 있는 유일한 카드를 찢어버린 거야."

"아니, 내가 탈출할 수 있는 카드는 아직 두 개 남았어."

"뭐?"

"하나는 호철이. 둘은 수진 경감, 바로 당신."

나는 이를 악물었다.

"내가 왜 널 도와줄 거라 생각하는데?"

"호철이는 아직 살아 있잖아. 지금 목소리로 듣고 있으니 알겠지. 만약 호철이라도 살리고 싶다면, 납득할 만한 탈출 방법을 제시해. 교대 시간 되기 전에."

놈의 뻔뻔함에 분노가 머리끝까지 치밀었다. 마스터가 말을 이었다.

"그리고 우린 어쨌거나 한배를 탄 신세잖아. 안 그래? 내 카드가 없으면 너희들도 나도 결국은 소독당할 테니까."

전기 충격을 받은 듯 혼란이 내 머리를 직격했다. 그걸 이 자식이 어떻게 알지? 누가 얘기라도 해준 건가? 질문을 하려고 돌아보니 승태의 얼굴 역시 하얗게 질려 있었다.

"어디까지…… 대체 어디까지 알고 있는 거지?"

그가 중얼거렸다.

"상상도 못 할 걸요, 안 그래요, 소장님?"

그렇게 말하더니 마스터는 가볍게 웃었다.

10.

첫 번째 작전이 처참하게 실패한 후, 우리는 힘없이 회의실로 돌아갔다. 회의실 문턱을 넘자마자 승태는 차가운 콘크리트 바닥에 주저앉았다. 꼭두각시 인형의 끈이 한순간에 전부 끊어진 것 같았다.

"소장님!"

진혁이 달려들어 승태를 부축했지만 소용없었다. 그는 바닥에 엎드려 간헐적인 신음 소리를 냈다. 총상을 입은 사람처럼 배를 부여잡고 고통스러워했다. 그가 지금 느끼는 고통의 정도는 어쩌면 총상을 능가할지도 모른다.

슬픔과 침묵 속에서 적잖은 시간이 흘렀다. 모든 감정을 쏟아내서 그럴까, 이제 승태는 완전히 지친 모습이었다. 몸을 가누는 것도 힘들어 보였지만 그의 얼굴에는 오직 하나의 감정만이 어른거리고 있었다.

분노. 어쭙잖은 작전을 작전이라고 들고 온 나에게 분노했겠지. 그래, 순순히 맞자. 솔직히 말하면 나는 그걸 은근히 바랐을지도 모른다. 그렇게 해서라도 이들의 고통을 티끌만큼이나마 덜 수 있다면.

"수진 씨."

승태는 비틀거리며 나를 향해 다가왔다. 나는 눈을 질끈 감았다. 승태는 별안간 내 손을 꽉 붙잡으며 말했다.

"저 자식, 꼭 잡읍시다."

그제야 단단히 착각했음을 깨달았다. 그의 얼굴에 떠오른 것은 분노가 아니었다. 결의였다. 똑같이 갚아주겠다는 결의.

방 안의 공기가 서서히 달아오르는 것이 느껴졌다. 나도, 승태도, 진혁도, 사이먼도, 다 같이 하나의 강렬한 생각을 공유하고 있었다.

놈을 반드시 잡아 족친다.

* * *

사이먼은 회의실 밖으로 나갔다. 마스터가 배식구에 집어넣은 내장을 치우기 위해서였다. 누가 치워야 할까, 제비뽑기라도 해야 하나 고민했지만 다행히도 그가 나서줬다. 용병 생활을 하며 볼 꼴 못 볼 꼴 다 봤으니 이 정도는 별것 아니라고 했다. 말은 그렇게 했지만 사이먼 역시 내상을 입은 것이 분명했다. 10분 후 방으로 돌아온 그의 표정은 전보다 더 어두워져 있었으니 말이다.

"좋아요. 그럼 놈을 어떻게 족칠지 생각해봅시다."

이번이 마지막이길 바라며, 나는 두 번째 작전 회의를 진행했다.

일단 상황을 간단히 정리했다. 헬멧은 물 건너갔다. 현재 시각 새벽 4시, 교대 시간은 오전 8시, 앞으로 네 시간 후에 마스터는 밖으로 나온다. 10분간 문이 열리는 건 승태의 카드 키로도 막을 수 없다.

"바리케이드?"

사이먼이 손을 들었다. 모두들 좋은 생각이라며 고개를 끄덕였지만 문제가 있었다. 이 빌어먹을 앤트힐에는 이름에 걸맞게 개미만 한 사이즈의 테이블밖에 없다. 그나마 큰 것들을 어찌어찌 끌어모아 벽을 쌓았다고 해도 몇 번의 충격이면 쉽사리 무너질 정도다.

"다구리 까면 되지 않을까요? 모두 복도에 일렬로 선 다음, 눈을 아래로 내리깔고, 놈이 나올 때 달려드는 거예요."

진혁이 말했다.

"마스터가 잘도 가만히 있겠다. 뭣하면 다시 방에 틀어박힐 수도 있고, 조금 더 대담하면 칼 같은 무기를 휘두를 수도 있지. 머릿수가 많다고 해도 눈을 내리깔고 있으면 아무런 소용이 없어."

설명을 마치고 나는 피식 웃었다.

"왜, 왜 웃어요?"

진혁이 얼굴을 붉혔다.

"아니, 웃겨서. 우리가 단체로 눈을 내리깔고 팔을 휘적거리면서 마스터를 찾는 광경을 상상했거든."

사이먼도 피식 웃었다. 그것을 기점으로 승태도, 진혁도 웃음을 터뜨렸다. 나는 씁쓸한 미소를 입에 머금었다. 가벼운 분위기. 비록 찰나의 순간에 불과했지만 이것으로 충분했다. 숨을 돌리지 않으면 우울함에 숨도 생각도 막혀버린다. 잠깐만. 지금까지 당연하게 생각하고 있던 것이 있었다. 지금 생각해보니 전혀 당연하지 않은데. 맙소사, 이 중요한 걸 왜 지금까지 물어보지 않았지?

"잠깐만. 애초에 마스터는 어떻게 잡았어요?"

* * *

카메라는 어딘가의 극장을 비추고 있다. 한 여자가 객석에 앉아 영화를 감상 중이다. 영화의 장르는 잔혹 스릴러. 주연이 시종일관 비명을 질러대는 통에 영화관 스피커는 터질 듯하다.

칼에 난자당하는 주인공을 지켜보며 여자는 여유롭게 팝콘을 집어 먹는다. 한 입. 두 입. 콜라도 한 모금. 휴대폰은 일절 보지 않는다. 모범적인 영화 관람객의 표본이라 할 만하다.

영상을 지켜보던 나는 문득 이상한 점을 알아차렸다. 극장에 관객은 그녀뿐이었다. 내 기억에 저 영화는 나름 흥행작이었다. CCTV 화면에 찍힌 시간대는 저녁이다. 아무리 못해도 한두 명은 더 있어야 하는 거 아닌가.

그때였다. 갑자기 하얀 가스가 사방에서 쏟아지기 시작한다. 상영관의 모든 입구와 출구 쪽에서. 정체 모를 가스는 3초도 되지 않아 극장 안을 뒤덮는다. 여자는 당황한 듯 자리에서 벌떡 일어나더니 가방이나 휴대폰도 챙기지 않고 허겁지겁 계단을 올라간다. 출구를 향해. 자유를 향해. 그녀는 최선을 다하지만 결국 간발의 차로 실패한다. 문 앞에서 의식을 잃고 풀썩 쓰러진다. 가스는 끊임없이 뿜어져 나와 끝내 여자를 가리고 카메라마저 가려버린다.

*　*　*

사이먼이 가져온 태블릿이 검은 화면으로 바뀌었다. 영상이 끝나고 플레이어 한가운데에 '다시 보기' 버튼이 떴다.

"이게 저번에 말한 그건가요? 이상할 정도로 쉽게 잡혔다는 거."

내 질문에 사이먼은 고개를 끄덕였다.

"원래 마스터는 한 몸에 장기간 머무르지 않아요. 인간의 몸을 옮겨 다니는 것이 그의 강점이지만, 약점이기도 하니까요. 아무리 강한 인간의 몸을 차지했더라도 특수 헬멧을 쓰고 무장한 부대에게 포위되기라도 하면 끝. 다시 말해 놈에게 있어 최악의 악몽은 경찰이 아니라 바로 추적 시스템입니다."

"그런데 용케도 추적을…… 했네요?"

"그렇죠. 한국 경찰은 성공했다며 샴페인을 터뜨리고 난리도 아니었지만, 우리 CIA는 끝까지 의심했죠. 그렇게 마스터가 쉽게 잡혔을 리 없다고. 하지만 뭐, 나중에는 사실로 밝혀졌으니, 할 말이 없죠."

그의 말이 맞다. 쉽게 잡힌 것은 분명 이상했다.

"저 영상에 나온 걸, 그대로 할 순 없을까요?"

"저 작전에 투입된 인원은 약 50명으로 알고 있습니다. 짧은 러닝 타임 동안 호스를 설치하고 가스를 가져오고. 난리도 아니었죠."

"그러니까 우리로서는 도구도 없고, 인원도 없다."

자조적으로 중얼거리던 그때였다. 회의실 문이 열리고 승태와 진혁이 들어왔다.

"죄송합니다. 다 같이 머리를 쥐어짜도 시원치 않을 판에."

승태가 고개를 숙였다.

"괜찮아요. 힐링 타임은 있어야죠."

내가 미소 지었다. 진혁이 멘붕 상태의 승태를 강제로 끌고 식물실에 다녀온 것은 조금 전의 일이다. 노력이 헛되진 않았는지, 승태의 표정은 아까보다 훨씬 나아 보였다.

"아, 그나저나 승태 씨도 이 영상 봤어요?"

"아, 예. 마스터 잡은 거 말이죠?"

승태가 태블릿 화면을 빼꼼 쳐다보았다.

"정말 멋있지 않아요?"

진혁이 흥분했다.

"제가 원래 국뽕은 싫어하는데, 이건 인정이죠. 영화 〈테넷〉 보셨어요? 완전 그거 같은……."

오타쿠 모드가 된 진혁을 무시하고 나는 승태에게 물었다.

"혹시 이걸 비슷하게나마 할 순 없을까요?"

"예?"

승태가 인상을 찌푸렸다.

"……역시 안 되는 걸까요."

"아뇨, 그게, 너무 말이 안 되는 생각이라 아예 생각 자체를 안 해봤네요."

승태는 비꼬는 건지 감탄하는 건지 모를 말을 했다.

"일단 난관이 여러 개인데, 어디 보자. 첫 번째는 가스입니다. 아무리 그래도 저 감시실 안을 가득 채우려면 가스가 적잖이 필요해요. 아, 그걸 출력할 만한 분사기도요. 그게 두 번째겠네요. 그럼 세 번째는 뭐냐, 호스입니다. 가스를 저 밀폐된 감시실 안으로 주입해야 하니까 필수적이죠. 하지만 그러려면, 구멍이 있어야 해요. 이쪽에도, 저쪽에도. 그걸 잇는 연결 통로도."

"배식구는 불가능할까요?"

"불가능하죠. 한곳이 열리면 다른 한곳은 닫히는 구조니까요."

역시 불가능한 걸까. 한숨을 쉰 그때 눈길이 천장에 닿았다. 환풍구. 그래, 어느 방이든 숨 쉴 구멍은 필요하다. 그것이 작든 크든 간에. 회의실 천장의 환풍구를 가리키며 내가 물었다.

"저거, 어디로 통하는지 알 수 있을까요?"

"도면이라도 있냐고 물으시는 거면, 없을걸요."

진혁이 말했다.

"지은 다음에 다 없애버렸다고 소장님이 말하지 않으셨어요?"

그렇다면 환풍구 구조를 미리 파악할 방법은 없는 건가. 실망하려던 그때였다. 승태가 엇 소리를 내며 나를 손가락으로 가리켰다.

"잠깐만, 환풍구가 어떻게 뻗어 있나 그거 알아내려는 거 맞죠?"

승태가 진혁을 돌아보았다.

"야, 너 그거 가져와봐."

"뭐요?"

"네 아기."

나는 놀라서 눈을 동그랗게 떴다. 뭐? 아기?

진혁이 가지고 온 '아기'는 다름 아닌 로봇이었다. 엘리베이터 안에서 한 번 봤던, 머리 부분에 카메라가 달리고 바퀴로 이동하는 자동차형 로봇. 대체 뭐에 써먹는 건지 모르게 생긴 그 녀석.

진혁 말로는 자신의 분신 같은 존재라고 했다. 심심할 때마다 드론 띄우듯 이것을 조종하며 시설 안을 요리조리 돌아다닌단다. 이것이야말로 쓸데없는 재능 낭비가 아닌가 생각했지만, 지금은 상황이 다르다. 확실히 써먹을 용도가 생겼으니까. 좁은 환풍구 안을 기어 다닐 수 있는 것이다.

로봇의 카메라는 블루투스를 통해 진혁의 노트북 모니터 화면과 연결할 수 있다. 다시 말해, 발가락 하나 까딱하지 않고 환풍구 안의 구조를 파악할 수 있다는 소리다.

"네 덕력이 이렇게 유용하게 쓰일 줄은 꿈에도 몰랐다."

승태가 말했다.

"세상을 구하는 건 결국 덕후들이잖아요."

진혁이 어깨를 으쓱였다. 사이먼은 질린 듯 고개를 저었다.

"됐고, 시작이나 하자고."

잠시 후. 로봇을 환풍구 구멍에 집어넣고 스위치를 누르자 진혁의 노트북에 화면이 떴다.

"괜히 모험할 필요 없고, 여유롭게 천천히 움직여. 혹시라도 마스터가 알아낸다면 그대로 끝이니까."

내가 말했다. 진혁은 씩 웃으며 엄지를 치켜든 다음 노트북으로 고개를 돌렸다.

"자, 힘내자, 힘."

로봇이 천천히 움직이기 시작했다. 진혁이 키보드를 두드리자 화면은 '적외선 모드'로 바뀌었다. 모니터 속 환풍구는 초록빛을 내뿜으며 빛났다. 무슨 우주선 탐사라도 하는 듯한 기분이었다. 얼마 지나지 않아 곧 두 갈래 길이 나왔다.

"감시실로 가려면 왼쪽."

승태가 말했다. 진혁이 방향키를 누르자 지잉 소리와 함께 로봇은 방향을 꺾었다. 기세 좋게 움직이던 로봇이 별안간 멈추었다.

"있다. 있어요."

진혁이 잔뜩 흥분한 채 말했다.

"뭐가?"

"연결되어 있다고요. 이 환풍구랑 저쪽 환풍구랑!"

타다닥. 키보드를 두드리자 로봇의 카메라가 한 바퀴 돌아 바닥을 비추었다. 우리는 일제히 숨을 들이쉬었다. 환풍구 뚜껑의 틈새로 보이는 것은…… 빙고. 감시실 바로 앞이었다.

"좋았어."

나는 미소 지었지만 그 미소는 오래가지 않았다. 틈새로 보이는 것이 하나 더 있었기 때문이다. 바로 태리가 흘린 피. 둥그렇게 퍼진 피 웅덩이는 이제 검게 말라붙어 있었다.

착잡한 광경이었지만 아무도 그것에 대해 말하지 않았다. 말해 봤자 아무것도 할 수 없고 그저 우울해지기만 하니까.

"하여튼 이제 이 통로를 이용해서 가스를 주입하면……."

진혁이 말했다.

"그러니까, 가스를 어디서 구해?"

승태가 얼굴을 찌푸렸다.

"뭐야, 저거 쓸 거 아니었어요?"

진혁이 회의실 구석을 가리켰다. 그곳에는 은색 소화기 하나가 놓여 있었다.

"저걸로 기절이 될까?"

내가 물었다.

"이산화탄소 소화기 안의 가스만으로, 사람은 충분히 기절할 수 있어요."

실제로 한국에서 비슷한 사건이 벌어진 적이 있다. 사건 발생 장소는 미술관. 한 아이가 호기심으로 비상벨을 누른 덕에, 화재 진압용 가스가 쏟아져 사상자까지 발생한 사건이다. 소화용 이산화탄소 가스에 계속 노출될 경우 심하면 사망에 이르게 될 수도 있다.

"원리는 알겠어. 하지만 저걸로 충분해?"

사이먼이 물었다.

"이 방에 있는 것만 쓰자는 게 아니에요. 이 시설에 있는 걸 싹 다 긁어모으자는 거지."

218

그러면 확실히 양은 충분하고도 남을 것이다. 나는 고개를 끄덕였다.

"뭐, 그럼 재료는 다 구한 건가?"

"잠깐만. 분사기는?"

사이먼이 끼어들었다. 진혁이 미소 지었다.

"분사기라면 있어요. 코로나 때 구입한 간이 소독 기계가 있어서…… 여기다 가스를 넣으면 아마 될 걸요."

순식간에 재료가 전부 모였다. 이럴 리가 없는데, 나는 속으로 중얼거렸다. 불운이 계속되다가 갑자기 운이 적극적으로 따라주자 괜히 불안해졌다. 흘긋 시계를 보았다.

"시간은 안 빠듯할까요? 고작 두 시간 남았는데."

내가 물었다.

분사기에다 가스를 채우고 호스까지 달아야 한다. 아무리 좋은 작전이라도 교대 시간 내에 완수하지 못하면 의미가 없다. 작전의 목적은 감옥 안의 마스터를 기절시키는 거니까.

"한 사람이면 빠듯하겠지만 두 사람이서 같이하면 충분해요. 그렇죠, 소장님?"

진혁이 빙긋 웃으며 승태를 돌아보았다. 막 하품을 하던 그는 진혁의 말을 듣자 순식간에 울상이 되었다. 피곤에 찌든 표정으로 그가 고개를 끄덕였다.

"어? 그, 그래야지."

11.

진혁과 승태가 B3층의 연구실에서 가스 분사기를 제작하는 동안, 나와 사이먼은 감옥 앞을 지키기로 했다. 나는 감시를 서면서도 태블릿 음소거 상태로 문제의 CCTV 영상을 계속 돌려 보았다. 혹시나 유용한 정보를 얻을 수 있을지 모른다는 생각에서였다.

동영상을 돌려 본 지 10분 정도 지났을까, 나는 무심코 엇 하는 소리를 냈다. 터치를 하려다 실수로 바탕 화면 버튼을 눌러버린 것이다. 다시 영상 플레이어를 켜려던 순간 내 눈에 그것이 들어왔다.

사진. 바탕 화면에는 가족사진이 있었다. 그 속에서는 사이먼이 지금과는 180도 다른 모습으로 해맑게 미소를 짓고 있었다. 그의 옆엔 아시아계 여자, 그의 앞에는 사랑스러운 소녀 둘이 하얀 이빨을 드러내며 웃고 있었다. 그야말로 행복의 정의에 부합하는 사진. 보는 사람으로 하여금 절로 미소 짓게 만든다.

그때 갑자기 목소리가 들렸다.

"뭐 하는 겁니까?"

화들짝 놀라 몸을 돌렸다. 방금 잠이 깼는지 사이먼이 게슴츠레한 눈으로 나를 보고 있었다.

"어…… 그게……."

말을 끝마치기도 전에 사이먼이 내 손에서 태블릿을 거칠게 뺏었다.

"이젠 잠도 편하게 못 자겠네."

그는 한숨을 푹푹 쉬며 태블릿을 두드리기 시작했다.

"죄송해요. 그런데…… 그 사진 꽤 옛날에 찍은 사진 같던데."

순간 태블릿을 두드리던 사이먼의 손가락이 허공에 머문 채로 잠시 가만히 있다가, 다시 움직이기 시작했다.

"당연하죠, 10년도 더 된 사진이니까."

놀라는 동시에 궁금해졌다. 대체 그 10년 사이에 무슨 일이 벌어진 걸까.

"무슨 일이 있었어요?"

사이먼이 피식 웃었다.

"사람 마음 읽는 게 일이라면서요. 다 알지 않아요?"

"네?"

"제 꼴을 보세요. 다른 건 몰라도 하나는 확실하잖아요."

"……뭐가요?"

"안 좋게 끝났다는 거."

사이먼은 탁 소리를 내며 태블릿 커버를 덮었다. 벌떡 자리에서 일어난 그는 복도의 어둠 속으로 터덜터덜 사라졌다.

왜 쓸데없는 짓을. 나는 스스로의 뺨을 때리고 싶은 충동을 애써 참았다. 됐다. 이미 엎질러진 물보다는 앞으로 쏟아질 홍수에나 대비하자. 나는 다시 시계를 보았다. 40분. 이제 40분 후, 마스터에게는 자유가 주어진다. 무슨 일이 있어도 놈이 저곳에서 나오는 일은 막아야 한다. 해연이를 생각한다면 더더욱. 저런 괴물이 활개 치는 세상에서 딸을 키우고 싶지는 않다.

그때였다. 배식구 안에서 흐릿한 목소리가 들려왔다.

"목말라."

호철이의 목소리를 한 마스터였다.

"목말라. 물 좀 줄래?"

나는 가만히 있었다.

"저기, 있는 거 다 알거든. 사이먼이 떠난 뒤 더 이상 발소리도 안 들렸고."

잔머리 하나는 기가 막히구나. 나는 푹 한숨을 쉬었다.

"뭐, 놀아달라, 이거야?"

"그럼 더 좋고."

나는 배식구 쪽으로 다가간 다음 그 앞에 쭈그리고 앉았다. 몇십 분 전까지만 해도 이 안에는 누군가의 내장이 들어 있었다. 사이먼이 열심히 치웠음에도 비릿한 피 냄새가 스멀스멀 올라오는 듯해 속이 뒤틀렸다.

"그래서, 어때? 자유롭게 다니다가 몇 평짜리 방에 갇혀 꼼짝 못

하는 기분이."

"네 남편이 죽기 전에 어떤 소리를 냈는지, 알려줄까?"

"창의력을 발휘해봐. 그건 이미 써먹었잖아."

마스터는 오오 소리를 내며 낄낄거렸다. 나는 혀를 차며 앞으로 흘러내린 머리를 넘겼다. 지금 놈이 방심한 틈을 타서 아무 정보나 얻어낼 수 없을까.

"물 달라고 그랬지. 줄 테니까, 부탁 하나만 들어줄래?"

잠깐 고민한 끝에 내가 말했다.

"……뭐?"

"물을 줄 테니까, 몇 가지 간단한 질문에 대답해줘."

"좋아. 단, 무조건 대답한다는 보장은 없어."

긴 정적 끝에 그가 말했다.

"그럼 첫 번째 질문. 대체 너, 정체가 뭐야?"

첫 질문부터 정적이 흘렀다. 대답해주기 싫은 걸까, 아니면 대답 자체를 본인도 모르는 걸까. 침묵만이 이어지자 나는 어쩔 수 없이 질문을 바꿨다.

"그러면…… 대체 왜 그래?"

"내가 뭘?"

"죄 없는 사람들을 죽이는 게 재밌어? 그런 엄청난 능력을 가졌으면서, 하는 일이라곤 사람 죽이고 다니는 것뿐이잖아?"

"그럼 내가 뭘 해야 하는데?"

"생명을 구할 수도 있잖아. 전쟁을 끝낼 수도 있고. 테러를 저지르는 것보단 훨씬 나은 일을 할 수 있잖아."

"그러니까 그게 뭐가 낫냐고?"

말문이 턱 막혔다. 사고 회로가 완전히 다른 외계인과 얘기하는 기분이다.

"난 말이야. 몇백 년을 살았어. 그 엄청나게 지루한 시간 동안, 네가 방금 말하거나 생각한 걸 한 번이라도 안 해봤을 거 같아?"

놈이 자조하듯 피식 웃었다.

"결국엔 말이야, 다 질려. 다 질린다고."

잠시 말문이 막혔다. 놈의 허무맹랑한 수명도 수명이었지만, 녀석에게 정상적이었던 시절이 있었다는 사실 자체가 충격이었다. 놈의 과거는 어땠을까, 궁금해졌다. 그것에 대해 캐물으려고 입을 반쯤 열었다가 관두었다. 가장 중요한 질문이 남아 있었기 때문이다. 매우 본질적인, 어쩌면 처음부터 물어봐야 했을 질문.

"……왜 나야? 왜 그 수많은 사람들 중에 나를 고른 거야? 내가 뭘 잘못했다고?"

또다시 침묵이 이어졌다. 역시 이 질문도 패스인가. 그때였다.

"말했잖아? 난 나 엿 먹인 놈 곱게 안 보낸다고."

마스터가 말했다. 경박했던 이전의 목소리 톤과는 180도 다른, 낮게 깐 목소리로.

"너는 나한테 실수를 저질렀어. 큰 실수를."

쾅.

공포가 불쑥 치미는 바람에 나는 무의식적으로 배식구를 닫아버렸다. 간신히 심호흡을 하며 쿵쿵거리는 심장을 진정시켰다. 다양한 생각이 머릿속에서 휘몰아쳤다. 실수? 대체 뭔 실수? 모범적인 삶까진 아니어도 남에게 폐 끼치고 살진 않았다고 자신 있게 말할 수 있다. 그런데 내가 무슨 짓을 했다고? 생각하고 또 생각했다. 내 인생의 궤적을 돌이키며 놈이 말한 실수가 대체 뭘지 치열하게 생각해봤지만 아무것도 떠오르지 않았다.

설마 사람을 착각한 건 아닐까. 아니다. 과거의 '볼펜 사건'까지 언급하며 내 이름을 불렀으니까. 그렇다면 대체…….

삐비빅 소리에 생각이 중단되었다. 나는 시계를 보았다. 지금쯤이면. 분사기가 완성되어야 한다. 내가 몸을 일으키던 그때 배식구 너머로 목소리가 들렸다.

"이봐, 물은?"

나는 놈을 뒤로하고 복도를 걸었다.

"물 같은 소리 하고 자빠졌네."

* * *

"완성인가."

승태가 말했다.

"그런 것 같네요."

진혁이 고개를 끄덕였다.

B3층의 연구실. 진혁과 승태는 완성된 분사기를 흐뭇하게 바라

보았다. 진혁이 팔짱을 푼 순간 승태의 손목시계에서 삐빅 하고 타이머 소리가 들렸다. 분사기를 완성하기로 한 목표시간이다.

"와, 진짜 간신히 딱 맞췄네요."

감탄하는 진혁의 등을 승태가 팔꿈치로 툭 쳤다.

"뭐 하는 거야. 빨리 완성했다고 수진 씨한테 알려드려."

"아, 네!"

진혁은 고개를 끄덕인 다음 실험실을 나섰다. 코너를 돈 다음 몇 개의 복도를 가로지르자 마침내 엘리베이터에 도착할 수 있었다. 숨을 헐떡거리며 막 버튼을 누르려던 그때 이상한 기척이 느껴졌다.

"뭐야."

진혁은 고개를 돌렸다. 기척은 아무래도 숙소동 쪽에서 난 것 같았다. 이상하다. 저긴 아무도 없을 텐데. 숙소동 쪽 복도에 들어선 그는 주변을 스윽 둘러보았다. 역시 잘못 들은 건가 싶어 몸을 돌리려는데 '그것'이 눈에 들어왔다.

열린 문. 수없이 닫혀 있는 방문들 중 오직 하나의 문만이 살짝 열려 있었다. 저곳은 사이먼의 방이다. 뭐지. 저 인간은 수진 씨랑 같이 감옥 앞에서 교대 근무를 서기로 했을 텐데. 어쩌면 지친 나머지 잠시 쉬러 들어온 걸까. 아무래도 그럴 확률이 크겠지만 역시 직접 보지 않고는 알 방법이 없었다.

진혁은 조심스레 사이먼의 방 앞으로 향했다. 솔직히 궁금했다. 그 로봇 같은 인간은 대체 어떤 여가 시간을 보낼까. 몰래 배에서 연료통이라도 끄집어낸 다음 기름 충전이라도 하는 것 아닐까. 문

앞까지 다가간 다음 조심스럽게 틈 사이를 보았다.

'뭐야, 저건?'

방 한복판에서 사이먼의 거대한 등이 꿈틀거리고 있었다. 그의 몸 옆으로는 전선이 길게 드리워져 있었다. 저 전선은 어디랑 연결된 거야? 몸? 설마 '사이먼 로봇설'은 정말이었나? 진혁은 약간 발을 옮겨 몸을 틀었다. 시야각이 바뀌자 사이먼이 들고 있는 것을 그도 볼 수 있었다. 웬 전자 기기였다.

앤트힐에 물건을 들일 때는 철저한 보안 검사를 거쳐 승인까지 받아야 한다. 어떤 물건이든 예외는 없다. 책은 물론이고 전자 기기는 특히나 더. 연구원들이 서로 어떤 물건을 가지고 있는지 훤히 꿰고 있는 것은 그래서인데…… 사이먼이 손에 쥐고 있는 저 물건에 대해선 들은 적도, 보고받은 적도 없다.

'저것은 그럼 대체……?'

진혁은 문득 두려워졌다. 지금 보지 말아야 할 걸 본 건가. 그래, 애초에 엿보질 말았어야 했다. 할 일이나 마치러 가자. 걸음을 떼고 등을 돌리려던 그때였다.

진혁의 등 뒤로 문이 벌컥 열렸다. 어 하고 입에서 얼빠진 소리가 났다. 반응할 틈도 없이 어깨 위로 큼직한 손이 올라왔다. 진혁은 침을 꿀꺽 삼켰다. 별안간 오싹해졌다. 이대로 목이 졸려서 죽기라도 하는 것 아닐까. 분위기를 보면 그런 일이 벌어져도 위화감이 없을 것 같다. 소리라도 질러야 하나 심각하게 고민하던 그때 사이먼이 툭 한마디를 던졌다.

"아무한테도 말하지 마. 아니면, 진짜 후회하게 될 거야."

뭐? 우뚝 굳어 있는 진혁의 뒤로 쿵 하고 문 닫히는 소리가 들렸다. 진혁은 완전한 침묵이 흐른 지 10초가 지나서야 간신히 첫 숨을 내쉴 수 있었다. 다리가 풀리는 바람에 몸이 휘청였다.

지금까지 사이먼이 저러는 모습을 본 적이 없다. 화를 내더라도 언제나 차분한 태도를 유지하며 자신이 왜 화를 내는지 설명하는 그런 부류의 인간이었다. 아니, 그런 인간이라고 생각했다. 적어도 지금까지는 말이다.

충격을 받아 잠시 멍하니 서 있던 진혁은 문득 자신이 왜 나왔는지를 되새겼다. 분사기. 그래, 맞다. 그것을 알려줘야 한다. 그는 재빨리 엘리베이터 앞으로 가서 내려가는 버튼을 눌렀지만 쿵쿵거리는 마음을 진정시킬 순 없었다. 엘리베이터 숫자등을 보며 진혁은 생각했다. 대체 그는 뭘 하던 걸까. 우리에게 뭘 숨기려던 걸까.

* * *

[무전 속기록]

……지휘관 동지

……수사의 진척 상황을 보고한다.

하나…… 정기적인 수색 도중 민간인 발견

캠핑 중이었다고 주장

의심이 가는 정황이 많아 상부 지시대로 처리.

둘…… 통신 추적…… 하나의 방공호를 더 발견

거리가 있으나 속도를 올린다면 하루 이틀 안에 도착할 수 있다.

발견하면 바로 보고 예정

추후 지시 바란다.

……이상.

*　　*　　*

"빌어먹을."

사이먼이 중얼거렸다. 나도 미간을 잡은 채 가만히 있었다. 하필이면 왜 지금 이런 일이.

호스를 옮기는 도중 문제가 생긴 것이다. 로봇이 호스의 무게를 감당하지 못했다. 가다가 멈추고, 가다가 멈추고를 반복했다. 답답했다. 호스를 무사히 감시실에 넣으려면 코너 구간까지 돌아야 하는데 이 속도로는 코너 언저리에 가는 것조차 불가능할 것 같았다.

입술을 잘근잘근 씹으며 시계를 보았다. 교대 시간까지 25분. 역시 그 방법밖에 없나. 나는 한숨을 쉬며 입을 열었다.

"누군가 들어가야 해요."

약속이라도 한 듯 다들 얼어붙었다.

"저, 저 환풍구 속에? 직접?"

승태가 말했다.

"내가 들어가겠어요."

사이먼이 자원했으나 내가 말렸다.

"저 환풍구 크기를 봤을 때 사이먼은 몸집이 커서 불가능해요."

사이먼은 끙 소리를 내더니, 우리를 돌아봤다.

"잠깐만 기다려봐요."

그리고 사이먼이 복도 끝으로 급히 사라졌다.

"아니, 저거 갑자기 어디로 내빼는 거야?"

승태가 혀를 차며 말했다.

환풍구는 비좁고 어두워 웬만한 강심장이 아니면 들어가기 힘들 것 같았다. 잠시 고민하던 중 내가 먼저 말했다.

"아무래도 수사 경험이 있고 위기 대처 능력도 있는 제가 들어가는 게 낫겠어요."

진혁이 벌떡 일어났다.

"안 돼요. 수진 씨한테 그런 위험을 지게 할 순 없어요."

"저기, 잠깐만. 위험한 일은 없을 것 같은데. 마스터가 갇힌 감시실 환풍구잖아. 설사 들킨다고 해도 뭘 어쩌겠어?"

승태가 말했다.

"네?"

진혁이 당황했다.

"어차피 감시실 쪽 환풍구 뚜껑은 쉽게 떼거나 붙일 수 없어. 거의 천장과 혼연일체 상태라고 보면 돼."

"……그럼 딱 닭 쫓던 개 지붕 쳐다보는 격이겠네요."

내가 말했다.

"그렇지."

승태가 고개를 끄덕였다.

"봐요, 걱정할 거 없다니까요."

그렇게 말하며 나는 애써 미소 지었지만 진혁은 고개를 저었다.

"아뇨, 그래도 제가 할게요."

"뭐라고……요?"

정적 끝에 진혁이 입을 열었다.

"뭐, 이런 말은 좀 그렇지만, 수진 씨보단 제가 더 날씬하잖아요. 힘도 센지는 잘 모르겠지만, 호스 하나 옮길 정도는 되고."

나는 입술을 깨물었다. 젠장. 그의 말이 맞다. 좋게 봐줘도 나는 살집이 좀 있는 편이다. 환풍구 안까지는 들어갈 수 있어도 그 안에서 유연하게 움직일 수 있냐고 묻는다면 자신 있게 대답할 배짱은 없다. 그런 나에 비해 진혁은 그야말로 젓가락. '환풍구 작전'에는 가히 이상적인 체격이다.

신체적으로 문제될 것은 없다. 문제는 성격이다. 작전을 믿고 맡기기에는 어딘가 꺼림칙했다. 저 녀석이 덜렁거리는 것을 한두 번 봤냐는 말이지. 차라리 겁을 줘서 물러나게 해볼까.

"저기, 충동적으로 결정할 사안은 아니에요, 이거. 죽을 수도 있으니까. 게다가 코너를 돌고 나서부터는 눈을 감고 가야 돼요."

나는 진혁을 보았다. 거짓말이 아니다. 아무리 감시실 쪽 환풍구가 튼튼하더라도 상대는 마스터다. 사상 최악의 연쇄 테러범. 놈을 상대하는 이상 환풍구 구멍을 통해 눈을 마주칠지 모르는 최악의 최악까지 대비해야 한다.

"상관없어요. 어차피 로봇으로 구조는 다 외웠으니까."

진혁이 꿋꿋하게 말했다.

"왜 갑자기…… 이러는 거죠?"

"그야, 가능성을 따져봤을 때, 제가 이 중에서 성공할 확률이 가장 높으니까요."

진혁이 별안간 내 눈을 똑바로 보았다.

"물론, 제가 좀 덜렁거리는 거 알아요. 하지만…… 지금 제 목숨만 걸려 있는 게 아니잖아요. 이런 상황에서까지 제가 덜렁거릴 거라 생각하면 오산이에요."

이전과는 다른 결연한 태도에 진심으로 놀랐다. 원래 이런 캐릭터였나? 나는 찌푸렸던 미간을 펴며 한숨을 쉬었다.

"드라마 찍지 말고, 시간 없으니까 시작이나 합시다."

나는 소리나는 곳으로 고개를 돌렸다. 사이먼이 복도 끝에서 뚜벅뚜벅 걸어오고 있었다.

"어디서 뭐 하고 있다 이제 와?"

승태가 따지자 그는 대답 대신 손에 든 긴 밧줄을 흔들었다. 승태는 아하 하고 머쓱한 듯 머리를 긁적였다. 나는 피식 웃었다.

"자, 그럼 재료도 전부 공수했고. 시작할까요?"

고개를 돌린 나는 움찔했다. 사이먼을 본 진혁의 표정이 갑자기 싸늘하게 변한 것이다.

12.

진혁은 꿀꺽 침을 삼켰다. 사이먼이 밧줄을 가져오면서 낸 아이디어는 뛰어났다. 진혁의 허리에 미리 묶어두었다가, 호스 설치가 잘 끝나면 진혁이 밧줄을 짧게 두 번 잡아당겨서 가스를 주입하라는 신호를 보낸다. 일이 잘못될 경우 진혁이 밧줄을 여러 번 잡아당기면 다 같이 밧줄을 당겨 진혁을 끌어낸다.

좋은 대비책이었다. 꺼림칙할 이유는 전혀 없었다. 아까 사이먼과의 '그 일'만 아니었다면. 과연 녀석이 제때 줄을 당겨줄까……? 아니다, 됐다. 진혁은 휘휘 고개를 저었다. 애초에 걱정하지 않았으면 밧줄도 가져오지 않았겠지.

순간 허리에 낯선 감촉이 느껴졌다. 진혁은 놀란 나머지 숨을 훅 들이쉬었다. 내려다보니, 밧줄이었다.

"조심해."

사이먼은 그렇게 중얼거리고는 진혁의 허리에 밧줄을 둘렀다.

아플 정도로 꽉 조이는 바람에 옆구리가 얼얼했다.

"문이 열리기까지 15분밖에 안 남았어."

승태가 재촉하자 진혁은 애써 웃었다.

"네에, 지금 들어갑니다."

진혁은 사이먼의 어깨를 밟고 환풍구 안으로 기어 들어갔다. 음침하다. 안에 들어가자마자 처음으로 든 생각이었다. 일반적인 음침함과는 다르다. 비정상적으로 깨끗한, 그러나 어째선지 텅 비어 있는 곳을 보면 삭막하게 느껴지는 음침함이다.

방금까지 승태를 비롯한 연구소 사람들에게 둘러싸여 있었던 것이 거짓말 같았다. 이 좁은 곳에 자신 혼자만 둥둥 떠서 표류된 느낌이다. 차라리 쥐나 거미줄이라도 있으면 클리셰라고 생각하며 비웃을 텐데. 됐어, 졸보 짓 말고 빨리 가기나 하자. 진혁은 팔꿈치로 환풍구 바닥을 밀며 몸을 앞으로 끌었다. 수진에게 들은 충고를 다시 한번 되새겼다. 호흡은 최소로. 마음은 편히. 그러나 최대한 조심스럽게 움직인다.

몸을 끌고 또 끌며 움직인 지 약 5분. 진혁은 남은 거리를 확인하기 위해 고개를 들었다. 그대로였다. 숨이 턱 막혔다. 거의 1킬로미터는 기어온 것 같은데, 아까 노트북으로 확인한 위치로 봤을 때 절반도 못 왔다고? 다시 팔꿈치를 움직이며 전진하려는데 순간 머리가 빙글 돌았다. 어지러웠다.

"뭐야, 이거."

주변을 둘러본 진혁이 기겁했다. 환풍구 공간이 점차 작아지고 있었다. 비유적인 의미가 아닌 정말로. 살아 있는 생명체라도 되는 것마냥 꿈틀거리며 공간을 좁히고 있었다. 얼마 지나지 않아 등과 배가 철제 벽에 의해 납작하게 짓눌리기 시작했다.

숨조차 쉴 수 없었다. 압축 프레스기에 들어간 깡통이 된 듯한 느낌이다. 어째서지? 왜 줄어들고 있는 거야? 말도 안 되잖아. 진혁은 이성을 붙잡으려 최대한 노력했다. 대체 왜 이딴 일이 벌어지고 있는 걸까.

곰곰이 생각한 끝에 그는 한 가지 가능성을 도출할 수 있었다. 폐소 공포증. 맙소사. 나에게 폐소 공포증이 있었다고? 아니, 그동안 엘리베이터도 비행기도 멀쩡히 타왔는데, 갑자기 왜?

호흡을 가다듬으며 생각한 끝에 그나마 말이 되는 이유를 찾을 수 있었다. 폐소 공포를 유발하는 장소는 개개인마다 다르다는 이야기를 들은 적이 있다. 그리고 자신은 살면서 이렇게 비좁은 곳에 갇혀본 적이 단 한 번도 없다. 왜 하필 지금이란 말인가. 빌어먹을.

정말이지 죽을 것 같았다. 역시 밧줄을 당겨 빼내달라고 할까? 진혁은 앞을 보았다. 고지가 코앞이었다. 그래, 참자. 다 왔으니 조금만 더 가자. 땀이 비 오듯 흘러 셔츠가 앞뒤로 흠뻑 젖었다. 움직일 때마다 축축한 셔츠가 살에 쓸려 불쾌하고 찝찝했다.

"어……."

그때였다. 눈앞에 희미한 광명이 비쳤다. 다 왔다! 다 왔다고! 감시실 환풍구 구멍으로 새어나오는 불빛을 보고 말로는 표현할 수 없는 해방감이 폭죽처럼 터졌다. 진혁은 흙을 코앞에 둔 지렁이처럼 온몸을 꿈틀거리며 전진했다.

자, 가자. 가는 거야. 거의 도착한 그때 이상한 냄새가 코끝을 간질였다. 이건…… 약품 냄새?

* * *

복도 환풍구 아래에서 우리는 만일의 사태에 대비해 밧줄을 단단히 붙들고 있었다. 사이먼이 밧줄의 앞을, 우리는 뒤를.

진혁이 환풍구의 어둠 속으로 들어갈수록 밧줄의 남은 길이 역시 짧아져 이제는 줄이 절반가량밖에 남지 않았다. 잘하고 있다는 뿌듯함과 어서 빨리 끝내고 나왔으면 하는 조바심이 동시에 들었다. 교대 시간까지 이제 5분도 남지 않았다.

긴장 때문인지 손에 땀이 흥건해졌다. 황급히 손을 옷에 문지른 다음 다시 밧줄을 잡았다.

4분. 3분. 줄어드는 시간을 볼 때마다 입술이 바싹 타들어갔다. 제발 끝났다고 신호를 줘, 녀석아. 어서.

그때였다. 감옥 배식구 안에서 큰 목소리가 울려 퍼졌다.

"야, 내가 제안할 것이 있어!"

마스터가 외쳤다.

"나…… 투항할게."

다들 당황한 표정으로 나를 흘끔거렸다. 처음 든 생각은 당연히 '또 시작했네'였다. 놈이 지금까지 해온 뻔한 장난일 것이다.

여느 때처럼 무시하려고 했지만 문득 그런 생각이 들었다. 진혁이 환풍구 안에 숨어 있는 지금, 내가 어떻게라도 놈의 시선을 끌 수 있다면 오히려 유리한 것 아닐까. 그래, 언제 신호가 올지 모를 밧줄을 단단히 붙잡고 있는 것보단 놈의 주의를 분산시켜주는 것이 확실히 더 도움이 되리라.

나는 줄을 놓고 코너를 돌아 배식구 앞으로 향하며 외쳤다.

"왜 지금?"

마스터는 음 하고 소리를 냈다.

"그냥, 나갈 가능성이 없다는 걸 방금 깨달았어. 수진 씨 말이 맞더라."

"그럼 보여줘. 네가 정말 투항하고 싶다는 걸 증명하라고."

"그래? 어떻게 하면 될까?"

"카드를 내놔. 호철 씨 것, 태리 씨 것, 두 장, 전부."

말을 마치자 긴 침묵이 흘렀다. 그래. 역시 그럴 줄 알았다. 네가 줄 리가 없지.

슬슬 진혁이를 꺼낼 때가 됐다고 생각하며 몸을 돌리던 그때 등 뒤에서 덜커덩 소리가 들렸다. 다시 뒤를 돌아보자 배식구가 열려 있었다.

안을 들여다본 나는 눈을 의심했다. 두 장의 카드가 있었다. 떨리는 손으로 조심스럽게 집어 들어 확인했다. 틀림없이 호철과 태리의 이름이 적힌 카드였다. 다시 말해 카드가 모두 있으니 이제 불시에 가스를 맞고 강제로 '소독 모드'에 들어갈 일은 없어졌다.

승태가 멀리서 입모양으로 뭐라고 말했다. 투항하는 게 '진짜?' 냐고 묻는 듯했지만 나는 얼이 빠진 나머지 카드들을 쥔 채 미동도 할 수 없었다. 이것 역시 장난의 일종일까. 아니, 장난이든 뭐든 간에 이런 중요한 패를 아무런 대가 없이 쓰레기통에 던져버린다는 것 자체가 말이 안 된다.

"진짜냐고요."

승태가 조급한 듯 중얼거렸다.

내가 천천히 고개를 끄덕이자 승태의 얼굴에 안도하는 기색이 떠올랐다. 잠시 희망의 분위기가 감돌았다. 다 같이 이상한 냄새를 맡기 전까진 말이다. 타는 냄새인가. 나는 얼굴을 찡그렸다.

"뭐야?"

승태가 코를 벌렁거렸다. 코를 킁킁거리는 것을 보니 역시 나만 맡은 것은 아닌 듯했다. 이상한 예감이 들어 복도 환풍구 쪽으로 뛰어갔다.

"뭐 타는 거 아니야?"

밧줄을 잡고 있던 사이먼이 말했다. 아니다, 탄내 비슷하지만 탄내가 아니다. 더 독하다. 더 인공적이다. 순간 깨달았다. 놈이 카드를 그리 손쉽게 넘긴 이유를.

'숨겨진 패'의 재료는 이미 감시실 안에 있다. 놈은 그저 패를 만들 시간이 필요했던 것이다. 시간을 벌던 쪽은 이쪽이 아니라 오히려 저쪽. 진혁의 비명이 환풍구에서 들렸다.

"당겨!"

나는 곧장 소리쳤다. 속으로는 이미 늦었다는 사실을 알면서도.

*   *   *

'뭐야, 이 탄내는?'

진혁은 얼굴을 찌푸렸다. 지독한 냄새에 코를 틀어막고 싶었지만 그럴 수 없었다. 오른손에는 호스를 쥐고 있고 왼손은 벽을 짚고 있으니까.

욱! 진혁은 돌연 헛구역질을 했다. 몸 상태가 심상치 않았다. 얼굴은 달군 돌처럼 뜨거워졌고 입에서는 가래 같은 침이 줄줄 흘렀다. 화재 연기의 부작용인가. 잠시 생각하던 진혁은 고개를 저었다. 화재 연기가 해롭긴 해도 이렇게 즉각적인 부작용을 일으킬 정도로 심하진 않다.

'이건 뭐 거의 독가스 수준이잖아.'

그때 감시실 뒤편에 있는 약 창고가 문득 떠올랐다. 약 창고에는 다양한 약품이 종류별로 가득했다. 뭐가 어디 있는지 다 외우지는 못했지만 그래도 작은 연구를 진행하기에는 충분한 분량이었다. 그렇다면 그 약품도 있지 않을까.

황산.

염산, 질산과 함께 3대 강산이라 불리는 물건. 초강산을 제외하면 현존하는 강산 중 최강의 위력을 가졌다. 유기물은 거의 커피에 빠트린 각설탕처럼 손쉽게 녹일 수 있고, 쇠도 무리 없이 녹인다.

승태는 말했다. 감시실의 환풍구 뚜껑은 열리지 않는다고, 천장과 혼연일체라 걱정할 필요 없을 거라고. 하지만…… 황산으로 그 틈을 녹인다면? 황산의 냄새가 어떻더라? 직접 맡아본 적은 없다. 애초에 다루기도 까다로운 물질이고 냄새 자체도 유독하기에 대학에서도 웬만해선 취급할 일이 없다.

실체를 본 적도 냄새를 맡아본 적도 없지만 그래도 한 가지는 확신할 수 있다. 황산 같은 강산에서 촉발된 연기 냄새라면 분명 자극적이고 지독할 것이다. 그러니까 지금 맡고 있는 냄새처럼.

순간 눈앞에 하얀 줄기가 하나둘 올라왔다. 눈살을 찌푸리며 흐려진 시야를 조정하자 그것이 연기임을 뒤늦게 알 수 있었다.

치익 하는 소리와 함께 환풍구의 이곳저곳이 부글부글 끓기 시작했다. 쇠가 녹고 있다. 설마. 황급히 밧줄을 당기려던 그때 덜컥 소리와 함께 눈앞의 환풍구가 열렸다.

떵그렁.

감시실 바닥에 환풍구 뚜껑이 떨어짐과 동시에 검은 머리가 위로 쑤욱 올라왔다. 진혁은 공포에 숨을 멈췄다.

* * *

진혁의 비명이 환풍구에서 들린 순간 깨달았다. 최악의 시나리오가 현실이 되었다는 사실을.

"당장 끌어내려!"

사이먼의 외침을 시작으로 모두가 초등학교 운동회마냥 줄을 미친 듯이 당기기 시작했다. 나도 재빨리 일행에 합류해 줄을 당겼다.

"젠장, 왜 이렇게 무거워?!"

승태가 소리쳤다.

정말 그랬다. 바람 불면 날아갈 것처럼 생긴 녀석이 지금은 이상할 정도로 무겁게 느껴졌다. 마치 한 명이 아닌 두 명이 딸려 오는 것처럼. 순간, 어둠 속에서 발이 보였다. 진혁이다.

"당겨!"

사이먼이 외쳤다.

"하나, 둘, 셋!"

마지막으로 전력을 다해 당기자 환풍구 구멍에서 진혁의 몸이 확 뽑혀 나오더니 바닥에 내동댕이쳐졌다. 아래를 내려다본 승태가 헉 소리를 내며 기겁했다.

피투성이. 진혁의 얼굴이 피투성이가 되어 있었다. 볼 한쪽이 팬 것을 보니 놈에게 물어뜯긴 모양이다. 기겁한 건 나도 마찬가지였다. 정말 죽었나 의심할 정도로 상태가 처참했지만 유심히 보니 콧구멍이 작게나마 벌렁이고 있었다. 겨우 안심했다. 내가 괜찮냐고 물으려던 그때였다. 사이먼이 날 옆으로 밀치더니 진혁의 얼굴을 군홧발로 짓밟았다.

"암구호!"

총구를 겨누며 사이먼이 소리쳤다.

"파로사잉! 파로사히. 흐흐."

진혁이 8541을 가까스로 외치며 울부짖었다. 암구호를 확인하고 나서야 사이먼은 천천히 숨을 몰아쉬며 발을 치웠다.

"어떻게 된 거야, 대체."

진혁은 대답 대신 웅얼거리는 소리를 냈지만 우리 중 아무도 그 말을 알아듣지 못했다. 내가 되물었다.

"뭐?"

"위를 보라고!"

진혁이 절규했다.

"마스터가!"

사이먼의 표정이 급속도로 창백해졌다.

쿵, 쿵, 쿵, 쿵.

모두가 일제히 소음을 향해 고개를 들었다. 소리는 환풍구 속에서 들려오고 있었다. 무언가가 환풍구 통로를 타고 이쪽을 향해 오고 있는 것이다.

"위협 사격!"

내가 다급히 말했다.

사이먼은 우렁찬 고함을 지르며 환풍구를 향해 총을 갈겼다. 스파크가 번쩍임과 동시에 사방에 총성이 울려 퍼졌다. 밀폐된 공간이라 그런지 소음은 살인적이었다. 사이먼을 제외한 모두가 귀를 틀어막고 몸을 웅크렸다.

약간의 정적.

나는 문득 지금이 절호의 타이밍이라는 사실을 깨달았다. 놈은 제 발로 함정에 걸어 들어왔다. 진혁의 희생 덕분에 호스는 지금 환풍구 안에 끼워져 있다. 이 상황을 최대한 활용할 방법은 단순하다. 가스를 틀면 되는 것이다.

깨달음을 얻은 나는 사전에 합의한 시그널을 일행에게 보냈다.

[하던 거 멈추고 당장 휴게실로]

사이먼이 환풍구에 총을 겨눈 사이, 나는 승태와 함께 진혁을 부축하며 복도 환풍구 옆에 있는 휴게실로 뛰어들었다. 얼마 지나지 않아 사이먼 역시 뒤따라 들어왔다.

"스위치!"

승태가 소리쳤다.

나는 문틈으로 팔을 뻗어 분사기의 스위치를 눌렀다. 그런 다음 문을 닫고 코와 입을 미리 준비한 물수건으로 틀어막았다.

우리는 숨소리도 내지 않고 오직 문밖의 소리에만 집중했다. 바깥의 상황을 알 수 있는 유일한 방법은 그것뿐이었다. 잠시 후, 문 너머로 소리가 들렸다.

덜컹! 교대 시간이 되어 문이 열린 것이리라. 슈우욱. 저건 가스가 뿜어져 나오는 소리. 쿠당탕. 저건 마스터가 환풍구에서 빠져 나오는 소리? 좋아, 여기까지는 일단 계획대로다.

문제는 이 다음부터다. 기절하는 데까지는 대략 5분 정도가 걸릴 거라고, 승태는 계산했다. 그 이상 시간을 끈다면 몸의 주인인 호철의 목숨이 위험해진다.

초조한 마음으로 시간을 체크했다. 1분. 2분. 3분. 4분. 5분. 6분……? 예측한 시간이 지났는데도 사이먼은 어째서인지 문을 열지 않았다.

"뭐 하는 거예요?!"

다가서는 나를 사이먼이 막았다.

"아직 충분하지 않아."

"미쳤어요? 더 이상 하면 죽어요."

"하지만……."

나는 머뭇거리는 사이먼의 눈을 똑바로 보았다.

"우리, 사람 살리려고 지금까지 이 지랄 한 거잖아요. 죽이면 무슨 소용이에요."

그는 머뭇거리다 할 말이 없다는 듯 한숨을 쉬었다.

"……어차피 지금 막 나가려고 했소."

사이먼은 천천히 뒤돌아 우리를 주욱 돌아보았다. 그의 긴장에 찬 눈빛은 소리 없이 말하고 있었다. 다들 마음의 준비를 하라고.

"그럼 갑니다."

말을 마치자마자 사이먼은 문을 열었다. 총을 들고 선두에 선 그의 뒤를 따라 우리는 몸을 잔뜩 웅크린 채 문 바깥을 향해 걸었다. 눈앞에 펼쳐질 지옥을 조금도 예상하지 못한 채.

"아무것도 안 보여."

승태가 말했다. 나도 마찬가지였다. 눈앞이 이산화탄소 가스로 하얗게 가려져 아무것도 보이지 않았다.

"일단 환기부터 하죠."

내가 말했다. 나는 복도 끝으로 달려가 재빨리 엘리베이터 문을 열었다. 양옆으로 문이 열리자마자 가스는 천장의 통풍로 속으로 시원하게 빨려 들어갔다. 세상에서 가장 느린 엘리베이터지만 통풍 시스템 하나는 뛰어났다.

엘리베이터 외에도 나는 휴게실, 회의실, 화장실 문을 이곳저곳 열어두었다. 할 수 있을 만큼 최대한 가스를 분산시키기 위해. 그 과정에서 사이먼의 호위를 받았지만 다행히도 마스터는 없었다.

5분쯤 지나자 가스가 분산되며 어느 정도 앞이 보이기 시작했다. 드디어 시간이 되었다. 우리는 사이먼을 선두로 감시실 안을 향해 움직였다. 저 안에 그 자식이 있겠지. 잔뜩 긴장하며 걷던 나는 인기척을 느끼고 뒤를 돌아보았다. 새빨간 괴생명체 같은 게 우뚝 서 있었다. 까무러치게 놀랐지만 자세히 보니 진혁이었다. 그는 피투성이가 된 얼굴로 끙끙거리며 우리를 따라오고 있었다.

"뭐, 뭐 해요, 휴게실에 누워 있지."

"피 아까 멈췄어요. 약간 뜯긴 거니까 괜찮아요."

나는 뭐라고 하려다가 그냥 말을 삼켰다.

사이먼은 총구를 겨누며 천천히 감시실 안으로 걸어 들어갔다. 우리는 연기가 가득 찬 방 안을 조심스럽게 둘러보았다. 가장 먼저 눈에 들어온 것은 역시 태리였다. 바닥에 엎드린 그녀의 몸이 보였다. 하복부 옆으로 붉은 뭔가가 비죽 튀어나와 있었다. 사이먼이 플래시 라이트를 비추자 그것이 뭔지 곧장 알 수 있었다. 내장 조각. 끔찍한 광경에 모두가 일제히 탄식했다.

"호철이는……?"

진혁이 물었다. 그러고 보니 호철이, 그리고 호철이의 몸에 있을 마스터가 보이지 않았다. 아까 환풍구에서 진혁의 얼굴을 물어뜯고는 복도 환풍구로 빠져나가 어딘가에 숨은 것일까? 격리실 안은 보이지 않았다. 불투명 시스템이 켜져 있는 것이리라.

"역시 제 예상이 맞았어요."

진혁이 중얼거렸다.

"이 자식, 황산을 썼어요."

나는 진혁이 가리키는 곳을 보았다. 테이블 위에 각종 약품과 비커, 플라스크가 어지러이 널브러져 있었다. 군데군데가 녹거나 불탄 채였다.

"잠깐. 그 여자다."

사이먼이 중얼거렸다.

감시실의 한구석을 본 순간, 나는 곧장 숨을 집어삼켰다. 공포 영화의 한 장면이 그곳에 있었다. 이곳, 앤트힐에 왔을 때 마스터가 처음 지배하고 있었던 그 여자. 비쩍 마른, 알몸의 여자가 감시실 모서리에 웅크린 채 미동도 하지 않았다.

나는 꼼짝도 할 수 없었다. 설마 죽은 걸까. 아니면, 저 자세 그대로 기절한 걸까. 사이먼은 여자에게 총구를 겨눈 뒤, 조심스럽게 다가갔다.

"뒤돌아."

방아쇠에 걸린 그의 손가락이 부들부들 떨렸다.

"뒤돌아, 어서."

여자는 미동도 하지 않았다. 사이먼은 발을 내밀어 조심스럽게 여자를 툭 건드렸다.

철퍼덕. 굳어 있던 자세가 풀리며 그녀는 바닥에 널브러졌다. 그리고 사이먼이 멍한 표정으로 욕설을 내뱉었다.

나는 내 눈을 믿을 수 없었다. 앤트힐에 와서 본…… 아니, 살면서 본 가장 처참한 광경이 지금 눈앞에 펼쳐져 있었다. 초췌한 모습의 여자는 허공 어딘가를 바라본 채 입을 살짝 벌리고 있었다. 그녀의 배 한복판은 반으로 쪼갠 수박의 단면처럼 둥그렇게 잘려 있었다. 안은 텅 비어 있었다. 있어야 할 내장들이 보이지 않았다. 단지 검붉은 내장의 잔흔만이 텅 빈 살가죽 속에서 나뒹굴고 있을 뿐이었다.

모두가 공포에 질려 숨을 멈춘 그때 낄낄거리는 웃음소리가 뒤에서 들렸다. 나는 곧장 뒤를 돌아보았다. 실루엣 하나가 막 감시실밖으로 뛰쳐나가고 있었다. 연기가 살짝 걷히며 실루엣의 정체가 살짝 보였다. 나는 얼이 빠져 중얼거렸다.

"말도 안 돼."

태리였다. 멀쩡하게 살아 있는 그녀가 우리를 비웃으며 그곳을 뛰쳐나갔다.

"젠장!"

우리 중에 가장 먼저 움직인 것은 사이먼이었다. 복도로 뛰쳐나가는 그의 뒤를 나도 허겁지겁 쫓았다. 뛰고 또 뛰었지만 이내 막기엔 늦었다는 사실을 깨달았다. 복도 끝에 도착하자 이미 엘리베이터가 올라가고 있었던 것이다.

환기를 끝내자마자 문을 닫았어야 했는데. 우리가 망연자실하게 서 있던 그때 저쪽에서 또 다른 비명이 울렸다. 다시 감시실이다. 사이먼과 나는 불길한 눈빛을 주고받은 뒤 다시 그쪽을 향해 달렸다.

"무슨 일이야?!"

감시실에 도착한 나는 격리실 안의 비명 소리에 우뚝 몸을 멈추었다. 불투명 스위치를 눌렀더니 격리실 내부가 훤히 비치기 시작했다. 그 안에는 호철이 있었다. 자신의 손을 보며 광인마냥 비명을 지르는 호철이. 아마 나라도 그랬을 것이다. 양손의 손가락들이 잘려 있었으니까.

* * *

그로부터 10분이 지났다. 나는 손톱을 뜯으며 사이먼을 초조하게 지켜보았다. 그는 여느 때처럼 침착한 태도로 호철에게 응급 처치를 하고 있었다.

다행인지 불행인지, 손가락이 전부 잘린 것은 아니었다. 왼손은 하나도 빠짐없이 전부 잘려 있었지만, 오른손은 중지, 검지, 엄지가 아직 붙어 있었다. 사이먼이 붕대를 꽉 조이자 호철이 끄윽 소리를 냈다.

"응급 처치는 일단 끝냈어."

그는 호철의 어깨에 손을 올렸다.

"심호흡."

호철은 눈물 콧물을 흘리면서도 사이먼의 호흡에 맞추어 숨을 내쉬고 들이쉬었다. 후우. 후우. 그사이 진혁은 호철의 토사물을 치운 다음 그것을 버리러 화장실로 갔다.

"모르핀, 그런 거 없죠? 마약성 진통제라든가."

사이먼이 중얼거렸다.

"……너도 알잖냐."

승태는 한숨을 쉬었다. 멍하니 앉아 있던 호철이 긴 침묵 끝에 고개를 들었다.

"태리는요……?"

그 순간, 모두들 아무 말도 할 수 없었다. 태리가 죽었다고 우리는 진심으로 믿었다. 그것 또한 '연출'일 가능성은 상상조차 하지 못했다. 끝까지 의심했어야 하는데. 스스로를 자책하던 그때 한 가지 의문이 들었다. 숨은 어떻게 참은 걸까. 프로 다이버가 아닌 이상 이산화탄소 가스 안에서 5분 이상 숨을 참고 버티기란 불가능하다. 내가 그 점을 지적하자 사이먼은 답을 안다고 했다.

"정말 알고 싶어요? 후회할 텐데."

"왜요?"

사이먼은 떨리는 손으로 방의 구석 어딘가를 가리켰다. 거기엔 쓰레기통이 있었다. 나는 설마 하면서도 그 앞으로 다가가 안을 보았다.

빨간 뭔가가 안에 있었다. 그것의 정체를 깨닫자마자 나는 입을 틀어막으며 날카로운 비명을 질렀다.

안에 든 것은 여자의 폐였다. 그것을 공기 주머니로 쓴 것이다. 정말이지 악마가 따로 없었다. 아니, 악마도 이런 놈과는 상종하기 싫을 것이다. 그 쓰레기 같은 자식은 이제 시설 어딘가에 숨어 있다. 또 누군가를 이렇게 만들 기회를 노리며.

승태는 초췌한 표정으로 검게 말라붙은 피 웅덩이 위에 서 있었다.

"개자식. 사람이 어떻게 이럴 수가 있지?"

그가 믿기지 않는다는 듯 중얼거렸다.

"엄밀히 따지면 사람도 아닌데요, 뭐."

구급상자의 붕대로 뺨을 싸맨 진혁이 푸우 한숨을 쉬었다.

"아, 개자식 하니까 말인데. 따지고 보면 한 명이 더 있지."

사이먼이 말했다.

"뭐?"

승태가 고개를 들었다.

"첩자 말이야."

사이먼이 말했다.

정적. 엄청난 폭탄을 터뜨렸음에도 그는 아무런 표정 변화 없이 말을 이었다.

"승태, 당신이 어제 물었지. 그때 들었던 암호, Two-Oh-Three

가 대체 뭐냐고. 지금 설명해주지. Two-Oh-Three. 그건 '외부 세력의 침투가 임박했으니 대비하라'였어. 그 세력 안에는 내부의 첩자도 당연히 포함되어 있고."

공기가 멈추다 못해 얼어붙었다.

"첩자가 있다는 확증이 있나? 동료들 가지고 근거 없이 마녀 사냥을 하긴 싫어서 말이야."

승태가 인상을 찡그렸다.

"마스터는 자력으로 스스로 나갔어. 있을 수 없는 일이야. 소장 당신이 그렇게 철저하게 설계한 시스템인데도. 게다가 교묘하게 태리만 공격하고, 그것을 이용해 호철이까지 끌어들였지. 둘의 관계를 모르면 불가능해."

사이먼이 쯧 소리를 냈다.

"설령 백번 양보해서 여기까지 전부 운이라고 쳐도 엘리베이터를 타고 위로 올라간 건 설명이 안 돼. 환기를 위해 엘리베이터를 먼저 열어놓을 것이다, 그걸 예측할 수 있는 사람은 우리 빼고 아무도 없어."

진혁은 휘휘 고개를 저었다.

"첩자, 첩자 하는데. 대체 누가 미쳤다고 뭐 때문에 놈을 탈출시켜요? 세상을 멸망시키려는 뭐 악의 조직이라도 있단 얘긴가?"

사이먼은 잠시 머뭇거리다 입을 열었다.

"놈은 악마 새끼야. 하지만 국가적인 관점에서 봤을 때, 유용한 '무기'이기도 해."

"무기……?"

내가 말했다.

"그래. 사람들은 언제나 총이나 핵폭탄 따위를 두려워하지. 정작 진짜 두려워할 대상은 그 트리거를 쥐고 있는 인간들인데도. 그리고 마스터는……."

"그 인간들의 머릿속에 마음껏 들어갈 수 있다는 거네."

내가 중얼거렸다. 사이먼은 고개를 끄덕이며 나와 모두를 보았다.

"이제부터 말할 정보는 기밀이에요. 하지만 어차피 첩자도 다 알고 있을 테니, 지금이라도 말하는 게 낫겠어."

"잠, 잠깐만. 그거 말해도 괜찮은 거 맞아?"

승태가 말했다.

"어차피 기밀누설죄로 징역을 살든 처벌을 받든, 죽어서 나가면 아무 의미도 없으니까."

사이먼은 잠시 심호흡을 했다.

"러시아 측에서 이미 알고 있어. 한미가 공조 수사 끝에 마스터를 확보했고, 현재 각 나라에서 연구 중이라는 사실을 말이야. 러시아 측에서 공식적으로는 관련성을 부인하고 있지만, 자국 교도소에서 차출한 민간 용병 단체를 통해 마스터를 수중에 넣으려고 지금 혈안이야."

국가에서 외교 분쟁에 휩싸이고 싶지 않아 막대한 대금을 지불하고 민간 용병업체를 고용한다는 걸 영화나 미드에서 본 적이 있다. 그들은 인질 구출이나 요원 암살 등을 하는데 잡히거나 임무에

실패하더라도 절대로 의뢰인을 밝히지 않는다. 상대편 입장에서 본다면 이들은 살인 병기나 다름없다. 물론 영화니까 극적 허용이 겠지 생각했지만 사이먼의 말을 통해 그 존재가 실체화되는 순간, 현실감이 더해지며 새로운 차원의 공포가 생겼다.

"러시아 용병들과 내통하는 첩자가 있다니. 그러고 보니 아까 정전 이후 회의실이나 소장실 CCTV가 전부 먹통이 되어버린 것도 그놈의 짓인가?"

승태가 두려움에 떨며 말하던 그때 등 뒤에서 가냘픈 목소리가 들려왔다.

"태리는, 태리는 어디 있어요?"

호철이다. 그는 눈을 게슴츠레 뜬 채 고장 난 레코드처럼 중얼거렸다.

"태리는 어디 있어요? 제발 그것만 말해줘요. 무사하다고 말만 해주세요."

나는 잠시 머뭇거린 끝에 호철의 앞으로 다가갔다. 그리고 덜덜 떨리는 그의 손을 두 손으로 잡았다.

"걱정하지 마. 살아 있으니까."

거짓말은 아니었다.

13.

　혹시라도 마스터와 맞설 상황에 대비하기 위해, 우리는 재정비를 시작했다. 감시실에는 다행히 여분의 보호용 헬멧들이 남아 있었다. 승태는 헬멧을 이리저리 확인하며 고개를 갸웃거렸다.

"내가 마스터라면 여기에 황산을 뿌렸을 텐데, 왜 그대로 뒀지?"

"위치를 몰랐던 게 아닐까요?"

진혁이 말했다.

"주사기도 황산도 찾은 자식이 그걸 모르는 게 말이 돼?"

　나도 처음에는 의아하다고 생각했지만 지금은 나름의 가설이 생겼다. 단서는 역시 마스터의 성격에서 찾을 수 있지 않을까.

　놈은 스스로의 능력을 과신하고 자기만족에 빠진 나르시시스트 특성을 가진 사이코패스다. 아무리 날고 기어봤자 너희는 날 못 이겨, 이런 메시지라도 주고 싶은 건 아닐까. 실제로 그런 이유 때문에 의도적으로 증거를 흘린 이가 연쇄 살인범 중에도 존재했다. 유명한 흉악범 '루카 매그노타'. 그는 자신이 살해한 남자를 토막 낸 다음 그 과정을 촬영해 인터넷에 올렸다. 뿐만 아니라 시신을 정당 당사에 우편으로 보내기까지 했다. 이유는 단순했다. 대중이 경악하는 것을 보길 원해서.

뭐, 놈이 루카 같은 부류인지 당장 판단하는 것은 섣부를 것이다. 그래도 겉보기엔 생각 없이 움직이는 것 같지만 놈은 명백히 계산적으로 움직이고 있었다. 탈출이라는 한 가지 목적을 위해.

우리는 약간의 토론 끝에 마스터를 먼저 찾아내기로 결론 내렸다. 죽치고 앉아 첩자가 누군지 의심하는 마녀 사냥만 하기보다는 일단 놈을 찾는 것이 급선무라고 다들 판단했다.

"첩자도 섣불리 움직이지 못할 겁니다. 우리가 다 같이 움직이면 특히나. 모두 의심스러운 행동은 자제해요. 쏴버릴 테니까."

사이먼이 말했다.

"근데. 당신이 첩자일 가능성은 없어요?"

내가 말했다. 사이먼이 흐음 소리를 냈다.

"그랬다면 난 지금 당신들을 전부 죽이고 카드를 뺏은 다음, 느 긋하게 1층에서 쉬고 있겠죠. 마스터랑 팔짱을 끼고."

진혁이 입을 쩍 벌렸다.

"아니, 그걸 지금 말이라고……."

"농담."

사이먼이 중얼거렸다.

"뭐, 나도 확실하게 내밀 증거는 없으니 의심할 거면 마음대로

255

해도 좋아. 다만 명심해. 어차피 우리 중에 100퍼센트 깨끗한 인간은 없어. 딱 한 명을 제외하면."

"예를 들면 누구? 당신?"

진혁이 비꼬았다.

사이먼은 고개를 저으며 한 명을 가리켰다. 승태였다. 승태는 첩자일 가능성이 전혀 없다고, 그가 말했다. 자신의 주관이 아닌 CIA 측의 소견이라고 했다. 소장 자리에 그를 앉히기 전, 그들은 각종 테스트에 신원 조회를 거쳤다. 그 결과, 이십 대에 더럽게 놀긴 했어도 전체적으로 깨끗한 인간이라는 결과가 나왔단다.

"소장님, 의외네요. 완전 도화지처럼 깨끗한 분인 줄 알았는데."

진혁이 가볍게 던진 농담에도 승태는 반응하지 않았다. 아마 너무 지친 것이리라. 머쓱해진 진혁은 뒷머리를 긁적였다.

"다들 헬멧은 착용했죠?"

사이먼이 물었다. 나를 포함한 모두가 고개를 끄덕였다.

"그럼 30분 정도 쉬는 시간을 가진 후에, 각자 무기가 될 만한 것을 챙겨서 그 악마 자식을 잡으러 갑시다."

*   *   *

나는 복도 끝의 정수기로 향한 다음 종이컵에 구멍이 날 때까지 물을 들이켰다. 수분이 목구멍을 넘어가자 말라비틀어지던 목구멍이 촉촉해지며 되살아나는 기분이었다. 온몸이 찌릿할 정도의 희열을 느끼며 나는 캬 소리를 냈다.

입가에 묻은 물줄기를 닦으며 복도를 걷던 그때였다. 윽. 윽. 회의실 문 뒤편에서 이상한 소리가 들렸다.

"……저기요?"

답이 없었다. 나는 발로 툭 문을 밀었다. 불 꺼진 방 안에는 누군가가 등을 돌린 채 벽을 보고 의자에 앉아 있었다. 체격과 얼마 없는 머리숱을 보아하니 승태가 분명했다.

"괜찮아요?"

승태는 내 말을 듣자마자 화들짝 놀랐다. 그는 얼굴을 문지르며 헐레벌떡 일어났다.

"아니, 뭐. 괜찮죠."

"전혀 괜찮아 보이지 않는데."

내가 얼굴을 보려고 다가가자 그는 곤란한 듯 휙 고개를 돌렸다.

"다 보였거든요."

그는 포기했다는 듯 천천히 앞을 보았다. 붉어진 눈은 손으로 닦았는데도 다시 촉촉해졌다. 어색한 침묵 끝에 그가 입을 열었다.

"다 제 잘못입니다."

"……네?"

"연구 성과 때문에 마스터 말만 듣고 수진 씨를 덥석 초대한 것도, 감시 시스템에 자만해서 탈출 가능성을 파악 못 한 것도, 첩자가 들어온 것도, 그리고……."

그는 한마디씩 뱉을 때마다 누군가가 총에 맞아 죽기라도 하는 듯 움찔거렸다.

"호철이 손이 그렇게 된 것도⋯⋯."

나 때문에. 때문에, 때문에, 때문에. 이 사람도 결국 '때문에'의 늪에 갇혀버린 걸까. 착잡했다. 나도 한때 그런 적이 있었기에 도저히 남 일 같지가 않았다. 어떻게든 도와주고 싶었다.

잠시 생각한 끝에, 나는 손을 뻗어 그의 팔 위에 부드럽게 얹었다. 당장의 어설픈 위로로 마음이 나아질 거라 기대하진 않는다. 나도 몇 년간의 치료 끝에 겨우 극복할 수 있었으니까. 그래도 응급처치는 필요하다.

"아뇨. 오히려 대단한 거거든요."

승태는 무슨 소리냐는 듯한 표정을 지었다.

"지금 소장님은 초능력을 가진 사이코패스랑, 러시아 첩자랑, 비밀 조직이랑 동시에 맞서고 있어요. 솔직히 여기까지 버틴 것만 해도 대단한 거죠."

"굳이 입에 발린 말 안 해도⋯⋯."

"그리고 오해하시는 게 있는데, 승태 씨가 만든 시스템엔 문제가 없어요. 시스템을 첩자가 알고 있었던 게 문제였지."

나는 승태의 눈을 똑바로 보았다.

"진심이에요. 소장님 잘못 아니거든요."

승태는 멍한 표정이 되어 잠시 아무 말도 하지 못했다.

"그리고 저, 소장님 때문에 온 거 아니거든요. 제 발로 왔죠. 복직 시켜준다길래."

나는 손으로 브이 자를 그렸다.

"그것도 두 계급 특진으로다가."

승태가 짧게 웃었다. 나 또한 화답하듯 미소 지었다. 이제 조금은 괜찮아졌을까. 그나저나 말하다 보니 다시 목이 말랐다. 물이나 한 모금 더 마실 생각으로 몸을 돌리는데 등 뒤에서 이런 소리가 들렸다.

"수진 씨는 알면 알수록 좋은 사람이네요."

나는 피식 웃었다.

"그거야말로 진짜 입에 발린 소리고요."

* * *

진혁은 복도 벽에 몸을 기대고 한숨을 쉬었다.

이 헬멧, 그래도 처음 쓸 땐 나름 편했는데 얼굴을 다친 지금은 불편하기 짝이 없었다. 움직일 때마다 상처 부위에 붕대가 쓸려 따가워 죽겠다. 진혁은 얼굴을 찡그렸다.

그나저나. 사이먼, 그 인간은 대체 뭐지? 자기가 첩자라면 진작 모두를 죽이고 나갔을 거라고? 그걸 자신이 첩자가 아닌 근거랍시고 내놓다니 말이 안 된다. 그딴 말을 한 이유는 뻔하다. 자신에게 의심이 쏠리니 CIA측의 소견 운운하며 승태에게로 허겁지겁 관심을 돌린 것이다. 허접한 수법이다.

잠시 고민한 끝에 진혁은 이런 결론을 내렸다. 일단 기계에 관한 건 입조심하기로. 사이먼은 CIA에서 고용한 용병이다. 놈이 마음만 먹으면 자신을 처치하는 건 일도 아닐 것이다. 목숨을 걸면서까지 진실을 알리고 싶은 생각은 없다.

그렇지만 계속 입을 다물고 있을 생각 역시 없다. 어차피 어느 시점이 되면 필연적으로 그 순간이 올 것이다. 모두가 진실을 털어놓아야 하는 그 순간. 그 타이밍이 오면 제대로 물어보는 것이다. 대체 당신의 정체가 뭔지.

진혁은 목을 빙글 돌리며 간단한 스트레칭을 했다. 옆에서 달그락 소리가 들리자 흘긋 보았다. 사이먼이었다. 엘리베이터 앞에 주저앉은 채 총을 정비하고 있었다.

문득 그와 눈이 마주쳤다. 정적이 흘렀다. 한동안 둘은 눈을 피하지 않았다.

*　*　*

드디어 사냥의 시간이 시작되었다.

나와 사이먼, 진혁이 본격적인 마스터 사냥에 나서는 동안, 만신창이가 된 호철은 승태가 간호하기로 했다. 사이먼이 말한 대로 그나마 우리가 마음 놓고 믿을 수 있는 유일한 상대니까.

"그나저나, 호철이는 어디서 간호할 거야? 지금처럼 복도에 있으면 위험하지 않겠어? 차라리 감시실이 훨씬 안전할 것 같은데."

사이먼이 물었다.

"그, 그곳에?"

승태의 표정이 급속도로 어두워졌다. 당연한 반응이었다. 그곳에서 벌어진 일을 생각하면 말이다. 사이먼이 시신을 다른 사무실로 옮기긴 했지만 진득한 피비린내는 여전했다. 그런 곳에서 장시간 있기란 물론 어려울 것이다.

승태는 도움을 청하는 눈빛으로 나를 보았다. 당연하지만 나도 이러기 싫다. 그래도. 나는 한숨을 쉬었다.

"여기서 가장 안전한 곳이잖아요."

"하긴, 마스터에게는 지금 카드 한 장 없으니까."

진혁이 고개를 끄덕였다. 승태는 동공 지진을 일으키다 별안간 축 몸을 늘어뜨렸다.

"안전이 먼저지. 맞아, 맞아."

"맞다. 안전 하니까 말인데."

사이먼이 승태의 앞으로 성큼 다가갔다. 그는 품에서 물건을 꺼내더니 승태 앞으로 내밀었다. 우리는 움찔 놀랐다.

"호신용."

승태는 사이먼이 든 총을 보며 눈을 휘둥그레 떴다.

"야, 야, 잠깐만. 너, 여기 들어올 때 총은 하나밖에 없다고 하지 않았어?"

"비상상황에 대비해서. 모르잖아. 갑자기 첩자 같은 놈이 미쳐 날뛸지도. 오늘 같은 상황을 생각한 거지. 총 쏘는 법은 알죠? 안전장치 풀고, 공이는……."

사이먼이 말했다.

"나 군필이야. 걱정하지 마."

"하지만 공익이잖아."

승태는 사이먼을 날카롭게 쏘아보더니 능숙하게 총을 장전했다.

"됐냐?"

사이먼은 씁쓸한 미소를 지으며 고개를 끄덕였다.

"그나저나 혼자 정말 괜찮겠어요?"

내가 물었다.

"혼자가 아니라 둘이지. 호철이까지 하면."

승태는 그렇게 말하며 호철이를 보았다. 그는 이제 긴장이 완전히 풀렸는지 시체처럼 축 늘어져 자고 있었다. 안쓰러운 그의 모습을 잠시 지켜보다, 나는 조용히 속삭였다.

"태리 씨, 꼭 찾아올게요."

내 염원이 전해진 걸까, 그의 얼굴에 약간의 미소가 떠오른 것 같았다.

* * *

[무전 속기록]

……지휘관 동지

……수색 결과를 보고한다.

축하……시설 발견

모양, 시설 구조, 위치……

모든 사항이 보고서와 완벽 일치한다.

예정대로 라이트 아웃 작전을 시행한다.

……이상.

* * *

사이먼이 제안한 수색 방법은 의외로 단순했다. 일단 엘리베이터를 타고 B1층으로 향한다. 꼭대기 층인 1층은 승태나 사이먼이 직접 태깅을 해야 올라갈 수 있으므로 못 갔을 것이다. 한 층씩 벽을 따라 돌며 마스터를 수색한다. 그런 식으로 B5층 서버실까지 샅샅이 털다 보면 언젠가는 필연적으로 놈과 마주친다.

"바로 그때, 팍, 제압하는 거지."

사이먼이 주먹과 손바닥을 탁 부딪쳤다.

나는 손가락으로 사이먼의 총을 가리켰다.

"그나저나, 태리를 발견하면 그거…… 쏠 거예요?"

사이먼이 머뭇거렸다.

"물론 최대한 제압하려 노력은 하겠지만, 정말 위험하거나, 안 되겠다 싶으면……."

나는 침을 꿀꺽 삼켰다. 하긴 최악의 경우 발포는 어쩔 수 없다. 마스터를 죽이면 태리도 죽는다. 마스터를 생포해서 어떻게든 끄집어내야 태리를 살릴 수 있다.

최대한. 우리는 정말 최대한의 노력을 해야 하리라. 총이 발사될 일이 없도록. 나는 감시실 안에 깨진 약품통 유리 중에 긴 조각을 찾아 손잡이 부분을 헝겊으로 감아 칼처럼 들었고, 진혁은 휴게실에 있던 알루미늄 소재 빗자루에서 자루 부분만 떼어내어 무기를 만들었다.

엘리베이터는 B1층에 멈춰 있었다. 버튼을 누르고 우리는 엘리베이터를 기다렸다. 엘리베이터 문이 열렸으나, 예상대로 텅 비어 있었다. 우리가 올라타자 문이 닫히고 세상에서 가장 느린 엘리베이터가 움직이기 시작했다. 모두가 긴장했기 때문인지 웅웅거리는 기계음밖에 들리지 않았다. 영원 같은 몇 분이 지난 후, 우리는 마침내 B1층 창고에 도착했다.

문이 열리자마자 사이먼은 스프링이 튕겨 오르듯 곧장 바깥으로 뛰쳐나갔다. 능숙한 움직임으로 휘휘 둘러보며 주변을 점검한 그는 잠시 후, 아무도 없다는 OK 신호를 보냈다. 나는 안도하며 엘리베이터 바깥으로 나왔다.

잠시 후, 우리는 사이먼을 선두로 소리를 죽이고 벽을 따라 천천히 창고문을 열며 층을 돌았다. 모든 것이 순조롭게 돌아간다고 생각하던 그때였다.

텅! 불이 꺼지며 모든 층이 어둠에 싸였다. 사이먼이 놀라 휙 고개를 들었다.

"또 왔다리 갔다리 하는 거예요?"

내가 물었다.

"하루에 두 번씩 이런 일이 벌어진 적은 없는데."

진혁이 말했다.

순간 안내 방송이 흘러나왔다.

[태양광 에너지 고갈. 지금부터 비상 전력을 가동합니다.]

"뭐? 고갈?"

사이먼이 눈을 크게 떴다. 얼마 지나지 않아 불이 다시 켜졌지만 이전의 쨍한 불빛에 비하면 훨씬 어두웠다. 희미하고 음침한 불빛. 전력을 최소화하기 위함일까.

"여기 태양광이라면서요."

내가 물었다.

"맞아요. 이럴 리가 없어요. 이론적으로는."

진혁이 말했다.

나는 사이먼을 돌아보았지만 그 역시 영문을 모르겠다는 표정이었다.

"마스터의 짓일까요?"

"가능할 수도 있어요. 그러니까, 놈이 초능력으로 태양을 없애기라도 했다면."

오호, 이젠 비꼴 줄도 아신다.

"고칠 순 없어요?"

"당연히 고칠 수 있죠. 밖으로 나가야 하지만."

사이먼은 능숙하게 플래시 라이트를 꺼내 켰다. 딸각 소리와 함께 빛다운 빛이 앞을 환히 비췄다.

"돌아갈까요? 느낌이 영…….."

진혁이 머리를 긁적였다.

확실히 느낌은 나도 좋지 않았다. 공포 영화를 보면 밤중에 무슨 이유에선지 숲을 돌아다니다 살인마에게 도륙당하는 대학생들이 꼭 있는데, 그게 바로 지금의 우리 꼴 같았다. 그렇지만…….

"전력이 최소한이라도 남아 있는 지금이 태리를 구할 유일한 기회일지도 몰라요."

사이먼이 말하자 진혁이 한숨을 쉬었다.

"그건 그렇긴 한데."

"그럼 넌 돌아가든가."

사이먼이 진혁에게 플래시를 비추었다. 갑작스러운 불빛에 진혁이 얼굴을 찡그리며 손으로 눈을 가렸다.

"그걸 지금 말이라고……."

"그만해요. 어차피 돌아가기엔 너무 늦었으니까."

내가 중얼거렸다.

작게 구시렁대는 진혁을 뒤로하며 나는 생각했다. 저 둘 사이에 묘한 긴장이 흐른다는 추측은 역시 착각이 아니었구나.

대체 왜 싸우는 걸까. 돌아가고 나서 바로 알아봐야겠다.

* * *

B1층에는 아무도 없었다. 마스터가 시설에 있긴 한 건지 슬슬 의

266

심이 들 때쯤, 우리는 B2층 식당에서 의외의 발견을 했다.

주방의 철제 테이블 위에 모던한 디자인의 칼꽂이가 놓여 있었다. 어딘가 이상했다. 유심히 보고서야 식칼 한 자루가 비어 있다는 사실을 깨달았다. 물론 처음부터 없었을 수도 있지만 사이즈별로 다 꽂혀 있는데 딱 하나만이 비어 있다는 사실이 왠지 찜찜했다. 그것을 가리키며, 나는 진혁에게 물었다.

"저거 원래 없었어요?"

"아니요. 있었어요. 있어야 되는데?"

진혁은 떨리는 목소리로 말했다.

텅 비어 있는 칼꽂이의 비죽한 타원형 구멍을 보며, 나는 침을 꿀꺽 삼켰다. 남은 식칼의 크기로 미루어, 사라진 칼은 아마도 가장 큰 사이즈일 게 분명했다. 나는 두 번째, 세 번째로 큰 사이즈의 칼들을 양손에 쥐었다.

내가 작은 '발견'을 한 후, 탐색 속도는 눈에 띄게 줄어들었다. 사이먼은 자기 페이스 그대로였지만 문제는 나와 진혁이었다. 칼이 사라졌다는 사실 때문인지 어두운 곳에 갈 때마다 잔뜩 긴장했다. 당장이라도 놈이 구석에서 튀어나와 칼을 휘두를 것 같아 새로운 곳에 갈 때마다 시계추마냥 주춤, 주춤거렸다.

그래도 어떻게 B2층의 수색을 완전히 마쳤지만 소득은 없었다. 놈은 이곳에도 없었다. 그렇다면 결국 놈은 B3층에 있다는 뜻일까. 진혁이 앓는 소리를 냈다.

"엘리베이터를 타고 B1층으로 가자마자 곧장 계단을 타고 B2층

식당에서 식칼을 챙기고 다시 계단을 타고 B3층으로 갔다, 이건가.
짜증 나는 놈이네."

짜증 나는 동시에 영악한 놈이다. 탈출해서 엘리베이터에 오른
그 순간, 마스터는 우리가 지하에서부터 올라가며 수색할지, 아니
면 B1층에서부터 내려가며 수색할지를 곧장 판단한 것이다.

"자, 자. 거의 마지막이에요. 다들 정신 차립시다."

사이먼이 힘차게 말했다.

우리는 조심스럽게 비상문을 열며 B3층에 진입했다. 바로 이곳
에 마스터가 있다. 그런 생각을 하자 심장이 저절로 조여들었다. 음
침해진 조명이 고맙게도 음산한 분위기를 한껏 더해주었다. 다 같
이 첫 번째 코너 부분을 돌았을 때였다.

"저기……."

진혁이 어딘가를 손으로 가리켰다. 그곳을 본 우리는 동시에 숨
을 멈췄다.

식물실 입구. 비닐로 된 문이 일자 형태로 찢어져 있었다. 매끈하
게 잘린 단면의 상태로 보아 칼 같은 물건으로 자른 느낌이다.

"저기 있네요."

내가 말했다.

"일단 생김새는 완전히 나 함정이오, 느낌인데."

진혁이 말했다. 어떡할까, 고민하던 그때 사이먼이 나섰다.

"식물실 안을 둘러보고 올게요. 다들 입구에서 기다려요."

"뭐라고요?"

"무슨 소리가 들리더라도 절대 들어오지 말고요. 절대."

"자, 잠깐만⋯⋯."

내가 말을 마치기도 전에 사이먼은 휙 식물실 안으로 들어가 버렸다. 순식간에 텅 비어버린 그의 자리를 멍하니 보았다.

"총까지 들었는데, 알아서 잘하겠죠. 저 인간 원래 저래요. 이상하게 무데뽀라니까."

진혁이 말했다.

나는 눈살을 찌푸렸다. 생각하면 생각할수록 이상했다. 사이먼이 독단적인 면이 있기는 해도 저렇게까지 무데뽀는 아니었다. 방금 전 모습은 그동안 보인 신중함과는 거리가 멀었다.

뭐, 일단은 기다리는 수밖에 없었다. 도와주겠답시고 맨몸으로 들어갔다가 칼이라도 맞으면 민폐다. 짐이 되긴 싫다. 사이먼을 믿고 일단 기다려보기로 한 것은 그래서다. 1분이 흘렀다.

2분, 5분, 10분. 나는 슬슬 불안해지기 시작했다. 적잖은 시간이 지났지만 아무런 인기척이 없었다.

"⋯⋯역시 조금 이상하지 않아요?"

진혁이 중얼거렸다.

아니, 그냥 이상한 정도가 아니다. 불길했다. 나는 얼마 전에 승태와 식물실에 잠깐 들른 적이 있었다. 그때 기억에 미루어, 다른 건 몰라도 한 가지는 확실하게 말할 수 있었다. 식물실은 절대 넓은 장소가 아니다. 전체적으로 둘러보는 데 5분도 채 걸리지 않을 정도로 자그맣다. 아기자기하게 잘 꾸며놓았을 뿐, 막상 식물을 치워놓으면 일반 사무실 크기와 다를 바 없다.

대체 저 안에서 무슨 일이 벌어지고 있는 걸까. 고민 끝에 나는 두 가지 가능성을 떠올렸다. 하나는, 사이먼이 상당히 조심스럽게 식물실을 탐색하고 있다는 가설. 이건 식물실로 곧장 들어간 그의 태도와 불일치한다.

둘은, 사이먼이 움직일 수 없는 상황이라는 가설. 서로 총을 겨누며 움직이지 못하는 멕시칸 스탠드오프처럼, 치열한 눈치 게임이라도 벌이고 있다면? 하지만 이것 역시 불가능하다. 사이먼은 총을 갖고 있다. 태리는 기껏해야 칼을 가지고 있을 뿐.

셋은, 심각한 문제가 생겼다는 설. 이를테면 사이먼이…… 당했다든가. 마음이 조급해졌다. 더 이상 넋 놓고 있을 수만은 없다.

"들어가죠."

"하지만 사이먼이 가만히 있으라고…….'

진혁이 머뭇거렸다.

"잠깐 보고 올 거예요. 놈이 습격하면 곧장 등 돌려서 도망치든지 할 테니까 걱정 마요."

"잠깐만요. 저 보고 여기 혼자 있으라고요?"

"진혁 씨도 알잖아요. 지금 여기서 사이먼을 잃으면, 다 끝나요."

만일 마스터가 사이먼의 육체에 총, 그리고 카드 키까지 얻게 된다면…… 그것은 우리에게 사형 선고를 의미한다. 진혁은 꺼질 듯한 한숨을 쉬었다.

"알았어요. 네, 알았다고요. 그럼 같이 들어가요."

나를 선두로 우리는 함께 식물실 안에 들어갔다.

"와…… 씨."

안에 들어서자마자 진혁이 중얼거렸다. 나는 걸음을 멈추고 주변을 천천히 둘러보았다. 무의식적으로 침을 삼켰다.

분위기가 장난이 아니었다. 비상전력으로 가동되는 음침한 조명이 만들어낸 식물의 검은 실루엣들은 섬뜩한 분위기를 조성했다. 정체 모를 괴수들에게 포위당한 기분이다. 은폐 엄폐물이 많은 이곳은, 놈에게 아마 최적의 장소일 것이다. 어쩌면 놈은 풀숲에 숨어 우리를 덮칠 타이밍을 고르고 있을지도 모른다.

주변을 둘러보는 내 시선이 점점 더 빨라졌다. 숨을 멈추고 한 걸음, 한 걸음 전진하는데 문득 진혁이 걱정되었다.

돌아보자 그가 보였다. 그는 식은땀을 흘리면서도 애써 웃으며 엄지손가락을 치켜들었다. 나는 안도하며 피식 웃었다. 이 타이밍에 따봉이라니.

다시 앞을 보았다. 태리가 있었다. 손에 큼직한 식칼을 들고.

14.

"어."

태리를 처음 본 순간 그냥 가만히 서 있었다. 인기척도, 예고도 없이 눈앞에 갑자기 나타날 줄 몰라 말 그대로 굳어버렸다. 상황을 이해하기도 전에 태리가 비명을 지르며 달려들었다.

"잠깐만."

동시에 반사적으로 식칼을 든 오른팔을 치켜들었다. 마치 팔이 순간 방패로 변해 날 지켜주기라도 할 것처럼.

비명 소리와 함께 칼의 반이 팔뚝 안으로 쑤욱 들어왔다. 처음에는 팔에 주사를 맞는 듯한 느낌이었다. 의외로 최악은 아니네 싶었는데 주삿바늘이 갑자기 불에 달군 쇳덩이로 변해 혈관을 태워버리는 고통이 이어졌다. 양손에 든 식칼들을 떨어뜨리며 고통에 날카로운 비명을 질렀다. 마스터는 아랑곳 않고 내 팔에 꽂힌 식칼을 쑥 뽑았다. 피가 솟으며 붉은 방울들이 허공을 갈랐다.

"수진 씨!"

진혁의 비명과 함께 붉어진 칼날이 다시 나를 향해 달려들었다. 나는 이를 악물고 두 손으로 칼날을 부여잡았다. 끔찍한 고통이 이어졌지만 다행히 방금 전 고통보다는 참을 만했다. 우는 건지 비명을 지르는 건지 모를 소리를 흘리며, 나는 마스터의 손에 들린 칼을 옆으로 밀어 떨어뜨리는 데에 성공했다.

해냈다는 기쁨도 잠시, 볼링공이 배에 적중한 듯한 충격이 느껴졌다. 입에서 억 하는 소리가 절로 흘러나왔다. 칼이 안 되니 아예 몸으로 받아버린 것이다.

나는 바닥에 널브러지며 머리를 세게 부딪히는 바람에 눈앞이 잠깐 하얗게 됐다. 뇌진탕인가 싶었지만 의식이 아직 남아 있는 걸 보니 그건 아닌 것 같았다.

"죽어, 죽어."

마스터가 쇳소리를 내며 피가 흐르는 식칼을 다시 쳐들었다.

칼날의 끝이 흐릿한 조명에 반사되어 반짝였다. 이런 묘사는 영화에서만 보는 줄 알았는데. 막을 힘도, 방법도 없다. 피할 수 없다. 망했네. 그렇게 생각하며 눈을 질끈 감은 순간이었다. 마스터의 몸이 옆으로 쏠리더니 내 시야에서 사라졌다. 진혁이었다. 태리가 했듯 그도 똑같이 들이받은 것이다.

칼날이 떨어지며 떨그렁 소리를 냈다. 예상치 못한 선공 덕에, 진혁은 마스터 위에 올라탈 수 있었다. 그는 이를 악물고 끄으으 소리를 내며 놈의 팔목을 잡고 양옆으로 벌리기 시작했다.

"가만있어, 좀."

그는 거의 애원하다시피 말했다. 기회다. 나는 재빨리 칼을 찾았다. 내가 들고 온 칼들은 3미터 전방에 떨어져 있었다. 나를 찌른 칼은…… 아, 저기 있다. 2미터 전방, 쓰러져 있는 태리의 손 바로 옆에. 아무리 재수가 없어도 그렇지, 이건 너무하다.

진혁이 조금 더 힘을 내 칼을 집을 수 있지 않을까 싶었지만 그는 태리의 몸을 제압하는 데에 모든 에너지를 쏟고 있는 분위기였다. 당장 몸을 움직일 수 있는 건 나뿐이었다. 만신창이가 된 채 피를 질질 흘리고 있는 나. 어쩔 수 없이 칼을 회수하러 꿈틀꿈틀 기어가기 시작했다.

딱!

뜬금없는 소리에 고개를 들었다. 소리를 낸 것은 마스터였다. 진혁이 힘이 빠져 틈이 생길 때마다 몸을 일으키며 이빨을 딱딱 부딪혔다. 물어뜯으려는 것이다. 환풍구에서 했던 것처럼. 그때의 경험이 떠오르는 걸까, 진혁은 완전히 공포에 질려 있었다. 그는 흘끔 나를 보며 눈빛으로 애원했다. 빨리 어떻게든 해줘요.

나는 신음을 흘리며 몸을 일으켰다. 팔의 통증이 어마어마해 눈앞이 핑 돌았다. 피로 흥건해진 바닥을 밟으며 진혁에게로 향했지만 몇 걸음이 내가 내디딜 수 있는 전부였다.

머리가 어질어질하더니 온몸에서 힘이 빠졌다. 다시 바닥에 쓰러지며 나는 생각했다. 아아, 꼴사납다. 간신히 고개를 돌려 진혁 쪽을 보았다. 그의 팔은 태리의 움직임에 맞추어 이제 심하게 들썩거리기 시작했다. 슬슬 힘에 부치는 것이리라.

"사이먼, 사이먼!"

진혁이 절규했다. 하지만 돌아온 것은 빌어먹을 정적뿐. 사이먼이 원망스러웠다. 대체 그 자식은 어디 간 거야, 이런 중요한 때에?

갑자기 앞에서 비명 소리가 들렸다. 고개를 쳐든 나는 경악했다. 태리가 진혁의 턱을 문 것이다. 그는 고통에 비명을 지르며 팔꿈치로 그녀의 머리를 후려쳤다. 그 반동으로 태리가 잠시 떨어진 사이, 진혁은 두 손으로 자신의 얼굴을 감싸 쥐며, 태아처럼 웅크렸다.

진혁에게 맞아 바닥에 널브러진 마스터는 곧 아무렇지도 않게 몸을 일으켰다. 놈은 칼을 향해 망설임 없이 다가간 다음, 그것을 집어 들었다. 태리의 목이 천천히 돌아갔다. 붉게 충혈된 눈이 나를 보았다.

"안 돼."

나는 쉰 목소리로 그렇게 중얼거렸지만 마음속으로 이미 체념한 뒤였다. 피할 수 없다. 진혁은 얼굴을 감싸 쥔 채 계속 바닥에 웅크리고 있고, 나는 고통과 과다 출혈로 해롱대고 있고, 사이먼은 뭘 하는 건지 모르겠다. 다 끝났다. 나는 질끈 눈을 감았다.

탕!

칼을 들고 내게 다가오던 태리가 순간 멈칫했다. 사이먼이 구석에서 비틀비틀 걸어오더니 태리의 머리를 개머리판으로 쳐서 그녀를 쓰러뜨렸다.

"괘, 괜찮아요?"

그렇게 중얼거린 그는 죄 지은 초등학생마냥 우리를 흘끔거렸다. 진혁이 사이먼에게 다짜고짜 달려들었다.

"야, 이 미친 새끼야!"

퍽 소리가 허공을 울렸다. 사이먼은 짧은 욱 소리를 내며 코를 감싸 쥐고 뒷걸음질 쳤다. 진혁이 씩씩거렸다.

"대체 뭐 하고 있었던 거야?"

하지만 사이먼은 침묵을 지킬 뿐이었다. 대체 왜 저러는 걸까. 화나기보다 오히려 답답했다. 첩자 이야기는 자기가 먼저 해놓고서. 모든 행동을 조심해도 모자랄 판에 이런 실수를 하다니.

"뭐라고 말이라도 해봐."

아까보다는 조금 진정한 표정으로 진혁이 말했다. 사이먼은 여전히 묵묵부답. 시간이 조금 지나서야, 나는 그의 상태가 어딘가 이상하다는 것을 알아챘다.

사이먼의 얼굴을 본 나는 움찔 놀랐다. 그는 엄청난 공포에 질려 있었다. 강물에 던져진 고양이마냥 몸을 벌벌 떨었다. 찰나의 순간, 지옥을 구경하고 온 사람처럼.

"대체…… 뭘?"

진혁은 사이먼을 노려보다가 곧 한숨을 쉬며 몸을 돌렸다.

그나저나 다들 꼴이 말이 아니구나. 나는 생각했다. 사이먼도 꼴이 말이 아니었지만 진혁은 더했다. 볼과 턱이 뜯긴 그의 얼굴은, 한 문장으로 표현하자면 '피 묻은 걸레짝.'

그때 사이먼이 품에서 뭔가를 조용히 꺼냈다. 덕 테이프. 그는 코피를 뚝뚝 흘리면서도 그것을 기절한 마스터의 눈에, 손목에, 상처 부위에 감기 시작했다.

나는 진혁에게 말했다.

"그나저나, 화를 내다 말아요, 왜?"

"이제 그럴 필요가 없으니까요. 마스터도 잡았겠다, 다 끝났으니까."

말을 마친 그는 사이먼을 돌아보았다.

"그렇죠?"

사이먼은 머뭇거리다 똥 씹은 표정으로 고개를 끄덕거렸다.

그랬다. 정말 끝났다. 놈을 잡았다. 한숨을 토해냄과 동시에 몸의 긴장이 완전히 풀렸다. 바닥에 머리를 뉘였다. 차가운 콘크리트 바닥이 뜨거워진 머리를 시원하게 식혔다.

끝났다. 정말 끝났어. 이제 됐어. 나는 그곳에 누워 찰나의, 소박한 자유를 만끽했다. 곧 닥칠 재앙을 조금도 예상하지 못한 채.

* * *

비상전원 시스템으로 최소한의 조명만 유지되고, 엘리베이터도 작동되지 않아 우리는 비상계단을 통해 B4층의 감시실로 향했다. 사이먼이 꽁꽁 묶은 마스터를 짊어진 채 앞장서고 나와 진혁이 뒤를 따랐다.

승태 일행과 합류하면 이제 모든 상황이 종료될 것이다. 그렇게 생각하자 발걸음이 나도 모르게 빨라졌다. 이 지긋지긋한 상황을 어서 끝내버리고 싶었다.

나는 마스터를 곁눈질로 흘긋 보았다. 마스터를 잡았음에도 불안한 것은 어째서일까. 아니다. 기분 탓이다.

분명 우리는 성공했다. 잠시나마 기쁨을 느껴도 괜찮으리라. 그러니 다른 생각을 하자. 이를테면 집에 돌아가면 무엇을 가장 먼저 할까. 나는 잠시 눈을 감고 상상했다. 일단 해연이, 그 녀석을 안아준다. 너무 꽉 안아서 터질 만큼. 제대로 된 사과. 화해. 마지막으로는 따뜻한 이불에 뛰어들어 일주일은 나오지 않을 작정이다. 국정원이나 CIA도 나를 막지는 못할 것이다. 그런 생각을 하며 계단을 내려가는데 사이먼이 갑자기 앞에서 우뚝 멈추더니 마스터를 내려놨다.

"뭐예요?"

그는 대답 대신 품에서 물건을 꺼냈다. 각종 상비약이었다.

"처치."

"굳이 지금? 그냥 도착해서 해요."

"……뒤를 봐요."

헨젤과 그레텔의 빵 조각마냥, 내 걸음걸이를 따라 피가 바닥에 떨어져 있었다. 팔에서 배어 나온 피가 옷을 흠뻑 물들인 것이다.

"지금 치료 안 하면, 아마 계단 끝까지 내려가기도 전에 기절해서 구를 겁니다."

사이먼의 냉철한 진단에 나는 어쩔 수 없이 고개를 끄덕였다.

"그, 그럼 부탁해요."

사이먼은 덕 테이프를 꺼낸 다음 그것을 빡빡하게 조이며 내 팔을 감기 시작했다. 말도 안 되는 고통에 머리가 띵해졌다. 입에서 비명이 터져 나왔지만 그것도 잠시뿐, 고통은 빠르게 사그라들었다. 몸이 고통에 적응이라도 했나 보다.

"정신 차려요."

사이먼은 고개를 들어 진혁을 보았다.

"이제 진혁 씨 차례."

진혁은 싫다는 듯 쯥 소리를 냈지만 내가 눈빛으로 권유하자 어쩔 수 없이 사이먼에게 다가갔다. 사이먼은 그에게 천장을 바라보라고 한 뒤, 얼굴에 도배된 상처 위로 응급 처치를 시작했다.

진혁의 치료가 끝나자 사이먼은 다시 나를 보았다.

"아직 안 끝났어요. 소독."

내가 다시 계단에 앉자 그는 약통 하나를 집어 들었다. 붉은 약. 잠깐만, 저건…….

"죽을 만큼 아플 겁니다."

말릴 틈도 없이 사이먼은 그것을 팔에 감긴 테이프 위에 골고루 부었다. 끓는 용암을 붓는 듯한 고통. 인간으로서 내지를 수 있는 온갖 비명과 욕을 내뱉은 후에야 고통은 차츰 잦아들었다. 가쁜 숨을 몰아쉬며 얼굴에 흐르는 땀을 닦았다.

"여기서 나가면 당신 고소할 거예요. 살인 미수로."

나는 일어선 다음 문에 다가갔다. 그리고 문에 손을 뻗으려다 뒤에서 인기척이 들리지 않음을 뒤늦게 알아차렸다. 사이먼은 가만히 앉아 있었다.

"안 가요?"

나는 얼굴을 찌푸렸다.

"어쩌면 살아서 나갈 수 없을지도 몰라요."

"무슨 소리예요?"

"우리가 마스터를 잡았다고 해도, 아무도 믿어주지 않는다면……. 놈들은 우릴 시설째로 날리려고 하겠죠. 우린 완전히 삽질한 거지."

사이먼이 피식 웃었다.

나는 한숨을 쉬었다. 그래서 대체 무슨 말을 하고 싶은 걸까.

"삽질이라도, 최선을 다해야 하지 않겠어요? 방법이 그것뿐이라면 특히."

사이먼이 침묵 끝에 한마디를 꺼냈다.

"나가 봤자, 의미가 없다면?"

"……네?"

"뭐, 뻔한 상황이니 당신도 이미 예측하고 있겠지만."

그는 고개를 들어 나를 보았다.

"제 가족은 전부 죽었어요. 비행기 사고로. 놈의 짓이었죠."

사이먼은 푹 고개를 떨구었다.

사이먼의 말 한마디를 듣자, 뇌 한가운데서 섬광탄이 터졌다. 힘이 풀리려는 다리를 억지로 버티고 서서 나는 간신히 생각했다.

가족을 잃은 것까지는 어렴풋이 짐작하고 있었다. 설마 같은 종류의 지옥을 겪은 이가 바로 곁에 있었을 줄이야. 너무 충격을 받은 나는 잠시 아무 말도 할 수 없었다.

"여기서 살아 돌아간다고 해도 마찬가지일 겁니다. 꾸역꾸역 살아도 결국 그때의 저보단 최악의 삶을 살 거예요. 사는 의미 따위 하나도 없는. 텅 빈 위로로 점철된."

나는 공감했다. 가짜 위로를 많이 받아본 사람으로서, 그것이 얼마나 쓸데없는지를 뼈저리게 알고 있다. 가슴 총상에 붙인 일시적인 일회용 반창고. 어느 시점을 넘어가면 반창고 속 상처는 곪아서 썩어들어간다.

그보다는 진정에서 우러나온 호통과 꾸짖음이 더 와닿는다. 장례식장 뒤편의 주차장에서 선배가 소리친 것처럼. 욕설 투성이였지만, 그래도 전하고자 하는 메시지는 확실했다. 네가 슬픈 건 안다. 당연하다. 그렇지만, 꾸역, 꾸역, 살아야 한다. 해연이를 위해.

문득 어떤 말을 해야 할지 확실하게 감이 잡혔다. 그때 들었던 말을 반복해보는 것이다. 그래, 적어도 나한테는 효과가 확실했으니까.

"저기, 지랄 좀 하지 마요."

사이먼의 눈이 갑자기 휘둥그레졌다.

"저기, 그래도 한국어 좀 하잖아요. 그럼 '의미 있다'란 말이 무슨 뜻인지 알죠?"

"중요성이…… 높은 것……?"

"그렇죠. 중요한 거. 누군가에게 중요하다고 생각되는 거."

나는 무릎을 굽히고 사이먼을 똑바로 마주 보았다.

"당신이 그 단어를 어떻게 생각하는진 몰라도 우린 당신 없었으면 벌써 몇 번이고 죽었을 거예요. 여기 모두가 당신 덕분에 이 지옥 같은 상황에서 버틸 수 있었어요. 그건 당신이 우리에게는 아주의미 있는 존재라는 뜻이에요. 난 당신이 매우 대단하다고 생각해요. 아마 당신 가족도 똑같이 생각할 거예요. 그러니까…… 당신 삶이 의미 없다느니 그딴 말도 안 되는 소리 말라고요."

* * *

처치를 마친 우리는 다시 움직이기 시작했다. 나는 굳게 입을 다문 사이먼의 뒷모습을 보며 한숨을 쉬었다.

방금 한 말을, 그는 어떻게 받아들였을까. 설마 열 받은 건 아니겠지. 착잡함에 고개를 젓던 그때 앞에서 이상한 소리가 들렸다.

"웁, 웁."

마스터였다. 놈은 지금 사이먼의 어깨에 걸쳐진 채, 핀셋으로 고정된 애벌레처럼 최후의 발악을 하고 있다. 정신을 차린 놈이 내내말썽을 부리는 바람에 사이먼은 몇 번이나 걸음을 멈추었다. "포기좀 하지" 하고 사이먼이 구시렁거렸다.

그나저나 저 자식을 어떻게 태리의 몸에서 빼낼 수 있을까. 웬만해선 절대로 몸 밖으로 나오지 않을 것이다. 나오는 순간 끝이라는사실을 놈도 알 테니까.

그렇지만…… 내가 할 일은 여기까지다. 이후에는 안경 쓴 과학자들이나 전문가들이 알아서 하겠지. 놈을 격리한다면 시간은 남아돌 테고, 그동안 그들은 세뇌든 최면이든 어떠한 방법이든 시도할 것이다. 그리고 결국은 태리를 돌려놓을 것이다.

계단을 절반쯤 내려오자 나는 옆을 보았다. 바로 앞에 B4층으로 향하는 비상구가 보였다. 이제 몇 계단만 내려가면 이 빌어먹을 사달이 전부 끝난다. 그런데 어딘가 이상했다. 전부 끝났는데. 통쾌하거나 가벼운 마음 대신 더럽게 찜찜했다.

나는 형사의 직감 같은 건 믿지 않는다. 그렇지만 가끔 비슷한 기분을 경험한 적은 있다. 바로 불안해지는 순간. 사건을 조사하던 중 별안간 머리를 꿰뚫듯 스치는 그 불안은 언제나 들어맞았다. 상상할 수 있는 최악의 방향으로. 그 감정이 지금 온몸을 감싸고 있었다. 참을 수 없어진 나는 결국 입을 열었다.

"혹시 우리, 뭔가 두고 온 거 없죠?"

"제가 아는 한 없어요."

사이먼이 그렇게 말하고 진혁을 보았다.

"나도…… 딱히는?"

대체 뭘까. 나는 앞을 보았다. 마스터는 여전히 사이먼의 어깨에 걸쳐져 있었다. 지금은 발악을 멈추고 다시 '대기 모드'로 들어간 모양인지 움직임이 없었다.

처음에는 발악과 포기를 반복하는 줄 알았다. 하지만 전부 끝난 마당에 이렇게 발악을 패턴처럼 계속 반복할 이유가 있을까. 마스터는 지금까지 목적 달성에 반드시 필요한 행동만을 했다. 그의 목적은 딱 두 가지였다. 탈출, 혹은 나를—그리고 모두를—골려 먹기. 지금 놈의 행동은 전자도 후자도 아니었다. 뭔가 숨기고 있나? 대체 뭐를? 첩자를?

내가 첩자라면, 여기서 정체를 들키지 않고 나갈 최고의 전략은 끝까지 입을 닥치고 가만히 있는 것이리라. 그렇다면 다른 뭔가가 있나? 나는 지금까지 놈이 했던 모든 행위를 전체적으로 되새겼다.

협박. 살인. 대량 살인. 유괴. 강간. 연기. 몸 바꿔치기. 그리고…… 순간, 온몸에 전율이 흘렀다. 최악의 가능성이 머릿속에 떠오른 것이다. 설마. 그건 아닐 거야. 스스로 그 가설을 필사적으로 부정했다. 하지만 아무리 머리를 쥐어짜봐도 반증할 만한 의견이 떠오르지 않았다. 오히려 그 가설은 띄엄띄엄 배치된 사건의 징검다리에 논리적인 개연성을 부여할 뿐이었다.

이것이 사실이라면, 모든 것이 지옥으로 곤두박질친다. 지금까지 상상도 할 수 없었던 초유의 불구덩이 속으로.

"태리 씨?"

내가 중얼거리자 모두들 우뚝 걸음을 멈추었다. 사이먼이 멈춤과 동시에 그의 어깨에 걸쳐져 있던 마스터가 널어둔 빨래처럼 흔들거렸다. 나는 조심스럽게 사이먼의 앞으로 다가갔다. 팔을 뻗어 축 늘어진 그녀의 팔을 붙잡았다. 그리고 물었다.

"설마 지금 연기하고 있는 거 아니죠?"

내 말을 들은 사이먼과 진혁은 잠시 멍한 표정이 되어 아무 반응도 보이지 않았다. 아직 내가 무슨 말을 하는지 감을 잡지 못한 것이다. 하지만 그 가설이 사실이라면, 조금도 시간을 지체해선 안 된다. 나는 다짜고짜 사이먼에게 외쳤다.

"입에 있는 거 빼요, 당장."

"하지만……."

반대하려는 진혁을 향해 나는 버럭 소리쳤다.

"어차피 눈만 가리면 되잖아. 빨리!"

갑작스러운 반말에 진혁이 눈을 휘둥그레 떴다. 사이먼은 여전히 영문을 모르겠다는 표정이었지만, 그래도 내가 시키는 대로 놈의 입에 넣어두었던 거즈 덩어리들을 뺐다. 그 과정에서 사레가 들린 건지 마스터는 요란하게 쿨럭거렸다. 나는 그의 앞으로 다가간다음 다시 조심스럽게 물었다.

"다시 물어볼게요."

"수진 씨, 지금 대체 뭐 하려는……."

끼어들려는 진혁을 사이먼이 팔을 내밀어 막았다. 나는 태리를 노려보며 말을 이었다.

"연기하고 있어요, 지금? 태리 씨?"

"무슨 소리야."

그녀는 떨리는 목소리로 중얼거렸다.

"놈이 그랬어요? 연기하지 않으면 호철 씨를 죽이겠다고?"

태리는 실실 웃으며 고개만 저을 뿐이었다. 위태로운 미소였다. 입꼬리가 벌벌 떨리고 있었다.

"연기나 거짓말이라면 당장 그만둬요. 이렇게만 하면 살려줄게, 이렇게만 하면 구해줄게, 놈은 그 약속을 한 번도 지킨 적이 없어요."

나는 태리의 두 손을 잡았다.

"솔직히 말해요. 연기 중이에요?"

찰나의 순간, 태리의 얼굴에 동요하는 기색이 떠올랐다. 동시에 나는 깨달았다. 지금까지 우리가 온갖 개고생을 하며 막아낸 대상이 어쩌면 마스터가 아닐 수도 있다는 사실을.

"죄송해요."

태리는 울음을 터뜨렸다. 나는 "태리 씨" 하고 말하려다 입을 다물었다. 아니다. 그동안 놈의 연기에 얼마나 당해왔는가. 마지막까지 철저하게 검증해야 한다.

"태리 씨. 만약 당신이 진짜라면, 우리가 전달한 암호, 내용과 종류까지 토씨 하나 안 틀리게 정확히 말해요."

진짜 태리라면 알 것이다. 그녀가 아무리 마스터에게 고문을 당했더라도 암호까지 털어놓을 이유는 없었다. 마스터의 관점에서 보더라도 태리가 헬멧을 배식구에 집어넣은 것은 그녀의 독단일 뿐이니까. 오로지 그녀와 우리만 아는 유일한 비밀.

"헬멧 배식통에 넣으라고…… 그거요? 모스로?"

그녀가 대답을 하지 못하거나 틀리기를 간절히 바랐다. 하지만 정답이었다. 빌어먹을. 진작에 눈치챘어야 했는데.

"지금 장난치는 거죠. 제발요. 그렇다고 해줘요."

진혁이 벽에 몸을 쾅 기댔다.

"대체 어떻게 된 거예요?"

내가 물었다. 태리는 눈물을 줄줄 흘렸다.

"그놈이…… 연기를 하라고 했어요. 웃으며 달려 나가는 것부터 식당에 가서 식칼을 챙기고 식물실에 숨는 것까지. 만약 들키면 최대한 공격하라고……. 그러면 호철이랑 나만은 살려주겠다고."

소름이 등줄기를 타고 스멀스멀 올라왔다.

"정말 죄송해요. 마스터가 호철이의 손가락을 계속 잘라내며 협박을 하는데, 도저히 버틸 수 없어서……."

나는 방금 밝혀진 새로운 사실을 기반으로, 다시 한번 사건의 순서를 되짚었다. 태리가 헬멧을 빼돌리다 마스터에게 들킨 직후 무슨 일이 벌어졌는가.

하나, 호철의 몸에 들어간 마스터는 태리에게 자신의 연기를 하도록 협박했다. 둘, 마스터는 여자의 내장을 가져와 태리 옆에 흩뿌려 사망한 것처럼 위장했다. 셋, 무대 세팅을 마친 마스터는 격리실에 들어가 스스로를 감금한다. 그리고 클라이맥스. 우리가 여자의 시신을 발견한 순간, 죽은 줄 알았던 태리가 웃으며 달아난다.

그러나 마스터의 이 계획에는 커다란 허점이 있었다. 만일 우리가 호철이만 대답할 수 있는 질문을 던졌다면, 놈은 곧장 들켰을 것이 분명하다. 하지만 우리 중 누구도 그럴 엄두를 내지 못했다.

겁이 났다. 사랑하는 연인을 마스터에게 잃고, 심지어는 손가락까지 모두 잘려버린 남자. 그런 상황에 처한다면 아무 말도 하지 못하고 바닥에 추욱 늘어져 있는 것이 당연하다고 생각했다. 그를 억지로 붙들고 '답을 하라'고 요구할 생각까진 못 했다. 나의 완벽한 실책이었다.

태리가 지금까지 마스터를 연기했다는 것은, 돌려 말하면, 승태가 지금까지 줄곧 마스터와 함께 있었다는 의미다. 태리를 찾아오겠다고 했을 때 잠든 호철의 얼굴에 떠올랐던 희미한 미소는⋯⋯. 심장이 미친 듯이 뛰었다. 승태에게는 건물의 모든 방에 드나들 수 있는 카드 키가 있다. 뿐만인가. 사이먼이 멋모르고 쥐여준 권총까지.

우리는 허겁지겁 계단을 내려가 B4층에 도착했다.

"엘리베이터⋯⋯!"

도착하자마자 진혁이 소리쳤다.

나는 옆에 달린 표시등을 보았다. 엘리베이터는 1층에 멈춰 있었고, 옆으로는 '고장' 표시가 깜박거렸다.

승태의 관리자 권한으로 1층까지 엘리베이터를 움직여 탈출하려는 의도를 파악하자마자 비상 계단을 올라 1층으로 뛰었다. 절대 놓쳐서는 안 돼!

1층에 도착하자 비상문 옆을 사이먼이 보안카드로 태깅하고 곧장 문을 열었다. 놈이 있었다. 마스터가 승태에게 총을 겨누고 정문 앞에 무언가를 설치하도록 강요하고 있었다. 그 무언가는 모양으로 미루어 보건대⋯⋯ 폭탄이었다.

마스터를 향해 사이먼이 총구를 겨누었다.

"그만둬."

호철의 몸을 한 마스터가 천천히 돌아보았다. 그의 오른손에 남은 세 손가락, 엄지, 검지, 중지에 들린 총은 여전히 승태의 뒤통수를 겨누고 있었다.

"문을 날리려는 건가?"

사이먼이 물었다. 마스터는 아무 말도 하지 않고 징그러운 미소만 흘렸다. 사이먼이 말을 이었다.

"이 시설 자체도 단단히 설계됐지만, 그중에서도 가장 단단한 곳이 바로 이곳이야. 아무리 충격을 줘도 끄떡하지 않을 거야."

"⋯⋯뭔 개소리야?"

약간 당황한 듯한 목소리. 하지만 그것조차 연기 같았다.

"이 정문을 외부 조력 없이 떼어내려면 용접공 수십 명이 와야 돼. 그 폭탄으로 문을 날리려는 건, 아파트 부수겠다고 망치 휘두르는 거랑 똑같아. 병신 짓이라고."

사이먼의 말에 마스터의 얼굴이 굳었다. 그 순간, 나는 놈의 습관을 깨달았다. 연기를 —거짓말을— 할 때 턱을 옆으로 살짝 튼다는 것을. 방금 놈은 턱을 틀었다. 다시 말해, 폭탄을 설치하는 것이 헛짓거리라는 사실을 놈은 잘 알고 있었다. 그런데도 왜 폭탄을 꿋꿋이 설치하고 있을까?

"그럼, 협상할까?"

마스터가 말했다.

"어떤?"

사이먼이 총구를 살짝 내렸다.

"호철이 몸을 줄게."

놈이 자신의 몸을 툭툭 쳤다.

"대신 더 이상 날 쫓지 마."

"대신, 승태 씨 몸과 카드를 갖고 아래로 내려가겠다, 이거야?"

내가 물었다.

"그렇지."

시설 안의 모든 공간을 열 수 있는 승태의 카드 키가 놈에게 넘어간 건 시설 전체가 놈의 수중에 들어간다는 의미였다. 태리가 울면서 나와 사이먼, 진혁을 번갈아 보며 소리쳤다.

"호철이를 제발 돌려주세요. 지금 호철이 몸 상태가 너무 안 좋아 치료를 받아야 돼요. 제발 도와주세요. 흑흑."

마스터를 노려보며 생각에 잠겨 있던 나는 문득 승태가 뭔가 하고 있는 것을 발견했다. 그는 고개를 돌린 채 내 눈을 똑바로 보며 입으로 뭔가를 뻐끔거렸다. 입술을 열심히 움직여대는 것을 보니, 아나운서들이 방송 전에 하는 입술 훈련 같기도 했다.

메시지다.

젠장, 속으로 혀를 찼다. 마우스 리딩은 특기가 아니다. 평소에 연습이라도 해둘걸. 그럼에도 온 신경을 곤두세워 최선을 다해 입술을 읽었다.

오. 안. 얼. 아. 대체 뭔 소리야?

그때 사이먼이 입을 열었다.

"그럼, 신뢰의 표시로 우리한테도 정보 하나만 알려줘."

마스터는 잠시 생각하더니 고개를 끄덕였다.

"그럴까?"

사이먼은 고개를 돌려 나를 흘긋 보았다. 아마 잘 알아들으라는 뜻이겠지. 내가 고개를 끄덕이자 그는 심호흡을 한 뒤, 모두가 예상하지 못한 폭탄 질문을 툭 던졌다.

"첩자. 지금 우리 중에 있지?"

모두들 일제히 숨을 들이쉬었다. 실실 웃는 마스터를 향해 사이먼은 말을 이었다.

"탈출 경로와 수단에 소독 시스템까지. 그 모든 것을 외부자인 네가 죄다 알고 있을 리가 없어. 이 시설에 오자마자 사지가 묶이고 눈까지 가려진 놈이 말이야. 다시 말하면, 첩자에게 메시지를 받은 거야, 맞지?"

마스터는 씩 웃었다.

"그걸 이제 알았어?"

마스터가 첩자 발언을 할 때, 나는 모두의 반응을 유심히 지켜보았다. 딱히 의심스러운 반응을 보이는 이는 아무도 없었다. 첩자가 있다면, 놈은 분명 빈틈이라곤 없는 자식이다. 마스터가 질렸다는 듯 인상을 찌푸리며 말했다.

"그래서, 거래는 할 거야, 말 거야?"

사이먼은 나를 돌아보았다. 이 조건을 과연 받아들일까.

잠시 고민한 끝에 나는 고개를 끄덕였다. 지금 우리에게는 선택권이 없었다. 놈은 너무 많은 패를 갖고 있었다. 최악의 경우 마스터는 아무것도 내주지 않고 가버릴 수도 있다. 총과 인질이 있으니까.

승태를 손아귀에 쥔 이상 놈은 무엇이든 할 수 있는 것이다. 게다가 태리가 저렇게 원하고 있고, 호철이도 절실히 치료가 필요하다……. 그것이 당장 할 수 있는 최선이 아닐까. 물론 상대가 상대가 상대이니만큼 끝까지 긴장을 놓진 말아야겠지만.

"좋아, 할게. 약속대로 호철의 몸을 줘."

사이먼이 말했다.

"알았어, 알았어, 알았다고."

호철의 몸을 한 마스터는 겁에 잔뜩 질린 승태를 툭 쳤다.

"어이."

"아, 예?"

승태는 무의식적으로 고개를 돌렸다가 마스터와 눈이 마주쳤다. 눈이 마주친 즉시 호철의 몸이 쓰러지며 총을 떨어뜨리자 승태가 그 총을 얼른 주웠다. 이제 저 몸으로 마스터가 이동한 것이다.

"호철아, 괜찮아? 호철아."

태리가 울먹이던 그때였다. 바닥에 쓰러져 있던 호철이 눈을 번쩍 뜨며 일어나더니 이어 목청껏 괴성을 지르기 시작했다.

소름 끼치는 소리에 우리의 몸이 일제히 굳었다. 정신이 무너진 인간만이 낼 수 있는 비명. 인간이 아닌 지옥에서 건너온 동물이 죽어가며 내지르는 소리 같았다. 호철의 반응에 아랑곳하지 않고 마스터는 몸을 스트레칭했다.

"몸 곳곳이 삐걱거리네. 몸 관리 좀 하지."

"이제 호철이를 이쪽으로 넘겨."

사이먼이 말했다.

"으음."

놈은 턱을 만지작거리더니 돌연 호철의 몸을 발로 차서 넘어뜨리고 옆에 설치 중이던 폭탄을 왼손으로 들었다. 난데없이 바닥에 쓰러진 호철의 입에서 힘없는 신음 소리가 흘러나왔다.

"이 새끼가!"

열이 끝까지 뻗친 사이먼은 곧장 마스터를 향해 총을 겨누었다. 놈은 왼손으로는 폭탄을 내밀고, 오른손으로는 사이먼을 향해 총을 겨누었다.

"자, 자, 자! 난 약속대로 했다. 이제 너희들 차례야. 위치를 좀 옮기자고."

"뭐?"

"난 엘리베이터 타고 내려가야 하니까, 버튼 좀 누르고 있어. 문도 좀 열어놓고."

저 뻔뻔한 태도라니. 나는 입술을 껌처럼 씹었다. 승태 몸만 아니었다면 당장에라도 사이먼에게 총알 샤워를 선사하라고 했을 텐데.

우리가 엘리베이터 버튼을 누르고 문을 고정시킨 것까지 확인한 다음 마스터는 싱긋 미소 지었다.

"좋아, 다들 허튼짓하지 마. 자, 이제 움직인다. 시작."

놈이 말했다.

우리는 로비 가운데에 널브러진 호철을 중심으로 나침반의 추처럼 조심스럽게 움직였다. 그렇게 몇 걸음을 움직이자 마침내 대이동이 끝났다. 이제 마스터는 엘리베이터 앞에, 우리는 정문 바로 앞에 서 있었다.

태리는 아아 소리를 내며 호철에게 달려갔다. 그녀는 만신창이가 된 호철이를 안고 어깨를 들썩거리며 울었다. 지켜보던 나도 괜히 코끝이 찡해졌다. 지금의 만남을 위해, 둘 다 얼마나 많은 지옥을 견뎌냈는가. 나도 살아서 돌아가 해연이를 만난다면 저런 반응을 보이지 않을까.

그때였다. 마스터가 입을 열었다.

"근데 말이야, 너희들이 단단히 착각하고 있는 게 하나 있는데."

"착각?"

진혁이 고개를 갸웃했다. 마스터가 미소 지었다.

"난 여기서 나갈 생각 없어. 너희 엿 먹이는 게, 너무 재밌거든."

그 말을 듣자 불길한 예감이 파도처럼 밀려들었다. 그 순간, 그러니까 흐릿한 기름 냄새를 맡은 그때, 나는 깨달았다. 놈은 애초부터 호철을 보내줄 생각이 없었다. 전혀.

"저기 잠깐만."

나는 태리에게 외쳤다. 마스터는 엘리베이터 안으로 몸을 던지는 동시에 호철을 향해 방아쇠를 당겼다.

"안 돼!"

사이먼이 소리쳤다.

탕 소리와 함께 화마가 호철의 온몸을 집어삼켰다. 그를 휘감은 불길이 올림픽 성화처럼 맹렬하게 타오르기 시작했다.

"아아아아악!"

뒤로 벌러덩 넘어지며 태리가 절규했다. 하지만 그녀의 비명은 호철의 비명에 그대로 묻히고 말았다.

눈이 돌아간 사이먼이 닫히는 엘리베이터 문을 향해 다짜고짜 총을 갈겼다.

타타타타타!

문에 총탄이 꽂히며 불꽃이 번쩍였다. 하지만 낄낄대는 소리가 계속되는 것을 보니 맞히지는 못한 것 같다.

"나중에 보자."

놈이 조롱하듯 속삭였다.

쿵. 문은 허무할 정도로 쉽게 닫혔고, 엘리베이터는 그렇게 내려 갔다. 나는 천천히 로비 쪽으로 고개를 돌렸다. 아수라장이었다.

불은 호철의 몸을 완전히 집어삼킨 채, 여전히 기세 좋게 타오르고 있었다. 태리는 불나방처럼 미친 듯이 그 안으로 뛰어들려고 허우적거렸다. 그런 그녀를 진혁이 뒤에서 필사적으로 붙잡고 있었고, 사이먼은 멍한 표정으로 엘리베이터를 보고 있었으며, 나는 이 모든 광경을 그저 무력하게 지켜만 보았다.

마스터의 낄낄거리는 웃음소리는 그 후에도 한동안 내 귓가에 맴돌았다.

15.

10분이 지났다.

그사이 우리는 불타는 호철의 몸 위에 식당에서 가져온 생수를 끼얹었고, 창고에서 가져온 이불을 덮는 등 갖은 노력을 했지만, 이미 목숨을 구하기엔 너무 늦었다. 안타깝게도 아까 가스 작전에 이산화탄소 소화기를 다 써버리는 바람에 불을 끄는 데 더 오래 걸렸다.

간신히 불을 끄자 처참한 광경이 눈앞에 드러났다. 흉측하게 일그러진 호철의 시신. 입은 말린 조기처럼 쩍 벌어져 있었고, 손과 발은 있는 대로 뒤틀린 채 검은 연기를 모락모락 뿜어댔다.

"아아아……."

태리는 그 앞에 무릎을 꿇은 채 앓는 소리를 냈다. 현실을 부정하는 듯 고개를 휘휘 저으면서.

나조차도 호철이 죽었다는 사실을 받아들이기가 힘들었다. 몇 시간 전까지만 해도 같이 얼굴을 마주 보고 멀쩡하게 대화하던 사람이 지금은 저렇게 숯덩이가 되어 누워 있다니, 믿기지 않았다. 그렇게 살려고 발버둥을 쳤는데, 그 모든 고통을 견뎌냈는데.

나는 너덜너덜해진 마음을 부여잡고 전체적인 상황을 재고했다. 최악이었다. 이제 마스터는 승태의 몸과 무기까지 얻었다. 앤트힐 전체가 놈의 수중에 들어갔다. 거기다가 동료들의 상태는……

"괜찮아? 호철아…… 괜찮은 거 맞지."

태리의 목소리. 나는 뒤를 돌아보았다. 그녀는 호철의 시신 앞으로 엉금엉금 기어가고 있었다. 태리는 당장이라도 무너질 듯한 미소를 지으며 호철의 가슴을 손으로 쓰다듬었다. 재가 바닥에 후두두 흘러내렸다.

"조금만 참으면 집에 갈 수 있어. 집에 가자."

기행에 순간 섬뜩해졌지만, 승태가 했던 말이 떠올랐다.

브레이크 다운. 끔찍한 상황을 정신이 도저히 감당하지 못한 것이다. 위로를 할까. 아니다. 저 정도로 심각한 상태라면 아무 말도 통하지 않을 것이다. 가끔은 괜찮아질 때까지 내버려두는 것도 하나의 방법이다.

한숨을 쉬고 앞으로의 일을 상의하기 위해 고개를 돌렸다. 그러다 의외의 광경을 보았다. 진혁이 주춤거리며 태리에게 다가가고 있었던 것이다.

"저기, 태리야……"

내가 진혁을 말리려던 그때였다. 태리가 눈을 부릅뜨며 소리쳤다.

"다가오지 마!"

태리가 눈을 부릅뜨며 호철의 불탄 시신을 두 팔로 감쌌다. 팔에 힘을 너무 준 탓일까. 순간 검게 탄 호철의 머리가 뚝 부러지더니 바닥을 데굴데굴 굴러갔다.

"아아악!"

그녀는 비명을 지르며 굴러가는 머리를 향해 엉금엉금 기어갔다. 굴러가는 젖병을 집으려 힘겹게 기어가는 아기처럼. 천신만고 끝에 다시 머리를 집어 든 그녀는, 그것을 호철의 시신에 붙이려고 몇 번이나 시도했다. 하지만 재만 쏟아질 뿐, 그것이 붙을 리는 만무했다. 그녀는 끝내 포기한 건지 몸을 축 늘어뜨렸다. 이제 끝난 건가 싶은 그때, 태리가 머리를 번쩍 쳐들었다.

"이게 다 너희들 때문이야. 너희들 때문이라고. 난 하라는 대로 다 했는데, 이게 뭐야. 이게 뭐냐고! 첩자, 첩자, 지랄하고."

사방으로 분노를 표출하는 태리를 우리는 그저 멍하니 보았다. 그녀가 뿜어내는 광기에 압도되어 꼼짝도 할 수 없었다.

말을 끝마친 태리는 우는 소리를 내며 1층 복도 끝으로 걸어갔다. 코너를 돌아 그녀의 뒷모습이 완전히 사라지고 나서야 나는 지난 10초 동안 숨을 참고 있었음을 깨달았다. 나는 숨을 내쉬었다. 폐에 담긴 공기를 깡그리 비워내는 듯한, 긴 한숨.

"첩자, 첩자, 지랄하고."

태리의 말이 계속 귓가에 맴돌았다. 정말 지랄일까. 역시 우리끼리 허공에 대고 싸우는 섀도복싱을 하고 있는 걸까. 하지만 그렇게 간단히 넘기기엔 첩자가 있다는 정황 증거가 너무 명확했다.

첩자는 누구인가. 남은 이는 두 명. 진혁, 그리고 사이먼. 진혁이 첩자인가? 내 앞에서 크게 의심스러운 행동은 보이지 않았다. 하지만 연구소의 신입이기도 하고, 저 허당기 있는 성격도 연극일지 모른다. 하지만 잔뜩 공격을 받아 걸레짝이 된 얼굴이 마음에 걸렸다.

멀쩡한 정도로만 따지면 오히려 사이먼이 의심스럽다. 그는 이번 사태에서 진혁의 펀치를 제외하면 거의 아무 부상도 안 입었으니까. 하지만 그가 첩자라면, 대체 왜 첩자 얘기를 해서 굳이 의심을 샀을까.

아니, 애초에 첩자의 목적은 무엇일까. 마스터를 빼내는 것은 물리적으로 불가능하다. 연구원들을 깡그리 죽여 마스터에 대한 연구를 늦춘다? 이것도 아닐 것이다. 그렇다면 대체⋯⋯ 해결해야 할 질문이 한두 가지가 아니었다. 거기다 승태의 마지막 메시지 '오, 안, 얼, 아'는 구조 신호일까. 아니면 무언의 힌트일까. 마땅한 해답 없이 시간은 흐르고 또 흐를 뿐이었다.

*　*　*

호철이 죽은 지 30분. 나는 긴장된 분위기에 숨조차 쉴 수 없었다. 이제야 확실하게 알 수 있었다. 왜 그동안 진혁이 사이먼을 경계했는지. 그는 사이먼을 첩자로 의심하고 있다. 사이먼도 마찬가지로 진혁을 의심하고 있다. 어떻게 알았냐고? 아까부터 눈싸움이라도 하듯 서로가 서로를 뚫어져라 노려보고 있으니 모른 척할 수도 없다. 답답했다. 지금 이렇게 서로 으르렁거릴 상황인가. 그보다 더 급한 일이 있는데.

잠. 이 시설에 와서 나는 밤을 새우고 점심이 가까워지도록 한숨도 자지 못했다. 뇌에서는 벌써 셧다운 경고신호를 보낸 지 오래다. 가만히만 있어도 전등이 고장 난 듯 눈앞이 번쩍였다. 솔직히 말해 당장 쓰러져도 이상하지 않으리라.

나는 박수를 쳐서 둘의 눈싸움을 중지시켰다.

"의심은 일단 접어두고 어떻게 경계를 설지부터 정하죠. 다 같이 졸다 잠들어서 마스터한테 기습당해 죽긴 싫잖아요."

긴장과 피로 속에서 회의가 시작되었다.

일단 마스터가 1층으로 올 수 있는 루트는 총 두 개. 비상계단, 혹은 엘리베이터. 다행히 엘리베이터와 계단을 한눈에 볼 수 있는 지대가 존재했다. 로비 한가운데. 그곳에서 경계를 서면 될 것 같다고 우리는 판단했다. 장시간의 토론 끝에 셋이서 네 시간 간격으로 교대하며 경계를 서기로 했다.

그렇다면 잠자리는 어떡하면 좋을까. 다 같이 모여서 자자고 진혁이 제안했으나 사이먼이 거부했다. 찜찜하기 짝이 없다는 것이다.

"나는 안 그런 줄 알아?"

진혁이 발끈했다.

그렇다면 사이먼은 혼자 자라고 나는 권했다. 어차피 그가 자려고 하는 방은 로비 카운터 바로 뒤편에 있으니까. 비상시엔 바로 튀어나올 수 있을 정도로 가까운 거리이니 문제는 없을 것이다.

진혁이 주변을 둘러보았다.

"그나저나 태리는?"

사이먼이 한숨을 쉬었다.

"체크했는데, 1층 창고에 있는 것 같아. 창고 문을 두드려도 꺼지라고밖에 안 하던데."

"안전할까요?"

내가 물었다.

"거긴 태깅 장치고 뭐고 완전히 수동이라, 안에서 잠그면 아무리 기를 써도 열 수가 없더라고요. 질식이 걱정되긴 하는데, 공간이 크니까 뭐 하루 이상은 버티겠지. 답답하면 알아서 환기도 할 테고. 그것만 제외하면 위험 요소는 없어요."

확실히 마스터에게 시시각각 노려질 로비보다는 창고 쪽이 안전할 것이다. 게다가 그녀에겐 무엇보다 시간이 필요했다. 마음을 추스를 평온의 시간이.

"아, 첫 감시는 일단 내가 설게요. 네 시간이라도 자야 팔팔하게 서로 싸울 힘도 생기지."

내가 말했다. 실은 눈앞에 닥친 팀의 분열을 막기 위한 선택이지만.

"그럽시다. 수진 씨라면 믿을 수 있어요, 저는."

사이먼이 미소 지었다. 진혁도 동의하듯 약하게 고개를 끄덕였다.

"자, 그럼 회의 끝."

두 남자는 이따가 보자는 말을 나에게만 남기고 각자의 방으로

사라졌다. 발소리가 서서히 희미해지더니 이윽고 고요한 정적이
흘렀다.

홀로 남은 나는 엘리베이터를 노려보며 카운터 의자에 앉아 있
었다. 오른손에는 사이먼이 준 조그만 호루라기를 쥐고. 혹시라도
이상한 징후가 보이면 곧장 불라고 그가 준 것이다. 하지만 아직은
이상한 징후 따위 보이지 않았다. 그보다…… 흐릿한 조명, 편안한
의자. 잠이 쏟아지기에 완벽한 환경. 점차 졸리기 시작했다.

눈꺼풀이 거의 감길 뻔했음을 스스로 자각한 뒤 화들짝 놀라 잠
에서 깼다. 뭐 하는 거야. 뺨을 철썩 때리며 이를 악물었다.

그래, 차라리 일어서 있자. 그러면 조금 낫겠지. 하품을 하며 나
는 몸을 일으켰다. 그리고 문득 깨달았다. 바로 앞에, 누군가가 우
뚝 서 있다는 것을. 철렁 간이 떨어졌다. 놀란 나머지 자빠질 뻔했
지만 이어지는 목소리를 듣고 겨우 정신을 차렸다.

"저예요, 저."

진혁이었다.

"뭐 하는 거예요, 미쳤어요? 심장 마비 걸릴 뻔했잖아요."

"사이먼이 첩자예요."

놀란 가슴을 진정시킬 새도 없이 눈앞에 폭탄이 떨어졌다.

"무…… 무슨 근거로요?"

진혁이 뒤를 돌아보았다. 사이먼의 방이 있는 카운터 쪽엔 인기
척이 없었다.

"사이먼이 절대로 말하지 말라고 했지만, 상황이 상황이니까 말

할게요."

그는 심호흡을 한 뒤 말을 쏟아냈다.

"하나, 식물실에서의 공백. 태리가 칼을 휘두르며 달려들었는데 놈은 아무것도 안 했어요. 왜인지는 뻔하죠. 우리가 서로 죽이는 걸 지켜볼 계획이었으니까. 그렇게 머릿수가 줄어들면, 나중에 한꺼번에 처리하려고."

분명 사이먼은 그때의 공백에 대해 지금도 함구하고 있다. 분명 찜찜한 사실이긴 하나 정황 증거일 뿐 직접적인 증거까진 아니다.

"그리고 둘, 내가 봤어요. 사이먼이…… 비인가된 작은 노트북 모양의 통신 장비를 가지고 있었어요. 제가 소장님이랑 가스 분사기를 만든 다음 수진 씨한테 알리려고 놈의 숙소를 지나갈 때 외부와 몰래 교신하는 듯한 모습을 목격했어요."

그 말이 사실이라면…….

"하지만 통신 장비가 어디 있는지는 확실히 모르는 거죠?"

진혁은 잠시 나를 뚫어지게 보았다.

"아뇨, 어디 있는지도 알아요. 놈이 항상 메고 다니는 조그만 가방. 그 안에 있을 거예요. 물론 그사이 숨겼을 수도 있지만…… 첩자라면, 통신 기기는 항상 가지고 다니지 않을까요. 특히 지금같이 계속 움직여야 하는 상황에서는."

"……그래서요?"

내가 중얼거렸다. 같이 그 기계를 내놓으라고 강요라도 해보자는 걸까.

"제가 가져올게요."

"……네?"

나는 눈을 크게 떴다. 방금 들은 말이 사실인지 믿기지가 않았다.

"몰래 가져오겠다…… 고요?"

그는 결연한 눈빛으로 천천히 고개를 끄덕였다.

문득 불길한 예감이 들었다. 만약 들키기라도 한다면? 사이먼이 팀원에게 폭력을 휘두르는 건 아직 보지 못했다. 휘두른다 해도 불가피한 상황—환풍구 사태—에서였을 뿐. 하지만 진혁과 사이먼은 지금까지 줄곧 긴장 상태였다. 그런 상황에서 자신의 방에 몰래 들어온 그를 본다면…….

"그러다 걸리면 당신 죽을 수도 있어요."

"첩자라며 의심받다 죽는 것보단 낫죠."

진혁이 자조하며 웃었다.

"그렇잖아요, 수진 씨도 저를 의심하고 있는데."

나는 대꾸하지 않았다. 사실이기 때문이다. 지금도 그를 용의자 리스트에서 배제하지 않았다.

"그렇다고 해도 목숨까지 거는 건 무모한 짓이에요."

"사이먼이 첩자라면, 놈이 애지중지하는 그 물건은 어쩌면 우리 목숨을 좌지우지할지도 몰라요. 보통 물건이 아닐 거예요. 놈이 그런 반응까지 보였으니까."

"그런 반응이라니요?"

진혁은 한동안 머뭇거렸다. 자신이 불치병에 걸렸음을 가족에게 처음 고백하는 사람처럼.

"절 죽이겠다고 협박까지 했다니까요."

도저히 믿을 수가 없었다. 지금까지 머릿속에 굳혀온 사이먼에 대한 이미지가 크게 흔들렸다.

"제가 수진 씨한테 온 이유는 부탁할 게 있어서예요. 혹시 상황을 지켜보다, 사이먼이 절 죽일 것 같으면 끼어들어 말려주세요."

진혁이 말했다.

진혁을 완전히 믿지는 않는다. 하지만 그렇다고 그가 사지에 들어가는 것을 빤히 지켜볼 수도 없는 노릇이었다. 게다가 비인가 통신 기기 얘기가 사실이라면, 오히려 한 팀으로서 돕는 게 맞지 않을까. 잠시 고민 끝에 나는 입을 열었다.

"정 해야 한다면, 내가 하는 게 나을 텐데. 다시 말하지만, 사이먼이 당신 보면 바로 죽일걸요? 방금까지 그렇게 눈싸움을 하고는."

"수진 씨는 안 죽인다는 보장이 있어요?"

"그래도 진혁 씨보다는 들켜도 이것저것 둘러대서 넘어갈 수 있지 않을까요."

왠지 모를 확신이 있었다. 당장 죽이지는 않으리라는 막연한 확신.

"됐어요, 너무 위험해요."

"환풍구에 나 대신 들어가 줬잖아요. 대신 물어뜯겨주기까지 했고. 빚 갚는 셈치죠, 뭐."

"잠, 잠깐⋯⋯."

그가 말을 끝마치기도 전에, 나는 다짜고짜 사이먼의 방 안으로 성큼 들어갔다.

몇 걸음 들어간 다음 나는 뒤를 돌아보았다. 문 너머에서 진혁이 미친 듯이 고개를 젓고 있었다. 그는 얼굴로 말하고 있었다. 당장 튀어 나오라고. 나는 천천히 고개를 저었다.

물론 내가 이곳에 들어온 건, 표면적으로는 진혁을 위해서다. 하지만 실은 그에게 말하지 않은 또 다른 이유가 있었다. 오기였다. 나는 지금까지 작전만 짰을 뿐, 정작 위험한 상황이 닥치면 적극적으로 현장에 뛰어들지 못했다. 눈앞에서 동료가 다치는 것을 보거나, 재수없이 다치기만 했다. 명색이 경찰이면서 아무도 지키지 못하고 무력하게만 있을 뿐이었다. 그러니, 이번에는 뭐라도 해내고 말리라.

나는 앞을 향해 한 걸음 한 걸음 발을 뗐다. 한 치 앞도 보이지 않는 어둠 속에서 커커컥, 커커컥 소리가 연달아 들렸다. 사이먼의 코골이다. 점차 어둠에 눈이 적응하며 방 안의 윤곽이 서서히 보이기 시작했다.

눈을 아래로 향한 나는 헉 숨을 들이쉬었다. 발치에, 사이먼의 얼굴이 있었다. 그는 총의 방아쇠에 손가락을 건 채 코를 골며 자고 있었다.

심장이 쿵쾅거렸다. 그리고 사이먼이 항상 가지고 다니던 가방이 사이먼의 머리 바로 옆에 놓여 있었다.

심호흡을 한 다음 나는 그 앞으로 조심스럽게 다가갔다. 가방의 입구는 지퍼 형식이었는데, 반쯤 열려 있었다. 그 위로 조심스럽게 손을 뻗었다.

컥.

코골이가 뚝 멈추자 나도 동시에 몸을 멈추었다. 설마 들켰나 싶은 그때, 컥컥컥컥 코골이가 다시 시작되었다.

식은땀을 흘리며 다시 손을 뻗었다. 조심스럽게 가방 속을 뒤적였다. 빛이 없으니 오로지 감촉만으로 물건을 구분해야 해서 적잖은 시간이 걸렸다. 이 중에 과연 통신 기기가 뭘까. 아니, 애초에 있기나 할까. 설마 진혁이 나를 이곳에 넣어두고, 혼자 뭔가 하려는 건……?

순간 차가운 금속 모서리 같은 것이 만져졌다. 그것을 집은 다음 위로 조심스럽게 끌어당겼다. 그 과정에서 물건이 가방 속 잡동사니에 부딪히며 약간의 소음이 났지만 코골이는 멈추지 않았다.

나는 눈을 찡그리며 손에 든 물건을 자세히 살펴보았다. 이건…… 노트북? 아니다. 그보다는 옛날에 쓰던 전자사전 느낌에 가깝다. 뭐, 확인해보면 알겠지.

사이먼의 방문을 무사히 나선 뒤, 갑자기 눈앞에 쇠파이프가 튀어나와 비명을 지를 뻔했다. 바로 앞에서 진혁이 알루미늄 소재의 청소용 빗자루를 들고 기다리고 있었던 것이다. 혹시라도 비상사태가 생기면 사이먼에게 휘두르려던 것일까?

"서, 성공했네요!"

진혁이 안도의 한숨을 내쉬었다.

"이거 맞죠?"

내가 기계를 들어 보이자 진혁은 신나게 고개를 끄덕였다.

*　　*　　*

우리는 로비 쪽으로 장소를 옮긴 다음 전자사전의 버튼으로 보이는 부분을 눌렀다. 이잉 소리와 함께 기계가 작동하며 누르스름한 불빛이 진혁의 얼굴을 물들였다.

"역시 겉보기엔 전자사전인데."

내가 중얼거렸지만 진혁은 눈살을 찌푸리며 사전의 화면만을 노려볼 뿐이었다.

부팅이 시작되며 삐리릭 하는 기계음이 들렸다. 곧이어 바탕 화면이 떴다. 그곳에는 몇 가지의 기초적인 아이콘만이 떠 있을 뿐이었다. 나는 일단 방향키를 움직여 맨 위의 프로그램을 열었다.

매트릭스의 한 장면처럼 화면에 자잘한 코드들이 주르륵 흘러내렸다. 이윽고 두 개의 창으로 분할된, 사전 같은 것이 화면 위로 떴다. 왼쪽에는 다양한 숫자 코드들이, 오른쪽에는 숫자에 해당하는 암호들이 적혀 있었다.

학교를 졸업하며 영어 실력을 반납한 나로서는 그 의미가 짐작조차 가지 않았다. 결국 진혁의 도움을 빌릴 수밖에 없었다.

"암호 같아요."

진혁이 방향키를 조작하며 화면을 넘겼다.

"1번부터 500번까지 있는 것 같은데, 숫자별로 의미가 전부 달라요……. 그야말로 시나리오별로 준비해놓았네요. 옆에는 단계별로 위험 수치도 있고."

진혁은 놀라며 입을 벌렸다.

"우와, 외계인 침략 경보도 있어. 경고 5단계. 대박인데."

나는 팔꿈치로 진혁을 쿡 찌르며 검색을 재촉했다. 진혁은 고개를 끄덕인 후 더 빠르게 딸깍 소리를 냈다.

"아, 최근 검색 기록도 볼 수 있네요."

"설마 안 지웠을까."

"자만했을 수도 있죠. 이 시설에서 감히 내 물건을 훔칠 놈이 있을까, 이렇게."

진혁이 타다닥 키보드를 두드린 다음 엔터를 누르자 허무할 정도로 쉽게 검색 기록이 떴다.

"이, 있네."

최근 검색 기록은 오직 하나, 203이었다. 진혁은 컨트롤 F를 눌러 해당 코드를 검색했다. 그러자 오른쪽에 뜻풀이가 주르륵 나왔다. 화면을 보는 진혁의 표정이 점차 하얗게 질렸다. 그는 소금물에 빠진 금붕어처럼 입을 힘겹게 뻐끔거렸다.

"……뭔데?"

"적국에게 방공호의 위치를 들켰을 경우. 경고 5단계."

진혁이 꾸역꾸역 말을 이었다.

"대처 방안은, 익스터미네이트."

"무슨 뜻이야?"

내가 묻자 진혁이 천천히 나를 돌아보았다. 그는 떨리는 목소리로 중얼거렸다.

"저, 전원 몰살이요."

그때였다.

"꼼짝 마."

이어 철커덕 소리가 등 뒤에서 울렸다. 그대로 얼어붙은 우리는 천천히 고개를 돌렸다. 사이먼이었다.

차갑기 그지없는 눈으로, 우리를 향해 총구를 겨누고 있는 사이먼의 모습을 보자마자 나는 충격과 배신감에 경악했다. 역시 그가 맞았던 걸까. 지금까지 줄곧 첩자였던 걸까. 믿기지가 않았다. 아니, 믿고 싶지 않았다. 총구를 눈앞에 둔 지금도 마찬가지였다.

"일단 이쪽으로 와요, 둘 다."

사이먼이 굳은 목소리로 중얼거렸다.

우리는 순순히 두 손을 치켜들고 그가 방금까지 누워 있던 방 안으로 들어갔다. 간신히 위기를 모면했다고 생각했는데, 몇 분도 채 지나지 않아 이런 꼴이 되어버리다니. 정말 어처구니가 없다.

우리가 방 안으로 들어가는 것까지 확인한 후, 사이먼은 문 앞에 섰다. 정적이 계속될수록 긴장 역시 고조됐다. 당장 총성이 들려도 이상하지 않은 그때 사이먼이 한마디를 툭 던졌다.

"궁금한 거 있어요?"

나는 잠시 머리가 멍해졌다.

"놀리는 거예요? 어차피 우리 죽일 거잖아요."

사이먼은 놀란 듯이 눈을 둥그렇게 떴다.

"무슨…… 그럴 생각은 전혀 없어요."

나는 진혁을 돌아보았다. 그 역시 무슨 상황인지 감도 안 잡힌다는 표정이었다. 사이먼을 보며 진혁이 말했다.

"아니, 그럼 총은 왜?"

"이러지 않으면 당신들이 내 말을 들어주지도 않을 것 같으니까. 그렇잖아요? 그 전자사전, 당신들 방금 봤잖아."

사이먼이 한숨을 쉬었다.

처음에는 헛소리라고 생각했지만 나름 일리 있는 헛소리였다. 지금 그가 총을 겨누지 않았더라면, 우리는 분명 사이먼을 보자마자 줄행랑을 쳤을 것이다. 아니, 전원 몰살이라는데, 더 이상 의심하고 말고 할 것도 없지 않은가.

"그러면…… 우리 팔 내려도 되는 거야?"

내가 물었다. 사이먼이 고개를 끄덕이자 우리는 팔을 천천히 내렸다. 그제야 약간은 안도할 수 있었지만 그래도 긴장을 완전히 풀지는 않았다. 전자사전의 '그 단어'를 본 이상, 뚜렷한 답을 얻기 전까지 계속 경계하지 않으면 안 된다. 내가 물었다.

"그래서 우리를 몰살하라고 명령한 놈들은 누군데?"

주저하며 어렵게 사이먼이 입을 열었다.

"CIA."

나는 반사적으로 진혁을 향해 고개를 돌렸다.

"아니, 걔들은 당신들이랑 함께 공동 연구하는 사이 아니었어요?"

사이먼이 말을 이었다.

"연구는 연구고, 비상사태는 비상사태죠. 마스터가 탈출하는 최악의 사태가 발생하면 최대한 평화적으로 해결하는 게 서류상 합의안이지만. 솔직히 한국도 미국도 알고 있었어요. 마스터가 탈출하는 순간 그런 건 아예 불가능하다는 사실을. 놈은 무슨 수단을 써서라도 빠져나가려 할 거라는 사실을요."

"그게 무슨……."

"말 그대로예요. 전원 몰살. 원래 지금쯤이면 당신들을 다 죽이고, 나도 죽었어야 돼요. 굳이 전직 약쟁이를 여기다 군인이랍시고 박아놓은 이유도 이제 알겠죠?"

사이먼이 피식 웃었다.

맙소사. 그야말로 인간 자살 폭탄인가. 국가가 자국 시민을 상대로 그런 명령까지 내리다니. 나는 충격을 받았다. 사이먼은 담담한 어조로 폭로를 계속했다.

"설사 뭔 일이 터져서 사건이 드러나도 내가 맛이 가서 총기 난사를 했다, 뭐 그렇게 포장할 수 있으니까. 일이 그 지경까지 간다면 손바닥으로 햇빛을 가리는 셈이겠지만……. 최후의 안전장치죠."

"당신은 러시아 용병과는 아무 상관이 없다는 소리예요?"

사이먼이 어색하게 고개를 끄덕였다.

"그럼 아까 그 식물실에서는?"

312

그는 참회하듯 천천히 고개를 숙였다.

"그때 몰살 명령을 수행하려고 했어요. 정확히는 자폭장치를 작동시키려고 했어요. 이 시설의 심장부와도 같은 부분이 바로 식물실이니까. 가장 취약하고, 가장 아름다운 곳. 그곳에 CIA는 극비리에 시설 전체를 날릴 수 있는 자폭장치를 숨겨놨어요. 핵폭탄과 같은 파괴력으로 이 시설을 흔적없이 날려서 아무도 모르게 하려는 거죠. 수진 씨에겐 미안하지만, 당신이 이곳에 들어올 때부터 이미 적들에게 시설 위치가 노출돼서 자폭하라는 명령이 떨어진 거였어요. 마스터의 탈출과는 상관없었죠. 저는 명령대로 자폭장치 버튼을 누르려고 했어요."

얘기를 들으며 내 몸이 덜덜 떨렸다. 처음부터 나는 사지로 들어왔던 것인가. 그래서 사이먼은 식물실에서 그렇게 시간을 끌었던 건가. 그래서 그렇게 죽다 살아난 듯한 창백한 표정을 지은 건가. 우리 전부가 그때 죽을 수도 있었다고 생각하니 머리가 핑 돌았다.

"그런데 그럴 수 없었어."

사이먼이 말했다.

"어째서?"

거의 속삭이는 수준으로 내가 중얼거렸다.

"그건⋯⋯."

진혁이 달려들어 사이먼의 총구를 밀친 것은 하필 그 순간이었다.

"총부터 내려놓고 얘기해, 일단!"

진혁이 사이먼의 총에 달라붙더니 악다구니를 썼다.

"뭐야?"

"당신이 첩자가 아니라면, 총부터 내려놓으라고!"

나는 당황했다. 확실히 진혁의 캐릭터를 고려하면 상당한 과민 반응이었지만, 덕분에 나는 상황의 심각성을 다시금 깨달았다. 지금까지 우리는 쭉 총부리를 앞에 두고 대화를 나누고 있었다. 당장이라도 죽을 수 있는 상황인데, 정상적으로 사고하는 것은 불가능에 가깝다. 어쩌면 사이먼은 그것을 의도한 게 아니었을까?

그때였다. 둔탁한 퍽 소리가 허공에 울렸다. 사이먼이 다짜고짜 들고 있던 총 개머리판으로 진혁의 얼굴을 후려친 것이다. 진혁이 바닥에 쓰러졌다. 엎드린 채 앓는 소리를 내는 그를 사이먼은 차갑게 내려다보았다.

"새끼가. 보자 보자 하니까."

진혁이 끙 소리를 내며 간신히 고개를 들었다.

"수진 씨, 이 자식이 방금 한 말은 전부 심리전이에요. 물증만 따졌을 때 첩자는 확실하잖아요. 사이먼이라고요."

분명 그 말은 사실이다. 물증만을 고려한다면 사이먼은 철저하게 불리하다. 하지만 그가 방금 말한 이야기는 이상할 정도로 설득력이 있었다. 방금 준비한 거짓말이라고 하기엔 너무 디테일하고 아귀가 맞다……. 그래도 그가 첩자라면 그런 것들은 기본적으로 준비했을 것이다.

"욱!"

순간 사이먼이 진혁의 배를 걷어찼다. 그는 비명을 지르며 바닥을 한 바퀴 굴렀다. 웅크린 진혁의 앞으로 사이먼이 성큼성큼 다가갔다.

"내가 널 그동안 안 죽인 이유는 딱 하나야. 나가는 순간 잡아서 족치려고. 네가 어디서부터 어디까지 아는지, 쥐어짜서 싹 다 알아보려고."

그는 총을 등 뒤로 넘긴 다음 진혁의 위에 올라탔다. 엄청난 무게가 배를 갑자기 짓눌러서 그럴까, 진혁은 제대로 숨도 쉬지 못하고 컥컥거렸다.

"그런데 이젠 궁금하지도 않아. 넌 그냥……."

나는 손으로 입을 틀어막았다. 사이먼이 손을 뻗어 진혁의 목을 조르기 시작한 것이다.

"그만둬요."

내가 떨리는 목소리로 중얼거렸지만 소용없었다. 사이먼의 부릅뜬 눈에서 무서울 정도의 살의가 느껴졌다. 사이먼이 울분에 차 말했다.

"이 새끼 같은 놈들 때문에 호철이도…… 당신 가족도…… 다 죽은 거야."

"그만하라고!"

내가 소리쳤다. 사이먼은 계속했다. 실핏줄이 터진 것인지 진혁의 눈 안쪽이 붉게 물들었다. 죽인다. 이러다간 정말 죽인다.

"내 가족도…… 전부 죽었어. 개 같은 새끼!"

사이먼이 손아귀에 더 힘을 준 그때였다.

철컥 소리에 사이먼은 뒤를 돌아보았다. 사이먼이 놀란 표정인 이유는 아마도 내가 그의 등에 걸려 있던 총을 위로 당겼기 때문일 것이다. 이대로 쑥 들면 총을 뺏을 수 있을 줄 알았는데, 줄이 겨드랑이 부분에 걸려버렸다.

"그게……."

내가 말을 우물거리는 사이 진혁이 벌떡 일어나는 동시에 주먹을 사이먼의 배에 꽂았다. 사이먼이 충격에 웅크리는 사이 진혁은 비틀거리며 일어섰다.

"지금이에요, 뺏어요!"

사이먼이 신음을 흘렸다. 나는 당기던 줄을 허겁지겁 마저 당겼다. 왼쪽으로 몇 번 당기자 어느 순간 줄이 헐렁해지며 총이 빠져나왔다. 됐다. 총은 이제 내 손에 있다.

그때 정신을 차린 사이먼이 몸을 일으켰다. 미친 듯이 중얼거리던 그는 진혁을 향해 고함을 지르며 달려들기 시작했다. 유튜브에서 본 투우 영상이 떠올랐다. 저 충격을 그대로 받는다면 그 누구도 무사하지 못할 것이다. 나는 눈을 질끈 감고 방아쇠를 당겼다.

탕!

총성과 함께 둘의 움직임이 우뚝 멈추었다. 만신창이가 된 사이먼과 진혁이 코미디 콩트의 한 장면처럼 동시에 이쪽을 돌아보았다. 사이먼이 말을 더듬거렸다.

"수진 씨……?"

"손 들어요. 진혁 씨, 그리고 당신도."

두 남자는 서로를 노려보다가 마지못해 손을 들었다. 어떡할까. 나는 입술을 씹었다. 솔직히 마음 같아선 둘 다 어디 구석에 있는 방에 처넣어버리고 싶다. 하지만 아무리 그래도 나 혼자 일대일로 마스터와 싸우는 것은 불가능하다. 최소 2인이어야 그나마 승산이 있을까 말까다……. 결국 지금 어떻게든 결정해야 했다. 둘 중 누구를 믿을지.

총을 든 손이 미세하게 떨렸다. 나는 눈을 질끈 감았다. 이런 상황일수록 결국 감성보다는 이성에 기대는 수밖에 없었다.

"미안해요. 당신을 믿을 수 없어요."

*　*　*

우리는 사이먼의 보안카드를 압수하고, B1층 구석에 위치한 창고에 그를 가뒀다. 가능하면 가까운 1층 창고에 가두고 싶었지만, 이미 그곳에는 태리가 있으니 어쩔 수 없었다.

사이먼은 나의 선택 이후 완전히 체념한 건지 멍한 표정으로 시종일관 축 늘어져 있었다. 아무런 반항도 하지 않았다. 죽은 눈을 한 채, 그저 좀비처럼 어기적어기적 내 지시에만 따를 뿐이었다. 그런 그를 보며 몇 번이고 생각했다. 그를 굳이 이렇게 가둬놓아야 할까. 과연 옳은 결정일까. 하지만 아까 보였던 사이먼의 폭력성, 그리고 각종 물증들을 고려하면 그는 역시 위험 요소가 맞았다.

'이제 더 이상 생각하지 말자.'

나는 로비에 앉아 잠시 휴식을 취했다. 진혁은 완전히 지친 건지 바닥에 누워 있었다. 이제 남은 일은 단 하나, 구조대가 올 때까지 기다리는 것뿐이다. 물론, 그동안 최대한 마스터를 경계하면서.

만약 사이먼의 말이 사실이라면, 구조대가 구하러 오는 것이 아니라 우리를 몰살하러 오는 것일 수도 있겠지만 말이다.

"구조대가 올 때까지 얼마나 남았을까요?"

내가 중얼거렸다.

"이틀이었나. 솔직히 이제 기억도 잘 안 나요."

바닥에 누운 진혁이 눈을 감은 채 중얼거렸다.

나는 고개를 쳐들고 흐릿한 조명을 보았다. 구조대가 올 때까지 살아남을 수 있을까? 해연이에게 며칠만 있다가 가겠다고 했는데. 또 거짓말을 한 나쁜 엄마가 돼버렸구나. 또 거짓말에 거짓말······.

"수진 씨, 괜찮아요?"

번쩍 눈을 떴다. 진혁이 걱정스러운 표정으로 날 보고 있었다. 이런, 나도 모르게 까무룩 잠이 든 모양이다.

"어, 미, 미안해요. 나도 모르게······."

"마지막으로 잔 게 언제예요?"

솔직히 기억도 나지 않았다. 기억을 할 기력조차 없었다. 피로 때문에 해롱대는 나를 보며 진혁은 안 되겠다는 듯 고개를 저었다.

"저기 좀 가서 자요. 쉬라고요. 그럴 자격 되니까."

습관처럼 대꾸하려다 힘이 없어 포기했다.

"알았어요."

나는 그렇게 말하고 의자에서 일어났다.

어디서 잘까. 사이먼의 방이 비었으니 그 방을 쓰자고 생각했다. 방금 전 그를 가둔 입장이라 뭔가 강도 짓을 저지르는 느낌이다. 죄책감이 들었지만 뭐, 공간은 활용하라고 있는 것 아닌가.

카운터 안쪽 방으로 향하기 전, 나는 뒤를 흘긋 돌아보았다. 피곤해서 죽기 직전이었는데도 끝까지 진혁이 걱정되었다.

"인기척 들리면, 거침없이 쏴요. 알았죠?"

진혁이 고개를 끄덕이는 것을 확인한 다음 방으로 가려는데, 뒤에서 중얼거리는 소리가 들렸다.

"왜요?"

진혁은 어두운 표정으로 총을 만지작거리고 있었다.

"모르겠어요, 쏠 수 있을지."

그는 당장이라도 울음을 터뜨릴 듯 얼굴을 찡그렸다.

"승태 소장님은 좀 괴짜긴 해도…… 제 인생 선배거든요."

진혁이 말했다.

"그 마스터 새끼 때문에…… 이런 개 같은 곳에서 총 맞으실 분이 아닌데."

진혁과 승태는 단순한 친구 이상이었다. 일종의 가족이나 마찬가지였다. 그런 이에게 그는 지금 총을 쏴야 하는 상황인 것이다. 나는 진혁의 어깨에 살포시 손을 얹었다.

"그럼 문이라도 제대로 막아요. 헬멧 똑바로 쓰고."

"네?"

"어차피 저 새끼도 인간이에요. 우리랑 똑같이 총을 무서워하는 인간. 그러니 못 나오게만 막으면 돼요. 그 정도는 할 수 있죠?"

"아, 예. 당연하죠."

진혁이 흐릿한 미소를 지었다. 약간은 자신감이 생긴 모양이다.

"혹시 무슨 일 생기면, 불러요."

나는 그렇게 말하고는 사이먼의 방으로 들어갔다.

예정대로 눈을 붙이기 위해. 물론 그로부터 10분도 채 지나지 않아 나는 창백한 표정이 되어 바깥으로 나오게 되지만, 그때의 나는 아직 무슨 일이 기다리고 있을지 아무것도 몰랐다.

16.

나는 사이먼이 깔아둔 담요에 누웠다. 눈을 감고 잠을 청한 지 벌써 몇 분이 지났다.

젠장. 방금 전까지는 졸려 죽겠더니, 왜 이러는 거야? 나는 변덕스러운 몸을 스스로 저주하며 자세를 바꿨다. 왜 잠이 오지 않을까. 원인은 간단했다. 그놈의 '오안얼아'가 머릿속을 떠나지 않는 것이다.

그래, 잠도 안 오는데, 반복이나 해보자. 나는 머릿속으로 승태의 메시지에 자음을 하나씩 끼워 넣기 시작했다.

오, 안, 얼, 아? 소, 산, 설, 사? 고, 산, 헐, 타?

아냐, 이렇게 마구잡이로 하면 답이 나오겠어? 말이 되는 걸 떠올리라고. 마지막 입술 모양은 '오아'에 가까웠어. 그래, '와'였다고. 나는 하품을 했다. 슬슬 잠이 온다. 와.

오, 안, 얼, 와. 토, 탄, 털, 톼······.

대충 의미를 짜 맞추던 중, 나는 말이 되는 한마디를 떠올리고 소름이 돋았다. 천천히 몸을 일으켰다.

잠이 완전히 깬 나는 조심스럽게 문 쪽으로 향했다. 진혁은 여전히 성실하게 경계를 서고 있었다. 조용히 틈이 생기길 기다렸다.

10분 후, 진혁이 화장실에 가려는지 총을 들고 빠르게 복도 쪽으로 달려갔다. 지금이다. 아까 챙긴 사이먼의 카드로 태깅을 하고 곧장 비상계단으로 내려갔다. 지금 하는 짓의 위험성 정도는 나도 안다. 여기서 마스터를 마주치면 바로 당할 수도 있다. 하지만 그럼에도 확인해야 했다. 그 메시지가 사실이라면.

나는 소리 죽여 계단을 내려간 끝에 B4층에 도착했다. 도중에 마스터와 정면으로 마주칠까 봐 몇 번이고 움찔거렸다. 잔뜩 긴장한 나머지 온몸이 땀범벅이 됐다.

끼익. 나는 조심스럽게 비상문을 열었다. 조심스럽게 걷고 또 걸었다. 얼마 지나지 않아 복도 끝에 위치한 화장실 앞에 도착할 수 있었다.

오, 안, 얼, 아. 입모양으로 단어를 전달할 때의 단점이 있다. 바로 쌍자음이나 강한 발음을 표현하기가 어렵다는 것이다. 안녕의 경우는 간단히 알아들을 수 있지만 '야, 이 멍청아'의 경우 '아, 이 멍정아'처럼 보인다. 물론 마우스 리딩을 잘하는 이들에게는 이것을 구별하기가 상대적으로 쉽겠지만, 나는 초보다. 오로지 몇몇 단어만 간신히 읽을 수 있을 뿐이다.

그래서 할 수 없이 나는 그 메시지에 쌍자음과 강한 발음을 넣어

보았다. 그 결과 '도, 한, 걸, 봐', '또, 한, 걸, 봐', 이건 좀 그렇고. '토, 한, 걸, 봐'. 처음으로 말이 되는 단어가 나왔다.

처음에는 그게 뭐야, 생각하며 웃어넘기려 했다. 하지만 생각해 보니, 토한 인간이 있긴 있었다. 그리고 그것에 대해 진지하게 생각 하기 시작하자 더는 웃을 수 없게 되었다. 그때, 분명…….

삑. 나는 태깅을 하고 화장실 안으로 들어갔다. 조심스럽게 문을 닫은 뒤, 하나뿐인 변기의 안을 확인했다.

최악을 예상했지만 공항 화장실처럼 티끌 하나 없었다. 눈살을 찌푸리며 쓰레기통을 확인했다. 마찬가지로 텅 비어 있었다. 역시 토, 한, 걸, 봐는 헛 짐작이었을까.

잠을 너무 못 자니까 정신이 어떻게 되어버린 걸지도 모른다. 그 럼에도 뭔가를 빠트린 듯한 찜찜함이 떠나질 않았다. 뒤져보려면 끝까지 뒤져봐야지. 마음속의 목소리가 중얼거렸다.

한숨을 쉬며 변기 스위치를 내렸다. 콸콸콸, 내려가는 변기 물 을 보며 이게 뭐 하는 짓거리인가 싶었다. 하지만 나는 무심코 변 기 속을 보았고…… 숨을 들이쉬었다. 전류가 두뇌를 관통했다. 이 건…… 이건…….

* * *

"뭐야, 너. 염소야?"

지은 선배가 어이없다는 표정을 지었다. 우리 앞에는 초록색 티

셔츠를 입은 뚱보가 서 있었다. 한입 가득 종이를 문 채.

코로나19가 한창일 당시의 일이다. 그때 심야 영업을 하는 업소들을 순찰 돈 적이 있다. 지금 우리가 뚱보와 대치한 곳도 그런 불법 업소 중 하나였다.

자, 그렇다면 뚱보가 왜 입속 가득 종이를 물고 있느냐. 증거 인멸 때문이다. 경찰 단속이 뜨자, 따로 관리해야 할 스페셜 고객님들이 줄줄이 적힌 장부를 입속에 쑤셔 박은 것이다.

"뱉어. 그거 먹는 거 아니야."

"쿠억, 컥, 컥!"

뚱보는 얼굴이 빨개지더니, 바닥에 힘없이 널브러졌다.

"뭐야, 아, 잠깐만."

좀체 놀라지 않는 선배의 눈이 오랜만에 휘둥그레졌다.

"미친, 이거 진짠데?"

선배는 일단 나에게 "도망치는 새끼들 붙잡고 있어"라고 지시한 다음, 숨을 쉬지 못하는 뚱보의 가슴을 뒤에서 붙잡고 위로 압박하기 시작했다.

세 번 정도 그랬을까. 이제 가망이 없나 싶은 그 순간, 쿠억 소리와 함께 종이 뭉치들이 허공에 날아올랐다. 죽다 살아난 뚱보는 바닥에 누워 숨을 헐떡였다.

"야, 유용한 정보 하나 줄게."

선배는 바닥에 널린, 침 범벅이 된 종이 뭉치들을 느긋하게 펼쳤다.

"쪽지를 비롯해서 대부분의 종이는 말이야, 소화가 안 돼요. 봐,

멀쩡하잖아. 여기, 내용도."

*　*　*

"종이는 말이야, 소화가 안 돼요."

그때 그 말이 왜 지금 떠올랐느냐. 눈앞에, 소화가 채 안 된 종이 뭉치들이 둥둥 떠올랐기 때문이다. 수로의 중간이 종이로 꽉 막혀 있었는지, 변기의 물 내리는 스위치를 누르자마자 물이 역류하며 종이들이 둥둥 떠올랐다.

나는 더러운 것도 모르고 그것을 집어 들어 하나씩 펼쳤다. 안에는 글씨들이 빼곡히 적혀 있었다. 물에 흠뻑 젖어 자세한 내용은 알아볼 수 없었지만, 한 가지는 확실했다. 첩자의 짓이 분명하다는 것.

증거 인멸을 위해 집어삼킨 것이다. 누가? 일단 토한 인물은 분명 호철이다. 태리가 막 도망친 그때의 일이다. 호철은 자신의 손가락이 잘린 것을 확인하고, 바닥에 속을 요란하게 게워냈다. 물론 나중에는 그것조차 마스터의 연극으로 드러났지만.

그리고 그 토사물이 유독 희멀겋던 것으로 기억한다. 상황이 상황이니 일단 그러려니 하고 넘겼지만, 지금 생각해보니 분명 이상하긴 했다. 그런데 그 희멀건 이유가, 소화 안 된 종이 때문이었을 줄이야. 토한 인물은 호철이다. 따라서 종이를 집어먹은 인물도 호철이다. 호철에게 종이를 건넨 인물이 첩자다.

하지만 일행 중 마스터에게 쪽지를 건넬 만한 타이밍을 가진 인간이 있었던가? 냉철하게 생각하면 타이밍은 딱 한 번 있었다. 환풍구.

진혁이 이산화탄소 호스를 들고 환풍구로 기어갈 때, 마스터와 마주쳐 볼까지 물어뜯겼다. 하지만 그게 전부 위장 공작이라면? 실은 볼을 물어뜯기기 전, 작전이 담긴 쪽지를 놈에게 건넸다면?

지금 생각해보니, 그때 황급히 토사물을 치운 인물도 사이먼이 아니라…… 다리에 힘이 탁 풀렸다. 온몸에 으스스 소름이 돋았다. 나는 다시 한번 종이를 자세히 확인했다. 그리고 이어, 부정할 수 없는 진실을 하나 발견했다. 몰스킨 노트. 그때 봤던 그 종이와 선의 색깔이 똑같았다.

배신감이 허공을 가르며 내 머리통에 직격으로 꽂혔다. 빌어먹을 홈런이었다. 종이를 주먹으로 꽉 쥐며, 나는 중얼거렸다.

"김진혁, 이 개새끼."

* * *

"대체 아깐 왜 그런 거야? 내 얼굴을 물어뜯게 놔뒀더니 태리를 시켜 또 물어뜯어서 얼굴이 걸레가 될 뻔했잖아!"

진혁이 마스터에게, 정확히는 승태의 모습을 한 마스터에게 소리쳤다.

"조크야, 조크."

마스터가 실실 웃었다.

진혁은 이를 악물었다. 놈은 모른다. 오로지 자신을 탈출시킬 목적으로, 그가 앤트힐에서 2년간 버텨왔다는 사실을. 뿐만이 아니라 아재 개그나 남발하는 할배랑 강제로 어울리며 착실하게 라포도 쌓고, 시종일관 로보캅 연기나 해대는 미국인까지 견제하면서.

하루하루가 살얼음판이었다. 그 지랄을 지금까지 견뎌왔는데…… 놈은 빌어먹을 조크나 해대고 있다. 거기다 '첩자가 있다'고 힌트까지 주다니. 제정신인가? 원래 계획대로라면 놈은 아직도 갇혀 있어야 했다.

'그 일'이 벌어지기 전까지 마스터는 그저 가만히만 있으면 됐다. 해야 할 일은 그게 전부였다. 그런데 정전된 틈에 놈이 탈출하고 나서부터 모든 상황이 꼬여버렸다.

마스터가 감시실을 탈출한 이상, 진혁은 연구원들이 그를 해치거나 다치게 하는 일을 막아야 했다. 상처 하나 없는 것, 그것이 보수를 받는 조건이었으니까. AA급 상품을 흠 없이 전달하는 것. 그래서 최선을 다했다.

놈이 기절해서 잡히는 일이 없도록 별짓을 다 했다. 환풍구를 억지로 기어가 작전이 적힌 종이를 건넸다. 의심을 피하기 위해 놈에게 자발적으로 얼굴을 물어뜯겼다. 그때 얼굴을 '물어뜯겼다면 분명 마스터와 마주쳤을 텐데 그는 어디 있느냐'고 누군가 물을까 봐 두려웠지만 다행히 그렇게 똑똑한 이는 이 공간에 없었다.

이후 놈이 저지른 각종 개지랄들을 일일이 다 받아줬다. 그래, 거기까진 그래도 재롱이라고 생각하며 간신히 참았다. 하지만 마스터가 태리에게 자신을 물도록 시킬 줄은 몰랐다. 아무리 의심을 피하기 위해서라지만 솔직히 말해 악취미로밖에 보이지 않는다. 그때는 정말이지 첩자고 뭐고 폭발할 뻔했다.

화가 차곡차곡 쌓인 진혁은 고심 끝에 그것을 다른 쪽에 풀기로 결심했다. 타이밍도 맞았겠다, 사이먼 자식에게 시원하게 펀치를 날리자 기분이 나아졌다.

눈물겨운 노력은 여기서 그치지 않는다. 빌어먹을, 사이먼의 전자사전까지 훔쳤다. CIA 요원의 비밀 노트라니 안에 중요한 정보가 수두룩할지도 모른다. 그것을 넘기면 보너스를 받을지도 모른다고 생각해 고심 끝에 훔치기로 했다.

그리고 박수진, 그 여자를 이용해 훔쳐내는 데에 성공했지만, 내용을 까고 보니 진부한 군사 명령어가 전부였다. 그래도 이 발견을 토대로 사이먼을 범인으로 몰고 갈 수 있었으니 완전히 헛짓거리는 아니었다.

하여튼 그렇게 얼굴이 걸레짝이 될 정도로 노력하고 또 노력했다. 그런데 놈은 고마워하긴커녕 진혁을 조롱할 뿐이었다.

진혁은 승태를 노려보았다. 주먹으로 온 힘을 다해 저 얼굴을 후려치고 싶었다.

"상부에서 이 사실을 알면 넌 당장 뒈졌어, 알아?"

"미안해."

마스터가 싱긋 웃었다.

"그 말은 나중에 드미트리한테나 해."

드미트리. 그래, 그를 만나면 모든 한을 풀자.

몇 년 전. 진혁이 런던으로 유학을 갔을 때 이번 일을 소개해준 장본인이 바로 드미트리였다. 신원 노출을 극도로 꺼려서 만날 때마다 목소리조차 듣지 못했지만, 특유의 포스로 사람을 압도하는 힘이 있었다.

처음 미팅 당시, 그는 키보드를 타다닥 두드리고는 노트북 화면을 진혁 쪽으로 돌려 보여줬다. 살면서 상상도 하지 못한 거액이 화면 위에 숫자로 찍혀 있었다. 아래에는 한국어로 이렇게 적혀 있었다.

[인생의 2년만 버린다고 생각해. 그럼 이 돈은 당신 거야.]

곧 있으면 그 2년이 끝난다.

돈, 돈, 돈. 오로지 돈만 생각하자. 이번 돈만 받으면 학자금 대출에 전세 대출까지 한 방에 빚을 갚는다. 가능하면 새 차도 한 대 뽑고. 빌어먹을 헬조선에서 탈출해 새롭게 시작하는 거다. 곧 있으면 지옥 탈출, 천국 시작이다.

"자, 이럴 때가 아냐. 폭탄은 마무리했지?"

진혁이 물었다. 작전의 마지막 단계인 폭탄만 완성되면 이제 모든 것이 끝난다.

"아니, 아직."

"……뭐?"

마스터가 변명하듯 어깨를 으쓱였다.

"승태 그 자식이 시간을 끌어서 어쩔 수 없었어. 그래도 거의 다 했을걸. 놈이 마무리 작업만 남았다고 했으니까."

진혁은 손으로 얼굴을 거칠게 비볐다. 화가 치솟았다.

"그럼 다리에 총을 쏘든지 해서 끝까지 하게 했어야지."

버럭 소리치고 뒤늦게 후회했다. 혹시 그 여자가 어디엔가 숨어 있지 않을까. 뭐, 아무래도 상관없다. 이제 사이먼도 없어진 이상 그 여자는 아웃이니까. 귀찮아지면 그냥 총으로 쏴서 죽여버려도 된다. 여자 하나쯤이야.

"잘 좀 해. 장난하는 것도 아니고, 진짜."

폭탄을 마무리하기 위해 다가가던 그때였다. 마스터가 진혁의 어깨를 툭 건드렸다.

"장난?"

"뭐?"

진혁은 천천히 돌아보았다. 그리고 조용히 숨을 집어삼켰다.

"장난이라고?"

마스터가 눈을 부릅뜬 채 활짝 미소 짓고 있었다. 얼굴 근육이 부자연스럽게 뒤틀려 있어 기괴하기 짝이 없었다.

"너, 뭐 착각하는 것 같은데. 내가 왜 널 지금까지 안 죽이고 있는지 알아?"

놈이 한 걸음 한 걸음 진혁의 코앞으로 다가왔다.

"그래도 지금까지 자기 주제를 잘 알고, 시키는 것도 잘하니까.

딱 그거야."

진혁은 무표정을 유지하며 가만히 있었다. 괜찮다. 겁먹을 필요 없다. 난 지금 헬멧을 썼잖아. 아무리 놈이라도 지금 날 해칠 수는 없어. 그때였다.

"이딴 천 쪼가리가 널 보호해줄 것 같아?"

마스터가 그렇게 중얼거리더니 진혁의 헬멧을 주먹으로 쳤다.

진혁은 가슴이 철렁했다. 순간 벗기려는 건가 싶어 헬멧을 두 손으로 붙잡았다. 설마. 설마. 설마. 지금 날 죽이려는 건…….

"푸하하하하."

마스터가 뒤로 물러서며 낄낄 웃었다. 진혁은 놈을 멍하니 쳐다보았다.

"농담이야. 진혁일 내가 왜 죽여, 응? 우리 원 팀이잖아."

놈은 그렇게 중얼거리더니 검지와 엄지를 내밀었다.

설마 지금 그걸 하자고? 속에서 분노와 짜증이 휘몰아쳤지만 마스터의 기세에 눌려 어쩔 수 없었다. 진혁은 애써 미소 지으며 그가 시키는 대로 똑같이 검지와 엄지를 내밀었다. 마스터의 손과 닿으며 동그라미가 만들어졌다.

"자, 원 팀."

놈이 미소 지었다.

진혁은 재빨리 손을 뺀 뒤, 다시 출입문 쪽으로 걸음을 옮겼다.

"내가 왜 널 지금까지 안 죽이고 있는 줄 알아?"

마스터의 말이 귓가에 몇 번이고 맴돌았다. 방금 그건 농담이 아니었다. 그 번뜩이는, 어두컴컴한 눈동자를 본 순간 알 수 있었다. 놈은 마음이 내키면 자신을 거리낌 없이 죽일 것이다. 신발로 개미를 짓누르듯 일말의 망설임도 없이.

진혁은 뒤를 돌아보았다. 엉거주춤 스트레칭을 하는 마스터의 모습을 보며 처음으로 진지하게 고민했다. 그냥 죽일까?

*　*　*

몇 분이 지나서야 겨우 충격에서 헤어 나올 수 있었다.

이제 어떡해야 할까. 나는 답답함에 머리카락을 헝클어트렸다. 솔직히 말해 어떡하고 자시고 할 게 없었다. 나에게 남은 패는 얼마 없다. 아니, 사실상 하나뿐이다. 그 패조차 이미 찢어진 상태인 것 같지만.

나는 사이먼이 갇힌 B1층의 창고로 향했다. 손잡이를 받치고 있는 의자를 치우고 조심스럽게 문을 열었다. 몇십 분 전까지만 해도 못 믿겠다며 총구를 겨눴던 이에게 이젠 도움을 요청해야 한다. 자괴감에 당장이라도 머리가 폭발할 것 같았지만 간신히 참았다.

"……사이먼?"

창고 안은 어두웠다. 불을 켜지 않은 건가, 아니면 애초에 고장 난 걸까. 가둘 때 철저하게 확인하지 않아 기억나지 않았다.

그 순간 어둠 속에서 거대한 형체가 튀어나오더니, 이쪽을 향해 달려들었다. 뭔가 휘두르는 느낌에 반사적으로 고개를 숙였다.

붕.

동시에 머리카락이 공중에 휘날렸다. 엄청난 힘. 제대로 맞았다면 머리가 바람 빠진 축구공처럼 되어버렸을 것이다. 악 하는 내 비명을 듣고 거대한 형체는 동작을 멈추었다.

"뭐야?"

순간 탁 소리와 함께 불이 켜졌다. 환하게 불이 켜지며 창고 안이 보였다. 사이먼이 빗자루 끄트머리로 스위치를 누른 것이다.

"아, 당신이군."

그가 질렸다는 표정으로 말했다. 갑작스러운 빛에 눈을 연신 깜빡거리며, 나는 난장판이 된 공간을 주욱 둘러보았다. 각종 연구 용품, 알코올, 유통 기한 지난 과자 봉지, 그 외 이런저런 물건들이 바닥에 널브러져 있었다. 그 짧은 시간 안에 이렇게 효율적으로 난장판을 만들 수 있다니. 사이먼이 창고 문을 살며시 닫았다.

"그래서 원하는 게 뭡니까?"

나는 잠시 고민하다 사이먼에게 설명을 시작했다. 그동안 벌어진 모든 일을 얘기했다. 승태의 암호부터 진혁의 정체까지, 전부다. 말하면 말할수록, 놈에게 속아 넘어간 스스로가 한심하기 짝이 없었다. 하지만 부끄러움을 참으며 간신히 마지막까지 설명을 마쳤다. 사이먼은 잠시 눈을 감고 생각에 잠겼다.

"그러니까 정리하면, 진혁이 첩자고, 우리에게는 무기고 뭐고 하나도 없다……."

"이제 어떡할까요."

사이먼이 웃었다.

"뭘 어떡해요. 엿 된 거지, 다."

역시. 푹 고개를 떨구었다. 약간이라도 희망적인 답을 기대한 자신이 바보 같았다.

"역시 당신을 믿었어야 했는데. 죄송해요."

사이먼이 잠시 생각하는 듯하더니 이내 고개를 저었다.

"아니, 내가 당신이어도 수상해서 안 믿었을 거야. 신경전에 말려든 내 잘못이지. 눈이 뒤집혀서 적이고 뭐고 덤볐잖아요."

애써 미소 짓던 그의 얼굴이 천천히 일그러졌다.

"놈이 전부 거짓말일 거라고 했을 때, 바로 그때 눈이 뒤집혔어요. 이 시설에서 그나마 날 진심으로 응원해준 분이 수진 씨인데, 그런 당신이 날 거짓말쟁이라고 생각한다면…… 그렇게 생각하니까……."

긴 침묵이 흘렀다. 내가 중얼거렸다.

"이대로 끝일까요?"

사이먼은 아무 대답도 하지 않았다. 하얀 벽을 노려보며 다양한 시나리오를 고민하고 또 고민했다. 하지만 이 상황을 타개할 방법은 없었다. 총까지 빼앗긴 데다 무기 하나 없다. 완전히 개털이다. 사이먼이 정적을 깨고 입을 연 것은 그때였다.

"영어 속담 중에, 그런 게 있죠. 삶이 레몬을 주면, 넌 그걸로 에이드를 만들어라(When life gives you lemons, make lemonade)."

"……지금 에이드를 만들자고요?"

"비유적 의미예요."

그는 벌떡 일어서더니 창고를 주욱 둘러보았다.

"이곳에서 무기를 만드는 겁니다. 그리고 놈들과 붙어봅시다. 되는 만큼."

나는 사이먼과 함께 주방과 갖가지 장소를 돌아다녔다. 재료들을 모은 다음 무기들을 급조하기 위해서였다. 중간에 마스터 일행과 마주치면 어쩌나 걱정했지만, 엘리베이터의 위치로 미루어 놈들은 1층에 머무르고 있는 것 같았다. 대체 무슨 꿍꿍이일까. 그건 무기를 만들어 때려눕힌 뒤 천천히 알아보아도 늦지 않을 것이다.

"……완성."

10분 후 우리는 창고에 모여 급조한 무기들을 하나둘 살펴보았다. 식칼, 그리고 빗자루의 막대기 부분을 덕 테이프로 칭칭 감아 만든 '식칼 죽창'. 휴게실에서 가져온 당구공을 양말에 넣은 '슬래퍼'까지.

"최악이네. 그래도 군인이니까 좀 다를 줄 알았더니."

나는 접착력이 최악인 테이프 때문에 칼 부분이 거의 떨어지기 직전인 죽창을 바로 세웠다. 사이먼이 쏘아보자 나는 농담, 농담, 하며 미소 지었다.

"그래도 없는 것보단 나으니, 하나씩 집읍시다."

나는 고개를 끄덕였다. 죽창은 몰라도 '슬래퍼'는 언젠가 도움이 될 듯싶었다.

17.

무기를 챙겨 든 우리는 조심스럽게 비상계단을 올라갔다. 나는 1층에 도착한 다음 출구의 문틈 사이를 유심히 보았다. 흐릿하지만 확실히 보였다. 마스터, 그리고 진혁의 모습이.

그들은 정문 앞에 선 채 같이 뭔가를 조립하고 있다. 아까 마스터와 대치했을 때 봤던 그 폭탄을 계속 점검하고 있는 모양이다.

사이먼이 중얼거렸다.

"이해가 안 가요. 이곳 입구는 워낙 단단해서 폭탄에도 끄떡 없을 텐데."

"어쨌든 취미로 만드는 건 아니겠죠. 터뜨려서 뭔 일 생기기 전에 막아야 돼요."

사이먼이 굳은 표정으로 고개를 끄덕였다. 나는 흘긋 시선을 돌려 그가 쥐고 있는 식칼 죽창을 보았다. 결연한 표정으로 손에 든게 고작 식칼 죽창이라니. 이건 웃어야 할까, 울어야 할까.

"……지금?"

사이먼이 묻자 나는 고개를 저었다.

"아직. 빈틈이 생길 때까지 기다리죠."

우리는 차분하게 기다렸다. 마스터와 진혁이 둘 다 반대편으로 몸을 돌릴, 완벽한 타이밍이 오기를. 하지만 오지 않았다.

"쟤들은 뭐 화장실도 안 가냐."

나는 답답해진 나머지 중얼거렸다. 두 놈 다 등을 돌리기는커녕 성실한 일꾼처럼 뚝딱뚝딱 폭탄을 설치할 뿐이다.

결국 기다리는 동안 마스터의 약점에 대해 연구해보기로 했다. 지금처럼 다짜고짜 덤벼드는 것보다 어쩌면 더 현명한 방법이 있을지도 모른다. 놈의 능력에 대해 나는 다시 처음부터 곰곰이 생각해보았다.

눈을 마주치면 곧장 다른 인간의 몸으로 옮겨 간다. 다만 확실히 눈을 마주쳐야만 한다. 장애물 없이. 헬멧을 쓰면 안전한 이유는 그래서다. 일단, 나와 사이먼은 헬멧을 하나씩 쓰고 있다.

장애물을 많이 만든다? 하지만 당장은 장애물을 만들 재료가 없다. 그렇다면 아무 재료 없이 만들 수 있는 가장 단순한 장애물은. 머리 뒤편이 번쩍였다.

"이걸 왜 지금 알았지? 마스터의 약점을 찾았어요."

"뭔데요?"

사이먼이 고개를 숙였다.

"어둠. 어두우면 마스터의 능력도 소용 없잖아요."

사이먼이 눈을 크게 떴다.

"우리가 눈 감고 싸워야 하면, 저놈들도 눈 감고 싸우게 만든다?"

"그렇죠. 바로 그거예요."

내가 미소 지었다. 생각지도 못한 계획에 우리는 잠시 동안 흥분했다. 사이먼이 갑자기 어두운 표정으로 그 질문을 던지기 전까진.

"그런데…… 우리 둘이 서로 찌르게 되면요?"

내가 잠깐 말문이 막힌 그때 사이먼이 말을 이었다.

"그리고 그 작전을 실행하려면 문제가 하나 더 있는데."

그가 손가락을 펴더니 먼 곳을 가리켰다.

"스위치가 상당히 멀리 있어요. 그러니까, 엄청 멀리."

고개를 돌려 문틈 너머를 보았다. 그의 말대로였다. 스위치는 마스터와 진혁 바로 옆에 있었다. 왜 나는 이렇게 운이 없는 걸까.

"50미터 전력 질주는 자신 있어요."

"그래도 눈만 마주치면 끝인데?"

사이먼이 중얼거렸다. 나는 사이먼을 쏘아보았다.

"어쩌자고요, 그래서?"

그는 내가 예전에 했던 말을 그대로 따라하며 미소 지었다.

"타이밍은 제가 만들게요. 바람잡이 역할은 저도 자신 있으니까."

* * *

지금이다. 나는 스위치를 향해 조심스럽게 다가가기 시작했다.

발소리를 내지 않기 위해 숨조차 참았다. 놈들은 아직 폭탄에 정신이 팔려 있다. 좋아, 계속 그거나 보고 있어라, 제발. 천천히 숨을 내쉬며 한 걸음씩 계속 전진했다. 놈들과 나 사이에는 어느새 몇 걸음밖에 남지 않게 되었다. 왼쪽으로 방향을 틀고 걸은 끝에 벽에 닿은 그때였다.

"이야아아아악!"

뒤에서 쩌렁쩌렁한 소리가 들렸다. 사이먼의 고함이다. 예상치 못한 소음에 놈들은 화들짝 몸을 떨며 뒤를 보았다. 패닉 상태에서 가장 먼저 벗어난 것은 예상 외로 마스터가 아닌 진혁이었다.

"저 새끼가!"

그는 바닥에 놓인 총을 들더니 사이먼을 향해 겨누었다. 곧장 파열음이 이어졌다. 귀를 틀어막고 싶은 충동을 억누르며 고개를 들었다. 사이먼이 성공적으로 주의를 끌어준 덕에, 내가 왼쪽 구석에 웅크리고 있는 사실을 아무도 눈치채지 못했다.

스위치 주변은 텅 비어 있었다. 이때다. 나는 숨을 참고 전속력으로 달렸다. 스위치에 손가락을 뻗기 직전, 앞에서 기척을 느꼈다. 마스터가 눈치를 채고 이쪽으로 고개를 돌린 것이다.

"안 돼!"

놈이 비명을 질렀지만, 이미 늦었다.

떨꺽! 상쾌한 스위치 소리와 함께 로비의 불이 전부 나갔다. 완전한 어둠이 찾아오는 동시에 뭔가가 이쪽으로 달려오는 소리가 들렸다. 당연히 놈일 것이다.

다시 불을 켜기 위해선 아마 무슨 짓이든 하겠지. 그래, 와라. 나는 피하는 대신 머리를 앞으로 향하고 소리를 향해 달려들었다.

푹. 머리끝에 부드러운 충격이 전해졌다. 승태의 퀴퀴한 양복 냄새. 역시 마스터였다. 나는 놈과 부딪히며 함께 바닥에 나동그라졌다. 완전한 어둠 속에서도 어디가 어딘지 판단하기 어려운데, 이렇게 바닥에 자빠트려주면 완전히 방향 감각을 잃게 된다. 자신이 어디 있는지 완전히 모르게 되는 것이다.

마스터가 쓰러진 것을 확인한 다음, 나는 남자 둘이 괴성을 지르는 곳을 보았다. 아무것도 보이지 않았지만 사이먼과 진혁이 혈투를 벌이고 있음을 알 수 있었다. 대체 누가 이기고 있는 걸까.

순간 타다다당 소리와 함께 사방이 번쩍였다. 총이 발사된 것이다. 동시에 빛이 번쩍이며 찰나의 순간 무슨 일이 벌어지고 있는지 보였다. 사이먼이 진혁의 손에서 총을 떼어내려고 발악하고 있고, 진혁은 그런 사이먼을 막으려고 아무렇게나 총을 쏴대고 있다. 아슬아슬한 상황이다. 가서 사이먼을 도우려는 그때, 발에 뭔가가 감싸이는 듯한 감촉이 느껴졌다.

"가지 마, 이년아……."

마스터였다.

"소장님, 미안해요."

"뭐?"

쥐고 있던 '슬래퍼'를 승태의 머리에 휘둘렀다. 온 힘을 다해. 듣기만 해도 누구나 몸을 움찔거릴 법한 빡 소리와 함께 마스터는 추욱 늘어졌다.

타다다다당!

또다시 총소리. 하지만 이번에는 조금 달랐다. 사이먼의 윽 하는 신음 소리가 연달아 들려온 것이다. 가슴이 철렁했다.

"그러게 왜 무데뽀로 덤벼, 개 같은 새끼가."

진혁이 웃었다. 사악하게 낄낄거리는 모습이 정말이지 마스터와 다를 바가 없었다.

가만히 있다간 사이먼이 당한다. 그렇게 생각하자 마음이 조급해지며 머리가 평소보다 두 배는 더 빠르게 돌아갔다. 눈을 다시 감고 머릿속으로 아까 본 광경을 떠올렸다. 진혁은 총을 들고 있고, 사이먼은 왼편 어딘가에 널브러져 있었다.

"끝내자, 이제."

진혁이 중얼거렸다.

철컥, 총을 장전하는 소리. 나는 심호흡을 한 다음, 진혁이 있을 것으로 추정되는 곳을 향해 뛰었다. 동시에 발을 쭉 뻗으며 소위 날아 차기를 날렸다.

"욱!"

신음을 흘리며 진혁이 넘어졌다. 총이 바닥에 나동그라지는 소리가 들렸다.

"너냐, 박수진?"

"그래, 나다, 이 개새끼야."

나는 곧장 진혁의 얼굴 위로 손을 뻗었다. 그런 다음 지금까지 속으로 쌓은 배신감과 분노를 손가락 끝에 압축하여 놈의 눈을 꽈악 눌렀다. 찢어질 듯한 비명과 함께 놈의 몸이 위아래로 펄떡거렸다.

"미친년아! 아아악!"

별안간 꽉 하는 소리와 함께 진혁의 몸이 멈췄다. 텅. 불이 켜졌다. 사이먼이 스위치를 올린 것이다. 그의 어깨에는 어느새 진혁에게서 회수한 총이 다시 걸려 있었다. 사이먼이 말했다.

"진혁 그 자식, 방금 내가 개머리판으로 갈겼어요. 걱정 마요."

아래를 보니 진혁의 머리에 약간의 핏자국이 있었다. 휴우, 난 또. 그제야 안심하고 진혁을 옆으로 휙 치웠다.

고개를 돌리자 승태의 모습이 보였다. 아까 머리를 맞은 뒤 완전히 정신을 잃은 건지, 눈을 까뒤집고 벌러덩 자빠져 있다.

'승태 씨, 미안해요.'

나는 속으로 한 번 더 중얼거렸다.

우리는 당연히 해야 할 일을 했다. 마스터의 눈과 입을 봉하는 것. 손톱만큼의 빈틈도 없도록 덕 테이프로 몇 겹이나 칭칭 감았다. 태리 때가 데자뷔처럼 겹쳐 잠시 불안했지만, 그것도 잠시뿐이었다. 이번에는 마스터를 잡았다고 100퍼센트 장담할 수 있었다. 찜찜한 느낌도 없었다. 고개를 들자 사이먼이 미소 짓고 있었다.

"수고했어요."

"당신도……."

내가 입을 연 순간, 기괴한 웃음소리가 따뜻한 분위기를 순식간에 박살 냈다.

"병신들."

진혁이었다. 그래도 마스터가 아니니 일단 손목만 테이프로 묶어놨는데, 아예 입도 봉해버릴걸 그랬다. 사이먼이 험악한 표정으로 진혁에게 다가갔다.

"뭐?"

"정문 좀 봐, 병신들아, 좀 보라고."

사이먼이 시끄럽다는 듯 덕 테이프로 진혁의 입을 막았다.

정문? 나는 돌아보았다. 그곳에는 마스터와 진혁이 애써 만들었지만 이제 영영 켜질 일이 없을 폭탄이 있었다. 저게 뭐 어쨌다고. 하지만 유심히 보니 아까와는 조금 다른 것이 느껴졌다. 깜빡거렸다. 그 앞으로 달려갔다.

"어?"

화면의 숫자가 점차 줄어들고 있었다.

00:30

00:29

그러고 보니 내가 전원 스위치를 누르기 전, 마스터의 반응이 약간 늦었음이 떠올랐다. 당황해서 몸이 굳어버린 줄 알았는데, 아니었다. 지금 보니 그 찰나의 틈을 타 폭탄을 작동시켰던 것이다. 뒤늦게 달려온 사이먼 역시 눈을 휘둥그레 뜨고 중얼거렸다.

"왓 더 퍽(What the Fuck)?"

사이먼은 당황해서 허둥거렸고 나는 반쯤 체념했다.

00:26

그래도 머릿속으로 재빨리 남은 선택지를 떠올렸다.

하나, 다른 방으로 대피한다. 가장 무난한 선택지지만 문제는 저 폭탄의 위력이 어느 정도인지 모른다는 사실이다. '용접공 수십 명이 와도 열 수 없다'는 말에 마스터가 비웃었을 정도면 보통 폭탄은 아니지 않을까. 따라서 이 가능성은 제외.

00:22

둘, 엘리베이터에 탄다. 그나마 가장 가능성이 있고 어쩌면 효과도 있을 법한 선택지 같다. 하지만 안타깝게도 이 연구소는 세상에서 가장 느린 엘리베이터를 보유하고 있다. 안전한 곳으로 탈출하기 전에 폭탄에 말려들 수도 있는 것이다. 따라서 제외.

"20초!"

사이먼이 소리쳤다. 그는 기절한 승태를 어깨에 메고 있었다.

"일단 다른 방으로……?"

"방은 무용지물이에요."

내가 빠르게 소리쳤다. 젠장. 역시 방법이 없나…… 아니다. 생화학 연구소라면 안전한 곳이 분명 있을 것이다.

태리가 했던 말이 문득 떠올랐다. 그녀는 감시실의 약 창고가 1층에 있던 원래의 약 창고를 이동시킨 것이라고 했다. 생화학 연구소의 약 창고라면 안전은 보장되어 있지 않을까.

그러고 보니 태리도 1층 창고에 틀어박혀 있다고 했다. 그녀가 그곳으로 이동한 이유가 있을지도 모른다. 그냥 '틀어박히기 위해서'가 아닌, '이곳이 유일한 안전지대니까'라면? 거기까지 생각이 닿자 나는 소리쳤다.

"창고로 가요!"

사이먼은 뒤늦게 깨달은 표정을 지었다.

"아, 거기! 갑시다!"

달려가기 전, 뒤를 돌아보았다. 입이 덕 테이프로 막힌 진혁이 이쪽을 바라보며 도움을 구하듯 눈을 크게 뜨고 있었다.

젠장. 저 자식이 개새끼라는 사실은 변함이 없다. 그래도 이렇게 놓고 가려니 양심의 가책이 느껴졌다. 그래, 난 호구다. 축 늘어진 놈의 겨드랑이를 감싸 쥐고 끙 소리를 내며 들어 올렸다.

"15초!"

복도 저편에서 사이먼이 소리쳤다. 나는 온 힘을 다해 달렸다. 로비를 지나 복도를 가로질렀다. 마침내 복도 끝이 보였다. 벌써 창고 앞에 도착한 사이먼이 문을 두드리고 있었다.

"문 열어요! 태리 씨! 태리 씨!!!"

사이먼이 소리쳤다.

"누구세요."

"10초면 폭탄이 터져요!"

"웃기지 마. 내가 속을 줄 알아?"

그녀의 날카로운 목소리. 7초 남았다.

"제발요! 진짜라고!"

뒤늦게 도착한 내가 울부짖었다.

4초 남았다. 3초. 2초. 결국 문은 열리지 않았다. 끝이다. 숨을 들이쉬고 임박한 죽음에 대비했다. 덜컹 소리가 들렸다.

1초. 우악스러운 손길. 사이먼이 내 허리를 감싸 쥐고 곧장 창고 안으로 뛰어들었다.

쾅. 문 닫히는 소리.

정적.

"뭐야."

사이먼이 고개를 든 순간, 엄청난 충격파와 함께 사방이 진동했고, 우리는 다 같이 정신을 잃었다.

18.

　꼼짝없이 죽는다고 생각했지만 의식이 살아 있음을 뒤늦게 인지했다. 나는 희미한 빛을 향해 서서히 고개를 돌렸다.

　사이먼이 플래시 라이트로 창고 문을 비추고 있었다. 그가 믿기지 않는다는 듯 중얼거렸다.

　"사, 살았다."

　나는 바닥에 벌러덩 쓰러졌다. 혈류를 타고 흐르던 아드레날린이 서서히 쪼그라드는 것이 느껴졌다. 모든 힘이 다 빠졌다. 이제 한 발자국도 움직일 수 없다.

　"다 끝났어요, 수진 씨. 첩자도 제압했고, 폭탄도 저렇게 됐고, 마스터도 잡았어요. 끝났다고요."

　사이먼이 흥분한 채 말했다.

　"끝났다는 말 한 번 더 하면 진짜 죽여버릴 거예요."

　내가 웅얼거렸다.

"그나저나 구조대는요?"

"때가 되면 오겠죠. 안 오면 타이밍 봐서 우리가 나가면 되고."

"못 나가요."

우리는 고개를 돌려 태리를 보았다. 그녀는 처음 봤을 때와는 비교도 안 되는 초췌한 모습으로 문 쪽을 가리켰다.

"방금 폭발 때문에 문이 고장났거든."

사이먼은 벌떡 일어나 문 앞으로 걸어갔다.

그의 말이 맞았다. 손잡이를 몇번 돌려봤지만 문은 꼼짝도 하지 않았다.

"하, 하하하."

태리의 말이 맞았다. 반질반질한 문에는 손잡이 따위 달려 있지 않았다. 사이먼이 빛을 아래로 비추자 문짝에 '경고' 표지판과 함께 뭐라고 쓰여 있는 것이 뒤늦게 보였다. 내용은 안 봐도 뻔하리라. 혼자 들어오지 마라, 뭐 그런 거겠지. 나는 분노에 찬 고함을 예상했지만 돌아온 것은 놀랍게도 웃음이었다.

"하, 하하하."

사이먼이 점차 실성하더니 이내 박장대소하기 시작했다. 그런 사이먼의 모습에 섬뜩했지만, 정신을 차리니 나 또한 같이 웃고 있었다.

뭐야, 내가 왜 이러지. 스스로가 왜 웃는지 뒤늦게 파악하고 나서야 사이먼의 심정을 이해할 수 있었다. 그렇게 살아남기 위해 온갖 짓거리를 다 했는데, 이따위 코딱지만 한 창고에 갇혀 굶어죽게 생겠다니. 정말이지 상상도 못 한 전개다. 우린 광적으로 낄낄대며 웃다가 태리의 기겁한 표정을 보고서야 간신히 웃음을 멈췄다.

"죄송해요."

내가 중얼거렸다.

*　　*　　*

사이먼이 플래시를 바닥 한가운데 세웠다. 그러자 천장을 비추는 얼마 안 되는 흐릿한 빛이 창고 전체에 쏟아졌다.

나는 태리, 사이먼, 승태, 아니 마스터, 그리고 빌어먹을 진혁의 모습을 차례차례 확인했다. 한 명도 빠짐없이 만신창이였다. 소말리아 한복판에 무일푼으로 던져져 10년간 살아남는다면 이런 모습일까.

"다 끝났어요."

태리가 중얼거렸다.

"네, 다 끝났죠."

내가 말했다.

"아뇨, 우린 다 끝났다고요."

한숨을 쉬며 내가 뭐라고 대꾸하려던 그때 사이먼이 힘차게 고개를 저었다.

"구조대가 올 거예요. 조금만 버팁시다."

태리는 그런 사이먼을 보더니 약간 놀란 표정을 지었다. 사이먼,

당신 많이 변했구나. 나는 뿌듯한 마음을 숨기며 속으로 미소 지었다. 그래, 나도 가만있을 수 없지.

"맞아요. 이렇게 큰 충격음이 전해졌는데, 모를 리가 없죠. 분명 올 거예요."

태리는 머뭇거리며 나를 돌아보았다.

"그런데…… 방금 그건 대체……?"

폭발음에 대해 묻는 걸까? 설명해주려고 입을 열었다가 뒤에서 난 쿠당탕 소리에 도로 입을 다물었다. 돌아보니 진혁이 덕 테이프를 풀려고 꿈틀대고 있었다.

"저 벌레 같은 새끼. 저거 꿈틀거리는 것 좀 봐요."

사이먼이 쯧 소리를 냈다.

"벌레는 쓸데라도 있죠. 저건 해충이죠, 해충."

내가 받아쳤다.

"자, 잠깐만요."

태리는 눈을 크게 뜬 채 말했다.

"대체 그게 무슨 소리예요?"

그러고 보니 태리는 아무것도 모르겠지. 진혁의 정체, 그리고 놈이 마스터와 벌인 모든 짓거리에 대해.

사이먼과 나는 잠시 시선을 마주치다가, 같이 고개를 끄덕였다. 아픈 매를 언젠가 반드시 맞아야 한다면, 현실을 부정하는 것보다 차라리 일찍 맞는 편이 낫다. 긴 시간 동안, 우리는 주거니 받거니 하며 태리에게 모든 사실을 전했다. 태리는 끝까지 얘기를 듣고, 숨을 후우 내쉬며, 차분히 눈을 감았다. 정보를 소화하고 있는 것일까.

생각 외로 침착하게 진실을 받아들이는 그녀의 모습에 놀라움을 느끼려던 그때, 태리가 돌연 벌떡 일어나더니 벌레 진혁을 향해 거침없이 돌진했다.

"야, 이 개새끼야!"

그녀는 쉴 새 없이 욕설을 내뱉으며 진혁의 배를 걷어차기 시작했다. 그는 욱, 욱 소리를 내며 계속 꿈틀거렸다. 그래, 저 자식은 저렇게 맞아도 싸지. 사이먼도 나도 그 광경을 보며 통쾌해했지만, 발차기가 점차 위력을 더해가자 진혁의 목숨이 슬슬 걱정되기 시작했다. 결국 우리는 태리를 진혁에게서 떼어낼 수밖에 없었다.

"대체 왜 그래요? 저 자식은……."

"쓰레깁니다. 알죠. 하지만 지금 이렇게 발로 차서 죽이는 건 너무 쉽고 아깝습니다. 차라리 우리 CIA에 넘기는 게 나아요. 아무도 모르는 곳에 갇혀 평생을 천천히 썩어갈 테니까요. 지금 당장 숨통을 끊는 것보단 몇십 년에 걸친 고통이 더 후련하지 않을까요?"

그제야 태리는 입가를 떨며 씨익 웃었다. 사이먼도 태리도 은근히 섬뜩한 면이 있구나. 나는 괜히 싸늘해졌다. 그래도 한바탕 스트레스를 발산한 그녀의 모습은 초췌했던 아까보다는 훨씬 생기가 넘쳤다. 그 점은 다행이라고 생각했다.

쩌렁쩌렁한 소리가 사방을 울린 것은 바로 그때였다. 안내 방송. 진부한 오케스트라 배경음 속에서 기계음이 느긋한 목소리로 말하기 시작했다.

[알려드립니다. 비상 전력이 전부 고갈되었습니다. 잠시 후, 모든 전력이 꺼집니다. 앤트힐을 이용해주신 여러분, 감사합니다.]

텅, 텅, 텅.

모든 희망이 꺼지는 소리였다. 우리는 완전한 공포에 질렸다. 그래도 이전의 경우 빛이 곧 돌아올 것이라는 확신이 있었다. 하지만 지금은 아니다. 이 상태가 언제고 지속되리란 사실을 알고 있기에 더 공포스러웠다.

"으으으……."

태리가 두려움에 찬 신음을 흘렸다. 나는 태리의 손을 꼭 잡은 다음 손등을 가볍게 토닥였다.

"괜찮아요. 괜찮아."

후우, 후우, 후우. 태리의 떨림이 서서히 멈추던 그때 난데없는 폭발음이 들렸다. 그녀는 숨을 들이켜며 다시 내 손을 꽉 잡았다.

"뭐, 뭐예요?"

태리가 물었지만 나는 대답할 수 없었다. 뭐가 어떻게 된 건지 하나도 짐작이 가지 않았다. 솔직히 말하면, 나도 속으로는 태리처럼 무서워 죽을 것 같았다. 또 폭탄이 터지기라도 한 것일까. 그렇다면 터뜨린 이들은 대체 누구일까. 생각할 틈도 없이 충격음이 연이어 들렸다.

쾅, 쾅, 쾅.

아까 폭발한 폭탄과 비교하면 확실히 약한 느낌이지만, 그래도 강력한 위력이다. 또다시 쾅 소리. 하지만 이번 소리는 방금 전과는 달랐다. 소리뿐 아니라 충격까지 그대로 이쪽으로 전달되었다.

자동차가 방지 턱을 전속력으로 들이받은 것처럼 방이 위아래로 흔들렸다. 나는 경악했다. 설마 바로 앞에서 터진 걸까. 순간 불이 다시 켜짐과 동시에 안내 방송이 시작되었다.

[앤트힐입니다. 다시 전력이 복구되었습니다. 편안한 하루 보내시길 바랍니다.]

나와 사이먼은 동시에 눈을 마주쳤다. 설마.

"구조대……예요."

내가 말했다.

"그렇죠?"

사이먼이 고개를 끄덕였다.

"아무래도 그럴 확률이 높아요."

태리는 여전히 긴장한 모습이었지만 사이먼과 내 얼굴에 떠오른 미소를 보자 조금씩 기대에 찬 표정을 짓기 시작했다.

"그럼 우리, 나갈 수 있는 거예요?"

"네" 하고 말하려던 그때였다. 뒤에서 욱욱 소리가 들렸다. 피범 벅이 된 진혁이 이전과는 다른 거친 기세로 발악하고 있었다.

나는 그에게 다가가 입에 붙은 테이프를 움켜잡고 한 번에 떼어 냈다. 좌악. 테이프가 떨어지자 놈은 고통에 비명을 질렀다.

"뭐가 웃겨?"

"정말 구조대일 것 같아?"

진혁이 우는 소리를 내며 동시에 웃었다. 웃음과 울음이 반씩 섞인 듯한 목소리. 어찌나 표정이 괴상한지 이쪽이 마스터가 아닐까 잠깐 의심했다.

"무슨 소리야?"

"모르겠어? 우리가 폭탄을 왜 터뜨린 건지?"

그야 어떻게든 정문을 뚫으려고 한 것이 아닌가……. 하지만 마스터는 정문을 뚫는 것이 불가능하다는 사실을 알고 있었다. 그럼에도 놈은 끝까지 포기하지 않고 기어코 목적을 달성했다.

정문을 뚫는 것 말고 대체 어떤 다른 이유가 있을 수 있을까. 잠깐만. 단순한 역발상을 하자 아이디어 하나가 문득 떠올랐다.

"진혁과 마스터는 탈출하려고 폭탄을 설치한 게 아니었어요."

"……무슨 소리예요."

태리가 나를 돌아보았다.

"정문을 폭발시키는 게 목적이 아니라, 폭발의 충격파를 이용해 외부에 위치를 알리는 게 목적이었다면?"

사이먼의 얼굴이 급속도로 차가워졌다. 벌써 답을 눈치챈 건지 영어로 욕을 씹어 뱉었다.

"대체 누구한테 위치를……."

순간 태리를 포함한 모두가 입을 다물었다. 철문 바깥에서 소리가 들린 것이다.

수십 개의 발소리. 우리는 숨을 죽이고 귀에 온 신경을 집중했다.

발소리는 계속되었다. 한두 명이 아니다. 최소 수십 명이다. 발소리가 잦아든 그때 창고 문이 덜컥거리며 흔들리기 시작했다.

"젠장."

사이먼이 분노에 차 말을 씹어 뱉었다.

톱이 돌아가는 듯한 날카로운 소리. 이어 철문 틈으로 불꽃이 미친 듯이 솟기 시작했다. 그런 비현실적인 광경을 넋 놓고 지켜보며, 나는 사이먼이 했던 말을 어렴풋이 떠올렸다.

이 정문은 단단하다. 몇십 명의 용접공이 와야 열릴까 말까다. 하지만 그 용접공들이 정말로 왔다면. 완벽하게 준비하고 무장한 채 이곳에 들어오려 작정했다면.

"투항해요. 그러지 않으면 죽을 테니까."

사이먼이 투항 자세를 취하며 말했다.

분했지만, 그의 말이 맞았다. 투항하지 않으면 죽을 것이다. 나는 반쯤 체념하고 사이먼의 자세를 그대로 따라했다. 두 손을 머리 뒤에 붙인 다음 무릎을 꿇었다. 그리고 눈을 감으며 속으로 빌었다. 무슨 꼴을 당하든 상관없으니 제발 살아서 나가게 해달라고.

불꽃이 문틈의 위아래를 완전히 훑었다. 철문이 요란한 소리를 내며 바닥에 떨어졌다. 처음으로 내 눈에 보인 것은 연무였다. 다음으로 보인 것은 그 속에서 어른거리는 수십 개의 그림자. 이어 붉은 레이저 포인터가 그림자에서 쑤욱 나오더니, 우리의 머리를, 가슴을, 배를 겨누었다.

구조대가 아니었다. 그들이었다.

'오퍼레이션 라이트 아웃' 보고서

военные действия /сообщение

마스터를 체포한 뒤, 한-미 공조 연구팀 아브락사스는 오지에 위치한 시설에서 해당 죄수를 연구하고 있다. 하지만 정탐 결과 이 공조는 오로지 표면적인 것에 불과하다. 한-미 측은 각자의 연구소에서 몇 달씩 교대로 마스터를 연구 중이며 이것은 일종의 경쟁 양상을 띠고 있다.

미국의 경우 마스터의 연구는 AREA51에서 진행되고 있으며, 해당 시설의 엄청난 보안과 침입이 들켰을 시에 잇따를 국가적 분쟁을 고려하면 작전은 여러 면에서 비효율적일 것으로 추정된다.

따라서 마스터를 구출할 가장 가능성 높은 시나리오는, 마스터가 한국 소유의 연구소 앤트힐에 감금당해 있을 때 그를 빼내 오는 것이다. 요원이 보낸 미세한 전파를 단서로, 우리 팀은 뉴질랜드 우림인 태즈필드 구역을 수색한 끝에 앤트힐을 발견했다.

시설=앤트힐이라 판단한 이유는 다음과 같다.

1. 보고서에 의거한, 태양광을 주 전력으로 사용하는 시설의 외벽 재질.
2. 보고서에 의거한, 매 시간마다 보호색을 띄는 시설 외벽.
3. 보고서에 의거한, 전체적인 구조적 특성, 정육면체.

그 외에 보고서에 서술된 것과 유사한 부분이 12개 확인되었으므로 시설은 앤트힐이라 판단해도 무리가 없다.

우리 팀은 한-미 공조 연구팀 아브락사스에 속박, 감금되어 있는 의식 이동 능력 보유자(일명 마스터)를 구출하기 위해 앤트힐 안으로 침입할 계획이다. 이 모든 작전은 전면 극비이며, 해당 작전이 외부에 유출 시 러시아 측은 작전과의 모든 연관성을 부인할 것임을 요원 전부가 인지하고 있다.

앤트힐에 침입하기 위해 우리가 고안한 시나리오는 다음과 같다.

하나, 용접 장비. 하지만 건물에 도착하기 전까지 외벽 재질의 종류를 파악하기는 불가능하기에 작전의 성패를 예측할 수 없다. 거기에 장비의 무게와 비용까지 고려했을 때 이것은 전체적으로 비효율적인 작전이라 판단, 보류했다.

둘, 해킹. 하이테크 시설인 앤트힐의 특성을 고려할 때 확실히 유용한 방법이라고 사료되었으나 시설의 모든 네트워크가 독자적인 내부 회로로 연결되어 있음을 내부 해킹팀 시케이다(3301)가 확인했다. 내부에 들어가지 않는 이상 해킹 자체가 불가능하므로 해당 작전 또한 보류했다.

그 외에도 45가지 시나리오를 고안했고 그중 가장 가능성이 있는 작전은 아래와 같다.

스물 하나, 폭탄을 이용한다. 확실히 핵폭발에도 견딜 수 있는 재질로 설계된 시설이지만, 그것은 '한 번'의 경우를 가정한 시나리오다. 비슷한 충격을 두 번, 세 번 받는다면 외벽은 어떤 재질로 설계되었든 버틸 수 없게 된다. C4 따위의 강력한 폭탄을 최소 20회 이상 반복 폭발시킨다면 외벽은 어떤 재질이든 필시 붕괴되고도 남을 것이다.

이 작전의 문제는 공격 도중 한국 연구팀이 소음을 듣고 외부에 도움을 요청할 확률이다. 미국이나 다른 세력이 도중 끼어든다면 해당 작전은 수포로 돌아갈 뿐만 아니라 외교적 분쟁마저 야기할 것이다.

따라서 다음과 같은 해결 방안을 제시한다. 별도의 재밍(전파 방해) 기계를 가져가는 것뿐만 아니라, 건물 외벽을 완전히 덮을 정도의 거대한 천을 준비한다.

이 천의 한쪽 면은 빛을 차단하는 검은색을, 반대 면은 전파를 차단하는 별도의 재질을 덧씌운다. 그렇게 준비된 천을, 건물 발견 즉시 앤트힐 위에 완전히 덮는다. 이렇게 되면 전기와 전파 신호까지 전부 차단할 수 있을 것이다.

보조 전력까지 고려했을 때 시설의 모든 전력은 48시간이면 고갈될 것으로 추정. 전력이 완전히 고갈된 바로 그 순간, 팀은 폭탄을 이용해 시설 안으로 침입, 지하에 들어가 모든 종류의 통신 기기를 파괴하고 마스터를 구출한다.

여기까지가 오퍼레이션 라이트 아웃의 전체적인 상이다.

※중요. 마스터의 경우 구출 직후 어떻게 처리할지는 아직 우리 측에서 확정하지 못했다. 일단 생포한 뒤 추후 지시를 기다릴 것을 명령한다.

19.

연기를 뚫고 그들이 다가왔다. 완전 무장한 러시아 민간 용병들. 머리부터 발끝까지 현대식 무기로 도배되어 있어 인간이 아닌 무언가가 다가오는 느낌이다.

투항 자세를 한 우리 뒤로 대원 몇 명이 다가왔다. 그들은 내 뒤에 서더니 손목에 플라스틱 수갑을 능숙하게 조였다. 다른 대원들은 승태와 진혁의 상태를 확인하고 있다.

"워크, 나우!"

대원 중 하나가 우리를 보며 정문 쪽을 가리켰다. 나와 눈이 마주친 사이먼은 어두운 눈빛으로 고개를 끄덕였다.

잠시 후, 우리는 대원 몇 명을 따라 터덜터덜 복도를 걸었다. 폭발의 여파 때문인지 복도 구석구석이 검게 그을려 있다.

정문 앞에 도착하자 믿을 수 없는 광경이 펼쳐져 있었다. 굳게 닫혀 있는, 모두가 절대 열리지 않을 거라 자부했던 문이 활짝 열려 있었다. 아니, 열려 있다기보다는 '구멍이 났다'는 표현이 더 적절할 것이다. 뻥 뚫려 있는 벽의 구멍 주변으로 검게 그을린 흔적이 가득했다.

"마더 러시아구먼."

사이먼이 넋 놓은 표정으로 실실 웃었다. 나도 마찬가지로 멍하니 그 광경을 바라보고 있는데, 순간 시야가 갑자기 내려앉았다. 대원이 내 어깨를 눌러 바닥에 강제로 무릎 꿇린 것이다. 그 바람에 무릎이 얼얼했다.

얼마 지나지 않아 내 옆으로 사이먼도, 태리도, 진혁도, 승태도 강제로 무릎이 꿇려졌다. 호철을 제외한 앤트힐의 전원이 한 줄로 앉게 된 것이다. 다음에 무슨 일이 벌어질지 감도 잡히지 않았다.

마음이 착잡하던 그때였다. 대원들 중 한 명이 우리 앞으로 다가왔다. 그는 다른 대원들과 달리 군용 헬멧이나 무선 이어폰 같은 것을 착용하고 있지 않았다. 가슴팍에도 배지 몇 개를 단 것을 보니 한눈에 봐도 계급이 높은 군인 같았다.

이 사람이 지휘관, 대장일까. 그러나 대장에게서 느껴지는 권위적인 느낌은 전혀 없다. 푸른색 눈동자를 가진 슬라브 계열의 미중년. 영화 세트장에서 액션 영화를 찍다 잠시 이쪽으로 넘어온 것 같은 착각을 일으킬 정도다. 그는 따뜻한 미소를 짓더니 우리에게 영어로 뭐라고 중얼거렸다.

"자신은 이 부대 지휘관이고, 우릴 해칠 생각이 없답니다. 안심하랍니다."

사이먼이 통역을 마치자 지휘관은 고개를 끄덕이더니 말을 이었다.

"마스터는 어디 있냐는데요?"

사이먼이 해석했다.

"솔직하게 말하는 게 좋을까요?"

내가 속삭였다. 사이먼이 고개를 끄덕였다.

"뭐, 1초라도 더 살고 싶다면 말이죠."

나는 한숨을 쉬며 고개를 끄덕였다. 사이먼은 지휘관에게 영어로 무언가를 말했다. 긴 시간 동안 대화가 오간 뒤, 사이먼이 나를 보았다.

"다 말했어요. 승태의 몸에 마스터가 갇혀 있다고. 근데 덕 테이프로 눈을 봉해놨으니까 절대 풀지 말라고."

그렇다면 이제 다 된 건가. 하지만 왠지 모르게 불안해졌다. 문득 공포 영화의 단골 클리셰가 떠올랐다. 어디 가지 마, 뭘 열지 마, 누군가가 경고한다. 그러면 10분도 지나지 않아 우리의 멍청한 주인공은 그것을 까먹고 무조건 그 짓거리를 한다. 책을 펴거나, 큐브를 돌리거나, 지하실로 내려간다. 그렇게 모든 재앙이 시작되는 것이다.

"다시 한번 강조해주세요. 테이프, 절대로 풀지 말라고. 절대로."

불안해진 내가 재빨리 덧붙였다.

하지만 지휘관은 벌써 어디론가 사라진 뒤였다. 할 수 없이 사이먼은 옆의 대원에게 말을 계속 붙였지만 그들은 듣는 둥 마는 둥 우리를 쏘아볼 뿐이었다. 두 명의 대원을 남기고 나머지 군인들이 어디론가 이동했다.

상황이 이상하게 꼬여간다고 생각하던 그때, 대원들의 가슴팍에 붙은 무전기 위로 러시아 말이 들렸다. 유심히 듣던 그들은 잠시 생각하더니 말했다. 그들의 말을 듣던 사이먼의 얼굴이 별안간 창백해졌다.

"알아…… 들었어요?"

"대충은."

"뭐래요?"

사이먼은 입을 열려다 도로 다물었다.

"모르는 게 나아요."

"뭐라는 거냐고요."

답답해진 내가 재차 물어봐도 사이먼은 묵묵부답이었다. 눈을 감고 석상이라도 된 것마냥 미동도 하지 않았다.

결국 그에게서 대답 듣기를 포기한 나는 대원들과 소통을 시도해봤다. 하지만 대꾸는커녕 피식거리며 비웃기만 할 뿐이었다. 한국어로 욕이라도 해버릴까 진지하게 고민하던 그때였다.

"헤이."

갑작스러운 영어에 나는 뒤를 돌아보았다. 진혁이었다. 그는 싱글싱글 미소 지으며 요원들을 향해 말을 걸기 시작했다.

"아임 온 유어 사이드. 애스크 드미트리."

"퍽 오프."

대원 중 하나가 피식 웃으며 중얼거렸다.

"노, 암 데들리 시리어스. 애스크 드미트리. 히 노우즈 왓 아임 토킹 어바웃."

진혁의 처절한 애원에 러시아 대원은 얼굴을 찡그리더니, 곧 무전을 켜고 누군가와 짧게 대화를 나눴다. 중간중간 농담도 하는지 웃기도 했다. 그런 그들을 보며 시종일관 백화점 직원처럼 미소 짓는 진혁을 향해 내가 말했다.

"배신 때리고 혼자 나가니까 좋아?"

"뭐, 좋다면 좋지. 그동안의 노력이 보상받는 거니까."

말하면서도 눈도 마주치지 않는다. 아, 살려주지 말걸.

"양심이 있으면 한 명이라도 살려서 보내줘."

"글쎄. 그건 내가 결정하는 게……."

순간 진혁의 머리 위쪽이 터져 나갔다. 방금의 일을 믿지 못하겠다는 듯 입을 벌리다 피를 쏟으며 고꾸라졌다. 처참한 시신 사이로 긴 혓바닥이 튀어나왔다.

대원이 무전을 끄며 다른 대원에게 중얼거렸다. 집게손가락으로 우리를 주욱 일렬로 가리킨 다음 고개를 끄덕였다.

진혁의 피를 그대로 맞은 나는, 멍한 표정으로 눈만 꿈뻑거릴 뿐이었다. 그제야 깨달았다. 아하. 이거구나. 그래서 사이먼이 말을 안 해준 거구나.

진혁의 머리를 날린 대원은, 다시 총을 장전하더니 진혁의 등에 두 발을 쏘았다. 진혁의 몸은 총을 맞을 때마다 위아래로 펄떡거렸다. 가뜩이나 줄줄 흐르던 피는 이제 폭포수처럼 뿜어져 나오며 웅덩이를 형성했다. 무릎 앞이 진혁의 피에 젖으며 따끈해졌다.

"모두 죽여. 확인 사살을 위해 두 발씩 추가로 쏘고."

사이먼이 뒤늦게 해석했다.

"아까 들은 말은 이거였어요."

나는 눈을 감았다. 90도로 추락하는 비행기에 강제로 묶인 기분이다.

간신히 눈을 뜨자 대원이 총을 재장전하는 것이 보였다. 그는 무표정을 유지하며 태리의 뒤로 다가갔다. 호철이 죽은 뒤로 태리는 감정이 완전히 죽어버린 듯 보였다. 하지만 죽음을 코앞에 둔 지금 그녀는 다시 정신이 돌아온 것 같았다.

"수진 씨."

태리가 천천히 고개를 돌려 나를 보았다.

"저 어떡……."

터지는 소리가 들렸다. 다시 눈을 질끈 감았다. 피가 튀기며 셔츠와 얼굴을 흠뻑 적셨다.

엄청난 무력감이 들었다. 아무것도 할 수 없다. 사람들이 코앞에서 죽어가고 있는데도 아무것도 할 수 없다. 나도 모르게 울음이 터졌다.

총소리는 쉬지 않고 이어졌다. 머리가 날아간 태리의 시신 위로 대원이 확인 사살을 한 것이다. 이윽고 태리의 몸이 움찔거리기를 멈추자, 총을 든 대원은 곧장 나를 향해 다가왔다. 그는 내 뒤에 서서 총을 재장전했다. 이제 끝이다.

"미안해요."

사이먼이 울먹였다.

"이렇게 되어버려서."

"당신 잘못 아니에요."

나는 살며시 눈을 감았다. 이제 더 이상 눈을 뜨는 일은 없을 것이다. 아무런 고통 없이 의식이 끊기기를 나는 기다렸다. 기다리는 1초, 1초가 죽을 만큼 고통스러웠다. 왜 쏘지 않는 건가, 의아했다. 빌어먹을 희망 고문이라도 하는 걸까.

땀에 흠뻑 젖은 채 나는 질끈 감았던 눈을 조심스럽게 떴다. 방금까지 등 뒤에 있던 대원이 지금은 눈앞에 서 있는 것이 보였다. 지루해졌으니 앞에서 쏴볼까, 뭐 그런 것일까. 하지만 대원의 얼굴을 본 순간 내 심장은 덜컥 멈췄다.

놈은 섬뜩한 미소를 짓고 있었다. 나는 반사적으로 고개를 돌려 승태 쪽을 보았다. 좀 전까지만 해도 완전히 기절 상태였던 그는 지금 태리의 시신을 보며 현실을 부정하듯 울부짖고 있었다. 마스터라면 절대로 하지 않을 행동이다. 젠장.

"인생이란 게 말이야, 진짜 재밌어, 그렇지 않아?"

러시아 대원이 유창한 한국어로 중얼거렸다.

* * *

절대 안 돼.

지금 장난해? 내 원대한 복수극을 고작 총 한 발로 끝낸다고? 말도 안 되는 소리지. 약속했잖아. 죽을 만큼의 고통을 주기 전까지는 절대 죽이지 않을 거라고. 그러니까 지금은 아니야, 박수진. 아직은 때가 아니라고. 넌 내가 살라고 할 때 살고 죽으라고 할 때 죽으면 돼.

그나저나 다행이지 않아? 놈들의 삽질이 아니었으면 너도 나도 꼼짝없이 그대로 죽었을 거야. 멍청한 자식들이 덕 테이프를 아무 생각 없이 뜯어버렸잖아. 대체 뭔 정신머리였을까. 아니, 내 정체를 제대로 알고 있기나 했을까? 하긴, 그걸 알면 그런 짓은 안 했겠지. 내가 어디까지 할 수 있는지 안다면 말이야.

너도 혼란스럽기 짝이 없을 거야, 안 그래? 대체 왜 이렇게 무시무시한 놈들이 한국 연구소에 구멍이나 내고 자빠졌는지.

박수진. 너를 포함해 많은 사람이 착각하고 있는 게 있어. 내가 먼저 정체를 드러낸 나라는 한국이나 미국이 아니야. 그래, 러시아야. 이번 계획을 실행하기 위한 첫 단추가 바로 그곳이었어. 거기서 3개월간, 나는 이곳저곳을 들쑤시고 다니며 능력을 보여줬어. 대통령의 가족과 친척의 몸에 들어간 다음 차례로 비디오를 찍어 협박했어. 나에게 항복하지 않으면 러시아를 한 달 내에 박살 내주겠다고.

당연히 대통령은 분노했고, 날 죽이려 이를 갈았지. 외부에는 드러나지 않았지만, 이후 크렘린 궁은 완전히 전투태세가 됐어. 군인들은 출입하는 곳마다 달라지는 암구호를 외워야 했고. 병신들은 그것조차 외우지 못해 어버버거리다 총을 맞았지. 그렇게 죽은 명청이들만 무려 42명이야. 42명. 정말 대단하지 않아?

하여튼. 결론은, 어떻게 됐냐 하면. 그래, 굴복하더라고. 날 막을 수 없다는 사실을 깨달은 거지. 놈들을 굴복시킨 나는 그곳에서 자그만 딜을 하나 했어. 내용은 단순해. 한-미 극비 연구소의 좌표를 알려줄 테니까, 당신들은 나에게 첩자 하나만 꽂아달라고. 그리고 완벽한 타이밍에 나를 구출해달라고. 당연히 러시아 쪽에서는 눈을 휘둥그레 떴지. 어마어마한 협상금을 내놓으라는 줄 알고 똥줄 태우다가 갑자기 횡재를 한 셈이니까.

거부할 이유가 없었어. 아니, 당장 부탁을 들어주겠다며 그야말로 특급 대우를 하더군. 대신 조건을 걸었어. 도와줄 테니, 자기 나라 일엔 간섭하지 말라고, 당부에 당부를 하더라고.

그래. 놈들의 방대한 인력과 돈이 이번 복수극을 위한 첫 출발점이었어. 놈들 덕분에 네가 올 무대와 날 도울 조력자까지 마련할 수 있었지. 하지만 웬걸. 이제 와서 날 죽이려고 하다니. 이건 나도 예상 못 했어. 아마 날 구하기 직전에 생각이 바뀐 거겠지. 어쩌면 처음부터 계획한 걸지도 몰라. 어쨌거나 나는 놈들에게 '고위험군 반동분자'일 테니까.

결국 나도, 당신도 똑같은 신세인 거야, 박수진. 믿었던 나라에 버려졌다고. 봐, 한국에서도 미국에서도 두려워서 널 구하러 오지 않고 있잖아. 모두 죽었다는 확신이 들기 전까지 놈들은 꼼짝도 하지 않을 거야.

우린 둘 다 배신당했어. 너무 서러워하지 마. 당신을 위해 내가 복수해줄 테니까. 아, 물론 착각하진 마. 다음은 네 차례거든.

*　*　*

"보고 싶었어?"

러시아 요원이 완벽한 한국어를 구사하고 있었다. 놈이다. 마스터.

나에게는 당장 총을 맞는 것보다 이 상황이 훨씬 더 공포스러웠다. 테이프를 풀지 말라고 그렇게 경고했는데, 대체 왜 그런 걸까. 그때였다. 놈의 뒤에서 다른 대원이 소리쳤다. 목소리 톤으로 미루어 '안 쏘고 뭐 하는 거야' 따위의 말 같다. 놈은 대원의 말을 무시하며 말을 이었다.

"아무것도 못 하고 가만히 묶여 있는 기분이 어때?"

내가 아무 반응도 보이지 않자 마스터는 김 빠졌다는 듯 한숨을 쉬었다.

"뭐야, 재미없게."

그 와중에 대원은 뒤에서 계속 소리를 지르고 있었다. 마스터는 고개를 돌리더니 대원을 노려보았다.

"시끄러워."

마스터는 총구를 겨누고 방아쇠를 당겼다. 대원은 공중에 잠깐 떠오르더니 바닥에 힘없이 쓰러졌다. 쿨럭거리며 연신 피를 토해 내다가 더 이상 움직이지 않았다.

놈은 나를 보며 콧노래를 흥얼거렸다. 반응을 구경하고 싶은 것이다. 절대 놈이 원하는 대로 행동하기 싫어 나는 계속 포커페이스를 유지했다.

순간 복도 쪽에서 우르르 발소리가 들렸다. 총소리를 들은 대원들이 상황을 확인하러 오는 것이 분명했다. 멀리 여러 명의 군인들이 나타나는 것을 보고 마스터는 미소 지었다.

"너한테 이걸 보여주고 싶었어."

마스터가 내 귀에 대고 속삭였다.

말을 마친 순간, 그는 멀리서 다가오는 군인들을 바라보다가 로봇의 스위치를 끄듯 바닥에 힘없이 쓰러졌다. 눈을 까뒤집고 바닥에 쓰러진 대원은 잠시 후 몸을 꿈틀거리며 천천히 일어났다. 그는 커진 눈을 꿈뻑거리며 주변을 천천히 돌아보았다. 방금 자신에게 무슨 일이 벌어진 건지 감도 못 잡는 것 같았다.

다른 대원들은 바닥에 쓰러진 대원과 방금 일어난 대원을 번갈아 보더니 소리를 지르기 시작했다. 고성이 오갔다. 대충 어떤 대화를 하는지 짐작할 수 있었다. 너 방금 뭘 한 거야. 내가 한 거 아냐. 웃기지 마, 그럼 그건 뭔데. 결국 변명할 틈도 없이 다른 대원이 그를 향해 총을 갈겼다. 순식간에 벌어진 일이었다. 벌집이 된 그는 피투성이가 되어 죽은 대원 옆에 쓰러졌다.

마스터는, 마스터는 어디 있을까. 나는 눈을 부릅뜨고 주위를 둘러보았지만 수상한 이를 찾을 순 없었다. 이 수십 명의 대원 중에서 한 명의 마스터를 찾아내기는 사실상 불가능에 가깝다.

또다시 놓쳐버린 걸까. 절망스러운 그때, 대원들이 우리 앞으로 우르르 다가왔다. 다들 혼란스러운 표정이었다. 처음 등장했을 때의 그 박력과 포스는 이제 흔적도 보이지 않았다.

대원들 중 그나마 상급자로 보이는 이가 앞으로 나섰다. 그는 우리 중 그나마 말이 통하는 사이먼에게 뭐라고 떠들었지만, 사이먼은 으레 그랬듯 모든 말을 무시하며 해탈의 경지에 이른 듯 눈을 감을 뿐이었다. 무시가 계속되자 화가 머리끝까지 뻗친 듯한 대원은 들고 있던 총의 개머리판으로 사이먼의 머리를 갈겼다.

더는 볼 수 없어 눈을 돌렸다. 대체 그 지휘관은 뭐 하고 있는 걸까? 이대로라면 전부 죽을지도 모른다.

'내가 마스터라면 지금 누구의 몸에 들어갈까?'

문득 이 질문에 대한 답이 떠올랐다. 바로, 여기서 가장 높은 권위를 가진 단 한 명. 그 권위를 이용해 가장 큰 혼란을 일으킬 수 있는 단 한 명.

별안간 로비의 복도 입구 쪽에서 소란이 일었다. 대원들은 일제히 그쪽으로 고개를 돌렸다. 그곳에 지휘관이 서 있었다. 방금 막로비에 도착한 듯한 그는 가쁜 숨을 몰아쉬며 대원들에게 뭐라고 외쳤다. 명령을 하달받은 그들은 로봇처럼 고개를 끄덕이더니 연구소 바깥으로 일사불란하게 움직이기 시작했다.

지휘관은 무전에 대고 계속 무언가를 지시하던 중 나를 흘긋 보았다. 이어지는 윙크.

"젠장."

놈은 미소 짓더니 나를 향해 팔을 쭉 뻗었다. 그러고는 손가락 세

개를 활짝 펴더니 입으로 카운트다운을 하며 손가락을 하나씩 접기 시작했다. 하나, 둘, 셋.

순간 엘리베이터가 도착했다. 문이 열리자마자 대원들이 우르르 쏟아져 나왔다. 우리를 향해 총을 갈기려나 싶어 눈을 질끈 감았지만, 아니었다. 대신 그들은 바깥의 대원들을 향해 총을 쏘기 시작했다.

바깥에 대기하고 있던 대원들은 난데없는 총격에 당황하며 허둥거리기 시작했다. 완전히 방심한 터라 반항다운 반항도 하지 못하고 하나둘 쓰러졌다. 하지만 그것도 잠시, 정신을 차린 나머지 대원들이 곧 대응 사격을 시작했다.

순식간에 눈앞이 전쟁터가 되어버렸다. 그 비현실적인 광경을 지켜보는데 누군가가 내 어깨를 거칠게 잡았다. 사이먼이 낮게 외쳤다.

"지금이에요. 갑시다."

총알이 허공을 날아다니는 동안, 나는 그의 뒤를 쫓으며 근처의 기둥을 향해 달렸다. 다행히 총알을 한 발도 맞지 않고 무사히 기둥에 도착할 수 있었다. 숨어 있는 동안, 마스터가 무전에 대고 대체 어떤 명령을 내렸을지 생각했다.

아마 이러지 않았을까. 지상에 있는 대원들에게는 지하에 있는 대원 중 하나가 마스터에게 감염되었다, 지하에 있는 대원들에게는 지상에 있는 대원 중 하나가 마스터에게 감염되었다, 그러니 상대 팀을 보는 즉시 쏴 죽여라. 그야말로 유치하기 짝이 없는 전술이었지만, 충성심 높은 대원들은 그 전술에 그대로 말려들었을 것이다.

나는 사이먼과 최대한 몸을 붙인 채 기둥에 몸을 댔다. 눈앞이 점차 연기로 자욱해졌다. 이어지는 폭발음. 누군가가 수류탄을 던진 것인지 폭발음은 몇 차례 더 들렸다.

비명, 총성, 폭발음, 비명, 폭발음.

소음이 약간 잦아들자, 나는 기둥 뒤로 고개를 내밀어 흘긋 마스터를 보았다.

허, 나는 중얼거렸다. 놈은 이 모든 상황을 즐기듯 낄낄거리고 있었다. 놈의 발치에는 방금 전까지만 해도 살아 있던 태리와 진혁의 시신이 겹쳐져 있었다. 승태도 머리에 피를 흘린 채 곁에 널브러져 있었다. 결국 당하고 만 것이다.

분노에 이를 가는데 사이먼이 나를 기둥 뒤로 끌어당겼다. 그는 근처에 놓여 있던 부서진 타일 조각으로 내 손목에 묶여 있던 플라스틱 수갑을 재빨리 풀었다.

"이럴 시간 없어요. 저길 봐요."

나는 사이먼이 가리키는 곳을 보았다. 엘리베이터 문이 열리고 닫히고를 반복하고 있었다. 고장이라도 난 걸까? 그게 아니라 문 사이에 대원의 시체 하나가 쓰러져 있었다. 사이먼이 나를 보며 고개를 끄덕였다.

"갑시다."

나는 당황했다. 저 총성이 빗발치는 아비규환의 전쟁터를 뚫고 뛰어가자니, 말이나 되는 소리인가. 하지만 내가 머뭇거리는 것을 알고 사이먼이 말을 이었다.

"괜찮아요. 놈들은 정신이 팔렸어요. 둘러봐요, 우리한테 관심 있는 놈들이 있나."

과연 그의 말대로였다. 서로가 서로를 죽이는 데에 혈안이 되어 숨어 있는 우리에게는 아무도 관심을 갖지 않았다.

"잠깐만."

나는 멈칫하며 사이먼의 다리를 보았다. 군복이 피로 흠뻑 젖어 있었다. 총상을 당한 것이다.

"그 다리로 뛰겠다고요?"

"그 방법밖엔 없……."

"부축할게요. 뭐가 그 방법밖에 없어요. 도움받을 땐 받아야지."

사이먼은 잠시 머뭇거렸지만 이내 고개를 끄덕였다. 아마 내가 죽어도 자신을 포기하지 않으리라는 사실을 깨달은 것이리라.

나는 절뚝거리는 사이먼의 겨드랑이를 팔로 단단히 감싼 다음 뛸 준비를 마쳤다. 총성이 차츰 잦아들던 어느 순간이었다.

"지금이에요."

나는 사이먼의 큼직한 몸을 끌며 엘리베이터를 향해 내달리기 시작했다. 달리고, 달리고, 쉬지 않고 달리고 또 달렸다. 엘리베이터가 이제 몇 걸음 안 남은 순간, 뭔가가 앞으로 데굴데굴 굴러왔다. 수류탄이었다. 나는 다짜고짜 반대편으로 등을 돌린 다음 앞으로 몸을 날렸다.

이어지는 펑음. 코가 찌릿해지는 화약 냄새. 귀에서 찌릿한 이명이 들렸지만 다시 이를 악물고 일어났다. 사이먼은 기절한 채 바닥에 누워 있었다. 군데군데 화상을 입긴 했지만 아직 숨은 쉬고 있었다. 그럼 됐다. 나는 그를 다시 붙들고 엘리베이터 앞으로 향했다.

마침내 문을 지났다. 문턱을 넘자마자 추운 겨울에 따뜻한 이불 속으로 들어간 듯한 안도감이 찾아왔다. 됐다. 성공한 것이다.

엘리베이터에 도착한 나는 사이먼을 구석에 기대놓았다. 그런 다음 엘리베이터 문턱에 걸려 있던 대원 앞으로 다가갔다. 등에 총이 걸려 있었다. 나는 그것을 챙긴 후 시신을 밖으로 조심스럽게 밀었다.

엘리베이터 문은 차분한 속도로 닫혔다. 이제 다 끝났다고 생각한 그때 커다란 굉음이 머리 위에서 울려 퍼졌다. 설마 이대로 추락하는 건 아니겠지. 나는 엘리베이터 벽에 몸을 기대고 천장만을 뚫어져라 쳐다보았다. 하지만 엘리베이터는 내려가기 시작했다. 마치 아무 일도 없었다는 듯이.

내가 누른 버튼은 가장 아래 층인 B5층 서버실이었다. 그 선택에 큰 의미는 없다. 다만 1층에서 벌어지고 있는 처참한 살육전에서 최대한 멀리 떨어지고 싶었을 뿐. 버튼이 눌려 있고 엘리베이터가 정상적으로 내려가는 것까지 확인하자 나는 완전히 진이 빠져 사이먼의 옆에 털썩 주저앉았다.

"혹시 후회하는 거 있어요?"

"그건 갑자기 왜요."

사이먼이 힘겹게 말했다.

"아니, 뭐, 거의 죽을 뻔했잖아요. 지금도 마찬가지지만."

사이먼은 잠시 고민했다.

"이렇게 죽을 줄 알았으면…… 헤로인도 해볼걸 그랬네요."

"당장 생각나는 게 그런 것뿐이에요?"

사이먼이 피식 웃었다.

"그냥, 그곳에 가지 못한 게 후회되네요. 가족끼리 자주 갔던 파크가 있었는데, 사고 이후 자주 못 갔어요. 아니, 아예 못 갔죠. 그때의 추억이 생각나면 괴로워 미칠 것 같고, 그러면 약 생각부터 나니까. 그래서 무서워서 아예 포기했어요."

사이먼의 얼굴에 흐릿한 미소가 떠올랐다.

"근데 지금은 왠지 그곳이 그리워요. 고양이 오줌 냄새 나는 놀이터도 그립고, 호수에 낀 이끼도 그립고, 가족끼리 자주 갔던 그 옆의 유원지도 그립고. 예전엔 정말이지 더럽기 짝이 없는 곳이라 생각했는데."

한숨을 쉬더니 그는 나를 보았다.

"당신은요?"

가장 후회되는 것. 이 시설에 오고 나서 백번은 생각했던 것이다.

"사랑하는 딸 해연이를 두고 차에서 내린 거요."

"차에서…… 내려요?"

사이먼이 멀뚱거렸다.

"네, 그때부터 이 지랄이 벌어졌어요."

세상에서 가장 느린 엘리베이터가 서버실에 도착하기 전에, 나는 전부 말해주었다. 갑작스럽게 걸려온 전화. 해연이를 두고 이 시설에 오게 된 경위를. 이야기를 마친 뒤 나는 사이먼에게 물었다.

"최악의 엄마죠?"

"원래라면 아니라고, 그럴 수 있다고 위로해줘야겠죠."

"그런데요?"

"당신 성격 아니까 솔직히 말할게요. 최악이네요, 진짜."

나는 웃었다. 하지만 눈에서는 어쩔 수 없이 눈물이 흘러내렸다.

"알아요, 저도. 알아요."

10초간 아무 말도 하지 않았다. 사이먼이 요란하게 정적을 깨기 전까진.

"알면 정신 차려요."

별안간 그렇게 버럭 소리쳤다. 난데없는 야단에 나는 움찔했다. 갑자기 왜 이래?

"당신에겐 딸이 기다리고, 아직 실수를 만회할 기회가 있잖아요."

가슴이 먹먹해졌다. 그래, 사이먼은 아무리 간절하게 원해도 더 이상 기회가 없다. 아프지만, 슬프고 비정한 현실이다. 하지만 나에겐. 갈라진 입술을 힘겹게 움직이며 사이먼이 말을 이었다.

"혹시라도…… 해연이 다시 만나게 되면…… 그땐 차에서 절대 내리지 마요. 무슨 일이 있어도."

나는 고개를 끄덕이며 미소 지었다.

"걱정 마요. 그런 기회가 온다면 죽어도 안 내릴 거예요."

이윽고 엘리베이터는 최하층에 도착했다. 문이 열리며 어마어마하게 큰 서버실이 눈앞에 펼쳐졌다. 이전에 봤음에도 그 규모와 사이즈에 감탄이 나오는 건 어쩔 수 없었다. 순식간에 사이버펑크 세계에 들어선 기분이 든다.

천장에 붙어 있는 붉은 조명은 흡사 로봇의 혈관을 연상시켰다. 사이먼이 끙 소리를 내며 말했다.

"숨을 곳을 먼저 찾읍시다. 일단 끝으로 가죠. 개방된 곳은 위험하니까."

우리는 비틀거리며 서버들을 지나쳤다. 걸어도 걸어도 서버의 벽은 끝나지 않았다. 슬슬 미로 속에 갇혀버리는 게 아닌가 하는 생각이 들 때 즈음 마침내 벽이 보였다.

우리는 벽에 기대어 앉았다. 잠시 동안 휴식을 취하고 토의를 시작했다. 놈을 어떻게 해야 처치할 수 있을까. 이런저런 작전을 논의한 끝에 우리는 가능성이 높은 한 가지 방법을 선택했다. 사이먼의 아이디어에 내가 약간의 아이디어를 덧붙인 작전이다.

"좋아요, 그럼 그걸로 하죠."

사이먼이 가볍게 고개를 끄덕였다. 그는 작전을 준비하기 위해 몸을 움직였지만 고통스러운 신음을 흘리며 다리를 절뚝였다.

나는 식겁했다. 다리의 출혈이 아까보다 더 심각해져 있었던 것이다. 돌아보자, 엘리베이터부터 이곳까지 피에 물든 사이먼의 발자국이 바닥에 주욱 찍혀 있었다.

"아, 젠장. 눈치 못 챘네. 아무래도 장소를 바꿔야겠어요."

사이먼이 피식 웃었다.

"장난해요? 지혈 먼저 해야죠."

내가 소리쳤다.

"일단 놈부터 죽입시다. 당장 언제 내려올지 모르잖아요."

"그거 얼마나 걸린다고……!"

사이먼이 조용히 하라는 듯 손바닥을 내밀었다.

"이번에는 내 말 들어요. 제발. 부탁이에요."

그때였다. 엘리베이터가 웅웅거리는 기계음을 내며 위로 올라가기 시작했다. '누군가'가 엘리베이터 버튼을 누른 것이다.

"봤죠? 놈이 와요. 시간이 없어요."

그를 노려보다 푹 한숨을 쉬었다. 정 그렇다면 어쩔 수 없다. 우리는 치료 대신 작전의 세부 사항을 다시 한번 점검했다. 마지막까지 확실히 하기 위해. 내가 침을 꿀꺽 삼켰다.

"그리고 그렇게 된다면."

"놈에게 몸을 뺏기지 않은 쪽이, 뺏긴 쪽을 쏜다."

사이먼이 천천히 고개를 끄덕였다. 아무리 머리를 쥐어짜도 결국 그 방법밖에는 없었다.

마스터를 죽이는 방법은 오로지 하나뿐이었다. 누군가의 육체를 제물로 바치는 것. 결국 누군가의 희생이 필연적이었다. 다른 방법도, 우회로도 없다. 단지 그뿐이었다.

엘리베이터는 1층에 도착한 다음 다시 아래로 내려오기 시작했다. 서버실에는 비상계단이 연결되어 있지 않으니 놈은 엘리베이터로 올 것이 분명했다.

"자, 준비합시다."

우리는 자리를 옮겨 '최후의 작전'을 준비했다.

작전대로 몸을 숨기며 생각했다. 뭐가 어떻게 됐든, 이곳을 무사히 나가는 이는 결국 한 명이 될 것이다. 사이먼과 나, 둘 중 한 명은 무조건 죽어야 하는 것이다. 그러나 살아남은 한 명이 마스터가 되어버린다면…… 아니, 그런 일은 절대 없어야 한다. 절대로.

20.

모두 죽었다. 싹 다. 전부.

나는 뿌듯한 미소를 지으며 천천히 주변을 돌아보았다. 피, 연기, 탄피, 시체, 시체, 시체. 그래, 이거다. 내가 가장 기대하던 순간이. 그동안 머리로 상상만 하다가 이렇게 직접 눈으로 보게 되다니. 나는 천천히 심호흡을 하며 두근거리는 심장을 진정시켰다.

"판타스틱하구면."

그동안 수없이 몸을 갈아탔지만, 오늘만큼은 다르다. 그야말로 최대치를 찍은 느낌이다. 얼마나 몸을 갈아탔는지 머리가 저릿저릿하다. 몇 년간 갈아탈 횟수를 다 써버린 느낌이랄까.

이렇게 자기희생을 하면서까지 머저리들을 고통 없이 보내준 나는 어쩌면 순교자라고 할 수 있지 않을까. 모두들 사실상 전쟁의 쾌감을 느끼며 죽어갔으니 말이다.

총구와 총구가 대치할 때 분출되는 아드레날린의 황홀경. 다른 인간들은 살기 위해 버티고 또 버티다 스프레이를 맞은 바퀴벌레처럼 고통에 허덕이며 죽어간다. 그에 비하면 훨씬 멋지고 기분 좋은 죽음 아닌가. 솔직히 몇 번을 감사받아도 모자라다고 생각한다.

"어쨌거나."

최후의 승자는 바로 체격 좋은 러시아 부대원이었다. 처음 봤을 때부터 저 녀석 심상치 않다고 생각했는데, 역시나였다. 근래 몇 년간 낡은 육체 중 가장 만족스럽다.

"이 정도 몸이면 뭐, 총 맞아도 몇 분은 버티겠는데."

박수진, 그년은 어디로 갔을까. 나는 콧노래를 부르며 주변을 둘러보았다. 엘리베이터 숫자등에는 B5층이 찍혀 있다. 그곳에는 분명 서버실이 있었다. 함정을 파놓고 기다리고 있는 거 아닐까. 나는 잠시 생각했지만, 이내 빠르게 결론 내렸다. 아무래도 상관없었다. 헬멧도 무기도 없는 저능아들을 상대하는데 생각 따위가 필요한가…… 그래도 혹시, 혹시 모르니 비상 탈출용 반시체 몇 개를 챙겼다. 반시체란 다쳤는데 아직 죽지는 않은 놈들을 말한다.

혹시 모를 비상 상황이 생기면 그들은 훌륭한 탈출용 포드가 되어준다. 간신히 숨이 붙어 있는 놈들을 질질 끌고 와 엘리베이터 안에 집어넣었다. 그렇게 총 다섯 명.

이 정도면 여분으로 충분하겠지. 나는 콧노래를 부르며 엘리베이터에 오른 다음 B5층으로 향했다. 또 어떤 병신 같은 작전을 준비해놨을까. 가슴이 두근거렸다.

정말이지 대단한 여자다. 끝까지, 어떻게든, 마지막까지 살려고 아등바둥하는 모습이 애처롭다. 한 편의 감동 드라마 같다. 마지막에 주인공이 죽으며 전형적인 신파로 끝날.

기다린 끝에 문이 열렸다. 서버실. 이곳에 박수진이 있다. 아마 그 외국인도. 나는 한 걸음 내디뎠다.

＊　　＊　　＊

소리가 들렸다. 엘리베이터가 도착한 것이다.

마스터가 왔다고 생각하니 온몸에 찌르르 소름이 돋았다. 몇 시간 전까지는 아무렇지도 않았는데 이제 와서 왜 이럴까. 한 부대를 가볍게 전멸시킨 놈의 힘을 봐서 그런 걸까.

"침착하자, 침착하자."

스스로에게 주문을 되새기며 서버에 몸을 기댔다. 이윽고 진정한 나는 상황을 확인하기 위해 슬쩍 고개를 내밀었다. 거구의 러시아 대원이 엘리베이터 밖으로 걸어 나오고 있었다.

하필 왜 저 인간을. 나는 조용히 절망했다. 사이먼도 체격이 큰 편이지만, 저 인간에 비하면 생쥐나 마찬가지다.

한번 주먹을 휘두르면 벽에 구멍을 내지 않을까. 아니야. 걱정하지 말자. 우리에겐 근육은 없어도 작전이라는 게 있다. 심호흡을 하며 계획을 처음부터 떠올렸다. 우리가 세운 작전은, 말하자면 흔하디흔한 양동 작전이다. 우리의 작전을 오인하게 하는 것이다.

다만 일반 양동 작전과 차이점이 있다면, 누가 미끼가 될지 모른다는 것이다. 간단히 설명하면 이렇다. 두 갈래 길이 있다. 각각의 벽 뒤에는 나와 사이먼이 최대한 몸을 낮추고 무기를 들고 있다. 나는 왼쪽에 서 있다. 근처에서 가져온 대걸레 자루를 들고 있다. 사이먼은 오른쪽에 서 있다.

그에게는, 아무것도 없다. 내가 용병에게서 따로 챙겨 온 총은, 우리만 아는 서버의 밑바닥에 숨겨놨다.

펼쳐질 수 있는 두 가지 시나리오 중 첫 번째, 그가 내 쪽으로 향하면, 나는 순순히 미끼가 된다. 놈이 내 몸으로 갈아타려 하거나 나를 죽이려 하면, 사이먼이 달려와 서버 바닥에서 잽싸게 총을 꺼낸 뒤, 총을 갈긴다. 결과, 마스터 사망. 나도 사망.

두 번째, 그가 사이먼 쪽으로 향하면, 사이먼 역시 순순히 미끼가 된다. 그사이 나는 바닥에 숨겨놨던 총을 꺼내 사이먼과 용병을 동시에 갈긴다. 결과, 마스터 그리고 사이먼의 사망. 뭐가 어떻게 풀리든 간에, 놈은 이곳에서 죽는 것이다.

이 작전에는 치명적인 단점이 있다. 바로 자신의 목숨을 마스터의 선택에 맡겨야 한다는 점. 일종의 러시안 룰렛이었다. 우리도 알았다. 이 작전이 바보 같을 정도로 무모하다는 사실을. 하지만 어쩔 수 없었다. 놈을 잡기 위해선 누군가의 희생이 필요하니까. 오직 그 방법밖에 없었기에 우리는 합의할 수 있었다. 그 누가 미끼로 선택을 받든 간에, 그 사실에 순응하기로.

나는 조용히 눈을 감았다. 물론 해연이를 뒤로하고 죽는다고 생각하니 끔찍하게 고통스럽다. 엄마로서도, 한 인간으로서도 도저히 못 할 짓이다. 하지만 마스터가 살아 있다면, 놈은 지구상에 존재하는 동안 우리 모녀를 끝까지 괴롭힐 것이다. 하루하루가 지옥이리라. 그런 불구덩이 속에서 바둥거리며 사느니, 차라리 해연이에게 괴물 없는 세상을 선물해주는 편이 나을지도 모른다.

그럼에도. 그렇지만. 마스터가 사이먼 쪽으로 향하길 비는, 이기적인 마음이 무의식중에 있었다. 어쩔 수 없지 않은가. 무사히 집으로 돌아가 해연이를 안고 싶었다. 사이먼의 말대로, 차에서 내리기 싫었다. 그럴 기회가 생기길 바랐다.

제발. 눈을 질끈 감았다. 제발. 발소리가 점차 가까워졌다. 제발. 가까워졌다. 이제 그림자가 보인다. 그리고 그것은, 사이먼 쪽을 바라보다 이쪽으로 향했다.

하아. 그래, 좋아. 와. 오라고.

* * *

사이먼은 절망했다. 놈이 이쪽으로 오길 진심으로, 간절히 바랐다. 일부러 소리를 낸 것도 그래서였다. 그런데 놈은 소리를 듣고도, 굳이, 기어코, 반대 방향으로 갔다.

처음에는 이유를 몰라 당황했지만 이어 너무 단순하게 생각했음을 깨달았다. 소리를 낸 쪽이 나인 것을, 놈은 깨달은 것이다. 나라면 미끼 역할을 자처할 것을 알고 바로 방향을 바꿔 그 여자에게로 향한 것이다. 이렇게 결정적인 순간에 이렇게 멍청한 짓을 할 수가.

자괴감에 고통스러워하던 그때였다. 왼쪽에서 요란한 소리가 들렸다. 수진이 있는 쪽이다. 마스터가 수진을 발견하고 공격을 감행한 것이다. 사이먼은 망설였지만 곧 결심했다. 그래, 역시 계획대로 하자.

그는 심호흡을 한 뒤 곧장 몸을 앞으로 날렸다. 미리 숨겨둔 총을 서버의 아래쪽에서 꺼낸 다음 곧장 수진 쪽으로 향했다. 총구를 겨누었다. 인기척을 느꼈는지, 수진이 천천히 고개를 돌렸다. 아니, 그녀는 더 이상 수진이 아니다. 마스터였다.

놈은 고개를 절반쯤 돌렸다. 쏴야 돼. 방아쇠에 손가락을 걸쳤다. 싸늘한 쇠의 감촉이 살결에 맞닿았다. 어쩔 수 없어. 쏴야 돼. 쏴야 돼. 쏴야 한다고. 힘만 줘. 딱 한 번만. 수진의 몸을 한 마스터가, 이윽고, 사이먼을 보았다.

"쏠 거야?"

놈이, 마스터가, 미소 지었다. 쏴. 쏘라고. 쏘란 말이야. 하지만 집게손가락에 도저히 힘이 들어가지 않았다. 아아, 젠장. 난 못 쏴. 이 여자는. 죽어도. 그 깨달음을 얻자 사이먼의 손에서 힘이 풀렸다. 총이 바닥에 요란한 소리를 내며 떨어졌다.

"뭐야. 진짜 그럴 거야?"

마스터는 혀를 차더니 바로 옆에 쓰러져 있던 건장한 러시아 대원에게로 향했다. 그리고 그의 다리춤에서 뭔가를 꺼냈다. 조그만 소형 권총이었다.

"시시하게."

놈이 툭 내뱉었다. 그리고 탕 소리는 두 번 들렸다. 한 번은 러시아 대원 쪽에서, 다른 한 번은 자신의 머리 바로 위에서.

암흑. 끝이었다.

* * *

정신을 차리니 검은 심연 속을 허우적대고 있었다. 아아, 여긴 다시 오기 싫었는데. 하지만 이미 와버린 이상 벗어날 수 없다. 버티자. 어떻게든 버티자. 사이먼이 마스터를 처치할 때까지. 어둠 속에서 희미하게 웃음소리가 들렸지만 무시했다.

조용히, 차분하게, 의식이 뚝 끊기길 기다렸다. 하지만 끝나지 않았다. 내 의식도, 이 빌어먹을 심연도. 대체 왜 계속되고 있는 거야. 사이먼, 대체 무슨 일이야.

"사이먼이랑 귀여운 계획을 하나 짰던데. 맞아?"

목소리가 중얼거렸다. 반응하지 말자. 반응하지 말자.

"계획이 어떻게 됐는지 말해줄까? 궁금할 것 같은데."

제발 여기서 끝내줘. 당장. 사이먼…… 사이먼?

"사이먼은 죽었어. 내가 앞에 있는데도 총을 쏘지 못하더라고. 뭐랄까, 너희 둘 너무 친해진 거 아냐?"

"하여튼 걱정하지 마. 머리에 확실하게 구멍을 내줬으니까."

절망이란 괴물이 온몸을 집어삼켰다. 온 힘을 다해 비명을 질렀지만 어둠은 그것조차 묻어버렸다.

"대체 왜…….”

"어?"

"대체 나한테 왜 이래?”

몇 초, 아니, 어쩌면 몇 분인지도 모를 긴 침묵이 흘렀다. 심연 속에 있어서인지 시간 개념이 완전히 사라져버렸다.

그때였다. 마스터가 질렸다는 듯 낮은 비명을 흘렸다.

"설마, 아직도 기억 못 한 거야? 당신이 나에게 무슨 짓을 저질렀는지?”

내가 울먹였다.

"정말 기억이 안 나.”

"난 네가 기억 나는데. 생생하게 기억 나서 아주 미칠 것 같아.”

"나는 너 같은 존재를 만난 적도 들은 적도 없어.”

"아니, 우린 만났어. 다만 그 당시 내 모습이 약간 달랐을 뿐.”

마지막으로 생각할 시간을 주는 것인지, 놈은 아무 말도 하지 않았다. 참다못한 나는 끝내 소리쳤다.

"말해줘. 그냥 말해달라고.”

긴 정적. 마스터는 졌다는 듯 휴우 한숨을 쉬었다.

"고시원에서. 그때 교각 위에서 기억 안 나?”

소름이 돋았다. 설마 그 사건이라고? 물론 그때의 일도 수상한 사건 후보에 넣긴 했다. 하지만 빈번히 마지막에 제외할 수밖에 없었다. 왜냐하면 놈은 분명 총에 맞아 죽었으니까. 내 눈앞에서 놈은 총에 맞아 쓰러졌다.

나와 남 경사는 그 과정을 실시간으로 지켜보았다. 이후 전해 듣기로 그 남자는 계속 혼수상태에 빠져 있다가 결국 죽었다고 했다. 마스터가 남자의 몸 안에 있었다면, 뭘 어떻게 하지도 못하고 그대로 죽었을 것이다. 그런데 이렇게 눈앞에 나타났으니 그 사건은 아닐 거라고 생각했다. 따라서 완전히 가능성에서 제외하고 있었다.

"처음에는 평소대로 하려고 했지. 당신을 가지고 놀다 죽일 생각이었어. 그런데 몰랐지. 당신 동료였나, 그 남 경사란 인간이 갑자기 총을 쏴댈 줄은."

그랬다. 당시 나와 놈은 남 경사의 총에 맞아 동시에 총상을 입었다. 그때의 흉터가 아직도 배꼽 옆에 남아 있다. 총을 맞은 그때에는 죽는 줄 알았지만, 그런 고통은 가출했던 정신이 다시 돌아올 수 있도록 채찍질 역할을 해주었다.

정신이 든 나는 도망가는 남자의 뒤에 대고 총을 발사했다. 발사되리라곤 기대도 하지 않았는데, 발사됐다.

"장난 그만 치고 슬슬 튀어야겠구나, 생각하고 몸을 돌렸어. 솔직히 박수진 당신 몸에 들어갈 수도 있었지. 그런데 그런 생각이 들더라고. 부러진 물건을 부러진 물건으로 교체할 필요가 있을까. 나에겐 멀쩡한 몸이 필요했어. 그래서 당신을 포기했지. 그 선택을 2년 동안 후회하게 될 거라곤 꿈에도 모른 채."

마스터의 목소리에 점차 독기가 서렸다.

"교각을 뛰어 내려갔어. 저 멀리 꼬맹이 하나가 다가오더군. 그래, 꼬맹이도 나쁘지 않지. 저걸로 하자. 그렇게 생각하며 달리고 또 달렸어. 언제나 그랬듯 오늘도 위기에서 벗어날 거라고 생각했어. 그 한 발의 총성이 들리기 전까진. 탕 소리. 그리고 아무것도 보이지 않았어. 그냥 어둠뿐이었지."

나중에 전해 들은 바로는 총알이 남자의 머리를 꿰뚫었다고 했다. 정확히는 두개골 오른쪽 부분. 즉사를 해도 이상하지 않을 상황이었지만, 중요 부위를 아슬아슬하게 피한 덕에 목숨을 건졌다고 했다. 하지만 처치가 늦어져 결국은 혼수상태.

"무서웠어. 들리기는 하는데 안 보이고 움직이지도 못 하니까. 몸을 지배하는 내 능력이 이렇게 역으로, 나를 엿 먹일 줄은 꿈에도 몰랐지. 그래도 스스로를 계속 북돋았어. 언젠가는 나갈 수 있을 거라고, 타이밍이 생길 거라고."

놈은 목소리를 떨었다.

"그런데 그럴 수가 없더라. 나중에 깨달았지. 원래 신체 주인의 의식이 죽어버리면, 나는 영원히 그 육체에 갇히게 된다는 사실을."

마스터의 목소리가 점점 커졌다.

"2년간, 그래, 2년간 어둠 속에 갇혀 있었어. 꼼짝도 못 하고, 몸도 못 움직이고, 무려 2년이란 시간을, 어둠 속에서. 상상이나 돼? 그 2년간 내가 얼마나 공포에 떨었는지 알아? 차라리 죽고 싶었어. 그야말로 자유롭게 살았는데, 지금은 독방보다 못한 곳에서 이러고 있다니. 차라리 자살하고 싶었다고."

마스터가 피식 웃었다.

"그래서 어느 순간부터는 체념했어. 대신 내가 가장 잘하는 걸 계속하기로 마음먹었지. 계획. 더 멋지고, 더 거대한 테러들. 그리고 당신을 향한 복수까지, 전부. 어차피 깨어나지 못하면 무슨 상관이냐 싶었지만, 포기하지 않았어. 그놈의 계획들 덕분에."

공포가 서서히 내 목을 조였다. 2년간을, 멀쩡하게 깨어 있는 의식으로, 단 한 번도 쉬지 않고 오로지 계획만 한다. 그렇다면 대체 어디의 어디까지 예상할 수 있었을까. 상상도 가지 않았다.

"2년이 지나서야 기적적으로 신체의 의식이 깨어났어. 고맙게도 식물인간의 뇌를 자극하는 신경치료를 장기간 실험하던 의사 덕분에 우연히 의식이 돌아와 나를 쳐다보는 의사를 통해 탈출할 수 있었지. 복수의 시나리오는 여러 개 짜두었지만, 주제는 하나로 통일하기로 했어. 최대한 뜸을 들이며 천천히 말려 죽인다. 모든 희망을 하나씩 제거한다. 내가 그때 처한 상황처럼 말이야."

마스터가 숨을 내쉬었다.

"그런데 역시 뜸을 들이길 잘한 것 같아. 이곳에 있다 보니 생각이 달라졌어. 덕분에 더 좋은 계획이 떠올랐거든. 해연이를 이용해서 세 번째 테러를 일으키려고."

머리가 꼬챙이에 꿰뚫리는 듯한 충격을 받았다.

"우리 박수진 씨 인생에서 가장 소중한 게 뭘까 생각해봤어. 그런데 아무래도 딸인 것 같단 말이지. 당신이 이렇게 필사적으로 살아남으려는 이유도 결국 딸 때문인 거고. 아냐?"

어둠 속에서 서서히 마스터의 모습이 떠올랐다. 완전한 괴물의 형체. 새빨간 눈. 해골처럼 뻥 뚫린 코. 자유의 여신상보다 거대한 붉은색 눈동자가 이리저리 움직이며 나를 지켜본다.

공포에 떨며 생각했다. 저건 마스터의 모습이 아니다. 놈에겐 모습이 없다. 그저 환상일 뿐이다. 하지만 환상이라 해도 끔찍할 정도로 생생했다.

"해연이의 몸으로 테러를 할 거야. 그리고 온 국민에게 고백하는 거지. 저는 총 세 건의 연쇄 테러를 저질렀습니다. 각종 증거까지 보여주면서. 세계 최초의 소녀 연쇄 테러범. 콘셉트 죽이지. 이 정도면 아마 역사책에도 남을걸?"

그 순간 나는 하나의 생각밖에 할 수 없었다. 죽여버린다. 넌 내가 무슨 일이 있어도 죽여버린다.

"이제부터, 진짜 지옥을 보여줄게."

* * *

눈이 떠졌다. 그럴 일이 없을 줄 알았는데…… 여긴 어디지? 병실? 그래, 천장을 보니 아무래도 병실인 것 같은데. 모두 멀쩡한가?

동료들, 마스터, 앤트힐, 러시아 용병, 폭탄…… 흐릿한 기억의 편린들이 하나둘 겹쳐지며 선명한 이야기가 만들어졌다. 나는 피식 웃었다. 그래, 그런 일이 있었다. 하지만 이렇게 누워 곰곰이 생각해보니 허무맹랑하기 짝이 없었다. 설마 꿈일까. 그럴지도 모른다. 안개가 낀 것마냥 기억 자체가 흐릿하니까.

발소리가 들렸다. 누군가가 병실 안으로 들어온 것이다. 나는 고개를 틀어 불청객을 보았다. 미국인. 어딘가 익숙한 얼굴이다. 유심히 쳐다보자 기억이 떠올랐다. 맞다. 앤트힐에 가는 길, 헬리콥터에서 봤던 미국인 특수 요원이다. 호들갑을 떨던 나를 보며 비웃었던 그때가 아마 첫 만남이었을 것이다. 젠장…… 꿈이 아니구나.

"박수진 씨, 깨어나셨군요."

그가 미소 지었다.

"그때는 정신이 없어 설명드리지 못했지만, 한국 CIA지부 대테러 디렉터를 맡고 있는 베렛이라고 합니다."

그의 입에서 유창한 한국말이 흘러나오자 나는 흠칫했다. 왜 내가 요즘 만나는 외국인들은 다 한국말을 할 줄 아는 걸까.

"일단 체크를 먼저 진행하겠습니다."

베렛이 말했다.

"……체크요?"

그가 설명했다. 내 의식이 멀쩡한지, 상황을 정상적으로 판단할 수 있는지 확인하기 위한 간단한 절차라고. 앞으로 극비 사항들을 알려줘야 하기 때문이란다. 정신이 불안정한 인간에게 알려줄 순 없다, 이걸까?

의료진의 확인이 끝난 뒤 베렛이 본격적인 브리핑을 시작했다.

"그럼, 그동안 벌어진 일들을 알려드리겠습니다."

그가 설명한 내용은 다음과 같았다.

앤트힐 사건이 벌어진 지 3일이 지났다. 연구소에서 시신들이 수습되었다. 수습된 시신은 다음과 같다. 러시아 용병 부대원 도합 30

명(러시아 측에선 당연히 연관성을 부인 중이다). 연구원 도합 4명. 박호철, 윤태리, 오진혁, 신원 미상의 여자. 전승태와 사이먼은 생존했다. 승태는 처형 직전 마스터가 학살극을 벌인 덕에 간신히 몸을 숨길 수 있었고(머리에 피를 발라 죽은 것처럼 위장했다고 한다), 사이먼은 머리에 총을 맞았지만 '숨은 붙어 있고' 근처 병실에 있다고 한다.

"숨은 붙어 있다니, 대체 무슨 소리예요? 그럼 직접 가서 볼 수 있어요?"

기대감에 심장이 쿵쾅거렸다.

하지만 베렛은 코를 긁적이며 곤란하다는 표정을 지었다.

"어, 그렇긴 한데, 좋은 생각이 아닙니다."

"상관없어요. 그건 제가 판단할게요."

내가 일어났다. 그리고 비틀거리며 병실을 나가는데 뒤에서 베렛이 소리쳤다.

"다시 경고드립니다만, 전혀 좋은 생각이 아닐 겁니다. 전혀요."

나는 그의 말을 무시하며 사이먼의 병실을 찾아 그 안으로 들어갔다.

"어……."

사이먼의 상태를 본 내 입에서 얼빠진 소리가 흘러나왔다.

상태는 생각보다 처참했다. 사지는 절단되어 있고, 머리칼은 온통 벗겨져 있고, 눈은 한쪽이 붕대로 칭칭 감겨 있다. 붕대로 감긴 것은 눈뿐만이 아니었다. 몸의 거의 전체가 붕대로 감싸여 있었다. 붕대 틈으로 보이는 피부는 새빨갛거나 검붉다. 뒤따라온 베렛이 말했다.

"하루에 몇 시간만 의식이 돌아옵니다. 상태가 상태이다 보니 계속 고통을 호소하고 계시고요. 다발성 장기 부전……."

아무 말도 들리지 않았다. 듣고 싶지 않았다. 이런 광경 또한 보고 싶지 않았다. 사랑하는 이들이 다치지 않기를 바랐는데.

베렛이 중얼거리는 소리를 들으며 힘없이 눈을 감은 사이먼을 조용히 보았다. 하지만 내가 있는 동안 사이먼은 끝까지 눈을 뜨지 않았다.

잠시 후, 나는 반쯤 혼이 나간 상태로 병실을 빠져나왔다. 복도를 걷는데 누군가가 내 어깨를 톡톡 두드렸다. 베렛이었다.

"저, 방금 깨어나셨으니까 이런 말씀은 안 드리려고 했는데, 위급 상황이라서……."

"뭔데요."

그 어떤 말을 들어도 이보다는 끔찍하지 않을 것 같았다. 하지만 그건 내 착각에 불과했다. 바닥에 도달했으니 더 이상 떨어질 곳이 없을 것이라는 생각은 멍청하다. 잘만 생각해보면 바닥은 끝도 없이 있다. 그 밑에는 맨틀도 외핵도 내핵도 있으니까.

나는 베렛의 한마디를 듣자마자 단숨에 내핵 위로 떨어졌다.

"따님 분이 연락이 되지 않습니다."

나는 다리가 풀려 주저앉았다. 지옥이었다.

21.

"징글벨스, 징글벨스, 징글 런 어웨이."

아니, 올 더 웨이인가? 에이, 뭔 상관이야. 따라 부르고 기분만 좋으면 되지. 살면서 그 노래 가사 외운 놈, 난 한 명도 못 봤어.

해숙은 엉터리 가사를 중얼거리며 백화점을 거닐었다. 샤넬. 루이비통. 무슨 오넬. 뭐야, 저건. 프랑스어야, 영어야. 읽다 보면 혀가 꼬일 것 같은 브랜드들이 사방에 널려 있다. 하나같이 더럽게 비싼데 양은 더럽게 적은 것들. 평소 같았으면 이게 뭐야 하고 호랑이 꼬리에 불붙은 듯 달아났을 테지만, 오늘은 다르다.

"사모님, 여기도 보고 가세요."

물론 그녀가 쓸 것은 아니다. 정확히는 딸 선물을 사려고 왔다. 수시모집에서 교대에 당당하게 합격한 우리 딸 은주. 귀엽고 똘똘한 우리 딸. 아아, 자랑스러워 죽겠다. 자랑스러우니까 자랑하고 싶다.

그나저나 오늘은 정말 분위기가 달라졌구나. 해숙은 생각했다. 평소 이 스완 백화점은 삭막하기 짝이 없다. 워낙 외진 장소에 있는 데다 가격도 더럽게 비싸 사람들도 별로 안 온다. 하지만 이 백화점 의 골칫덩이 겸 자랑거리는 '테러 100퍼센트 방지' 보장 정책이다.

5년 전, 서울 지하철 테러가 벌어진 뒤로 모든 공공장소의 보안 은 말도 안 되게 강화되었다. 미국 학교를 보면 총기 난사가 잦아서 등교 때마다 보안 검사를 한다고 한다. 먼 나라 이야기라고 생각했 는데, 한국도 그렇게 될 줄은 꿈에도 몰랐다.

하여튼 세상이 그렇게 돌아간 덕분에 모든 방문객이 쇼핑을 위 해선 공항 뺨치는 보안을 통과해야 했다. 해숙 역시 금속 탐지기를 통과하기 위해 몇 년간 빼지 않은 결혼반지를 낑낑거리며 빼야 했 다. 아직도 손가락이 얼얼하다.

이렇듯 전체적으로 불편하기 짝이 없는 곳이지만, 그래도 크리 스마스가 되면 분위기가 180도 달라진다. 각종 파격 세일, 그리고 고급 레스토랑을 찾아 사람들이 파도처럼 밀려드는 것이다.

그래서 답답하냐, 기분 나쁘냐 하면 해숙은 전혀 그렇지 않았다. 아니, 오히려 이 분위기를 즐기고 있었다. 후끈후끈한 시장통 분위 기. 이런 곳에 와야 정말로 명절이 명절처럼 느껴진다.

그렇게 한 시간가량 아이 쇼핑을 하던 해숙은 문득 깨달음을 얻 었다. 스스로 고르다간 제대로 정하지도 못한 채 딸이 오고 말 것이 다. 그럴 거면, 차라리 녀석에게 연락해서 물어보자.

천성이 착한 딸은 절대로 선물 같은 거 사 오지 말라고 했지만,

딸 마음을 엄마가 모를 리 없다. 그래 놓고 은근슬쩍 기대하는 거, 내가 모를 줄 알고?

'징글벨스'를 절반까지 흥얼거리던 와중, 전화가 울렸다. 누굴까. 화면을 보니 딸이었다. 어머, 얘가 왜 지금? 뭐 영화 보고 온다고 하지 않았나.

해숙은 한쪽 귀를 막고 전화를 받았다. 요즘은 청력이 떨어졌는지 이렇게 하지 않으면 통화 소리가 제대로 들리지 않았다. 최대 볼륨인데도.

"여보세요?"

—엄마. 살려줘. 제발.

가슴이 철렁했다. 이게 요즘 유행한다는 보이스 피싱인가. 하지만 목소리가 너무나 생생했다. 이거 분명 녀석 목소리가 맞는데.

—엄마, 나야, 나, 은주.

"은주? 은주 맞아?"

진짜다. 그 사실을 깨닫자마자 해숙의 손이 덜덜 떨렸다.

—어, 나 죽을 것 같아, 엄마. 경찰에 신고해. 돈 같은 거 주지 말고.

순간 날카로운 비명이 스피커에서 터져 나왔다. 해숙의 얼굴은 창백해졌다. 당장이라도 바닥에 주저앉고 싶었다. 대체 이게······ 이게 무슨 일이야.

—잘 들어. 카카오톡 메시지 하나 보냈거든. 그거 확인해봐.

낯선 남자의 목소리. 해숙은 떨리는 손으로 카카오톡 어플을 열었다. '이름 없음'으로부터 메시지가 하나 와 있었다.

[친구 추가가 되지 않은 신청자입니다. 스팸에 주의하세요.]

그 문구 밑으로 사진 하나가 전송되어 있다.

틀림없는 은주의 모습. 눈을 부릅뜨고 있고, 입에는 청 테이프가 붙여져 있고, 목에는 날 선 식칼이 바싹 다가가 있다. 해숙은 헉 비명을 지르며 전화를 떨어트렸다. 그렇게 잠시 가만히 서 있었다. 주변에 지나가던 사람들이 해숙을 보고 "어우, 씨"라고 하며 뒤로 물러났다.

다행히 근처를 지나가던 청년 하나가 휴대폰을 대신 주워주었다.

"아줌마, 괜찮으세요?"

"어어, 어어어어."

해숙은 휴대폰을 건네받은 뒤 감사 인사도 없이 황급히 걸음을 옮겼다. 설마 전화가 끊어지지는 않았겠지. 화면을 켜고 확인했다. 다행히도 통화는 아직 그대로였다.

"사진 봤어요."

해숙이 떨리는 목소리로 중얼거렸다.

—이제 좀 알겠어? 사태의 심각성을?

"네."

—경찰에 신고하면 네 딸은 죽어. 통화를 끊어도 죽어. 네 딸, 목 밑에 반점 하나 있더라. 여기가 마침 목 자르기 딱 좋은 부분이거

든. 뼈가 안 걸리는 부분이라 두부처럼 싹 잘려.

남자의 목소리는 홈쇼핑 호스트처럼 쾌활했다. 해숙은 다시 비명을 지르고 싶어졌다. 미친 듯이.

"그러지 말아주세요. 제발요. 제발요."

—그러면 선물 하나 받아.

"네?"

—지금 당신이 있는 곳, 앞으로 쭉 가다 보면 백화점 쉼터가 하나 나오거든? 거기 문 바로 옆에 선물 상자 하나 마련해놨어. 거기 있는 거 입고, 내가 말한 장소로 가.

"네, 그러니까, 제발 딸은 건드리지 말아……."

은주의 날카로운 비명.

—방금 네 딸년 손가락 잘랐다. 그러니까 닥치고 움직여, 씨발년아.

머리가 빙글빙글 돌았다. 설마 잘랐을까? 아니겠지. 허풍이겠지. 사람이 그렇게 쉽게 다른 사람을 해칠 수가 있나? 아니야. 생각은 됐어. 이 사람 말대로 하자. 어차피 끝나겠지. 오늘 안에는 끝나겠지. 다 끝나면 우리 은주는 무사히 돌아올 거야. 그래, 확실해.

해숙은 그의 말대로 쉼터를 향해 정신없이 뛰었다. 남자의 말을 떠올리며 문 뒤편을 확인하니 정말로 선물 상자가 있었다.

—봤어? 거기서 바로 풀지 말고, 화장실로 가서 열어.

해숙은 부들부들 떨며 상자를 들고 화장실 안으로 향했다. 조심스럽게 선물 상자를 열어 안에 든 것을 보았다. 의외의 광경에, 해숙은 무심코 중얼거렸다.

"이거…… 조끼 아냐?"

＊　　＊　　＊

"담배, 끊었다면서요."

뒤에서 그런 소리가 들렸지만 무시했다.

"괜찮아요?"

승태가 한 걸음 더 다가왔다. 벌써 다섯 개비째. 나는 꽁초를 떨어트리고 한 개비를 더 꺼냈다. 목이 막히고 눈이 따가웠지만 상관없었다.

"저기, 지금 휴게실에서 경찰 회의하고 있던데. 작전 관련해서."

"그래서요?"

나는 눈을 부릅뜨고 고개를 돌려 승태를 노려보았다.

"그냥…… 그렇다고요."

승태가 당황했다.

"내가 할 수 있는 건 아무것도 없어요. 놈은 뭔 짓을 해도 못 잡아요. 절대로."

"거의 잡았잖아요. 비록 내 몸에 가둬놨지만, 그래도."

승태가 말했다. 나는 담배 연기를 뿜다가 헙 하고 삼켰다.

"그거, 기억해요? 어떻게?"

"기억하죠. 어둠 속에서 떠다녀도 그 자식 생각은 간간이 들리거든요. 놈이 몇 시간 동안 쌍욕을 내뱉길래, 미치는 줄 알았죠. 갓 욕을 배워서 흥분한 초딩도 아니고."

나는 피식 웃었다. 그런 초딩 같은 놈이 내 딸의 목숨을 쥐고 있다고 생각하자 웃음이 순식간에 지워졌지만. 승태가 머뭇거렸다.

"회의에 참가하라거나, 뭘 부탁하려는 거 아니에요. 그냥 감사하려는 거지."

"감사요?"

그는 수북이 떨어진 담배 꽁초를 밟으며 내 앞으로 다가왔다.

"고마워요. 수진 씨 아니었으면 전 죽었어요."

꽁초를 든 채 그대로 굳었다. 무슨 소리냐고, 나는 생각했다. 그런 진부하기 짝이 없는 인사 따위 필요 없다. 살리기는 무슨. 정말이지 헛소리도 이런 헛소리가 없다.

"전부 못 구했잖아요."

내가 중얼거렸다.

"아니죠. 그래도 끝까지 노력해줬잖아요. 최선을 다했고, 그 결과로 제가 살았어요. 당연히 고마워해야죠."

울컥했다. 후우, 연기를 내뿜으며 나는 간신히 감정을 억눌렀다.

"네, 고맙다니 다행이네요."

괜히 더 차갑게 중얼거렸다.

"수진 씨가 할 수 있는 거, 그래도 있지 않을까요. 저는 기절해 있어서 잘 모르지만, 마지막 상황은 요원들에게 들었어요. 놈의 약점까지 알아내서 제압에 거의 성공했었다고……. 그런 극한 상황에서 그걸 분석하고 알아낼 수 있는 건 수진 씨뿐일 거예요."

진심이 느껴졌다. 듣는 사람의 마음을 잔잔히 울리는 진심.

"고마워요."

승태는 가볍게 고개를 끄덕이고는 옥상에서 나갔다. 몇 번째인지 모를 담배에 불을 붙이며 생각했다. 왜 그때는 살기 위해 온갖 발악을 했으면서, 지금은 이렇게 한심하게 담배나 피우고 있을까……. 극한 상황이 아니잖아. 나는 생각했다. 그때는 당장 눈앞의 목숨을 구하기 위해 미친 듯이 머리를 굴려야 했어……. 그런 상황은 놈이 달아난 지금도 마찬가지 아냐? 오히려 해연이의 목숨이 위기에 처한 지금이 그때보다 더 극한이지.

더 머리를 굴려야 해. 더 머리를 쥐어짜야 해. 여기서 포기할 수 없어. 하지만 할 수 있는 게 없잖아. 정말 그럴까? 지금 내가 여기서, 앤트힐이 아닌 '여기라서' 더 할 수 있는 게 있지 않을까?

철저한 제3자로서 사건을 뉴스 보듯 객관적으로 바라볼 수 있다. 관점을 달리한다. 생각한다. 패턴. 패턴. 패턴. 모든 인간의 행동에는 패턴이 있다. 범행의 방식에도 패턴이 있다. 그것은 마음만 먹으면 자유자재로 바꿀 수 있을 것 같지만, 인간은 결국 패턴의 동물이다. 막상 범죄를 저지르면 꼭 같은 행동 하나 정도는 반복하기 마련이다. 연쇄적으로 범죄를 저지르는 용의자는 특히나 패턴을 피해 갈 수 없다. 절대로.

그것을 공략해야 한다. 그것을 찾아야 한다. 그것. 그것. 대체 그것이 뭘까.

또다시 담배를 꺼내던 순간이었다. 한 가지 통찰이 번쩍였다. 설마…… 그것이 패턴일까? 맙소사…… 그래, 이거야. 손에 힘이 풀리며 담배 한 개비가 바닥으로 떨어졌다.

* * *

모르는 사이 어느새 패턴에 사로잡혀 움직이고 있었다. 그 사실을 깨닫자 마스터는 적잖은 충격을 받았다.

첫 번째 테러. 웅진 아울렛. 두 번째 테러. 서울 지하철. 세 번째 테러. 바로 이곳, 스완 백화점. 의도치 않게 백화점과 지하철을 번갈아 가며 테러를 하게 된 것이다. 그 사실을 깨닫자 약간 풀이 죽었다. 반복은 쥐약이나 다름없다. 특히 예술의 세계에서는. 테러도 일종의 행위예술이니, 아무래도 좀 더 독창성을 보여야겠다.

그래, 다음번에는 완전히 다른 곳에서 테러를 하자. 이를테면 공항은 어떨까. 기장의 몸을 낚아챈 다음 지상을 향해 신나게 다이빙을 하는 것이다. 하지만 곧 문제가 떠올랐다. 떨어지는 비행기 안에서 탈출하는 것은 불가능하다. 아직 죽기는 싫으므로 그 작전은 일단 보류하기로 했다.

마스터는 느긋하게 휴대폰을 보았다. 플라스틱 폭탄과 휴대폰을 연결하는 어플, '봄바스틱'은 그가 직접 개발했다.

방금 전, 마지막 희생자가 폭탄 조끼의 착용을 마쳤다. 새로 고침을 하자 새 폭탄이 한 줄 더 추가되었다. 이로써 폭탄은 총 열두 개.

평범한 시민들을 조종하는 법은 슬플 정도로 간단하다.

첫째, 타깃을 정한다.

둘째, 타깃이 사랑하는 사람을 찾아, 그의 몸 안에 들어간다.

셋째, 아무 데나 좋으니 빈 방에 들어가 입에 테이프를 붙이고, 납치 영상을 찍는다. 사랑하는 이의 목소리를 들려주고 납치범으로 말할 때는 음성변조 앱을 쓴다.

넷째, 타깃의 폰에 해킹 앱을 깔아, 오로지 '나'하고만 통신이 가능하도록 만든다.

똑같은 방식으로 총 스무 명을 속여 넘겼다. 의심하고 경찰에 신고하려던 한 명을 제외하고(어차피 그놈도 열차 폭발에 휘말려 뒈졌지만). 그래도 이번 테러는 다른 테러에 비해 규모도 강도도 차원이 다를 것이다. 여름 성수기 액션 영화의 뻔한 예고편처럼. 더 시원하게, 더 짜릿하게, 더 거대하게.

백화점 도면까지 완벽하게 파악했으니, 파괴력도 클 것이다. 건물을 지탱하는 핵심 골조를 전부 파악하고, 바로 그 옆에 인간 폭탄을 세워놨다. 네 개만 폭발해도 우르르. 그야말로 장관일 것이다.

그래도 마스터 자신이 백화점에 있을 때 곧장 무너지면 곤란하다. 혼란을 지켜보며 천천히 음미할 시간도 필요하고. 따라서 '맛보기'로 백화점 광장 한복판에 인간 폭탄을 설치했다. 그걸 보고 혼란을 조금 즐기다가 곧장 빠져나가서, 백화점의 나머지 폭탄 네 개를 작동시킨다. 그리고 멀리 떨어져 대규모 불꽃놀이를 즐기는 것이다.

마스터는 미소 지었다. 준비도 작전도 모든 것이 완벽하다. 오늘은 끝내주는 하루가 될 것이다. 물론 그 여자에겐 아닐 테지만.

22.

유레카다. 완전히 흥분한 나는 계단을 세 개씩 뛰어 내려갔다. 달리고 또 달린 끝에 회의가 열리고 있던 휴게실 안으로 박차고 들어갔다. 문을 지키던 요원이 화들짝 놀라며 나를 막았다.

"저, 여긴 관계자만 들어올 수……."

"됐어요, 괜찮아요."

요원의 뒤편에서 목소리가 들렸다. 베렛이었다. 그는 턱짓으로 나에게 인사한 다음 한창 브리핑이 진행 중이던 오른쪽을 봤다.

"계속해."

갑작스러운 불청객의 난입에 멈추었던 브리핑이 다시 진행되었다. 나는 벽에 찰싹 달라붙어 스크린을 봤다.

[마스터의 최근 동향과 이후의 계획 분석]

저런 쓸데없는 데에 시간을 쏟고 있다니, 나는 속으로 혀를 찼다. 그래도 끝날 때까지 기다리려 했지만, 결국 답답함을 참지 못하고 버럭 소리쳤다.

"놈을 찾을 방법이 있어요."

브리핑이 또다시 멈추었다. 모두가 고개를 돌리더니 나를 쳐다보았다. 그들의 눈빛에는 불신, 당황, 그리고 동정의 감정이 담겨 있다. 마스터가 저 여자 딸을 낚아챘다는 소식을 들은 것이 분명하다.

나는 무대에 올라가 브리핑을 진행 중이던 직원의 손에서 마이크를 뺏었다.

"뭐 하시는……."

직원이 반발했지만 나는 아랑곳하지 않고 말을 이었다.

"마스터는 악마 같은 놈이에요. 많은 사람이 고통에 비명 지르고 죽어가는 걸 즐기니까요. 앤트힐에서도 용병들이 서로 죽이는 것을 바라보며 즐기던 것을 제가 봤어요. 그렇게 놈은 언제나 자신이 세팅한 무대 가까이에서 그 광경을 지켜보죠. 안 그래요? 고양이가 생선 가판대를 그냥 지나칠 수 없는 것처럼."

정적이 흘렀다. 다들 아는 걸 왜 또 말하냐 하는 표정이다.

"그런데…… 생각해봤어요. 어떻게 놈은 항상 테러를 저지르고 무사히 빠져나가는 걸까. 안 그래요? 방법은 딱 하나밖에 없잖아요. 눈을 마주치는 거. 그런데 생각해보세요. 요즘 세상에 그게 어디 쉬운 일인가요? 다들 스마트폰 하느라 머리를 아래에 처박고 사는데. 거기, 당신처럼."

나에게 지목당한 요원 한 명이 휴대폰에서 움찔 눈을 뗐다.

"자, 다 같이 머리를 맞대봐요. 그런데도 놈은 어떻게 그리 쉽게 현장에서 빠져나갔을까요."

"지금이 퀴즈 맞힐 시간입니까? 당장……."

험상궂게 생긴 요원 하나가 기세 좋게 일어나 버럭 소리를 지른 그때였다.

"앉아."

베렛이 차갑게 중얼거리자마자, 요원은 재빨리 자리에 앉았다. 나는 한숨을 쉬며 박수를 쳤다.

"자, 빨리. 브레인스토밍 좀 해봐요. 막 던지는 거예요. 막."

그러자 요원 하나가 번쩍 손을 들었다.

"뭐, 어그로 끌면 되지 않을까요. 우왁 하고 소리를 지른다든가."

나는 고개를 끄덕였다. 그래, 멋은 없지만 확실한 방법이긴 하다. 그때 베렛이 한숨을 쉬며 고개를 저었다.

"저희도 그 가능성을 생각 안 해본 건 아닙니다. 하지만 아무리 CCTV를 확인해봐도 없었습니다. 타인의 시선을 끌기 위해 의식적으로 소리를 지른 사람은 말이죠."

당연하다. 마스터는 그런 방법은 쓰지 않으니까. 나는 스크린을 주먹으로 톡톡 두드렸다.

"자, 여기서 우리가 잊고 있던 것이 하나 더 있어요. 바로 놈은 언제나 인질들을 테러에 끌어들였다는 것. 그것도 한 명이면 충분한데, 굳이 열 명에서 열두 명의 인질들을 끌어들였어요. 대체 왜 그랬을까요?"

"나쁜 새끼니까……?"

험상궂은 요원이 어깨를 으쓱였다.

"물론 나쁜 새끼긴 하죠. 하지만 좀 더 실용적인 이유가 있다면?"

"실용적인 이유?"

요원들은 답을 맞히기 위해 서로 얼굴을 맞대고 웅성거리기 시작했다. 한심한 인간들. 나는 속으로 끙 소리를 냈다. 물론 나도 방금 간신히 떠올린 가설이긴 하다. 하지만 수십 명의 브레인이 한곳에 모여 이 단순한 걸 떠올리지 못했다니 그 사실이 믿기지 않았다.

"뭡니까, 그래서. 그 실용적인 이유."

질문한 요원의 눈을 뚫어져라 쳐다보며, 나는 말했다.

"인간 프록시예요."

"프록시가 뭡니까?"

요원 한 명이 말했다.

"그거 야동 볼 때 쓰는 거 아닌가" 하는 누군가의 중얼거림이 무리 속에서 흐릿하게 들렸다.

"프록시란 클라이언트와 서버 사이에서 데이터를 전달해주는 서버를 말해요. 모양은…… 일종의 징검다리를 상상해봐요."

나는 근처에 있는 화이트보드를 끌고 온 다음 마카펜을 꺼냈다.

거친 손놀림으로 칠판에 그림을 시원하게 그렸다. 말로 하면 복잡하지만 그림으로 보면 상당히 단순한 원리다. 그림이 조금씩 완성될수록 요원들의 얼굴에 놀라는 기색이 떠올랐다.

"마스터는 각 인질이 다른 인질을 감시하게 함으로써, 재빨리 도망칠 탈출로를 언제나 마련해뒀어요."

그림 사이사이에 줄을 그으며 나는 말했다.

"여기서 데이터는 마스터의 의식, 그리고 서버는 인질들을 말해요."

나는 서버 그림과 마스터의 뇌 그림 위에 동그라미를 그렸다.

"명령은 이렇게 진행돼요. 일단 마스터는 범행 직전 인질들을 잡아놓고 폭탄 조끼를 입힌 다음 이렇게 말합니다. 2번은 1번을 지켜봐라. 3번은 2번을 지켜봐라. 그리고 마스터는 1번으로서 범행을 저지르고 폭탄이 터지기 직전 2번을 쳐다보죠. 2번의 몸에 들어간 후 3번을 쳐다보고, 마지막에는 폭탄조끼를 입지 않은 건물 밖 탈출용 인질을 쳐다보면 돼요."

"그 얘기는……."

베렛이 중얼거렸다.

"그래요. 놈은 몇 초 만에 테러 장소 밖으로 빠져나갈 수 있어요."

"그러면 지하철 같은 경우는…… 어떻게 된 거죠?"

요원 중 누군가가 얼빠진 소리를 냈다.

"달리는 열차였으니까 달아날 수 있는 가능성이 없었을 텐데."

"멍청아."

옆에 앉은 요원이 그를 툭 쳤다.

"마지막 두 칸을 빼고 나머지만 폭발했잖아."

그렇다. 지하철 테러 당시에 놈은 통로마다 인질들을 배치해둔 것이다. 그리고 인질들의 몸을 옮겨 타며 지하철 마지막 칸에 가서 참극을 지켜봤을 것이다. 그리고 웃었을 것이다. 즐겼을 것이다. 남편이 아들을 껴안고 허겁지겁 도망가는 모습을. 그리고 불길에 휩싸여 죽어가는 모습을.

"그런데……."

베렛이 입을 열었다.

"놈을 찾을 방법이 있다고 하셨잖아요. 뭐죠?"

"당신들 CIA잖아요. 카메라 해킹해서 안면 인식으로 추적하고 그런 거 못 해요?"

짧은 침묵. 순간 방 안에 있던 요원들이 전부 한바탕 웃기 시작했다. 나도 따라 웃었다. 진지하게 물은 질문이었지만, 농담으로 넘겨줬으니 나도 자연스레 농담으로 넘기는 게 현명할 것 같았다.

"농담이에요. 가장 현실적인 방법이 있어요."

나는 설명했다. 두 번째 방법을 생각해둔 것을 다행이라고 여기며.

작전은 다음과 같다. 마스터를 직접 찾기보다는, 일단 놈이 세울 인질들을 먼저 찾는 것이다. 그렇다면 어떻게 찾을까. 그 방법은 놈의 계획에 숨어 있다.

첫 번째 테러에서도, 두 번째 테러에서도 놈은 폭탄을 기폭하기 전 인질들에게 전화를 걸어 협박했을 것이다. 그들이 사랑하는 가족이 납치되었으니 순순히 지시에 따르라고. 다시 말해, 놈의 계획에는 휴대폰이 필수불가결하다.

따라서 작전의 첫 단계는 다음과 같다. 기지국을 이용, 테러가 벌어질 위험이 있는 대형 건물에 모인 휴대폰 신호들을 분석한다. 그 수가 장난이 아니겠지만, 완전히 불가능한 일도 아닐 것이다. 그렇게 수천, 수만 개에 달할 휴대폰들 중에서 우리는 인질의 휴대폰을 찾아야 한다. 어떻게? 바로 마스터의 계획을 역이용하는 것이다.

놈의 계획이 성공하려면, 인질들은 일정 간격으로 선 채 10분 이상 꼼짝도 하지 않아야 한다. 레스토랑 따위가 아닌 백화점 로비 같은 '넓은 범위 내에서' 나란히. 아마 그런 행동을 하는 이들은 극히 드물 것이다. 그러니까 마스터에게 인질로 잡히지 않은 이상 말이다. 이윽고 인질들을 찾아낸 뒤에는…….

나는 마지막 작전까지 설명했다. 그렇게 긴 시간을 들여 작전에 대한 설명을 마치자 요원들의 표정은 그야말로 가관이었다. 난데없이 물벼락이라도 맞은 듯 멍한 표정이다.

먼저 정적을 깬 것은 다름 아닌 베렛이었다. 그가 요원들을 향해 영어로 버럭버럭 소리를 지르자 다들 불이라도 난 듯 우르르 일어나 밖으로 나갔다. 어리둥절해하는 나를 보며 베렛이 초조한 표정을 지었다.

"멀뚱히 있지 말고 빨리 수진 씨가 시키는 대로 하라고 했습니다."

"고마워요."

베렛이 나를 보았다.

"감사는 나중에 하고 일단 서두르죠. 방금 놈이 딥웹에 폭발 예고를 올렸거든요."

[(경고)딥웹에 오늘 저녁 6시 테러가 예고됐다고 합니다.]

― 와…… 포돌이들은 뭐 하냐 저 새끼 안 잡고

― 제 누나가 지하철에서 목숨을 잃었습니다. 이번에는 꼭 저 자식을 잡아 누나의 원수를 갚았으면 합니다.

[백화점에 있다면 당장 나가세요!]

― 지금 밥 먹다가 아내 끌고 나왔습니다. 와, 진짜 아찔하네요.

― 저 지금 대형할인마트인데 여긴 괜찮겠죠? ㅎㅎ

┗혹시 모르니까 일단 나가셈.

┗비상벨 꼭 눌러라

┗헐 님 ㅅㄱ

딥웹에 공고를 올린 지 아직 한 시간도 채 되지 않았는데 벌써 사방이 들썩이고 있었다. 다들 걱정하는 척, 기도하는 척하면서도 속으로는 곧 터질 불꽃놀이를 기대하고 있겠지. 트위터에서도 #테러조심 #당장나가 따위의 해시태그가 달린 글이 수만 번 리트윗되고 있다. 정말이지 지랄도 이런 지랄이 없다.

20분 남았다. 이제 조금만 기다려. 기대에 제대로 부응해줄 테니까.

* * *

병원 휴게실.

의자에 앉은 나는 다리를 떨며 TV 화면을 노려보았다. 대형 TV 위로 지도가 떠 있다. 지도 위에서는 수만 개의 점이 깜빡인다. 기지국이 추적 중인, 대형 건물에 휴대폰을 들고 간 사람들의 실시간 위치다. 그들이 일정 거리 이상 움직일 때마다 점은 사라지도록 설정해놨다. 따라서 1초 간격으로 빼곡했던 점들이 빠르게 빈 곳을 드러내기 시작했다.

"죄송하네요, 근데. 안면 인식으로 해킹 같은 건 못 해서."

뒤에서 불쑥 그런 소리가 들렸다. 고개를 돌리니 베렛이 플라스틱 쟁반을 들고 있다. 그 위에는 아메리카노 두 잔이 있었다. 약간의 빵도.

"그만 좀 놀려요."

나는 피식 웃은 다음 빵을 움켜잡고 한입 가득 베어 물었다. 빵을 씹는 동안에도 화면에서 눈을 떼지 않았다.

"그나저나 줄어들기도 참 빨리 줄어드네요."

베렛이 경탄했다. 그랬다. 점은 점차 줄어들고, 줄어들고, 또 줄어들었다. 나는 재빨리 빵을 삼킨 뒤 말을 이었다.

"이제 얼마나 남았죠?"

"테러 건물 후보는 이제 스무 개도 안 남았어요. 대부분이 서울과 부산 쪽에 집중되어 있고요."

"아니, 남은 시간이요."

베렛은 이걸 알려줘야 하나, 망설이는 듯하다가 힘든 표정으로 중얼거렸다.

"두 시간."

두 시간이라면 영화 한 편도 간신히 볼까 말까 한 시간이다. 그 시간 안에 테러를 막아야 한다고 생각하니 방금 먹은 빵이 그대로 올라오는 듯했다.

"아, 그리고 수진 씨에게 계속 연락하던 동료 경찰분이 계시던 데……."

베렛이 뒷머리를 긁적였다.

"네? 누군데요?"

순간 뒤에서 문이 요란하게 열렸다. 돌아본 나는 눈을 휘둥그레 떴다. 경찰복 차림의 여자는 휴게실에 들어오자마자 다짜고짜 소리를 질렀다.

"야, 박수진. 너 왜 내 연락 씹었어?"

"선배……?"

알고 보니 지은 선배는 계속 내 휴대폰으로 전화를 했다고 한다. 내가 앤트힐에 들어가며 반납한 휴대폰은 자동으로 국정원 쪽으로 넘어갔다.

그곳에서 물건을 맡고 있던 동안에도 지은 선배는 시종일관 전화를 해댔다고 한다. 대체 수진이한테 지금 무슨 짓을 한 거냐고. 결국 참다못한 국정원 측에서 직접 연락해 '아무 걱정 말라'는 말만 했다고 한다.

이후 간단히 듣기로는 선배 혼자 휴가를 내고 〈테이큰〉을 찍은 것 같았다. 후배를 철저하게 부려먹은 끝에 휴대폰 위치 추적에 성공, 기어코 이곳에 도달한 것이다.

"진짜 죽은 줄 알았잖아, 이 기지배야."

지은 선배가 울먹이더니 내 앞으로 달려왔다. 포옹이라도 하는 줄 알고 팔을 벌렸지만 돌아온 것은 매몰찬 헤딩이었다. 이마가 얼얼해진 그때에야 뒤늦은 포옹이 찾아왔다.

나는 베렛의 동의를 간신히 얻어 지은 선배에게 전체적인 사건의 흐름을 설명했다. 단, 마스터에 대한 것은 철저히 비밀에 부칠 것을 조건으로.

사태의 심각성을 깨달은 지은 선배가 어두운 표정을 지었다. 가벼워서 날아갈 듯한 태도는 온데간데없고 냉철한 시선으로 사건을 분석하는 진지한 경찰관이 보였다.

"그래서 건물은 찾았어?"

"두 개 중 하나로 추려졌어요."

베렛이 모니터를 보았다.

"스완 백화점, 아니면 삼진 아울렛. 이거 오십 대 오십이긴 한데."

선배는 잠시 팔짱을 끼고 고민하는 듯하더니 툭 내뱉었다.

"그럼 뭐 해? 출발하자."

"네?"

"내가 밟을게. 넌 어떻게 잡을지 생각해봐."

"선배, 그래도 이렇게……."

"지도를 봤어. 두 건물 사이 간격이 얼마 안 되더라. 건물 위치가 밝혀지고 출발하면 이미 늦을지도 몰라. 그럴 거면, 차라리 두 건물 사이에서 미리 대기하고 있는 게 낫지 않겠어?"

선배가 눈을 크게 떴다.

"설마 너, 내가 아직도 대책 없이 행동한다고 생각하는 건……."

"선배, 출발하죠."

나는 진지하게 말했다.

* * *

출발하기 전, 다행히 휴대폰과 차 키를 돌려받을 수 있었다.

"배터리도 새로 갈고, 연료도 꽉꽉 채워드렸습니다."

베렛이 찡긋 윙크했다.

"고맙네요, 참."

나는 느끼함에 치를 떨며 도망치듯 휴게실을 빠져나왔다.

선배와 함께 주차장으로 향한 다음 차에 올랐다. 선배는 운전석
에, 나는 조수석에 앉았다. 당연했다.

"야, 너 고물차 아직도 안 바꿨구나. 옛날 생각 난다."

서에서 근무할 당시에도 선배는 운전 하나는 끝내주게 잘하는
것으로 유명했으니까. 문제는 동승자의 안전은 보장 못 한다는 것.
〈데스 프루프〉라는 공포 영화를 본 적이 있는데, 그 악당의 운전 스
타일이 선배와 비슷해서 많이 놀랐다.

"벨트 맸지?"

"잠깐만요."

그러나 안전벨트를 채 하기도 전에 차가 급발진했다. 급하게 출발하는 바람에 받침대에 요란하게 머리를 찧었다.

머리를 채 들기도 전에 분노의 질주가 이어졌다. 고개를 들자 차는 어느새 병원을 빠져나와 도로를 전속력으로 달리고 있었다. 3분도 되지 않은 것 같은데, 어느 순간에 이동한 걸까. 텔레포트라도 한 건가 싶어 진심으로 놀랐다. 손잡이를 꽉 움켜쥔 채 죽지 않기만을 간절히 빌던 그때였다. 전화가 울렸다. 발신 번호 표시 제한.

"마지막 한 개, 찾았어요."

베렛이 흥분한 목소리로 말했다.

"어딘데요?"

"스완 백화점. 아울렛은 따로 연락해보니까 무슨 송년회 같은 게 열렸답니다."

"시리, 목적지 바꿔. 스완 백화점으로!"

지은 선배는 그렇게 말하더니 확 핸들을 꺾었다. 차가 180도 회전하며 날카로운 마찰음을 냈다. 또다시 유리창에 머리를 세차게 박았다. 눈앞이 번쩍였다.

[예상 도착 시간은 30분입니다.]

시리가 말했다.

"좋아, 10분으로 간다."

선배는 내비게이션을 끄더니 액셀을 미친 듯이 밟기 시작했다.

총 주행 거리가 40만 킬로미터를 넘은 차는 이제 자신의 한계 이상을 시험하고 있었다. 선배는 나를 흘긋 보더니 소리쳤다.

"뭐 하고 있어? 할 일 안 해?"

아차. 나는 허둥지둥 태블릿을 꺼냈다. 인 이어를 귀에 꽂은 다음 베렛과 통화를 계속했다.

"태블릿으로 지금 전송합니다. 인질들 실시간 위치."

그가 말했다. 하지만 로딩 속도가 느려 아직 뜨지 않았다. 답답해진 내가 물었다.

"인질들은 총 몇 명이에요?"

"열두 명! 그런데…….'

"그런데……?"

베렛이 당황한 듯 머뭇거렸다.

"마지막 한 명이 방금 사라졌는데요?"

*　*　*

누군가, 아무라도 제발 이곳을 지나가 줬으면.

해숙은 속으로 몇백 번을 빌었다. 하지만 설령 그런 일이 벌어진다 한들, 제대로 도움을 요청할 수 있을지도 의문이었다. 그도 그럴 것이 범인은 지금도 자신과 통화를 하고 있으니까. 어쩌면 숨소리까지 듣고 있을지도 모른다. 그렇게 생각하니 가뜩이나 쿵쿵거리던 심장이 더 빠르게 뛰었다.

아아, 너무 어둡다. 약간의 빛이라도 있다면 그나마 좀 위로가 될 텐데. 여긴 완전한 암흑이다. 대체 왜 이런 곳에 숨으라고 한 건지, 이해할 수 없다. 장소를 조금만 옮겨달라고 할까. 아니다. 그런 생각조차 하면 안 된다. 은주가 다칠 수도 있다. 그 사람이 그렇게 말하지 않았는가.

"질문도 생각도 하지 마. 그저 내 말에만 따라."

그나저나. 이 조끼…… 역시 그걸까. 해숙은 눈물을 머금으며 아래를 내려다보았다.

처음에는 딸 걱정에 아무 생각 없이 입었지만 지금은 그 정체가 무엇일지 대충 짐작이 갔다. 세상 물정 모른다고 놀림받지만 그래도 뉴스 정도는 챙겨 본다. 몇 년 전 대파를 손질하며 뉴스를 봤다. 테러가 벌어졌다. 그때 대파를 손질하던 것도 잊고 입을 손으로 틀어막았던 게 아직도 기억난다.

'범인은…… 아직도 잡히지 않았다고 했었지. 그럼, 역시 이건…… 아아, 대체 왜, 하필, 이런 일이.'

해숙은 두 손으로 얼굴을 감쌌다.

죽는 것이 두렵긴 하다. 하지만 그보다 더 끔찍하게 두려운 것이 있었다. 은주를 잃는 것. 딸이 조금이라도 다치는 것.

조끼의 가슴 한복판에는 타이머가 붙어 있다. 움직이지 못하니 거꾸로 봐야 했지만, 마침내 몇 분이 남았는지 알 수 있었다.

10분. 9분 59초. 9분 58초…….

해숙은 눈을 감았다. 어느 순간, 그녀는 체념했다. 대신 두 손을 모으고 기도하기 시작했다. 당장 할 수 있는 것은 그것밖에 없었다.

*　　*　　*

태블릿 위에 분할 화면으로 영상이 떠올랐다. 백화점 내부의 실시간 CCTV 화면.

"발견했습니다."

인 이어로 요원들의 목소리가 연이어 들렸다. 백화점이 특정되고 인질의 위치가 파악되자, 나는 인근 서에 연락해 폭탄 해체반을 투입할 것을 요구했다. 그로부터 얼마 지나지 않아, 해체반 요원들은 GPS 위치를 바탕으로 인질 각각의 위치를 파악하는 데 성공했다.

예상은 적중했다. 놈은 역시 인간 프록시를 만들고 있었던 것이다. 흥분과 긴장이 교차했지만 차분히 숨을 골랐다. 축배를 들려면 한참 멀었다. 마지막 열두 번째 인질을 찾기 전까지, 한순간도 방심해선 안 된다.

"그래서 총 몇 명이죠?"

"열한 명, 발견했습니다."

"폭탄은 열두 개예요. 잘 찾아본 거 맞아요?"

"재차 확인했습니다. 열한 명입니다. 그리고 입고 있는 조끼를 보고 폭탄의 종류도 방금 확인했습니다. 블록형 폭약, C4인 것 같습니다."

귀를 의심했다. C4라니. 한 개의 폭탄만으로도 금고 문을 날려 버릴 정도로 그 위력은 강력하다. 그 물건을 수많은 사람들 사이에서 터뜨린다면……

초조함이 극에 달했다. 기적이 일어나 폭탄을 전부 해체하더라도 한 명만 놓치면 전부 말짱 도루묵이다. '인간 프록시'는 가까운 간격으로 배치되어 있다. 따라서 한 개라도 터지면 연쇄 반응을 일으켜 다른 폭탄 역시 기폭될 가능성이 있다.

"인질 한 명이 더 있을지도 몰라요. 최대한 찾아보고, 5시 55분까지 못 찾겠다 싶으면 동료들과 대피하세요."

빠르게 말하고 무전을 끊은 뒤 시계를 보았다. 5시 45분. 예고된 시간까지 얼마 남지 않았다.

아까 나는 병원에서 설명한 작전을 특공대에게 다시 한번 설명했다. 말을 되풀이할수록 아무래도 부실한 작전이라는 생각이 들었다. 일이 꼬일 가능성이 너무 많았다. 애초에 즉석에서 생각해낸 작전이니 그럴 만도 하다. 그래도 지금으로서는 이게 최선이다.

"하아……."

차 안에 무력하게 앉아 있는 스스로가 원망스러웠다. 목적지엔 언제 도착하는 걸까. 물론 지은 선배야 최선을 다하고 있겠지만, 폭발까지는 13분도 채 남지 않았다. 13분. 빌어먹을 13분밖에 안 남았다. 역시 제 시간에 도착하는 건 물리적으로 불가능한 걸까라고 생각하던 순간, 차가 끼기긱 소리를 내며 급정거했다.

"도착."

"네?"

태블릿에서 눈을 떼고 앞을 보았다. 눈앞에 스완 백화점이 있었다. 입이 벌어졌다. 아니, 예상 도착 시간이 30분 뒤 아니었나?

"뭐 해, 나가!"

선배가 눈을 크게 떴다.

"네…… 넵!"

곧장 차에서 내린 다음 인파 속으로 뛰어들었다.

스완 백화점의 문은 활짝 열려 있었고, 그 주변으로 각종 조각상과 금박 장식들이 요란하게 붙어 있었다. 그 안으로 막 들어가려던 그때, 뒤에서 쩌렁쩌렁한 목소리가 울렸다.

"누군진 몰라도 그 새끼 꼭 잡아."

나는 속으로 미소 지으며 백화점 안으로 내달렸다. 걱정 마요, 선배. 잡는 정도가 아니라 아주 조져버릴 테니까.

* * *

기세 좋게 백화점 안으로 들어간 나는 당황할 수밖에 없었다. '발 디딜 틈도 없다'는 이럴 때 쓰는 말일 것이다. 이 속에서 마지막 열두 번째 인질을 찾을 수 있을까. 막막했다. 모래사장에서 바늘을 찾아야 하는 셈이다. 그것도 10분 안에.

시민들을 팔로 헤치며 수영하듯 앞으로 전진했다. 주머니 안의 재밍 기계가 무거워 다리가 저릿저릿했다. 당장 꺼내서 던져버리고 싶었지만 그럴 순 없다. 전파를 차단할 수 있는 기막힌 도구니까.

"잠시만요, 잠시만요."

나는 일단 열한 번째 인질을 향해 다가갔다. 기둥 바로 옆에 땀범 벅이 된 회사원이 우뚝 서 있었고, 그 아래에서 폭탄 해체반 요원이 몸을 웅크린 채 열심히 해체 작업을 하고 있었다. 지나가던 사람들 이 흘긋흘긋 쳐다봤지만, 대체적으로는 아무 관심도 없는 듯했다. 나는 회사원에게 다가갔다.

"저기, 혹시 다른 피해자 본 적 있어요?"

하지만 그는 눈을 부릅뜬 채 땀만 흘릴 뿐이었다. 하긴, 안다고 해 도 제대로 말할 상태가 아니었다. 나는 한숨을 쉬며 인 이어를 켰다.

"저기, 베렛. 마지막 열두 번째 피해자가 마지막으로 어디에 있었 죠?"

"출구 부근이요"

열두 번째 인질은 50미터 이내에 있을 것이다. 하지만 주변을 아 무리 둘러봐도 우뚝 서 있거나 수상한 낌새를 보이는 시민은 없었 다. 초조한 마음으로 시계를 보았다. 5분밖에 남지 않았다.

"5번, 폭탄 해체 완료."

"11번, 해체 완료."

인 이어 너머로 해체반의 목소리가 들렸다. 다 됐는데, 다 해체했 는데, 마지막 한 명을 찾지 못해 모든 것을 망치게 생겼다. 젠장, 대 체 어디 있는 거야.

"역시 전부 대피시킵시다. 이제 터지기 직전이에요."

베렛이 조급하게 말했다.

"잠깐만요. 조금만 더 기다려요."

"더 이상의 위험을 감수할 순 없어요."

그가 버럭 소리쳤다. 사복 경찰을 투입한 지금도 큰 위험을 감수하고 있는 것은 마찬가지다. 분명 어디선가 마스터가 지켜보고 있을 테니까. 폭탄을 해체하고 있다는 사실을 알게 되는 순간 폭탄을 터뜨릴지도 모른다. 그런데 지금 백화점 로비에 모인 시민들을 대피시킨다면? 놈은 분명 낌새를 챌 것이고, 모든 것이 끝나겠지.

"조금만 기다려요. 제발."

이제 4분. 초조함을 누르며 주변을 빙 둘러보았다. 저 사람? 아니다. 젠장, 저 사람도 아니다.

"수진 씨!"

잠깐만. 나는 생각했다. 가만히 있는데 그렇게 신호가 뚝 끊길 수 있단 말인가. 21세기, 그것도 도심 한복판에서. 물론 배터리가 끊겼을 가능성도 있지만 그런 희망 없는 가능성은 제쳐됐다.

대신 어떤 '장소'에 있다고 가정해봤다. 만약 마지막 인질이 숨어 있다면, 그곳은 대체 어떤 장소일까. 엘리베이터? 아니다. 문이 열릴 때마다 통화는 연결이 될 테니 아예 뚝 끊어지지는 않을 것이다.

"3분 남았어요!"

베렛이 소리쳤다. 집중해, 박수진. 두뇌를 풀가동하며 구석구석을 수색했다. 눈알이 얼얼할 정도로 시선을 돌리고, 돌리고, 또 돌렸다. 신호가 끊어질 만한 장소, 장소, 장소. 의류점 옷장? 전자제품 판매점? 지하 주차장?

순간, 그 장소가 내 눈에 들어왔다. 그래, 마지막 피해자가 있을 장소는 저곳밖에 없다. 비상계단.

저 장소라면 왜 신호가 완전히 끊겼는지 설명이 된다. 비상문 뒤편은 철제문으로 완전히 밀폐된 장소다. 장소나 휴대폰의 사양에 따라 다르겠지만, 개방되지 않은 공간의 철제문 뒤에서 휴대폰의 수신호가 약해진다는 것은 틀림없는 사실이다. 엘리베이터와 같은 이유로. 마지막 인질은 저 문을 열고 안으로 들어갔으리라. 아마 구석진 곳에 앉아 있으라고 지시했겠지.

비상문은 구조상 자동으로 닫히게 되어 있다. 열려 있도록 고정시켜놓았다고 해도 지나가던 직원이 닫아놓았겠지. 그렇게 멀쩡하던 신호가 뚝 끊기게 된 것이다. 완전히. 단숨에 문 앞으로 달려가 비상문을 열고 안으로 뛰어들었다.

어둠 속…… 저기 있다. 저 아래, 계단 끄트머리에 한 여자가 웅크리고 있었다. 계단을 뛰어넘으며 그녀를 향해 달렸다.

그때였다. 삐비빅 소리의 간격이 점차 빨라졌다.

삐삐삐삐삐삐삐.

"오지 마세요."

여자가 비명을 지르며 뒤로 물러섰다.

"아뇨, 저 경찰이에요."

"네?"

"경찰이라고요."

순간 여자의 가슴에 달린 타이머에 눈길이 닿았다.

00:01.

반사적으로 눈을 질끈 감았지만 폭탄은 터지지 않았다. 실눈을 뜨고 타이머를 보았다. 타이머 왼쪽에 문구 하나가 깜빡였다.

[OUT OF CONNECTION]

연결 끊김. 나는 재밍 기계를 조심스레 들어 여자의 손에 쥐여주었다.

"이거 죽어도 놓지 마요. 아니면 정말 죽으니까."

그렇게 중얼거린 후 나는 비상계단을 빠져나왔다. 재밍 기계를 끈 다음 후들거리는 손으로 휴대폰을 꺼내 폭탄 해체반에게 연락했다.

"아무나 비상계단으로 튀어 와요. 당장."

23.

스완 백화점 3층 카페.

마스터는 초조하게 커피를 들이켰다. 당장이라도 폭발음이나 비명이 들리길 기다렸지만, 들리는 거라곤 간헐적인 아기 울음소리, 시끄러운 수다뿐이었다.

뭔가 잘못됐다. 휴대폰을 꺼내 어플을 켰다. 다시 한번 스위치를 눌렀다. 특정 주파수를 보내면 그것이 트리거가 되어 폭탄을 작동시키는 식이다. 하지만 스위치를 누르고 또 눌러도 어째선지 아무 일도 일어나지 않았다.

"뭐야, 씨발."

설마 실수를 한 걸까. 이를테면 수신기를 붙이는 걸 깜빡했다든지. 마스터는 고개를 저었다. 아니, 절대 그럴 리 없었다. 다른 건 몰라도 그는 계획에 있어서 언제나 엄격했다. 철두철미하고 재빠르게 치고 빠지는 처세술 덕에 지금까지 그 모든 짓을 벌이고도 언제나 빠져나올 수 있었다.

역시 아무리 생각해도 빼놓은 것은 없다. 그렇다면 그 외의 이유가 있다는 건데. 대체 뭐지. 답답해서 참을 수 없었다. 휴대폰으로 검색해봤지만 뉴스 속보도 관련 기사도 없다. 어떻게 돌아가는지 두 눈으로 확인을 해야 했다.

마스터는 유리 난간 너머로 몸을 기울였지만 안타깝게도 아래를 볼 수 없었다. 이 여자애의 몸이 빌어먹을 정도로 작았기 때문이다.

"씨발, 씨발, 씨발!"

결국 참지 못하고 폭발했다. 근처 의자에 앉아 있던 노부부가 이쪽을 보며 움찔거렸다. 구시렁대는 그들을 향해 마스터는 매서운 눈빛을 보냈다.

"뭘 그렇게 봐."

노인들은 하얗게 질린 얼굴로 도망치듯 떠났다.

마스터는 그들을 쫓아갈까 생각했지만 더 나은 선택지가 생겼음을 곧 깨달았다. 그들이 도망간 덕에 의자가 비었다. 발 받침대 두 개가 생긴 것이다. 마스터는 의자 하나를 집어 든 다음 난간 앞에 놓았다. 그런 다음 그것을 밟고 올라가 난간 아래를 보았다.

저 수많은 인파 사이에서 인질을 구별해야 했다. 쉽지는 않았지만 불가능하지도 않다. 목석같이 서 있는 멍청이들을 구별만 하면 되니까. 눈을 찡그렸다. 그래, 저기 있다. 여전히 인질들은 그 자리에 그대로 있었다. 어디 도망치거나 하지도 않았다. 그렇다면 왜……. 아니, 잠깐. 간담이 불현듯 서늘해졌다.

사복 경찰이다. 티를 내며 돌아다니고 있지는 않았지만 누가 봐도 사복 경찰이었다. 깡패 몇 명은 한 손으로 때려잡을 것 같은 마동석 느낌의 인간들. 들켰다.

혼란스러웠다. 현실적으로 도저히 일어날 수 없는 일이다. 이곳은 어제까지만 해도 계획에 없던, 완전히 랜덤으로 정한 장소였다. 추적을 당하기란 불가능에 가깝다. 혹시 내가 차지한 몸이, 그 빌어먹을 여자의 딸년이라 그런가?

아니, 그것도 이상하다. 우리나라가 분명 CCTV 공화국이긴 하지만, 한 인간의 동선을 계속 따라갈 수 있을 정도로 CCTV가 만능이진 않다. 마음만 먹는다면 사각지대로 돌아다니는 것은 일도 아니다.

"하아…… 뭐야, 진짜."

일단 당장 이곳에서 나가야 한다.

빠른 걸음으로 출구를 향해 다가갔다. 엘리베이터나 출구 옆에 자리를 잡는 것은 그의 오랜 습관이었다. 정말 만에 하나 곤란한 일이 생길 경우 곧장 도망갈 수 있도록 대비책을 준비해두는 것이다. 어차피 걸리지도 않을 텐데 계속 이 짓을 해야 하나 매번 귀찮았지만, 오늘만큼은 그 습관이 지랄 맞게 고마웠다.

엘리베이터 문이 열렸다. 마스터는 안에 뛰어든 다음 곧장 닫힘 버튼을 눌렀다.

쿵. 육중한 소리와 함께 문이 닫히자, 뒤늦게 숨을 쉴 수 있었다. 안도감과 분노, 그 외 모든 자극적인 감정이 가슴속에서 휘몰아쳤다. 그래, 놈들은 운이 좋았던 게 분명하다. 침착하자. 그리고 오늘

실패했다 해도 그 여자를 괴롭힐 또 다른 방법을 생각하면 된다.

이를테면 이건 어떨까. 호텔 방을 하나 빌린 다음에 캠코더로 자살 영상을 찍는 것이다. 그다음 딥웹에 올리면, 그 여자 딸은 영원히 인터넷상에서 살아 숨 쉬는 전설이 되는 것이다.

괜찮은데. 마스터는 조용히 웃었다. 그래, 주차장에서 아무 차나 골라잡은 다음 이곳을 벗어나자. 아예 다른 지역으로 가도 되고. 느긋하게 자리를 잡은 후, 천천히 화질 좋은 카메라를 사서 찍어볼까.

[지하 5층, 문이 열립니다.]

문이 열리자 마스터는 밖으로 나왔다. 등 뒤로 쿵 하고 문이 닫혔다. 주차장 복도를 걸으며 주변을 둘러보았다.

"······뭐야?"

마스터가 중얼거렸다. 넓은 주차장에는 아무도 없었다.

* * *

"정말 죽는 줄 알았어요. 고마워요, 고마워요."

자신을 해숙이라 말한 그녀는 울부짖으며 나를 꽉 끌어안았다. 얼마나 고생했을까. 마음 같아서는 등을 토닥여주고 싶었지만, 지금은 해야 할 일이 있었다.

"따님 분은 집에 무사히 있으실 거예요. 빨리 돌아가세요."

"감사합니다. 감사합니다."

나는 미소 지은 뒤 재빨리 몸을 돌려 비상계단을 내려가기 시작했다. 잠시 신호를 받기 위해 문을 열었다.

"엘리베이터 B3, B2층. 포획 완료."

대원이 말했다. 좋았어. 일단 첫 단계는 성공이다.

"대기하고 있어요! 지금 갈 테니까."

나는 비상계단을 두 계단씩 뛰어 내려가며 B2층으로 향했다. 그 층에 도착하자 특공대원들이 문 앞에 빽빽하게 서 있었다. 가뜩이나 좁은 공간에 큼직한 남자들이 다닥다닥 붙어 있으니 보기만 해도 숨이 막힌다. 그래도 전체적인 옷차림을 보니 일 하나는 확실하게 처리할 듯했다. 모두들 완전 무장 상태인 데다, 내가 얘기한 대로 보호용 헬멧도 썼다.

처음 그것을 말했을 때, 그들의 반응은 '장난하냐'였다. 파워 레인저 분장을 하고 싸우라는 거냐며 비웃었다. 하지만 베렛이 몇 마디 하자 그들은 군소리하지 않고 따랐다. 그 인간의 정체는 대체 뭘까. 나중에 알아봐야겠다.

"오셨습니까."

무리 중에서 상급자로 보이는 이가 성큼 나섰다.

"수진 씨가 지시하면, 움직이기로 했습니다. 준비됐습니다."

"알았어요."

하지만 준비해야 할 사람은 오히려 나였다. 눈앞에 보일 광경에 마음의 준비를 해야 했다. 놈은 해연이의 모습으로 내 마음을 뒤흔

들려 할 테니까. 최악의 경우 자해를 시도할지도 모른다. 그런 상황에서도 절대 정신 줄을 놓아선 안 된다. 절대.

"작전대로 하면 돼, 작전대로."

그렇게 중얼거린 다음 눈을 부릅떴다. 모든 것을 끝낼 시간이다.

"가죠."

내가 입을 열자마자 선두의 요원이 신호를 보냈고, 곧이어 쾅 소리와 함께 문이 열렸다.

* * *

엘리베이터가 작동하지 않았다. 비상계단 문도 잠겨 있었다. 수십 번은 돌려봤지만 문은 꿈쩍도 하지 않았다. 마스터는 분노에 찬 고함을 지르며 문을 걷어찼다. 이해가 가지 않았다. 원래 비상구는 법적으로 열려 있어야 하는 것 아닌가. 대체 이건 어떻게 되어먹은 건물인지 모르겠다. 역시 진작에 날려버렸어야 했다.

"진짜 개 같네, 정말."

그때였다. 굉음과 함께 엘리베이터 옆에 있던 비상문이 열렸다. 동시에 검은 헬멧을 뒤집어쓴 남자 여럿이 쏟아져 들어왔다.

"손 들어."

저 헬멧은 보호용 헬멧인가. 그리고 마스터는 깨달았다. 이 모든 말도 안 되는 상황에 박수진이 관련되어 있다는 사실을.

영악하기 짝이 없는 포위 방법이 그야말로 그 여자 스타일이었다. 마스터는 피식 웃었다. 손 들어? 손 들라니, 누가 누구한테? 웃기고 자빠졌네.

"손 들라고."

"자, 자, 들었어. 됐지?"

마스터는 주머니에서 꺼낸 물건을, 자신의 목에 가져다 댔다. 손에 들린 커터 나이프가 형광등의 빛을 반사하며 번뜩였다.

"그거 내려놔."

선두에 선 요원이 총구를 들이대며 소리쳤다.

"이 여자애를 죽이고 싶으면 총 쏴."

마스터는 칼을 쥔 손을 목에 더 가까이 들이댔다. 목을 살짝 베자 따뜻한 핏줄기가 흘러내렸다. 이대로 푹 꽂아버릴까.

"봐, 너희들 때문에 얘한테 상처가 생겼잖아."

요원들이 당황하는 것을 보며 실실 웃었다. 조금씩 뒷걸음질을 쳤다. 이렇게 주차장까지 향한 다음 지나가던 놈 아무나 낚아채자, 그렇게 생각하면서. 그때였다.

"그만해."

목소리를 들은 순간, 마스터의 온몸에 소름이 돋았다.

"네가 원하는 건, 결국 나잖아."

* * *

요원들이 마스터를 포위하기 몇 분 전, 나는 대장에게 확실히 말해두었다. 저 아이한테 절대로 발포하지 말라고. 내 딸이라고. 대장은 인상을 찌푸렸다.

"하지만 테러범은 법률상……."

"제압할 때 무력이 허가되는 거, 저도 알아요. 그런데 문제가 뭔 줄 알아요?"

나는 중얼거렸다.

"놈은 무력이 안 통해요. 절대로."

대장은 잠시 나를 노려보다 이내 한숨을 쉬었다.

"여기서 보스는 당신이니까. 믿겠습니다."

하지만 지금, 그러니까 내가 헬멧을 쓰고 마스터 앞에 직접 모습을 드러낸 지금, 마스터는 전혀 믿지 못하겠다는 눈으로 나를 보고 있었다. 해연이의 몸을 한 마스터가 씨익 웃었다.

"야, 박수진. 진짜 대단하네. 대체 언제 일어난 거야, 너?"

"글쎄. 일곱 시간쯤 전에?"

마스터가 헛웃음을 터뜨렸다.

"너 진짜 성실하게 산다. 일어나자마자 나 잡으려고 이렇게 행차한 거야?"

"널 잡으려고?"

나는 고개를 저었다.

"마스터. 난 지금, 널 잡으려는 게 아니야."

"……뭐?"

"거래를 하러 왔어."

그 말을 내뱉는 순간, 뒤에 서 있던 요원들이 웅성거렸다. 당연한 반응이었다. 이 부분은 내 작전에 전혀 포함되지 않았으니까. 대장이 달려와 내 어깨를 우악스럽게 움켜잡았다.

"무슨 짓입니까? 이건 작전에 없는 거잖아요."

나는 그의 손을 거칠게 뿌리쳤다.

"지금부터 딱 5분만, 5분만 믿고 지켜봐요."

얼빠진 표정의 대장을 뒤로하고, 나는 마스터를 향해 성큼성큼 다가갔다.

문득 그때가 떠올랐다. 경찰서에서 TV 뉴스를 보던 그때. 화염에 휩싸인 지하철. 모든 것이 어그러진, 모든 것이 비명과 혼란으로 끝나버렸던 그때. 오늘은 다를 것이다. 절대 그렇게 끝나게 놔두지 않는다.

"잠깐, 잠깐. 멈춰. 사회적 거리 두기 좀 하자고."

마스터가 다시 칼을 바싹 목에 갖다 대자 나는 움찔 걸음을 멈췄다. 이제 그와 나 사이의 간격은 다섯 걸음도 채 남지 않았다.

"그래서 무슨 제안인데?"

놈이 물었다.

"너한테는 아마 지금 받을 수 있는 최고의 제안일 거야."

"뭐, 다 포기하고 잡혀달라 그거야? 그때처럼?"

나는 심호흡을 했다.

"아니, 내 몸을 가져가. 대신, 해연이는 놔줘."

공기가 멈췄다. 아까와는 차원이 다른 웅성거림. 인 이어에서도 베렛이 고함을 쳤다. 지금 제정신이냐고.

마스터는 풋 하고 웃었다.

"그럴 생각 없는데. 이 몸, 가볍고 편해서 마음에 들거든."

마스터가 가볍게 폴짝폴짝 뛰자 그의 목에 난 상처에서 피가 더 흘러내렸다. 나는 동요하는 마음을 억누르며 차분하게 말을 이었다.

"잘 생각해봐. 네가 과연 여기서, 내 도움 없이 도망칠 수 있을까? 그 조그만, 여고생 몸 가지고? 이 백화점 바깥에 대체 뭐가 있는지도 모르는데?"

"적어도 네 딸이니까, 뭐 어떻게 되지 않을까?"

"나도 해연이 살리고 싶어. 하지만 한미 양쪽에서 지금 널 처리하겠다고 결정했단 말이지. 전략 무기로서도 쓸모가 없겠다고 판단한 거야."

"그……래서?"

마스터는 고개를 까딱이지 않았다. 연기가 아니다. 동요하고 있다.

"국가 상대로는 너도 나도 못 이겨."

"그럼 뭐, 진 거네. 우리 둘 다."

"아니. 지금 나는 네가 유일하게 이길 방법을 제안하는 거야. 뒤에 반응 안 보여? 저게 연기인 것 같아?"

마스터는 내 뒤쪽을 지그시 보았다. 대장이 무전기를 쥐고 고함을 치고 있었다. 당장 제압해야 한다느니 좀 더 기다려야 한다느니 하면서 신나게 싸우고 있었다.

"그러니까, 지금 당신, 뭐야, 팀을 배신하겠다는 거야?"

마스터가 중얼거렸다.

"딸을 구할 수 있다면 뭐든지 할 거야."

"코앞에서 몸을 바꾼다면 빤히 눈치챌 텐데? 저 새끼들이 바보도 아니고."

"원래 딸이 다시 돌아와도 어차피 저쪽에서는 연기하는 줄 알 거 야. 너는 내 몸에 들어와서 내 연기를 해. 그러면서 모두 하나의 작 전인 척 속여 넘겨. 그리고 혼란에 빠진 틈에 도망치는 거지."

긴 정적이 흘렀다. 마스터는 조용히 고개를 끄덕이더니, 나를 보 았다.

"좋아. 그럼 그쪽에서 먼저 성의를 보여봐."

"성의?"

마스터가 왼손을 뻗어 내 눈을 가리켰다.

"그 헬멧, 벗어."

지금 여기서 할 수 있는 가장 멍청한 선택은 오로지 하나일 것이 다. 헬멧을 벗는 것. 놈이 하란 대로 하는 것. 하지만 나는 그 행동을 해야 했다. 이 역시 작전의 일부니까.

"수진 씨, 더 이상 단독 행동 하면 발포할 수 있습니다."

대장이 등 뒤에서 소리친 그때, 나는 헬멧을 눈 부분만 살짝 벗은 다음 놈과 눈을 마주쳤다.

24.

엄마가 사라지고 벌써 며칠이 지났다.

처음엔 외박인가, 생각하고 해연은 가볍게 넘겼다. 애초에 자신에게 저지른 짓도 있고—고속도로 한복판에 버리다니, 내가 무슨유기견이야 뭐야— 말이다. 물론 그때 다른 양복 아저씨가 엄마 차로 집에 데려다주긴 했지만.

하지만 하루가 지나도 소식이 없자 슬슬 걱정되기 시작했다. 정말그 이상한 남자들한테 어떻게 된 거 아냐? 결국 경찰서에 실종 신고를 했지만, 좀 더 기다리라는 대답만 돌아왔다.

이어 그날 밤, 발신 번호 표시 제한으로 전화가 왔다. 자신들은정부 소속 사람들인데 엄마는 괜찮다고 했다.

"그럼 전화 좀 바꿔줘요."

해연이 버럭 소리쳤다. 그러자 대꾸도 없이 전화가 끊어졌다.

"진짜, 오면 두고 봐."

고민 끝에 결심했다. 집에 처박혀 걱정만 하기보다는 일상을 계속하기로. 그래, 국정원이라면 정부기관이잖아. 괜찮겠지. 이렇게 지내다 보면 엄마는 언젠가 돌아올 거야.

해연은 마음을 가다듬고 다음 날 등교를 했다. 멈춘 일상을 억지로라도 다시 굴려보기 위해. 친구들의 얼굴을 보니 불안했던 마음이 푸근해졌다. 생각 없이 연예인 얘기나 영화 얘기를 하며 안절부절못하는 느낌도 덜었다. 이대로라면 버틸 만하다고 생각했다. '그 일'이 벌어지기 전까진.

수업 시간의 일이다. 선생님이 수업을 하다 말고 갑자기 자신을 뚫어지게 쳐다보기 시작했다. 친구들도 이상함을 눈치채고 웅성거리기 시작했다.

"선생님……?"

딴짓을 하던 해연이도 역시 이상함을 느꼈다. 결국 고개를 들어 선생님을 마주 보았고, 눈이 마주쳤다. 그리고…… 뚝. 기억은 거기서 끊어졌다. 아니, 몇 번 정신이 돌아오긴 했다. 하지만 그걸 돌아왔다고 쳐도 되는지 잘 모르겠다. 눈앞에 펼쳐진 것은 오로지 끝없는 어둠, 어둠, 어둠뿐이었으니까.

고통스러웠다. 그저 생각이 뚝 끊기기만 했다면 그래도 나름 참았을 것이다. 하지만 자신의 상태는 평범함과는 거리가 멀었다. 어둠 속에서 액체 괴물 같은 것이 꿈틀거리며 저주의 말을 퍼부어대기 시작한 것이다.

"넌 죽을 거야."

"다 너희 엄마 때문이다."

"엄마가 아빠랑 동생을 죽인 거, 너도 알고 있지?"

잠들기 직전, 누군가가 계속 중얼거리는 바람에 잠을 계속 깨는 느낌. 그런 상황이 반복되고 또 반복되었다. 그야말로 미칠 것 같았다. 제발 누가 이 상황을 끝내줬으면 좋겠다고 생각했다. 어떻게든. 무슨 수를 써서든. 제발.

절망의 바닥에 도달했다고 느낀 순간이었다. 쉬익, 싱크대에서 물이 빠지는 소리와 함께 눈이 밝게 뜨였다. 허억 소리를 내며 몸을 일으켰다. 뭐지. 돌아온 건가.

주변을 둘러보자 엄마의 차 안이었다. 차 안? 설마, 그때인가? 아직도 여행 중인 건가? 말도 안 돼. 그런 건 영화에서나 보는 전개인 줄 알았는데. 아니다. 꿈이라기엔 너무 현실적이었다.

고개를 돌린 순간, 눈앞의 상대를 보고 안도감이 찾아왔다.

"······엄마."

수진은 엉거주춤한 자세로 차 키를 들고 있었다. 그녀는 열쇠 구멍에 키를 몇 번 꽂았지만 어째선지 잘 들어가지 않았다. 마치 이 차를 처음 타보는 것마냥.

"엄마, 뭐 해?"

수진은 들은 척도 하지 않았다. 이상했다. 엄마가 자신의 말을 무시하는 일은 거의 없었는데. 음침한 느낌을 억누르며 차창 너머를 보았다.

"어······?"

순간 해연은 확신했다. 지금까지 벌어진 모든 일은 전부 꿈이 아니었다고. 만약 모든 것이 여행 중 꾸었던 꿈이면, 늦어도 지금 목적지에 도착했어야 말이 된다.

하지만 이곳은 캠핑장도 산속도 아니었다. 대신 어느 건물 내부였다. 마치 주차장 같은. 언제, 어떻게 여기에 온 거지? 엄마는 대체 왜 저러는 거고? 생각하면 생각할수록 소름이 돋았다. 뭔가 비정상적인 일에 얽혀버린 기분이다. 이대로 차에 있다간……

내릴까. 그래, 일단 내리자. 해연은 몸을 움직여 차에서 내리려고 했다. 천천히. 최대한 천천히. 그렇게 몸을 약간씩 움직인 끝에 드디어 차 바깥으로 튀어나갈 만큼 자세를 잡을 수 있었다. 이제 나가기만 하면 된다.

하나, 둘, 셋. 심호흡을 하고 문손잡이를 돌렸다. 덜컥! 해연은 차문을 열고 몸을 밖으로 날렸다.

하지만 그럴 수 없었다. 철커덕 소리와 함께 몸이 뒤로 쏠린 것이다. 해연은 공포에 찬 숨을 토해냈다. 그제야 왼손이 운전석 목 받침대 부분과 수갑으로 연결되어 있음을 발견했다.

"엄마, 이거 뭐야?"

해연은 떨리는 목소리로 간신히 물었다. 수진은 무표정한 얼굴로 열쇠를 계속 왼쪽 오른쪽으로 비틀었다. 으르릉. 으르릉. 차의 시동이 걸릴락 말락 했다.

"수갑."

수진이 중얼거렸다.

"이거…… 엄마가 한 거야?"

"응."

"왜?"

수진은 손에 더 힘을 주고 열쇠를 비틀었다. 곧 털털거리는 소리
와 함께 차에 시동이 걸리자, 그녀는 티 없이 해맑은 미소를 지으며
해연을 돌아보았다.

"너 죽이려고."

* * *

드디어, 마침내, 시동이 걸렸다. 이 빌어먹을 고물 차.

운전을 시작하며 마스터는 헛웃음을 터뜨렸다. 대체 박수진은 어
떤 생각으로 그따위 작전을 제안한 걸까. 도저히 믿기지가 않았다.

물론 모든 행동을 확신에 차서 하진 않았다. 그건 인정한다. 특히
차에 오를 때가 가장 불길했다. 미리 장치를 해두지 않았을까 의심
이 든 것이다. 하지만 이내 말도 안 되는 소리임을 깨달았다. 폭탄
하나 해체하는 것도 그렇게 오래 걸리는데, 장치를 또 설치한다고?

"대체 무슨 소리야. 죽인다니."

마스터는 고개를 돌려 쫑알대는 여자애를 보았다.

"말 그대로야."

마스터는 싱긋 웃으며 액셀을 밟았다.

"널 주인공으로 영상을 찍을 거야. 찍는 사람은 바로 나."

녀석은 혼란스러운 듯 잠시 멍하니 입을 벌렸다. 아아, 저 동그란 입구멍에 칼을 넣고 쑤시면 어떤 기분일까. 그것도 제 어미 손으로.

"왜 그래? 혹시 이해가 안 되는 거야?"

이런 것까지 설명해줘야 하나.

"돈 받고 파는 살인 영상. 그러니까, 예를 들어서, 내가 네 배를 갈라서 안에 든 내장이 질질 흐르면, 그걸 카메라로 찍는 거야."

긴 정적.

"엄마 미쳤어?"

녀석의 호흡이 점차 가빠졌다. 흐윽, 흐윽 하는 숨소리를 내며 가슴을 들썩인다. 젠장. 아까보다 더 시끄러워졌다. 이제 참는 것도 슬슬 한계다.

마스터는 한숨을 쉬고 차를 멈춘 다음 음료 선반에 놓인 텀블러를 쥐었다. 적당히 무겁다. 그래, 이 정도면 되겠지.

"야."

마스터는 자신을 돌아본 해연이의 얼굴에 텀블러를 힘껏 휘둘렀다. 퍽, 기분 좋은 감촉이 손에 은은히 전달되었다. 차창에 사정없이 피가 튀었다.

호루라기를 힘껏 부는 듯한 비명. 귀가 따갑다. 녀석은 입을 쩍쩍 벌리며 고통에 차 꽥꽥거리기 시작했다.

"조용히 해, 조용히 해, 조용히, 하라고."

퍽, 퍽, 퍽. 녀석이 입을 다물 때까지 계속 텀블러를 휘둘렀다. 열 번 정도 휘두르자 마침내 조용해졌다. 얼굴은 피투성이, 코에서는 고장 난 수도꼭지처럼 코피가 쉬지 않고 줄줄 흘렀다. 더 예뻐졌다. 멋진 광경이다.

"됐네."

마스터는 으쓱 어깨를 흔들고 다시 운전을 계속했다.

* * *

피가 줄줄 흘러 눈앞이 보이지 않았다. 여러 번 눈을 끔뻑이며 앞을 보려 했지만 불가능했다. 입속에 스며드는 비릿한 피 맛에 해연은 토할 것 같았다.

바뀌어버린 엄마. 무자비한 폭력. 알 수 없는 장소로 향하는 차. 모든 것이 공포스럽기 짝이 없었지만, 그래도 한 가지는 확신할 수 있었다. 엄마 몸에 있는 '저것'은 엄마가 아니다. 장담할 수 있다. 눈동자 속에서 느껴지는 저 비릿한 살기. 눈빛이 스치기만 했는데도 온몸이 벌벌 떨렸다. 보지 말아야 할 것을 봐버린 느낌. 말로 표현할 수는 없지만 눈으로 본다면 곧장 이해할 수 있을 것이다.

해연은 호흡이 가빠지려는 것을 간신히 억눌렀다. 어떡하지. 차밖으로 나갈 수도 없다. 도망칠 수도 없다. 그렇다고 이대로 꼼짝없이 가만히 있는다면 죽을지도 모른다. 아아, 엄마. 진짜 엄마는 대체 어디 있는 거야. 당장이라도 울음이 터질 것 같은 그때였다. 주머니에서 바스락 소리가 났다.

손을 뻗어 그것을 더듬으려다 우뚝 동작을 멈추었다. 멍청이. 선

불리 움직여선 안 된다. '저것'이 자신의 행동을 눈치채기라도 한다면. 그래, 기절한 척하자. 아니, 포기한 척. 그러다가 완벽한 타이밍을 노리는 거다.

'저것'은 허공을 바라보며 중얼거리더니, 이내 실실 웃었다.

몸이 옆으로 쏠렸다. 자동차가 코너를 도는 것 같았다. 해연은 흘 긋 고개를 틀어 '저것'을 보았다. 놈은 이쪽을 흘긋 보았지만 이내 전방을 주시하며 운전에 집중했다.

지금? ……지금? 그래, 지금. 주머니에 손을 넣었다. 감촉으로는 종이인 듯했다. 조심스레 그것을 꺼내 슬쩍 보았다. 역시 종이다. 조그만 포스트잇에 작은 글자가 적혀 있었다. 빼곡하게.

해연은 '저것'이 보지 못하도록 그것을 살며시 오른손에 쥐었다. 그리고 차가 또 다른 코너를 돌 때, 창에 머리를 툭 부딪히는 척하며 아래를 보았다. 쪽지의 내용이 보였다. 이건…… 공포와 흥분을 동시에 느끼며, 해연은 눈을 크게 떴다.

* * *

운이 좋다면 좋은 거다. 얼마든지 환영이다. 근데 운이 너무 좋은 건 아무래도 불안하다.

10분 전, 마스터는 지옥에 있었다. 모든 계획이 불발되었을 뿐 아니라 헬멧을 뒤집어쓴 특공대에게 포위까지 당했다. 여차하면 정말 잡히겠구나 싶었다. 그런데 지금은 어떤가. 그 여자와 딸년까지 수중에 넣고 이곳을 여유롭게 빠져나가고 있지 않는가.

찜찜하다. 박수진. 이 여자는 절대 손해 보는 장사 따위 하지 않는다. 쌍방에 유리한 거래를 내놓는 척하지만, 실제로는 자신에게 완벽한 거래를 짜는 게 그 여자의 더러운 수법이다. 그런데 이렇게 자기 딸을 제 손으로 바친다고? 말이 되지 않았다. 설마 자기 딸을 희생하면서까지 뭘 하려고 하는 건가?

"지랄하고 있네."

마스터는 피식 웃었다. 역시 말도 안 되는 생각이다. 애초에 그 여자가 지금까지 꾸역꾸역 산 것도 단 하나, 바로 이년 때문이다. 앤트 힐에서도 "해연아, 해연아," 아주 고막을 파내고 싶을 정도로 염불을 외워댔으니까. 됐다. 마음 놓자. 가끔은 좋은 일도 있는 거지.

다시 코너 구간. 자동차 핸들을 돌리는데 시야 밑에서 붉은 뭔가가 반짝였다. 뭐야? 마스터는 흘긋 아래를 내려다보았다. 발목 쪽에서 붉은 뭔가가 깜빡, 깜빡였다.

마스터는 그것이 뭔지 곧장 알 수 있었다. 자신이 만들었으니까. 폭탄. 마스터의 얼굴이 새하얗게 질렸다. 이게 대체 어떻게 여기 있는 거지. 답은 곧바로 떠올랐다.

박수진, 그년이 인질에게 붙인 폭탄을 가져와 여기다가 박아놓은 것이다. 함정을 설치할 시간은 없을 거라 생각하고 방심했다. 설마 자신이 만든 함정을 그대로 가져왔을 줄은 꿈에도 몰랐다.

폭탄이 터지기까지 이제 40초밖에 남지 않았다. 근데 잠깐만. 이게 진짜일 리 없잖아. 자기 딸을 터뜨려 죽인다고? 그 여자가? 하지만 생각해보니 그 여잔 앤트힐에서 미국인 놈을 미끼로 썼잖아. 그렇다면 완전히 불가능한 일도 아닌 것 같은데.

젠장, 어떡하지. 도망갈까. 창밖을 둘러보았지만, 지나가는 인간은 한 명도 보이지 않았다. 고민 끝에 한숨을 쉬고 브레이크를 밟았다.

고개를 돌려 해연이를 보았다.

"가만히 있어. 허튼짓하면 죽여버린다."

하지만 반응은 없었다. 기절한 건가. 아까 확실히 코피를 많이 흘리긴 했는데. 뭐, 죽지만 않았으면 상관없다.

마스터는 가볍게 스트레칭을 하고 눈을 감았다. 그런 다음 어둠 속으로, 자신의 의식이란 우주 속으로 이동했다.

수진은 심연 속에 있었다. 인간의 형상이 아니다. 가스나 슬라임 같은 뭉글뭉글한 형체로서 둥둥 떠다닐 뿐이다. 어째선지 모르겠지만 인간의 의식은 다 이렇다.

"야."

마스터가 불렀다. 속으로 폭탄의 타이머에 시간이 얼마나 남았을지 생각하자 괜히 초조해졌다. 30초? 29초?

"너 설마 딸내미를 죽일 생각이냐?"

"어차피 죽일 거잖아."

수진이 자포자기한 목소리로 중얼거렸다.

"어차피 죽을 거면, 폭탄으로 한 방에 죽는 게 낫지."

황당했다. 이 여자의 사고방식은 어떻게 되어먹은 걸까.

"네 남편이랑 아들도 폭탄으로 죽었잖아. 똑같은 고통을 딸한테도 주겠다는 거야? 미친년이 따로 없네, 이거.”

“그래, 하지만 너도 똑같이 고통받겠지.”

그 말을 듣고 깨달았다. 거짓말이다. 이 여자의 입에서 그 말이 튀어나오는 순간 알 수 있었다. 자기 딸이 죽지 않으리라는 무언의 확신이 있다는 것을. 그래서 지금 이따위 말을 지껄이는 것이다.

“그래, 그럼 이따가 보자.”

“잠깐……”

당황하는 수진의 목소리를 버려두고, 마스터는 다시 현실로 돌아왔다. 콧노래를 부르며 발치에 놓인 폭탄을 망설임 없이 뜯어냈다.

뚝.

그럴 줄 알았다. 뒤집어 뒷면을 보자 다 먹은 초콜릿 상자마냥 텅 비어 있었다. 타이머 부분만 그대로였을 뿐. 겉 포장지만 빼고 속은 깨끗하게 빼놓은 것이다.

“네 엄마 봐라, 머리 잘 썼다, 그지.”

옆자리의 해연이에게 폭탄을 내밀었지만 녀석은 기절 상태였다.

“조금만 참아. 이 엄마가 다 끝내줄게.”

마스터는 차창 밖으로 가짜 폭탄을 던졌다. 차의 시동을 걸고 속력을 높였다. 어서 이 지긋지긋한 주차장에서 벗어나자.

이상한 것을 알아차린 건 그로부터 4초 후였다. 잠깐만. 글러브 박스가 왜 열려 있지? 다시 고개를 돌려 해연이를 보았다. 방금 전까지 축 늘어져 있던 녀석이 지금은 등을 꼿꼿이 세우고 있었다.

손에는 뭔가 시커먼 것을 들고 있었다. 마스터가 당황한 순간 해연이는 무시무시한 기세로 그것을 휘둘렀다.

* * *

해연이 펼친 쪽지에는 이렇게 적혀 있었다.

엄마는 지금 엄마가 아니야. 그대로 있다간 죽어.

엄마다. 진짜 엄마다. 해연은 눈물을 글썽였다. 엄마의 말투가 음성 지원이 됐다. 글만 읽었는데 따뜻한 안도감이 몸을 감쌌다.

2층 코너를 돌 때, 그 물건으로 엄마를 튀겨버려.

그 물건? 뭘 말하는 거지? 튀긴다는 말을 되새기자 머릿속에 스르륵 이미지가 떠올랐다.

파란 불꽃을 튀기던 그 괴상한 물건. 그걸 처음 본 순간, 대체 엄마는 뭔 생각으로 이딴 무시무시한 물건을 갖고 다니는 건가 생각했다. 그래서 기억한다. 팔뚝만 한 전기 충격기. 그 물건은 분명 자신의 앞에 있는 글로브 박스 안에 있다.

기회는 한 번뿐. 그때 해연의 마음을 읽은 듯 놈이 중얼거렸다.

"가만히 있어. 허튼짓하면 죽여버린다."

'저것'은 그렇게 중얼거리더니 좌석에 몸을 묻었다. 바닥에 버려진 액체 괴물처럼 추욱 늘어졌다.

지금이다. 행동을 하려고 하니 두려워졌다. 가만히 있으라고 했는데. 들키는 거 아닐까. 그렇게 된다면 정말로…… 해연은 한숨을 쉬었다. 됐어. 엄마도 망설임 없이 확 꺼냈잖아. 엄마도 하는데 나라고 왜 못 해.

침을 꿀꺽 삼키고 글로브 박스를 열었다. 곧장 충격기를 꺼낸 다음 오른손으로 옮겼다. 됐다, 됐다, 됐다. 비명이 나오려는 것을 간신히 참았다. 곧장 '저것'을 튀겨버리고 싶었지만, 쪽지의 내용을 떠올리고 참았다.

2층 코너. 2층 코너를 돌 때 튀겨버리라고 했다. 굳이 장소를 명시해둔 건 이유가 있어서이리라. 어쩌면 작전일지도 모른다. 그리고 지금은 3층. 아직 때가 아니다.

이제 차는 3층에서 2층으로 이동하기 시작했다. 슬슬 타이밍이 다가온다. 해야만 한다. 하나, 둘, 셋. 2층. 지금이다. 해연이는 놈에게 물건을 갖다 대고 스위치를 눌렀다.

타다다다.

"우와!"

해연은 입을 쩍 벌렸다. 위력이 강할 줄은 알고 있었지만 이 정도일 줄은 몰랐다. 영화에서 나오는 것처럼 턱을 부들부들 떨며 아무것도 하지 못한다. 지지고 지지고 또 지졌다. 이러다 죽는 거 아닌가 싶었지만, 엄마가 튀겨버리라고 쪽지에 적었으니까. 그래도 괜스레 죄책감이 드는 건 어쩔 수 없었다.

"어……?"

순간 들리는 부우우우웅 소리에 해연은 고개를 돌렸다. 차가 주
차장 기둥을 향해 전속력으로 돌진하고 있었다.

해연은 엄마 행세를 하던 '저것'의 다리를 보았다. 그것은 직선으
로 쭉 뻗은 채 발판 쪽으로 향해 있었다. 설마 감전을 당하면서 액
셀이라도 밟은 건가?

어, 어, 어, 어 하는 사이에 기둥은 순식간에 코앞으로 다가왔다.
해연의 입에서 절로 비명이 터져 나왔고, 차가 충돌하는 동시에 눈
앞의 창이 요란한 소리를L 내며 박살 났다.

*　*　*

의식을 차린 마스터는 신음을 흘렸다. 움직이려 했지만 온몸에
힘이 없었다. 전기를 맞은 탓인가. 간신히 몸을 일으키려 했지만 실
패했다. 가슴에 붙은 유리 조각들이 후두둑 떨어져 내렸다.

옆을 돌아보았다. 꼬맹이는 기절해 있었다. 손에 웬 물건을 하나
들고 있었다. 저것이 바로 나를 이 꼴로 만든 원흉인가.

뺏어서 살펴보았다. 전기 충격기. 그런데 이건 호신용이 아니라
무슨 살상 무기다. 대체 왜 이딴 걸 차 안에 넣어둔단 말인가.

"그 엄마에 그 딸이네."

마스터는 충격기의 스위치를 누른 뒤 해연의 몸에 갖다 댔다. 역
으로 지져서 죽여버리려 했지만 어째선지 작동이 되지 않았다. 충

452

돌하면서 고장 난 걸까.

"씨발!"

마스터는 분통을 터뜨리며 그것을 집어 던졌다.

그래, 일단 나가자. 이를 갈며 차 손잡이를 잡았지만 어째선지 당겨지지 않았다. 손에서 뚜둑거리는 소리만이 들릴 뿐이었다. 뼈 마디마디가 박살 난 것이다. 차 사고 때문인지 이 여자의 몸 상태는 전체적으로 망가져 있었다.

써먹기엔 슬슬 무리다. 차라리 여자애 몸으로 옮겨 갈까? 병신, 네가 수갑 채워놨잖아. 그것도 기억 못 해? 마스터는 한숨을 쉬었다.

고통은 아무래도 상관없다. 몇백 년을 지내며 나름 단련되었다고 자부한다. 하지만 움직이지 못하는 몸을 움직일 순 없다. 그럴 수 있다면 애초에 2년간 어둠에 갇혀 사는 일도 없었겠지.

이번에 잡히면 끝장이다. 문득 그런 직감이 들었다. 그래, 복수는 평생 하면 된다. 애초에 그럴 생각이었고 그럴 작정이었다. 그런데 기껏 허술하게 복수하다 잡히면, 그래서 심문을 당하거나 한다면…… 빠져나가지 못할지도 모른다. 빌어먹을 51구역 같은 곳에 갇혀 영원히 연구나 당하는 거다.

그래. 일단 도망치자.

"넌 도망 못 가."

머릿속의 목소리가 중얼거렸다. 그 여자였다. 닥쳐. 넌 내가 뭘 할 수 있는지 몰라.

마스터는 어둠 속에 환상을 만들었다. 기차가 불타는 광경을 무한 재생했다. 비명, 비명, 비명. 이거나 봐라. 넌 평생 트라우마에서 벗어날 수 없어. 내가 그렇게 만들 거거든.

마스터는 박살 난 집게손가락으로 차 문을 간신히 열었다. 만신창이가 된 수진의 몸으로 바닥을 지렁이마냥 기어 다녔다.

아아, 대체 이게 뭔 꼴이야. 아니야. 포기하지 말자. 오늘은 크리스마스잖아. 여긴 백화점이고. 아무리 경찰에서 대피를 시켰어도 꼭 병신 같은 놈이 한 명 정도는 있기 마련이지. 그 왜 있잖아, 끝까지 똥고집 부리는 새끼들. 눈만 마주쳐줘. 그러면 돼. 제발 부탁이야.

주차장의 출구를 향해 조금씩 움직였다. 목적지가 가까워질수록 마스터의 얼굴에 미소가 피어났다. 여기서 내가 잡히겠냐. 웃기고 자빠졌네.

잠깐만.

마스터는 문득 몸을 멈추었다. 왜 아무 소리도 안 들리지? 이상했다. 아까 박수진과 대치할 때, 근처에 있던 경찰들이 보이지 않았다. 그때는 그야말로 경찰서나 다름없었는데, 지금은 아무도 없다고? 내가 기절하려는 지금이 체포를 할 절호의 타이밍일 텐데?

그때 머릿속의 목소리가 중얼거렸다.

"내가 아까 말했잖아. 널 잡을 생각이 없다고. 널 죽일 거거든."

유령에게 둘러싸인 듯한 으슬으슬한 느낌이 온몸을 훑고 지나갔다. 이 느낌은 뭐지. 공포. 그래, 공포였다. 이 느낌을 몇 년 만에 느껴보는 걸까. 그 사실을 생각하자 또다시 공포가 느껴졌지만 애써 웃으며 그 감정을 떨쳤다.

고맙다, 박수진. 보답으로 더 끔찍한 환상을 보여줄게. 그거 알아? 내 머릿속엔 각종 지옥의 아카이브가 가득해. 제프리 다머 비디오 테이프, 홀로코스트. 난 직접 봤어, 코앞에서 다 봐왔지. 지금까지 내 자아를 형성한 아름다운 기억들을 모조리 다 보여줄게.

지금까지 본 가장 끔찍한 광경을 떠올리려던 그때였다. 텅 소리가 들렸다. 마스터가 고개를 들자 주차장 끝에서부터 불이 하나씩 꺼지기 시작했다. 텅, 텅, 텅, 텅.

"잠깐……."

말을 마치기도 전에 마지막 불이 꺼졌다. 눈앞에 암흑이 펼쳐졌다. 한 점의 빛도 없는 철저한 암흑. 아아, 애초부터 이럴 생각이었던 건가. 욕을 아무리 씹어 뱉어도 공포는 가시지 않았다. 물에 푼 잉크처럼, 트라우마가 마음의 틈을 비집고 서서히 올라온다.

막연한 어둠 속에 갇혀 있었던, 몸을 꼼짝없이 움직일 수 없었던, 육체라는 감옥에 갇혀 있었던, 시간 개념도 상실한 채 그저 자아라는 것만 남아 있었던.

아아, 싫어. 싫어. ……무서워.

마스터는 허우적거렸다. 필사적으로 바닥에 몸을 문댔다. 자신의 존재를 계속 인지하기 위해. 흐릿한 자아가 아닌 하나의 엄연한 육체로서 이 세상에 존재하고 있음을 다시금 되새기기 위해. 난 살아 있어. 살아 있어. 살아 있어. 살아 있지? 누가 그렇다고 말 좀 해줘. 제발. 그때였다. 한 줄기 후광이 앞에서 비쳤다.

누군가의 차량이었다. 뿐만이 아니었다. 안에 누군가가 있었다.

경찰인가. 그래, 차라리 잡아가. 순순히 잡혀줄게. 날 잡으면 몇 계급 특진일까. 네가 부럽다. 정말이야.

잠깐만. 아닌가? 차를 보니까 경찰이 아니네. 와, 로또 맞았네. 누구인지 모르겠지만 정말 고맙다. 진심이야. 그나저나 병신이 따로 없네. 역시 내 말이 맞았어. 꼭 이런 새끼가 하나 정도는 있다니까. 똥고집 부리는. 하여튼 고맙다, 넌 내 동아줄이야.

마스터는 중얼거리며 차의 백미러를 노려보았다. 이동하자. 자아, 눈만 마주치자. 눈만 마주치면 된다. 딱 1초만. 빌어먹을, 빨리 백미러를 봐. 내가 기어 가고 있잖아. 소리치잖아. 좀 보라고. 대체 뭐 하는 새끼길래 차 안에 가만히 앉아 있는 거야? 빨리 내 눈을 봐, 보라고, 당장, 당장. ……봤다!

익숙한 소리와 함께, 마스터는 자신의 의식을 운전석에 앉아 있는 남자의 몸으로 옮겼다.

됐다. 됐어. 마스터는 승리의 비명을 질렀다. 그러나 입에서는 혀 꼬인 소리밖에 흘러나오지 않았다.

뭐야? 혼란에 빠진 마스터의 의식 바로 밑에서, 누군가의 목소리가 들렸다. 들어본 적 있는 익숙한 목소리였다.

"안녕. 다시 만나서 반갑다, 개새끼야."

* * *

놈의 의식이 빠져나가자마자, 나는 허억 숨을 내쉬었다.

일어나려고 다리에 힘을 주었다가 비명을 터뜨렸다. 몸 이곳저곳이 부러지고 찢어졌다. 하지만 괜찮다. 용서할 수 있다. 우리 계획에 순순히 걸려들어 줬으니까.

인생 최악의 고통을 느끼며, 동시에 인생 최고의 행복을 느꼈다.

입에서 쉴 새 없이 웃음이 흘러나왔다. 잠시 그렇게 웃다가 서서히 웃음을 멈췄다. 그래도 놈이 누구인가. 속임수와 트릭의 달인이 아닌가. 마지막까지 철저하게 확인해야만 했다.

공포 영화의 가장 한심한 순간 1위. 악당을 제압하고 동료를 구하러 가는 주인공. 확인 사살을 해도 모자랄 판에 오지랖을 떨고 앉아 있다. 이 클리셰는 볼 때마다 화가 치민다.

나는 비틀거리며 차를 향해 다가갔다. 그런 다음 얼굴을 가까이 대고 차창 안을 보았다.

남자 한 명이 운전석에 앉아 있었다. 아니, 앉아 있다는 표현보단 묶여 있다는 말이 더 적절할지도 모른다.

이 남자는 몸을 지탱할 수 없을 정도로 몸이 망가져 있었으니까.

유일하게 움직일 수 있는 건 오로지 한쪽 눈뿐이었는데, 그것도 지금은 보는 것이 불가능해졌다. 미리 씌워놓은 구글 글라스의 선글라스 기능을 리모컨으로 켠 덕분이다.

"우우…… 우우……."

다시 차창 안을 보았다. 안에는 마스터가 묶여 있었다. 정확히는 사이먼의 몸을 한 마스터가.

백화점으로 향하기 30분 전의 일이다. 휴게실에서 한참 회의를 하고 있는데 간호사 한 명이 나를 불렀다.

"사이먼이 할 말이 있다는데요."

"뭐야, 말을, 할 수 있어요?"

나는 놀랐다. 간호사는 곤란하단 표정을 지었다.

"아니요. 그건 아닌데."

간호사가 말을 이었다. 말을 할 순 없지만 최소한의 의사소통은 문제없다고 했다. 아이 트래킹 기술 덕분이었다. 컴퓨터가 눈동자의 움직임을 따라간다. 일정 시간 이상 키보드 자판 하나에 집중하고 있으면 저절로 문자가 입력된다.

간호사를 따라 조심스럽게 병실로 들어갔다. 사이먼은 여전히 그 자리에 그대로 누워 있었다. 유일하게 움직일 수 있는, 한쪽 눈만 깜빡이면서. 죄책감이 밀려들었다.

"괜찮아요……?"

하지만 정적만이 흘렀다. 간호사를 돌아보자 그녀는 손가락으로 방구석을 가리켰다. 침대 끝에 모니터가 달려 있었는데 그 위로 문장이 툭툭 띄워지고 있었다.

[안녕하세요, 수진 씨.]

"반가워요."

나는 애써 미소를 지었다. 얼굴 근육이 일그러지려는 것을 간신히 펴고 또 폈다.

"왜 불렀죠?"

[사실 당신 작전을 다 들었어요, 승태 씨에게.]

한숨을 쉬었다. 입이 헬륨 풍선보다 가벼운 인간. 대체 그를 보안 시설의 책임자로 집어넣은 건 누구의 결정일까.

[승태 씨한테 뭐라고 하진 말아주세요. 제가 협박하다시피 해서 들은 거니까.]

나는 씁쓸하게 미소 지었다.

[시간 없으니 쓸데없는 사족은 제외하고 본론으로.]

정적이 흐른 후, 화면에 문장이 떴다.

[작전의 마지막 수정. 내 몸을 마스터를 가둘 감옥으로 활용.]

눈앞에 띄워진 문장을 믿을 수가 없었다.

"……미쳤어요?"

간신히 그 말을 토해냈다.

"당신이 그랬잖아요. 포기하지 말라고. 끝까지 살라고."

[아직 당신에겐 기회가 있어요. 하지만…….]

사이먼은 잠시 침묵을 지켰다.

[놈이 멀쩡히 살아 있는 이상, 저는 살아도 사는 게 아니에요. 당신도 마찬가지일 테고요.]

그의 태블릿 바탕 화면이 문득 기억났다. 화목했던 가족의 사진.

[그리고 수진 씨도 알잖아요. 그놈을 잡을 수 있는 방법은 단 하나뿐인 거.]

나는 천천히 고개를 떨구었다.

[저번의 실수를 만회하게 해줘요.]

눈을 감았다. 부정하고 싶었지만 그럴 수 없었다. 그의 말이 맞았기 때문이다. 놈을 잡을 방법은 단 하나뿐이었다. 누군가가 죽어야 했다.

* * *

마스터는 혼란에 빠졌다. 사이먼을 여기서 만날 줄은 몰랐다. 넌 죽었잖아. 끝까지 확인했어야지.

뒤늦게 몸을 움직였지만 그럴 수 없었다. 순간 그는 깨달았다. 벗어날 수 없는 함정에 걸려들었다는 사실을. 자신은 거미줄에 얽힌 파리 신세였다.

몸이 움직이지 않는 걸 보니 전신 마비가 분명했다. 그때 그 남자처럼. 다시 식물인간의 몸에 갇혔다고 생각하니 거대한 공포가 전신을 사로잡았다. 또 그 과정을 반복해야 한단 말인가. 게다가 이번에는 운이 따라주지 않을지도 모른다.

씨발! 씨발! 씨발!

욕을 내뱉었지만 입에서 나오는 건 씩씩대는 바람 소리뿐이었다. 아무것도 할 수 없었다. 오로지 머릿속으로 놈의 말을 듣는 것밖에는.

"30, 29, 28……."

빌어먹을 카운트다운. 하지만 어떤?

"설마 폭탄? 여기에 설치한 건가?"

"아무래도 그런 것 같네. 넌 오늘 죽는다고 했으니까."

"저기 잠깐만, 죽기는 아무래도 싫지 않아? 죽으면 이후에 뭐가 있는지도 모르고, 그, 자살하면 지옥 가는 거 알지? 크리스천이야? 혹시 종교 같은 거 믿지 않아? 저기, 대답 좀 해줘. 호응이라도, 응? 부탁이야, 잠깐만, 15초? 싫어, 난 아직 준비가 안 됐어, 아직, 준비가 안 됐다고, 이 새끼야."

"마찬가지였어."

"뭐?"

"너에게 죽어간 모든 희생자들도 말이야."

"저기, 잠깐만, 잠깐만, 잠깐만."

"미안하지만, 난 나 엿 먹인 새끼, 곱게 안 보내."

* * *

퍼뜩 정신이 들었다. 구글 글라스를 작동시킨 순간, 60초 후에 폭탄을 작동시키는 것. 그렇게 사이먼과 함께 마스터를 지상에서 날려 보내는 것이 바로 작전의 마지막 부분이었다.

"고마워, 사이먼."

나는 중얼거린 뒤 고개를 돌려 달아날 준비를 했다. 폭탄의 폭발 반경은 상당할 것이다. 적당히가 아니라 최대한 멀리 떨어져야 한다. 최악의 경우 백화점 자체가 무너질 수도 있다고 했다.

고개를 돌려 우리 차를 보았다. 잠깐만, 해연이는? 차의 문밖으로 하얀 발이 비죽 튀어나와 있었다. 가슴이 철렁했다.

"해연아!"

나는 비명을 지르며 그 앞으로 달려갔다. 그리고 차 안을 보자마자 기겁했다. 녀석은 터진 에어백에 얼굴을 완전히 묻은 채 조수석에서 꼼짝도 하지 않았다.

얼굴에 피가 가득 묻어 있었다. 내가 울먹이면서 맥박을 짚으려던 그때, 녀석이 눈을 게슴츠레 떴다.

"엄……마?"

순간 삐빅 소리가 들렸다. 손목시계로 눈길을 돌렸다. 이제 고작 30초밖에 남지 않았다. 곧 폭탄이 터질 것이다.

"응, 가자, 일단 나가자."

해연이의 몸을 끌어당겼지만 곧 뭔가에 턱 걸렸다. 뭐지 싶어 차 안을 확인한 나는 탄식했다. 놈이 차의 목 받침대 부분과 해연이의 손목을 수갑으로 묶어놓은 것이다. 끝까지 사악하기 짝이 없는 새끼.

17, 16…….

이대로라면 불길에 휩싸여 놈과 같이 죽음을 맞이한다. 이대로 개죽음을 당하면 지금까지의 모든 노력이 장대한 삽질이 된다. 절대 그럴 수 없다. 해연이는 내가 지킨다. 오로지 나밖에 없다.

10, 9…….

"안 죽어, 안 죽을 거야."

나는 비명을 질렀다. 동시에 글로브 박스에 몸을 기대고 발로 힘껏 차의 받침대 부분을 걸어챘다.

한 번. 두 번. 부러진 뼈가 내장을 찌르고 들어오는 듯한 기분. 아니, 기분이 아니라 정말 그런지도. 하지만 상관없었다. 딸의 목숨이 달린 지금, 아드레날린이 혈류를 타고 솟구치며 모든 고통을 잊게 만들었다.

6, 5……

다시 한번. 제발.

빡 하는 소리와 함께 받침대가 통째로 떨어져 나갔다. 곧장 해연이를 두 팔로 감싸고 바닥에 나뒹굴었다.

3, 2……

하느님, 제발. 두 팔로 꽈악 해연이를 붙잡았다.

굉음.

등이 타들어갔다. 고통에 비명을 질렀지만 품에 파고드는 해연이의 감촉을 느낄 수 있었다. 멍하다.

……시간이 얼마나 지났을까. 해연이를 감싸 안은 채, 천천히 옆으로 굴러 뒤쪽을 보았다. 연기가 서서히 걷혔다.

방금 전까지 사상 최악의 연쇄 살인범이 타고 있던 차는, 지금 완전히 뒤집힌 채 불길에 휩싸여 있었다. 검은 연기를 표독스럽게 뿜어대며. 믿을 수가 없었다. 죽을 수 없던 존재가 끝내 죽었다.

"엄마, 괜찮아……?"

해연이가 중얼거렸다. 나는 미소 지었다.

"아니, 존나 아파."

25.

사건이 일어나고 벌써 몇 달이 지났다.

주차장 폭발이 벌어진 직후 해연이와 나는 곧장 병원으로 이송되었다. 이후 며칠간 무슨 일이 있었는지 나는 모른다. 아무런 기억도 없다. 진통제와 유동식이 몸을 쿡쿡 찌르고 들어오는 불쾌한 느낌만 제외하면.

몇 주가 지나서야 겨우 정신을 차렸다. 눈을 뜨자마자 처음 한 것은 해연이의 안전을 확인하는 것이었다. 황급히 몸을 일으켜 주변을 둘러보았지만 병실에는 아무도 없었다. 낯선 공간이 주는 공포 그리고 홀로 있다는 외로움이 나를 순식간에 패닉으로 몰았다. 근처에 있던 비상벨을 다짜고짜 누른 것은 그래서였다.

잠시 후 간호사가 달려왔다. 나는 허둥거리며 물었다. 해연이는 어딨냐고. 간호사는 한숨을 쉬었다.

"몇 주 전에 퇴원하셨어요. 멀쩡하게 등교도 하시고."

"아……."

맥이 풀렸다. 안도감과 허탈감이 동시에 들었다. 벌써 몇 주나 지났구나. 나는 한숨을 쉬고 조용히 물었다.

"혹시 전화 한 통만 해주실 수 있을까요?"

"딱히 그럴 필요는 없을 텐데."

"네?"

간호사의 마스터스러운 답변에 순간 간담이 철렁했다. 그녀는 대답 대신 고개를 돌렸다. 벽에 걸린 시계를 본 것이다.

"이 시간쯤이면 아마……."

그때 끼익 소리와 함께 문이 열렸다. 교복 차림의 해연이었다. 녀석은 나를 보고 걸음을 멈췄다. 눈을 휘둥그레 뜨고 가만히 굳어 있던 해연이는 곧 씨익 웃었다.

"깼네? 대체 낫기는 하는 거야?"

해연이가 구시렁거렸다.

"여기 오느라 맨날 버스비도 깨지고 애들이랑 약속도 깨고 그런다니까."

"그러게 누가 맨날 오래?"

"맨날 와야지. 엄마 괴롭히러."

해연이는 그렇게 중얼거리고는 내 곁에 풀썩 드러누웠다. 그러고는 여느 때와 같이 현란한 손가락 운동을 하며 카톡질을 시작했다. 녀석을 보며 나는 쓸쓸하게 미소 지었다. ……정말 괜찮을까?

그로부터 며칠이 지났다.

겉으로 봤을 때, 해연이의 상태는 분명 멀쩡하다고 판단할 법하다. 부담 없이 등교도 하는 것 같고, 평소처럼 농담 따먹기도 하니까. 하지만 속은 모른다. 그런 일이 벌어졌으니까. 엄마가 갑자기 사이코로 돌변해 자신의 얼굴을 텀블러로 작살냈으니까.

범죄 심리학을 공부하던 중 그런 사례를 본 적이 있다. 살인 강도범과 잠깐 얼굴을 마주친 여성이 이후 몇 개월 동안 트라우마에 시달린 케이스. 누구에게는 "와, 아찔하네"로 간단하게 지나갈 수 있는 일이 누구에게는 평생의 충격으로 남는다. 그런데 해연이의 경우에는 하물며 여리디여린 고등학생이다. 괜찮다니, 말이 안 된다.

그렇지만…… 해연이의 저 멍한 표정은 연기가 아닌 사실이었다. 매 식사마다, 매 드라이브마다, 수백 수천 번은 봐온 무표정한 저 얼굴. 그 속에는 일말의 긴장감조차 어려 있지 않았다. 배를 까뒤집고 가만히 배를 긁어주길 기대하는 시골 강아지처럼.

"너 정말 괜찮은 거 맞아? 정신과 샘이 뭐래?"

나는 슬쩍 물었다.

"정신 말짱하다고 오지 말래."

현란하게 엄지를 움직이던 해연이는 별안간 몸을 벌떡 일으켰다. 매트리스가 삐걱 움직였다.

"오히려 나는 엄마가 궁금한데. 의사가 뭐래?"

"다 나았대. 다."

하지만 녀석은 못 믿겠다는 듯 눈을 가늘게 떴다. 그러더니 다짜고짜 확 몸을 내밀었다. 살갗이 문득 서늘해졌다. 해연이가 손을 내밀어 환자복을 들춘 것이다.

"등딱지. 여전하네."

해연이가 혀를 내밀며 중얼거렸다. 녀석이 말한 등딱지는 내 옆구리에 있는 상처를 말한다. 화상으로 생긴 검은 딱지. 원래는 자가피부 이식 수술로 없앨 예정이었지만, 그전에 이런저런 수술을 먼저 하느라 아직도 처리하지 못했다고 했다.

사실 이런 딱지는 내 몸에 한두 개가 아니었다. 옆구리뿐만 아니라 등도 뒤덮은 상태니까. 1도에서 3도 화상까지 종류별로 다양하다. 화상 박물관이 따로 없다. 그래서일까. 고통에 미칠 것 같은 때가 한두 번이 아니었지만, 한편으로는 이만하길 다행이란 생각도 들었다.

1초만 늦었어도……. 정신이 아찔해져 눈을 감았다. 휴우, 한숨을 쉰 나는 아래를 보았다. 해연이는 어느새 내 환자복을 들추고 다시 딱지를 유심히 보고 있었다. 아직 발견되지 않은 심해어를 본 어류 학자처럼, 녀석은 반짝거리는 눈빛으로 손가락을 뻗어 상처의 딱지를 문지르기 시작했다.

"떼버리고 싶다. 딱지는 떼는 게 제맛인데."

나는 그 말에 웃고 말았다. 맞다. 그랬지. 해연이는 말도 안 되는 녀석이었다.

* * *

예상치 못한 방문객이 찾아온 것은 얼마 지나지 않아서다. 한밤

중이었다. 인기척을 느낀 나는 잠에서 깨어나 조심스레 눈을 떴다. 뭐지. 고개를 돌렸다.

활짝 열린 병실 문 안에는 어둠이 고여 있었고, 그 한가운데에 하얀 얼굴이 둥둥 떠 있었다. 공포에 심장이 터지기 직전 다행히 목소리가 들렸다.

"접니다."

아, 베렛이구나. 안도하며 가슴을 쓸어내렸다.

"아, 왔어요?"

"잘 지내시죠? 많이 나아지셨다고 들었는데."

베렛이 물었다.

"네, 덕분에요."

그는 다행이라는 듯 고개를 끄덕였다. 내 옆에 다가온 그는 이윽고 이야기를 시작했다.

사건에 대해 함구하라는 얘기였다. 나를 걱정해서 병문안을 온 줄 알았더니만 괜한 오해였다.

"혹시 궁금하신 것 있습니까?"

"사이먼은……."

나는 한 치의 망설임도 없이 중얼거렸다. 순간, 베렛의 안색이 진지하게 변했다. 잠시 침묵을 지키던 그는 조심스럽게 고개를 들었다.

"2계급 특진으로 장례식까지 치렀다고 합니다, 비밀리에."

영웅이 되었지만 아무도 모른다. 이런 식으로 역사의 뒤안길로 사라진 영웅이 얼마나 될까. 나는 쓸쓸해졌다.

"그럼 승태 씨는?"

"마스터 연구에서는 당연히 손을 떼셨고, 아예 과학 쪽에서도 물러나 쉬시려는 것 같습니다. 듣기론 제주도에서 골프도 치시고 그러신답니다."

베렛이 덧붙였다.

"아, 가급적이면 만나지 않는 걸 추천드립니다. 같이 대화를 나누고 싶은 마음은 이해하지만."

나는 고개를 끄덕였다. 베렛은 셔츠 주름을 다듬으며 자리에서 일어났다.

"그럼 이만."

"저기."

베렛이 멈췄다.

"언젠가는 사람들이 알게 될까요?"

"어떤 것을요?"

"사이먼의 희생이라든지…… 마스터에 대해서라든지……."

베렛은 의미 모를 미소를 지었다. 그는 끄덕이는 건지 젓는 건지 애매하게 고개를 흔들다가, 병실에서 나가버렸다.

* * *

베렛의 방문으로부터 벌써 2주나 흘렀다. 이전에 비하면 내 상태는 훨씬 나아졌다. 몇 개월 전에는 휠체어 끄는 것도 힘겨웠지만 지금은 목발도 필요 없어졌다.

"엄마, 목발 졸업 기념으로 파티 하자, 파티."

해연이가 이불을 흔들었다.

"그럴까?"

그날 밤, 우리는 간호사를 피해 몰래 병실에서 빠져나왔다.

24시 편의점. 막 구매한 햄버거와 각종 탄수화물 덩어리를 들고 파라솔에 자리를 잡은 그때였다. 전화벨이 울려 무의식적으로 전화를 받고는 상대방이 누구인지 깨닫고 즉각 후회했다.

"수진, 잘 지내지?"

"아니, 병문안 어제도 왔잖아요. 그리고 오프닝 멘트 좀 바꿔요. 슬슬 질려요, 이제."

내가 말했다.

"까칠하게 굴지 마. 하여튼, 너 어떻게 할 거야?"

"……뭘요?"

지은 선배가 피식 웃었다.

"이번 일 끝내면 받기로 한 거 있잖아. 잘 생각해봐."

받기로 한 거……? 아, 맞다, 보상.

"너 지금 대박이야. 퇴직할 당시 계급에서 2계급 특진이면 대체 뭐야? 미친, 너 설마 내 상사 되는 거냐? 그럼 나 퇴직한다?"

"그게……."

"하여튼 복직은 언제 할 거냐, 그거 물어보려고."

나는 전화기를 들고 가만히 있었다.

"그건 나중에 결정하면 안 될까요?"

"뭐? 어째서?"

"선약이 있거든요."

선배가 오올 하는 소리를 냈다.

"대체 누군데, 그 행운아가?"

나는 미소 지으며 고개를 돌렸다. 저 멀리, 해연이가 보였다.

삼각 김밥을 손에 쥐고 열심히 입을 오물거리는 녀석. 언제나처럼 멍한 표정으로 휴대폰을 보고 있다. 전에는 한숨이 절로 나왔을 광경. 그러나 이제는 그저 행복하기만 하다.

사이먼은 그때 말했다. 나중에 다시 살아서 돌아간다면, 절대로 브레이크를 밟지 말라고. 계속 직진하라고. 그리고 나는 그러기로 약속했다.

"나중에 전화할게요."

"야, 잠깐……."

전화를 뚝 끊은 뒤 해연이에게 다가가 등을 부드럽게 쓰다듬으며 물었다.

"맛있어?"

해연이는 오렌지 주스를 쪽 빨아들였다. 볼이 다람쥐처럼 불어나 있는 게 정말이지 귀엽다. 하긴, 내 자식이니 뭘 하든 귀엽겠지만.

"저번에 여행 말이야, 그거 마무리 좀 지을까?"

녀석은 손에 든 휴대폰을 내리더니 얼굴을 찡그렸다.

"마무리라니?"

"여행 말이야. 우리가 가려고 했던 곳."

"그 펜션 말이야? 거기 부서졌는데?"

"……뭐?"

농담인가. 하지만 도저히 연기를 하는 것 같지 않았다. 에이. 설마. 나는 휴대폰을 켜고 펜션의 홈페이지에 들어갔다. 잠시 후, 공지사항이 떴다.

폭설로 인한 산사태 피해로 3개월간 리모델링 공사를 할 예정입니다.

"지…… 진짜네."

내가 망연자실해 있는 사이 해연이는 어깨를 으쓱였다.

"뭐, 굳이 거기 갈 필요 있어? 여행이라면 어디든지 갈 수 있잖아."

그렇긴 하지만, 이곳은 가족의 추억이 깊게 어린 곳이다. 남편, 그리고 아들. 온 가족이 자주 같이 갔던 추억의 장소니까. 그 장소가 산사태 때문에 무너졌다고 생각하니 가슴이 괜히 허해졌다. 해연이가 입을 열었다.

"나도 알아. 거기 가면 아빠 생각도 나고, 추억도 느껴지고."

녀석은 주스 팩을 꽉 쥐더니 쓰레기통 안으로 툭 던져 넣었다. 시원하게 골인.

"근데, 결국 같이 가는 게 의미 있는 거 아냐? 새로운 곳에 가야 새로운 추억을 만들지."

나는 아무 말도 할 수 없었다. 백번 맞는 말이었으니까. 아무리 소중한 추억이 깃든 장소라도 그곳에만 계속 가는 것은 어쩌면 안이한 짓일지도 모른다. 계속 과거에만 머무르다 보면, 새로운 곳은 평생 보지도 못할 테니까.

한 번도 가보지 못한 곳에서 한 번도 경험하지 못한 소중한 추억을 만든다. 그것이 더 중요하지 않을까. 짧은 추억을 하나 만들기에도 인간의 삶은 너무나도 짧으니까.

그나저나, 해연이 이 녀석이 이런 말도 할 줄 알았나. 조금 놀랐다.

"뭐야, 갑자기. 너 답지 않게."

"몰라. 죽다 살아나서 그런가 보지. 누구 때문에."

"다시 돌아왔네. 남 탓 하는 거 보니까."

"됐거든."

그때였다. 문득 손에 따뜻한 감각이 느껴졌다. 내려다보자 녀석의 손이 내 손 위에 포개어져 있었다. 화상 때문에 붕대를 칭칭 감아, 부드러운 살보다는 붕대의 우둘투둘한 감촉이 느껴졌지만 상관없었다. 따뜻한 체온은 붕대를 뚫고 아무 문제 없이 전달되었다.

울컥했다. 이런 안도감이 앞으로도 계속되고 또 계속될 것이다. 물론 싸우기도 지겹게 싸우고 불운한 일도 생기겠지만, 그래도 한 가지는 확실하다. 지난 몇 주간 겪었던 일보다는 훨씬 낫겠지. 눈물이 터져 나오려는 것을 간신히 참았다.

"갈까."

우리는 걸음을 옮겨 병원으로 돌아갔다.

"내일 아침에는 산책이나 나가자. 졸라 답답해."

"졸라가 뭐니, 졸라가."

"근데 이번에 가는 여행 말이야."

"응."

"또 누가 미행하고 그러진 않겠지?"

"걱정 마, 엄마가 누구야."

해연이 "응?" 소리를 내며 나를 돌아보았다. 선글라스를 낀 내 모습을 본 순간, 녀석은 창백하게 질린 얼굴로 중얼거렸다.

"……미친."

_끝

MASTERMIND

마스터 마인드

초판 1쇄 발행 2023년 2월 13일
초판 2쇄 발행 2023년 5월 18일

지은이   이성민
발행인   이진수
펴낸이   황현수
기획   이수현 황인지
출판신고   2010년 8월 16일 제2015-000037호

펴낸곳   (주)타인의취향
기획실장   최지연
마케팅   이유리 박소영
경영지원   김나영
표지 그림   MORAE
디자인   수오
본문조판   성인기획
주소 서울시 마포구 큰우물로 75 성지빌딩 1406호
전화 02-6949-6014 **팩스** 02-6919-9058

ISBN 979-11-385-8788-4   03810

이 책은 모바일 콘텐츠 플랫폼 카카오페이지와 CJ ENM이 공동 주최한 제5회 추미스 소설 공모전 수상작을 종이책으로 편집해 출간한 것입니다. (주)타인의취향과 (주)카카오엔터테인먼트의 계약에 의해 출판된 것이므로 무단 전재 및 유포, 공유를 금지합니다. 이 책의 연재 버전은 카카오페이지 앱에서 감상하실 수 있습니다.

- 스윙테일은 ㈜카카오엔터테인먼트의 출판브랜드입니다.(인스타그램 @Swing_tale)
- 책값은 뒤표지에 있습니다.
- 잘못된 책은 구입하신 곳에서 바꾸어 드립니다.